HRSG. TEJA CIOLCZYK

MIRA VALENTIN • ELVIRA ZEISSLER
E.F. VON HAINWALD • KATHRIN WANDRES
BENJAMIN KECK • VERONIKA CARVER • ERIN LENARIS
MELINA CONIGLIO • MARON FUCHS • JESSICA WISMAR
TEJA UND FABIAN CIOLCZYK

when FLAMES *burn* BRIGHTER

GEDANKENREICH VERLAG

GedankenReich Verlag
N. Reichow
Neumarkstraße 31
44359 Dortmund
www.gedankenreich-verlag.de

Herausgeberin: Teja Ciolczyk
Text: © 2022 Mira Valentin, Elvira Zeissler,
E.F. von Hainwald, Kathrin Wandres,
Benjamin Keck, Veronika Carver, Erin Lenaris,
Melina Coniglio, Maron Fuchs, Jessica Wismar,
Teja und Fabian Ciolczyk
Lektorat/Korrektorat: Gwynnys Lesezauber, unterstützt von
Veronika Carver und Melina Coniglio
Cover-, Umschlag- & Innendesign: © Phantasmal Image
Umschlagmotiv: © shutterstock
Illustrationen: © Tabea Meinecke
Autorenfotos: © Whustaphoto, Fabian Fischer, Phantasmal Image, Annika Kitzmann
Innengrafiken: © shutterstock

ISBN 978-3-98792-075-2

HRSG. TEJA CIOLCZYK

MIRA VALENTIN • ELVIRA ZEISSLER • E.F. VON HAINWALD
KATHRIN WANDRES • BENJAMIN KECK • VERONIKA CARVER
ERIN LENARIS • MELINA CONIGLIO
MARON FUCHS • JESSICA WISMAR
TEJA UND FABIAN CIOLCZYK

When Flames burn Brighter

GEDANKEN REICH

Die Autoren und ihre Geschichten

Wikinger-Gewandung, Buch-Tattoos und ständig beim Planen ihrer nächsten Reise – das ist Mira Valentin. Als Hybrid-Autorin veröffentlicht sie ihre historischen und fantastischen Romane sowohl bei Verlagen als auch im Selfpublishing.

Das Lied des Feuervogels erzählt die Geschichte eines Mädchens, das aus Liebe zu ihrer Mutter bis an die Grenzen ihrer Welt und darüber hinaus geht. Begleite Fenja auf ihrer Suche nach der Feder des Feuervogels, die kalte Herzen mit neuer Wärme zu füllen vermag.

Maron Fuchs schrieb schon in der Schule Jugendromane und entdeckte im Studium ihre Leidenschaft für Poetry Slam. Von ihrer Romantasy-Reihe „Flüsternde Wahrheit" sind bisher drei Bände erschienen, drei weitere sind geplant.

Der Schwarzmagier Kyros wird durch einen Angriff auf seine Heimat auf eine harte Probe gestellt.
Kann er seine Flammen weiter befehlen oder verliert er seine geliebte Magie für immer?

*Elvira Zeissler verfasst seit über 10 Jahren begeistert und mit großem Erfolg fantastische und gefühlvolle Geschichten, die ihre Leser*innen die Welt um sie herum für ein paar Stunden vergessen lassen.*

Ein loderndes Inferno brennt gezielt friedliche Dörfer nieder. Entschlossen brechen die beiden Jägerinnen Eowyn und Thalea auf, um dem Treiben ein Ende zu setzen. Doch was bezweckt die Quelle dieser Brände wirklich?

Veronika Carver schreibt und veröffentlicht seit mehr als 15 Jahren fantastische und tiefgründige Geschichten. Inzwischen lektoriert sie auch, spricht Texte ein, baut einen Camper aus, hat eine eigene Marketing Agentur und macht trotz allem die Steuern für sich und ihre Frau noch selbst.

Kayra will bei einem Wettkampf Rache an den gefallenen Engeln nehmen. Kurz vor Antritt muss sie sich auf einen neuen Partner einstellen, den Ifrit Zeki, der zwar keine Ahnung von dampfbetriebenen Flugmaschinen hat, dafür jedoch über das Talent des Feuers verfügt.

Benjamin Keck mag gerne Kuchen. Und Schokolade. Und Gummibären. Aber Feuer mag er auch. Sehr sogar. So sehr, dass er eine Geschichte über eben jenes Element geschrieben hat.

Feuer ist ein Element, das Betten in Flammen aufgehen lässt, feurige Strafe bringen oder zerstörerische Wut entfachen kann. Dazu gibt es noch düstere Geheimnisse, blutige Höhlen und eine ordentliche Flasche Rum.

Schon immer denken sich Teja und ihr 9-jähriger Sohn Fabian spannende Abenteuer aus. Doch diesmal wird es ernst! Zum ersten Mal haben sie gemeinsam geschrieben und wollen Euch nun ebenfalls in ihre märchenhafte Fantasie entführen.

Das Seelenfeuer aus den alten Legenden scheint die einzige Möglichkeit zu sein, die Herzenskälte aus der Welt zu vertreiben. Begleitet den jungen Firion auf seiner abenteuerlichen und gefährlichen Suche danach.

Fantastische Geschichten mit zweischneidigen Charakteren sind genau von Hainwalds Ding. Wie hätte er da widerstehen können, eine Geschichte rund um Feuer zuschreiben? Vielleicht hat die Herausgeberin das perfide geplant!

Ein einsamer Wanderer betritt die Taverne. Lausche seinen Erzählungen über eine untergegangene Welt und einem Feuer, dessen Brennen ewig währt. Hast du dich einem Halbgott genähert – oder war es vielmehr ein Dämon?

Melina Coniglio schreibt düstere Fantasy und Romance, die prickelt. Seit September 2020 arbeitet sie als freiberufliche Lektorin und veröffentlicht Bücher in verschiedenen Verlagen.

In dieser Geschichte erzählt die Autorin eine mögliche Version der Geschehnisse vor dem grimmschen Märchen „Dornröschen". Jedoch anders, als man vielleicht erwartet.
Eine wunderschöne Sidestory aus der Welt ihres düsteren und verheißungsvollen Romans „Heartless Hunter".

Erin Lenaris ist Professorin, Autorin und Mama. Sie schreibt Fachartikel, Jugendbücher und Kurzgeschichten, erzählt Gute-Nacht Geschichten und geistert im Cosplay durch Instagram. Hier erträumt sie sich, wie selbst Geisteswissenschaftler zu Helden werden könnten.

Führende Zeitreiseforscher sind sich einig, dass der Lauf der Geschichte unveränderlich ist. Der junge Dr. Cremer will das jedoch nicht akzeptieren. Er reist ins antike Alexandria, um die legendäre Bibliothek vor Cäsars brandschatzenden Legionen zu retten …

Mit ihrem ersten fertigen Manuskript gewann Kathrin Wandres 2016 beim Schreibwettbewerb von Carlsen Impress & tolino media den 2. Platz. Seitdem ist sie vom Schreiben nicht mehr abzuhalten und veröffentlicht ihre Geschichten, die teils im Verlag und teils im Selfpublishing erschienen sind.

Ben hat einen Traum: Er möchte mit seinem Drachengleiter von der Klippe über sein Dorf fliegen. Doch als der große Tag gekommen ist, geht alles schief. Ben stürzt ab und landet im Reich der ewigen Flammen, wo er dem Flammenwächter Lucius begegnet …

Neujahr 1990 wurde Jessica Wismar als zweite von vier Töchtern geboren. Was mit dreizehn Jahren als emotionales Ventil diente, wurde über die Jahre zu einer Leidenschaft – und Texte, die zunächst nur für sie selbst bestimmt waren, dürfen jetzt auch andere begeistern.

Kiana hat als Tochter des Feuergottes Agni keinen Feuergeist, weshalb ihr am College nur Verachtung begegnet. Aber nun hilft ihr Candela darüber hinweg, ihre heimliche beste Freundin. Als Agni jedoch seine Kinder auffordert, sich in göttlichen Spielen miteinander zu messen, könnte das Geheimnis um ihre Freundschaft auffliegen.

Mira Valentin

DAS LIED DES FEUERVOGELS

Fenja schürte die Glut und legte zwei Scheite darauf. Augenblicklich wurde das Holz von Flammen umschlungen. In der Hütte breitete sich wohlige Wärme aus. Hoffnungsvoll wandte sie sich zu ihrer Mutter um, die in Decken gehüllt auf ihrem Stuhl saß. Der Schein des Feuers spiegelte sich in ihren feuchten Augen, schon lange hatte sie kein Lächeln mehr hervorgebracht.

»Ist es jetzt besser?«, fragte Fenja.

Eine Antwort blieb aus. Stattdessen schlang ihre Mutter die Decken noch enger um ihre Schultern.

Enttäuschung und tiefe Traurigkeit erfüllten die junge Frau. Sie hatte Bäume gefällt und Brennholz geschlagen, bis ihre Hände voller Schwielen waren, hatte heiße Steine erhitzt und warme Strümpfe gestrickt.

Doch die Kälte, die im Leib ihrer Mutter saß, ließ sich durch nichts vertreiben. Mit jedem Tag wurde sie stiller und ihr Geist mehr von Dunkelheit durchdrungen.

Die Winter im Norden waren kalt, die Nächte lang. So manch tapferer Krieger unterlag in dieser Zeit der Schwermut, doch niemals hatte Fenja damit gerechnet, diese Krankheit könnte auch den einzigen geliebten Menschen dahinraffen, den sie noch hatte. All die Wärme ihrer Kindheit, das Lachen und die Freude waren verschwunden. Geblieben war nur die stumme Hülle der Frau, die einst ihre größte Heldin gewesen war.

Sie sank vor ihrer Mutter in die Knie, umschlang deren kalte Finger mit ihren warmen Händen. »Was kann ich nur tun? Ich würde keine Gefahr und Mühen scheuen, wenn ich nur wüsste, womit ich dir helfen könnte!«

Der Blick der feuchten Augen ging ins Leere. »Nichts, Kind. Bald hat die Kälte mein Herz erreicht, dann sind wir beide frei.«

»Aber es muss etwas geben! Früher hast du immer gesagt, das Leben würde für jedes Problem eine Lösung parat halten.«

Ihre Mutter schüttelte schwach den Kopf. »Es gibt etwas, das mich wärmen würde, doch niemand vermag, es mir zu bringen.«

Fenja fuhr hoch. »Wovon sprichst du?«

»Hätte ich eine Feder des Feuervogels ...« Sie starrte in die Flammen und für einen winzigen Moment schien deren Wärme ihr Herz zu erreichen. Doch dieser Eindruck währte nicht lange. Ein Kälteschauer lief durch ihren Körper. Sie steckte ihre Hände wieder unter die Decke.

»Ich habe noch nie von einem Feuervogel gehört. Wo finde ich ihn?«, versuchte Fenja, in sie zu dringen.

»Man sagt, wer ihn finden will, der müsse durch Feuer und Wasser gehen, sich selbst vergessen und mit dem Wind reisen. Er ist unerreichbar für dich, mein Kind. So wie der Sommer für mich.« Seufzend schloss die Mutter ihre Augen.

Ihr Atem verlangsamte sich, ihr Kinn fiel auf ihre Brust. Vielleicht war sie eingeschlafen, vielleicht nur zurück in ihre Dunkelheit gefallen.

Fenja stand auf. Tausend Gedanken schwirrten durch ihren Kopf. *Durch Feuer und Wasser*, hatte ihre Mutter gesagt. Es gab nur einen Ort, der ihr bei dieser Beschreibung einfiel. Normalerweise mied ihr Volk diesen Platz, selbst die erfahrensten Jäger gingen lieber daran vorbei und suchten ihr Glück in der Tundra oder dem Wald.

Sie schulterte Köcher und Bogen, schliff ihr Messer und packte sich Dörrfleisch und ein Stück Käse in ihren Proviantsack. In ihre wärmste Kleidung gehüllt, ein Schaffell über ihren Schultern, verließ sie die Hütte und klopfte dreimal kurz an die Tür nebenan. Schneeflocken tanzten im Mondlicht und ihr Atem gefror in der Luft, während sie wartete.

Juri öffnete ihr. »Fenja!« Er strahlte.

Trotz des Winters, trotz der langen Nacht. Wenn man so wollte, war der Nachbarsjunge eine eigene kleine Sonne, die jeden in seiner Nähe mit Licht erfüllte – wie auch immer er das anstellte.

»Schön, dass du uns besuchst, komm rein! Wir haben eine Suppe auf dem Feuer.«

Sie schüttelte den Kopf. »Ich bin hier, um dir zu sagen, dass ich einige Tage lang weg sein werde. Kannst du dich um meine Mutter kümmern?«

»Gehst du jagen?«

Sie hätte ihm von ihrem Vorhaben erzählen können, aber dann würde er versuchen, sie davon abzuhalten. Immerzu sorgte sich Juri um sie, ständig bot er ihr seine Hilfe an. Vermutlich war das seine Art, um sie zu werben, doch Fenja hatte keine Ruhe, um sich mit ihm zu beschäftigen, ihr ganzes Leben drehte sich nur noch um ihre Mutter.

»Ja«, antwortete sie deshalb. »In vier oder fünf Tagen werde ich zurück sein.«

Juri bekam große Augen. »So lange? Wo willst du hin?«

»Nach Osten.«

»Osten? Aber dort geht der Wald in kahles Gestein über. Und dahinter kommt nur noch … die Halbinsel.«

Fenja nickte. Sie hatte schon zu viel gesagt. »Wirst du meine Mutter versorgen, bis ich wieder da bin?«

»Natürlich.« Ein spürbarer Schatten legte sich über sein sonniges Gemüt.

»Danke.« Sie nickte ihm zu und wandte sich zum Gehen.

Ein paar Herzschläge lang verharrte Juri in der geöffneten Tür, dann lief er hinter ihr her und packte sie am Arm. Wind fegte durch sein halblanges, dunkles Haar und setzte eine Krone aus Schneeflocken darauf. Seine Lippen waren aufeinandergepresst, als wüsste er nicht recht, was er sagen sollte.

»Pass auf dich auf, hörst du?«, brachte er schließlich hervor.

Sie nickte abermals, zu mehr war sie nicht fähig. Dann entzog sie ihm ihren Arm und machte sich auf den Weg gen Osten.

Zwei Tage lang wanderte Fenja durch den Wald, ohne einen einzigen Pfeil auf Hasen, Elche oder Kraniche abzuschießen. Die Bäume wurden spärlicher und die Taiga ging in eine grasbewachsene Berglandschaft mit nur wenige Schneefeldern über. Fenja wusste: Von hier aus war es gleich, ob man nach rechts, links oder geradeaus weiterging. In jedem Fall würde man innerhalb eines Tages das Meer erreichen.

Dies war Kamtschatka – die Halbinsel.

Und in ihrer Mitte lag das *Tal aus Feuer und Wasser*. Niemand, der es je betreten hatte, war daraus zurückgekehrt. Einige waren sicherlich ein Opfer der Bären und Wölfe geworden, andere in die versteckten Krater der Vulkane gefallen. Das Gefährlichste aber waren die zahlreichen Geysire, die überall dort unten lauerten.

Auf einer Anhöhe über dem Tal blieb Fenja stehen und blickte auf die beeindruckende und doch so tödliche Landschaft hinab. Tausende Kluften und Felsspalten taten sich darin auf, aus einigen davon stiegen baumhohe Rauchsäulen hervor. Von nun an musste sie jeden weiteren Schritt sorgfältig wählen, konnte der Boden unter ihren Füßen doch jederzeit nachgeben und sie in eines dieser abgrundtiefen Löcher reißen.

Sie prüfte den Untergrund mit einem Stock und begann den Abstieg, vorbei an schlammigen Tümpeln und glasklaren Wasserlöchern, in deren Mitte dicke Luftblasen aufwallten. Graues Gestein, überzogen von weißen Kalkablagerungen, wechselte sich mit kleinen grünen Flächen ab, auf denen Buschwerk wucherte. In einem sandigen Abschnitt entdeckte sie die frische Spur eines Braunbären. Angespannt, stets auf der Hut vor Angreifern oder wegbrechendem Untergrund, arbeitete sie sich weiter voran.

Der kurze Nachmittag ging in einen frühen Abend über. Hier auf der Halbinsel war er nicht weniger dunkel, aber dafür gab es aufgrund der brodelnden Lavamassen im Untergrund kaum Schnee. Fenja dachte an ihre Mutter, die zu Hause in der Hütte fror, während sie am Rande eines Baches ihr Nachtlager aufschlug und sich die Hände an einem heißen Stein wärmte.

Neben ihr platzte eine Blase im Schlamm. Irgendwo in der Dunkelheit heulte ein Wolf. Sie legte sich auf ihr Schaffell, eine Hand am Bogen, die andere am Köcher. Nur langsam ergab sich ihr Körper der inneren Anspannung und sie glitt in einen wenig erholsamen Halbschlaf.

Ein seltsames Geräusch weckte sie mitten in der Nacht. Erst hielt sie es für das Klingen kleiner Glöckchen, bis sie merkte, dass es sich um Gesang handelte. Fenja kannte keinen Menschen und auch kein Tier, das eine so feine, helle Stimme besaß.

Sie richtete sich auf und erblickte, etwa einen Steinwurf von ihr entfernt, einen schlanken Vogel, ähnlich einem Kranich, der am Rande eines riesigen Geysirloches hockte. Fenja konnte jedes Detail der Umgebung klar erkennen, denn seine Federn leuchteten strahlender als die heißeste Glut. Es schien, als würde sein gesamter Leib im nächsten Moment in Flammen aufgehen.

Der Feuervogel!, schloss es ihr durch den Kopf. *Er ist ganz nah, in Schussweite! Mutter, ich habe ihn gefunden!*

Langsam, um ja kein Geräusch zu verursachen, zog sie einen Pfeil aus dem Köcher und spannte die Sehne ihres Bogens. Doch bevor sie dazu kam, ihn abzuschießen, erstarb der Gesang urplötzlich und der Vogel drehte den Kopf in ihre Richtung. Hasserfüllte Funken stoben aus seinen roten Augen. Er stieß ein misstönendes Krächzen aus und stürzte sich kopfüber in das Geysirloch. Kaum war er darin verschwunden, schoss eine Wasserfontäne hervor. Fenja hörte sie, konnte jedoch nichts mehr sehen außer rabenschwarzer Nacht.

Sie war nicht schnell genug gewesen!

Zitternd suchte sie ihre wenigen Sachen zusammen und kroch auf allen vieren zu der Stelle, an der sie den Feuervogel zuletzt gesehen hatte. Ihre Hände ertasteten heißes Gestein, warme Wasserpfützen – und schließlich einen gähnenden Abgrund.

›Man sagt, wer ihn finden will, der müsse durch Feuer und Wasser gehen …‹, wehte die Stimme ihrer Mutter durch ihren Geist.

Durch Feuer und Wasser!

Damit war nicht nur das Tal gemeint. Sie musste mitten durch den Geysir tauchen, genau wie der Feuervogel es getan hatte!

Fenja zögerte nicht.

Sie wollte das Leben ihrer Mutter retten, egal um welchen Preis. Auf dem Bauch liegend rutschte sie an das Loch heran. Hitze wallte in ihr Gesicht. Sie presste ihre Waffen eng an sich, schloss die Augen und stürzte sich hinab.

Schwerelosigkeit umfing ihren Körper. Obwohl sie fiel, hatte sie das Gefühl, zu schweben. Sie hatte damit gerechnet, zwischen den Felsspalten eingeklemmt zu werden, von siedenden Wassermassen umspült und verbrannt zu werden, doch nichts davon geschah. Stattdessen landete sie weich wie auf Daunen. Ihre Wange berührte etwas Kaltes.

Da erst wagte sie es, ihre Lider wieder zu öffnen.

Was sie sah, verwunderte sie: Anstatt im Inneren der Erde war sie in einer völlig neuen Umgebung gelandet. Auch hier herrschte Winter, doch die Schneeschicht am Boden war unversehrt, als gäbe es weder Mensch noch Tier, die ihre Füße und Pfoten hätten hineinsetzen können. Über ihr zeichnete sich nicht etwa eine Höhlendecke ab, sondern ein klarer Nachthimmel mit unzähligen Sternen. Und auf einem Felsen, unweit entfernt, saß der Feuervogel. Als sich ihre Blicke trafen, spreizte er seine Flügel. Flammen loderten daraus empor.

Eine unmissverständliche Warnung: *Verschwinde aus meinem Reich, oder ich werde dich töten!*

Fenja richtete sich auf und klopfte den Schnee aus ihrer Kleidung. Langsam zog sie Pfeil und Bogen. Die glühenden Augen des Vogels folgten jeder ihrer Bewegungen. Sie spannte die Sehne, zielte – und schrie im nächsten Augenblick unter Schmerzen auf.

Ein dünner, zielgenauer Feuerstrahl war aus seinem Schnabel geschossen und wie ein Blitz in den Bogen eingeschlagen. Im Nu ging dieser in Flammen auf, selbst der Pfeil brannte lichterloh. Instinktiv ließ sie beides fallen und tauchte ihre Hände in den Schnee, um die Brandblasen zu kühlen.

Ein helles Zwitschern ertönte, es klang wie ein Lachen.

»Verflucht!«, zischte Fenja.

Mit Tränen in den Augen richtete sie sich wieder auf. Ihr Bogen war schwarz verkohlt. Doch sie hatte noch immer ihr Messer. Die Klinge gezückt, die Miene vor auswegloser Wut verzerrt, stapfte sie auf den Feind zu.

»Ich brauche eine deiner Federn, du Miststück. Gib sie mir freiwillig, dann kannst du in Ruhe dein Liedchen weiter singen!« Ihre Hand krampfte sich um den Griff des Messers.

Der Feuervogel plusterte scin Gefieder auf. Funken stoben daraus hervor. Ein neuer Blitz schoss aus seinem Schnabel, doch diesmal war Fenja darauf vorbereitet und warf sich rechtzeitig zur Seite. Sie rollte durch den Schnee, wich dem nächsten Angriff aus und bekam einen Eisklumpen zu fassen.

Einen Herzschlag lang überlegte sie, ihn auf den Feuervogel zu werfen. Doch er würde ausweichen und ihr Geschoss ins Leere gehen. Stattdessen zielte sie auf den schneebeladenen Ast einer Tanne über dessen Kopf und schleuderte den Eisbrocken darauf.

Das leise Geräusch rutschenden Schnees ertönte und eine immens große Lawine ging auf den Feuervogel hinab. Flatternd hüpfte er zur Seite, wurde aber dennoch von den Ausläufern der weißen Massen getroffen. Es war nicht genug, um sein brennendes Gefieder zu löschen, doch einige seiner Federn verloren kurzzeitig ihr Glühen. Schnatternd spie er seine Wut in Fenjas Richtung, für einen neuerlichen Feuerblitz schien er zu schwach zu sein.

Das ist meine Chance, vielleicht meine einzige!, erkannte sie.

Sie hauchte einen Kuss auf die Klinge ihres Messers, dann holte sie aus und warf es auf den Vogel.

Doch dieser hatte ihren Angriff offenbar vorausgeahnt. Mit wenig eleganten Bewegungen wühlte er sich aus der Lawine hinaus und stieg im letzten Moment in die Luft. Das Messer schlug lediglich in einen Schneehaufen ein.

Fenjas Kinn bebte. Verzweifelt blickte sie dem davonfliegenden Vogel hinterher. Was hatte sich das Schicksal dabei gedacht, sie an diesen fernen, unterirdischen Ort zu führen, wenn ihr dennoch kein Erfolg vergönnt war? Würde sie jemals wieder nach Hause kommen – um dann ihrer Mutter beim Sterben zusehen müssen?

Sie grub ihr Messer aus und schob es zurück in die Scheide an ihrem Gürtel. Den Bogen ließ sie liegen, er war ohnehin nicht mehr zu gebrauchen. Ziellos lief sie in die Richtung, die der Feuervogel für seine Flucht eingeschlagen hatte.

Im Osten nahte bereits der Sonnenaufgang und sie hatte das Gefühl, jegliche Spur verloren zu haben, da kam sie zu einem einzelnen Baum, der abgelegen auf der Kuppe eines Hügels thronte.

Seine Wurzeln waren im Schnee versunken, doch weiter oben, in der Krone, konnte sie keine einzige Flocke erkennen. Hellgrüne Blätter wehten dort im Wind, in ihrer Mitte prangte ein Nest, das weder aus Reisig noch aus Gras bestand, sondern aus zahlreichen kleinen Schieferplatten. Darin saß ein Feuervogel. Dass es nicht derjenige war, gegen den Fenja gekämpft hatte, erkannte sie daran, dass ihm die Haube aus brennenden Federn fehlte, wie sie wohl nur männliche Exemplare trugen. Dies hier musste das Weibchen sein. Und allem Anschein nach hütete es ein Nest mit Eiern oder Jungtieren.

Hatte Fiona großes Glück, so verbrauchte dieser zweite Feuervogel seine Energie dafür, den steinernen Nistplatz anzuwärmen. Er würde eher eine seiner Federn aufgeben, als seine Brut in der Eiseskälte des Winters zurückzulassen. Zudem konnte er keine Feuerblitze durch seinen Baum schleudern, denn dadurch liefe er Gefahr, ihn niederzubrennen.

Verflucht, wieso nur habe ich meinen Bogen so leichtfertig verloren?, ärgerte sich Fenja.

So blieb ihr nichts anderes übrig, als auf den Baum zu klettern und dem brütenden Weibchen eine Feder auszureißen.

In ihrer Kindheit war sie oft mit Juri auf Bäume gestiegen, um Vogelnester zu plündern. Obwohl ihre Glieder steif vor Kälte waren, griff sie nach dem untersten Ast und zog sich hoch. Stück für Stück arbeitete sie sich hinauf, immer das Bild ihrer Mutter vor Augen, wie sie die Feder in ihren Händen hielt. Sie sah das Lächeln, das sich dabei auf deren Gesicht ausbreitete, die Wärme, die sich rosafarben auf ihre Wangen legte. Allein dieser Gedanke sorgte dafür, dass sie nicht nach unten blickte, sondern Ast für Ast emporkletterte.

Sie war beinahe oben angekommen, da hörte sie den Feuervogel gurren. Zunächst glaubte sie, diese Laute würden ihr gelten. Doch es klang nicht wie ein Drohen, vielmehr wie eine Melodie der Liebe. Das Weibchen sang ein Lied für seine Kinder. Nun vernahm Fenja auch das leise Piepsen, das unter dem leuchtenden Leib des Vogels herausdrang.

Der Anflug eines schlechten Gewissens überkam sie. Wie eine räuberische Schlange schlich sie sich aus der Tiefe heran, um diesen Ort des Friedens mit Krieg zu überziehen. Und dennoch: Jeder kämpfte für seine eigene Familie. Dies war das Gesetz des Lebens.

Nur noch zwei Kletterzüge trennten sie von dem Nest, da verstummte das Lied des Feuervogels plötzlich und er reckte seinen

Kopf nach oben. Fenja hielt im Klettern inne und presste sich nah an den Stamm des Baumes. Würde das Weibchen sein Nest verlassen, um sie anzugreifen?

Wild pochte ihr Herz. Sie war so nahe an ihrem Ziel!

In diesem Moment sah sie es: Im orangefarbenen Schein des Morgenrots war die dunkle Silhouette eines weiteren Vogels aufgetaucht. Es konnte sich auf keinen Fall um das Männchen handeln, denn sein Gefieder leuchtete nicht. Auch seine Umrisse ähnelten eher einem Bussard als einem Kranich.

Das Weibchen schien alarmiert. Es plusterte sein Gefieder auf, presste sich flach auf sein Nest und erstickte dadurch das Piepsen der Jungvögel. Die dichten Zweige der Baumkrone über ihm verdeckten sein auffälliges Äußeres, doch es konnte nichts dagegen tun, dass der hellgrüne Blättervorhang weithin sichtbar aus der sonst schneebedeckten Landschaft herausragte.

Das bemerkte auch der Raubvogel in der Luft. Ein angriffslustiger Schrei entwich ihm, dann ließ er sich im Sturzflug herabfallen. Als das Weibchen dies erkannte, flog es nicht etwa auf, sondern duckte sich nur noch tiefer über seine Kinder. Voller Entsetzen sah Fenja mit an, wie der Bussard auf die Mutter herabstieß und seine ausgefahrenen Krallen in ihren Leib grub.

Ein normaler Raubvogel wäre in diesem Moment in Flammen aufgegangen. Dieser jedoch bestand nicht aus Fleisch und Blut, sondern aus blankem Gestein. Er war ein Monster, eine Bestie aus dieser fremden Sphäre, genau wie der Feuervogel selbst. Doch in dieser Welt schienen dieselben Gesetze zu gelten wie in Fenjas: Stein besiegte Feuer.

Das Weibchen wurde aus seinem Nest gezogen und beide Vögel stürzten ein Stück weit durch das Geäst, ehe sie in die Lüfte aufstiegen und laut kreischend aufeinander losgingen.

Hastig brachte Fenja das letzte Stück hinter sich, das sie von dem Nest trennte. Im ersten Schein der aufgehenden Sonne sah sie über dessen Rand und erblickte drei kleine Feuervögel. Ihre Augen hatten sich bereits geöffnet, doch sie waren noch vollständig nackt. Kein wärmendes Gefieder schützte ihre Haut. Kalter Wind fegte über ihre kahlen Köpfe, woraufhin sie ein klägliches Piepsen von sich gaben und heftig zu zittern begannen.

Mitleid mit diesen hilflosen Geschöpfen durchflutete Fenja.

»Keine Angst, eure Mutter kommt bald zurück«, versuchte sie, die Jungen zu beruhigen.

Sie wandte den Blick zum Himmel. Das Feuervogelweibchen wirkte stark geschwächt. Ineinander verkrallt flatterten die beiden Kämpfenden durch die Luft. Aber der Steinvogel hatte die Oberhand gewonnen und drückte seine Gegnerin immer tiefer nach unten. Gleich würden sie neben dem Baum zu Boden sinken und das Feuer im Schnee verglimmen.

Fenjas Entschluss kam aus dem Bauch heraus. Sie nahm das Schaffell von ihren Schultern und breitete es über die Jungen im Nest. Dann kletterte sie so weit hinab, bis sie auf gleicher Höhe mit den beiden Kämpfenden war. Sollten die Gesetze dieser Sphäre auch nur annähernd dieselben sein wie in Fenjas Heimat, so konnte dieses fliegende Steinwesen nicht aus massiven Felsbrocken bestehen, sondern allenfalls aus einem Plattenpanzer, denn sonst wäre sein Körper zu schwer, um durch die Lüfte zu gleiten. Und jeder Panzer hatte eine Schwachstelle.

Sie kroch auf einem breiten Ast entlang, um mehr Spielraum nach allen Seiten zu haben. Das heller werdende Tageslicht und das glimmende Gefieder des Feuervogelweibchens erleuchteten den Körper des Bussards. Und tatsächlich: Anstelle von Federn trug er Tausende von grauen Steinschuppen am Leib.

Zum zweiten Mal in dieser Nacht hauchte Fenja einen Kuss auf ihr Messer. »Bitte triff endlich dein Ziel!«, flüsterte sie und schleuderte es nach vorn.

Für einen Moment des Schreckens glaubte sie, die Klinge würde erneut danebengehen. Doch dann ertönte ein erlösendes, knirschendes Geräusch. Das Eisen bohrte sich durch eine der Brustplatten. Kreischend öffnete der Steinvogel seine Krallen und ließ die Feuervogelmutter los. Einen Wimpernschlag später schlug er auf dem Boden auf, wo er regungslos liegen blieb.

Aufgewühlt kletterte Fenja den Baum nach unten und suchte die tödlich getroffene Bestie auf. Ein feiner Blutstrahl rann aus deren Wunde und tränkte die friedliche weiße Landschaft in rote Farbe. Selbst ein Herz aus Stein war also in der Lage, zu bluten.

Traurig holte sie sich ihr Messer zurück und wischte es im Schnee ab. Sie blickte noch einmal in den Baumwipfel hinauf, wo nun wieder ein schwacher Lichtschein im Nest zu erkennen war. Das Feuervogelweibchen und seine drei Jungen hatten überlebt. Sie aber hatte erneut versagt. Dennoch flüsterte ihr eine innere Stimme zu, dass sie richtig gehandelt hatte. Manchmal musste man sich selbst vergessen, um seinen Weg zu finden.

Und dieser führte sie zurück nach Hause. Sollte sie den Ort wiederfinden, an dem sie in diese fremde Welt gespült worden war, so brachte sie vielleicht irgendeine gütige Macht heim in ihr Dorf, zu ihrer kranken Mutter.

Sie war keine Meile weit gewandert, da schien die aufgehende Sonne hinter ihr an Strahlkraft zu gewinnen. Verblüfft drehte sie sich um und fand sich Auge in Auge mit einem Feuervogel wieder. Es war das Männchen, wie sie an seiner lodernden Federhaube erkennen konnte. Er stand nur wenige Schritte von ihr entfernt und betrachtete sie aus seinen roten Augen. Im Gegensatz zu ihrer ersten Begegnung funkelte diesmal kein Hass darin, sondern vielmehr die Wärme einer Geborgenheit spendenden Glut.

»Ich ... habe verstanden«, sagte Fenja. »Wir beide versuchen nur, unsere Familien zu beschützen. Hilf mir, zu meiner Mutter zurückzukommen.«

Er neigte sein Haupt, spreizte die Flügel und pickte eine seiner Federn heraus. Sie war rot, mit einer orange leuchtenden Mitte, gleich der aufgehenden Sonne an diesem denkwürdigen Morgen.

Fenjas Herz tat einen Sprung. Mit Tränen in den Augen stolperte sie auf den Feuervogel zu. Sie spürte die Wärme seines Gefieders, während sie vor ihm stand und vorsichtig die Feder aus seinem Schnabel pflückte.

Im selben Moment kam ein heftiger Sturm auf.

Fenja stemmte sich dagegen, umklammerte die Feder und merkte, wie ihr der Boden unter den Füßen weggezogen wurde. Eine kräftige Böe erfasste sie, zog sie nach oben und schleuderte sie mehrfach um sich selbst. Himmel und Erde vermischten sich zu einem Strudel auf Weiß und Blau, bis ihr so schwindelig wurde, dass sie die Augen schließen musste, um sich nicht zu übergeben.

Dann ließ der Angriff der Elemente nach und mit einem Mal war alles still. Erwartungsvoll öffnete sie die Lider. Sie fand sich an genau dem Geysir wieder, durch den sie vor vielen Stunden hinabgetaucht war. Auch hier hatte in der Zwischenzeit der Tag Einzug gehalten.

Die Worte ihrer Mutter kamen ihr in den Sinn: Um zum Feuervogel zu gelangen, müsste man durch Feuer und Wasser gehen, sich selbst vergessen und mit dem Wind reisen. All das hatte Fenja getan – und war mit einer Feder belohnt worden.

Noch während sie das dachte, stellte sie fest, dass ihre Hand, mit der sie das wertvolle Artefakt umschlossen hatte, leer war.

Sie fuhr hoch, drehte sich mehrfach um sich selbst, aber die Feder blieb verschwunden. Sie suchte sie überall: in den Felsspalten, den Schlammlöchern, kroch sogar ein Stück weit in den Geysir hinab, doch dieser hatte sich mit einmal so verkleinert, dass sie nicht mehr hindurch passte. Ihr Weg zurück in die andere Sphäre war verschlossen.

Erst lange nach der Mittagsstunde gab Fenja auf und machte sich in gebeugter Haltung auf den Heimweg. Trotz all ihrer Mühsal und Einsatzkraft hatte sie es nicht geschafft, ihrer Mutter Wärme zu bringen.

Mit jedem Tag, den sie heimwärts wanderte, wurde ihr Herz schwerer und der Stein in ihrem Bauch drückender. Dann endlich erreichte sie das Dorf. Noch immer herrschte tiefster Winter, noch immer waren die Tage kurz und die Nächte lang.

Sie wagte nicht, sofort zu ihrer Hütte zu gehen, sondern klopfte zuerst an Juris Tür. Gleich darauf öffnete er. Als er sie erkannte, ging in seinem Gesicht die Sonne auf.

»Fenja! Ich bin so froh, dass du zurück bist.«

Sie konnte seine Freude nicht teilen. »Meine Mutter«, flüsterte sie. »Lebt sie noch?«

»Ob sie noch lebt?« Juri zog die Augenbrauen hoch. »Vor zwei Tagen war ich mir da nicht sicher. Aber nun ... Sieh selbst!«

Er öffnete die Tür ganz und gebot ihr, einzutreten. Wärme umfing Fenja, als sie über die Schwelle trat. Unter dem Kamin brannte ein kleines Feuer, doch das allein konnte nicht der Grund für die fast sommerlich anmutende Behaglichkeit des Raumes sein. Am Esstisch in der Raummitte saß Fenjas Mutter zusammen mit einem von Juris jüngeren Brüdern über ein Brettspiel gebeugt. Soeben zog sie ihren König einige Felder weiter, klatschte in die Hände und lachte laut.

»Mama«, wisperte Fenja.

Beim Klang dieses Wortes blickte ihre Mutter auf. Ihre Augen waren wieder so strahlend blau wie ein Bergsee, der die Mittagssonne spiegelte. Röte lag auf ihren Wangen und ein Lächeln zog sich über ihr ganzes Antlitz.

»Meine Tochter!«

Sie sprang auf und beide fielen einander in die Arme. Nun endlich quollen all die Tränen aus Fenjas Augen, die sich während ihres gesamten Rückweges in ihr aufgestaut hatten. Es war, als hätte jemand einen Damm gebrochen und Flutwellen von Salzwasser aus ihrer Seele gespült.

»Wie ist das möglich?« Sie schluchzte. »Ich habe versagt und die Feder verloren!«

Ihre Mutter ließ sie kurz los und streichelte liebevoll über ihr Gesicht. »Meine wundervolle, mutige Tochter. Die Feder des Feuervogels kann man in dieser Welt nicht in seiner Hand halten. Wer sie erhält, der trägt sie in seinem Herzen. Ich danke dir, dass du sie mir gebracht hast.« Mit ihren warmen Händen umfasste sie Fenjas kalte.

Im Kamin prasselten die Flammen. Und für einen Wimpernschlag schien es, als dringe das Lied des Feuervogels in seiner vollen Schönheit durch die knisternde Glut.

Maron Fuchs

ASCHE UND GLUT

Wie gebannt starrte ich die knisternden Flammen an. Sie züngelten in die Höhe, erhellten die Düsternis und schmolzen nicht nur den Schnee, sondern fraßen sich durch alle Hütten des Dorfes. Bloß gedämpft nahm ich die Schreie der Menschen, das altbekannte Aufeinanderprallen von Schwertern und die Rufe meiner Gefährten wahr.

Dies war nicht unsere erste Schlacht, nicht einmal unsere einhundertste. Ich hatte längst aufgehört, zu zählen. Der Krieg zwang uns wieder und wieder in solche Situationen, hatte mich für Leid und Tod abgestumpft.

Doch eines war heute anders.

Der Anblick des Feuers entlockte mir kein Grinsen. Der wohlige Schauder bei dem vertrauten Knistern blieb aus. Vielleicht weil es nicht meine Flammen waren, mich das hämische Lachen der feindlichen Soldaten anwiderte. Vielleicht weil meine Landsleute gerade den Tod fanden – nicht etwa die Savischen Hunde, die dieses Schicksal weitaus mehr verdient hätten.

Sie waren diesmal direkt in unsere Heimat eingedrungen, statt, wie bisher, das zwischen Elyssana und Savium liegende Königreich Nocturnus als Kampfplatz zu nutzen. Bis zum Dorf Adrie waren sie gelangt, bevor Prinz Darius sie mit unserer Legion hatte stellen können. Doch all unsere Eile hatte wenig genützt. Adrie stand in Flammen.

Unsere Gegner waren in der Überzahl. Diese Schlacht war verloren, obwohl sie kaum begonnen hatte.

Erst die lauten, unmissverständlichen Befehle unseres Heerführers rissen mich aus meiner Starre. Wir sollten das Dorf evakuieren, den Überlebenden helfen und die Feinde zurückschlagen. Für die letzte Aufgabe war auch ich eingeteilt – wie gewohnt. Mir oblag in der Schlacht das Töten. Und ich kam dem gerne nach.

Als Zeichen, dass ich ihn verstanden hatte, nickte ich Prinz Darius zu und sondierte eilig die Lage.

Die Savischen Soldaten waren mit ihren dunklen Rüstungen unverkennbar. Und sie waren überall. Durch das Feuer konnten wir selbst in dieser finsteren Nacht die Orientierung behalten, Soldaten und Dörfler voneinander unterscheiden. Das einzig Gute an diesen alles verzehrenden Flammen.

Mein Gefährte Theotimos rannte zu mir, seine Giftpeitsche fest in der Faust umklammert. »Lass uns die rechte Flanke übernehmen, Kyros!«

Mein linker Mundwinkel zuckte in die Höhe. Umgehend zog ich das Buch der schwarzen Magie unter meinem dunklen Umhang hervor. Einmal aufgeschlagen, fuhr ich mit den Fingerspitzen über dessen raue Seiten. Ich spürte die Hitze, die von meinem Buch ausging, und ich wollte sie augenblicklich entfesseln. Es war an der Zeit, die Savier brennen zu lassen!

Wortlos setzten wir uns in Bewegung, über eine der lehmigen Straßen des Dorfes, die von brennenden Häusern und feindlichen Soldaten gesäumt war. Wir wussten genau, wie wir vorgehen mussten, um uns zu schützen und den Gegnern zugleich den größtmöglichen Schaden zuzufügen.

Als Nahkämpfer eilte Theotimos voraus und erhob seine Waffe gegen jeden Savischen Soldaten auf unserem Weg. Ich schützte ihn mit meinen Feuerzaubern aus einigen Schritten Entfernung. Seine braunen Locken waren so unverkennbar, dass ich ihn nicht einmal im Kampfgetümmel aus den Augen verlor.

Doch er benötigte meinen Schutz kaum. Er verstand es, sich an seine Gegner anzuschleichen und sie aus dem Hinterhalt zu töten. Stets fand er eine ungeschützte Stelle, an der er sein Gift mit einem einzigen Peitschenhieb injizieren konnte. Hände, Hälse, Hüften, Fersen – es gab einige Lücken in jeder Rüstung.

Allerdings wurden einige dieser Savischen Hunde auf Theotimos aufmerksam, nachdem der vierte Feind unter ersticktem Röcheln und schmerzvollen Krämpfen zu Boden gegangen war. Ein kleiner, breit gebauter Mann mit widerwärtig fauligen Zähnen wirbelte zu meinem Gefährten herum, die dunklen Augen zu Schlitzen verengt.

»Er hat Armenius niedergestreckt! Tötet diese Elyssanische Ratte!«, grollte er und erhob hastig seine Lanze.

»Ihr zerstört unsere Heimat und nennt mich eine Ratte?«, schrie Theotimos. »Bei meiner Ehre, ihr werdet leiden!«

»Als hätten Elyssaner Ehre!« Der feindliche Soldat schnaubte abfällig und schleuderte seine Waffe.

Doch er war nicht der Einzige.

Fünf seiner Mitstreiter griffen Theotimos an, eine weitere Lanze flog in seine Richtung, zudem zwei Speere und ein Pfeil. Zeitgleich stürmte ein Schwertkämpfer auf ihn zu.

Erschrocken zog er die Luft ein und wich nur knapp den ersten Wurfgeschossen aus, indem er sich bäuchlings zu Boden schmiss. Seine blau-grauen Augen waren weit aufgerissen und seine Fingerknöchel traten weiß hervor, als er den Griff um seine

Peitsche verstärkte. Er wusste, dass ihn die Speere, die zweite Lanze sowie der Schwertkämpfer erreichen würden, ehe er eine Gelegenheit zum Aufstehen hatte.

Zu seinem Glück hatte ich jedoch längst einen Zauber vorbereitet. Ein freudiges Kribbeln machte sich in mir breit, kurz bevor ich meine Magie entfesselte. Ich konnte es kaum erwarten, die Qualen der Feinde zu sehen – und zu hören.

»Ignes, erumpite!«, rief ich, die rechte Hand fest auf die linke Seite meines aufgeschlagenen Buchs gepresst. »Flammas ingerite in hostes!«

Schlagartig schossen Flammen aus dem Boden hervor, einige umhüllten die fünf feindlichen Soldaten, einige ihre Wurfgeschosse. Und einige streiften meinen Umhang.

Verstört starrte ich auf das grelle Feuer, das die rechte Ecke meines Überwurfs entfacht hatte und nach oben züngelte. Ich konnte nicht einmal genießen, dass sich die Schmerzensschreie unserer Feinde mit denen der Dorfbewohner vermischten.

Nie zuvor hatte ich mich mit einem Zauber selbst in Brand gesetzt! Ich beherrschte das Feuer perfekt. Ich beherrschte meine Magie perfekt. Ich beging keine solchen Fehler!

»Bei den Göttern …«, murmelte ich, völlig unfähig dazu, mich zu bewegen.

Eine unbekannte Hitze kroch an meinem Unterschenkel hoch, eine äußere, keine innere. Das war falsch. Schlichtweg falsch.

»Kyros! Dein Umhang!« Theotimos war inzwischen aufgestanden, nun rannte er zu mir und zerrte den Stoff von meinen Schultern, um das Feuer mit gezielten Tritten zu ersticken.

Damit riss er mich aus meiner Starre, ich schnappte nach Luft und klappte mein Buch zu. »Hab Dank.«

Skeptisch sah er erst mich, dann meinen versengten Umhang an.

»Hat dich ein Funke des feindlichen Feuers getroffen?«, fragte er und nickte in Richtung des brennenden Hauses ganz in unserer Nähe.

Unbehaglich räusperte ich mich. »So ... Nun, so muss es gewesen sein. Lass uns weiter vordringen. Wenn wir Adrie schon nicht retten können, sollten wir wenigstens dessen Zerstörer qualvoll vernichten.«

Theotimos' gerunzelte Stirn glättete sich, Entschlossenheit trat in seinen Blick. Er reichte mir den Umhang und nickte.

»Wohlan!«

Ich band das Stoffstück wieder um, während ich meinem Gefährten über die schmale Straße folgte. Zwar behielt ich stets die Lage im Blick, doch mir fehlte die Konzentration. Anders als in den bisherigen Schlachten waren meine Gedanken nicht bei meinem nächsten Angriff, nicht bei unserem Vorgehen, sondern beim Feuer selbst.

Bei ebenjenem Feuer, mit dem ich mich beinahe verbrannt hätte. Ich begriff es nicht. Was war soeben geschehen? Warum spürte ich meine innere Flamme kaum? Warum verstand ich das Feuer nicht mehr? Was war an dieser verfluchten Schlacht anders als an den unzähligen, die ich bereits geschlagen hatte?!

Wütend biss ich die Zähne zusammen, schlug mein Buch wieder auf und bereitete einen Angriff für die niederträchtigen Savier auf unserem Weg vor, die zu viert einen jungen Dörfler einkesselten. Es war eine Sache, grausam gegen feindliche Soldaten vorzugehen – aber hilflose Menschen in brennende Häuser zu drängen und über ihr Leid auch noch zu lachen, entbehrte jeglichen Ehrgefühls.

»Savisches Pack!«, brüllte Theotimos und lenkte die Aufmerksamkeit der Feinde dadurch erfolgreich auf uns.

Ein kluger Schachzug, um den hilflosen Dörfler zu schützen. Der Blick in dessen verrußtes, verheultes Gesicht verriet, dass der Bursche noch keine zwölf Jahre zählte. Er konnte sich nicht gegen vier kräftige Männer wehren. Wenn ich mir seine dürre Statur ansah, bezweifelte ich sogar, dass er ein Schwert auch nur über seinen Kopf heben könnte. Er war sicherlich keiner der zahlreichen Bauern von Adrie.

Eilig beschwor ich einen Feuerball, schleuderte ihn auf die Savier und – verfehlte. Meine Augen weiteten sich. Die Männer hatten sich nicht bewegt. Warum hatte ich sie nicht getroffen?

»Elyssanische Soldaten?« Einer der Feinde zuckte zusammen, als mein Zauber dicht an ihm vorbeischoss. Sein blondes Haar wirkte im Schein der Flammen beinahe orange, ebenso wie seine gebleckten Zähne. »Oder doch nur unbegabte Schausteller?«

Mir entfuhr ein Grollen. Diese Beleidigung ließ ich weder auf mir noch auf meiner Feuermagie sitzen! Der nächste Zauber würde treffen.

Sein Mitstreiter, der den hilflosen Burschen gerade am Kragen gepackt hatte, lachte laut auf. »Ihr seid genau rechtzeitig gekommen, um eure wichtigsten Getreidelieferanten des Südens sterben zu sehen!«

Der junge Dörfler wimmerte leise. »Bitte, ich bin nur ein Stallhelfer, kein ...«

Er konnte seinen Satz nicht beenden. Der Savier stieß ihn rücklings in das brennende Haus, dessen Holzbalken schon gefährlich ächzten und krachten.

»Nun zu euch!«, rief der Soldat und richtete seinen Blick direkt auf mich.

Unwillkürlich grinste ich. Mein nächster Angriff war bereit. Ohne jede Vorwarnung schleuderte ich einen massiven Feuerball gegen seine Brust. Diesmal traf ich, riss den Mann von den Füßen, sodass er leblos zwischen seine Mitstreiter fiel. Einen Augenblick lang verharrten sie in Entsetzen. Mein Gefährte rührte sich allerdings auch nicht.

»Theotimos, der Junge!«, schrie ich.

Zu spät. Das Überraschungsmoment war vorbei. Er konnte nicht mehr in das brennende Haus eilen und den Dörfler in Sicherheit bringen.

»Quintus! Er hat Quintus ...« Der blonde Soldat schnappte nach Luft, Röte stieg ihm ins Gesicht, als er es zu einer hässlichen Fratze verzog. Sein Unterkiefer zitterte, der Griff um seine Axt verstärkte sich. Es war offensichtlich, dass er gleich mit seiner Waffe nach mir ausholen würde. »Stirb!«

Wie erwartet rannte er an Theotimos vorbei auf mich zu. Mit zwei schnellen Schritten wich ich seinem Axthieb aus.

»Doch kein so unbegabter Schausteller, nicht wahr?«

»Möge dir der Spott zusammen mit meiner Axt im Halse stecken bleiben!«

Auch seinem nächsten Angriff wich ich geübt aus, ich duckte mich unter der Waffe hindurch, eilte einige Schritte weiter und legte dabei die rechte Hand auf mein geöffnetes Magiebuch. Ein schwaches Ziehen verriet mir allerdings, dass der Savier bei diesem Manöver meinen Umhang gestreift hatte. Er war schnell. Nicht schnell genug, dennoch beachtlich.

»Sogleich kannst du deinem gefallenen Gefährten im Tartaros beiwohnen«, versprach ich leise.

Ein bedrohliches Knurren drang aus der Kehle meines Feindes. »Zuerst wirst du ihn von mir grüßen!«

Er setzte zum nächsten Hieb an, wollte seine Axt offenbar aus der Entfernung auf mich schleudern.

»Amplexus ignium!«

In kürzester Zeit erfasste ein Feuersturm den Soldaten. Er konnte nicht einmal mehr seine Waffe auf mich werfen. Die Flammen umschlangen ihn, kreisten um ihn wie ein Windsturm und entlockten ihm laute, schrille Schmerzensschreie.

Während er vergeblich um sein Leben bettelte, stützte ich mich mit einer Hand auf mein Knie. Die zahlreichen Zauber kosteten Kraft. Ich spürte die Schweißperlen auf meiner Stirn, in meinem Nacken, überall. Mein Atem ging stoßweise. Lange konnte ich nicht mehr kämpfen. Das Feuer verlangte mir heute deutlich mehr ab als in anderen Schlachten.

Daher beendete ich in einer schnellen Handbewegung den Feuersturm, noch ehe der feindliche Soldat gänzlich zu Asche verbrannt war. Ich musste meine Kräfte sparen, musste mich damit begnügen, ihn getötet zu haben. Zumal mein Gefährte im Kampf gegen die beiden verbliebenen Savier ebenfalls Unterstützung benötigte.

Theotimos hatte die Männer erfolgreich von mir ferngehalten, jedoch keinen tödlich getroffen. Wir mussten uns beeilen – sonst würde der Stallbursche in der brennenden Hütte ersticken. Sein Husten und Wimmern drangen durch den Lärm der Schlacht bis an meine Ohren, wenn ich mich darauf konzentrierte.

Entschlossen biss ich die Zähne zusammen, murmelte den nächsten Spruch und entfesselte zahlreiche kleine Feuerbälle, die ich aus der Entfernung auf die Feinde schleuderte. Ich verfehlte sie oft. Viel zu oft. Gewiss traf nicht jeder Zauber in einem Gefecht, zumal sich Soldaten meistens bewegten. Doch derart viele Fehlschläge hatte ich noch nie verzeichnen müssen.

Endlich erreichte ein Angriff den Savier, auf den ich gezielt hatte, und ließ ihn unter einem Schmerzensschrei zurücktaumeln. Er trug zwar, wie ich, ein Kettenhemd zu seinem Schutz, doch die feinen Glieder schmolzen unter meinem Feuer.

Der Treffer war nicht tödlich, Theotimos' darauffolgender Peitschenhieb hingegen schon. Es gelang ihm, sein Gift in die ungeschützte Haut am Handgelenk des Saviers zu injizieren – was seinen letzten überlebenden Gefährten dazu brachte, überstürzt wegzurennen.

»Ehrloser Feigling!«, schrie ich ihm hinterher und schleuderte einen weiteren Feuerball auf den Deserteur.

Noch in der Beschwörung der Flammen spürte ich, dass etwas nicht stimmte. Dass ich keine Kontrolle über diesen Angriff hatte, seine Flugbahn nicht richtig beeinflussen konnte. Keinen Atemzug später flog mein tödlicher Zauber direkt auf Theotimos zu.

Mir wurde eiskalt, als ich die Gefahr realisierte. »Gib acht!«

Mein Gefährte wirbelte herum, sah den glühenden Ball und hechtete blitzschnell zur Seite. Bei diesem Sprung schlitterte er über Dreck und Gras, er stieß mit dem Kopf gegen die brennende Leiter eines kleinen Hühnerstalls, dessen Tiere schon lange die Flucht ergriffen hatten.

Ich eilte zu Theotimos, erstickte das Feuer, das seine Haare ergreifen wollte, und half ihm auf die Beine. Entgeistert starrte er mich an. Der Blick aus seinen geweiteten Augen spiegelte Gefühle wider, die gerade in mir selbst tobten: Unverständnis, Sorge, Irritation.

Ehe er eine der zahlreichen Fragen stellen konnte, die ihm ob meines missglückten Angriffs auf der Zunge lagen, drang ein verzweifelter Schrei zu uns vor.

»Hilfe! So helft mir doch!«

Wir sprachen kein Wort, rannten zurück zu dem Haus, in das der Burschen gestoßen worden war. Ein großer Balken war zu Boden gestürzt und blockierte den Weg ins Freie. Zwischen den grellen Flammen sah ich seine angsterfüllten Augen und rote Blasen von der rechten Schläfe bis zur Wange. Sicherlich nicht die einzigen Verbrennungen, die er soeben davongetragen hatte. Sein verrußtes Gesicht ließ zudem zwei frische, schmale Tränenspuren erkennen.

All dieses Leid ... Zerstörung und Tod waren heute Nacht in Adrie allgegenwärtig. Das Feuer bot kein tröstendes Licht in der Dunkelheit. Es verschlimmerte sie sogar, offenbarte all die Grausamkeiten, die hier vor sich gingen.

»Wie holen wir ihn da raus?«, fragte Theotimos leiser und gefasster, als ich es in diesem Moment erwartet hätte.

Hektisch blickte ich mich um. Allein würden wir es nicht schaffen, wir konnten nicht in dieses Flammenmeer stürzen. Selbst wenn wir es mit dem Burschen zurück ins Freie schaffen sollten, wären wir für die Schlacht nicht mehr zu gebrauchen. Und es kämpften ohnehin zu wenige Elyssaner gegen die Savische Streitmacht.

Aus dem Augenwinkel nahm ich eine schnelle Bewegung wahr. Unser Paladin Antonius brachte in einigen Schritten Entfernung eine große Familie in Sicherheit, dicht gefolgt von Theotimos' älterem Bruder, dem Weißmagier Sophos.

Auch mein Gefährte entdeckte die beiden, sein Gesicht hellte sich abrupt auf. »Bruder! Wir benötigen einen Wasserzauber!«

Sophos hob erstaunt die Augenbrauen, während er sich zu uns umdrehte. Obwohl er seinem Bruder rein äußerlich zum Verwechseln ähnlichsah, hatte er nie Interesse daran gezeigt, die Feinde zu töten oder sich in Kämpfe zu stürzen. Im Gegenteil, seine Priorität war es stets, Menschen zu retten und Zerstörungen rückgängig zu machen.

Dementsprechend schnell eilte er zu uns, nachdem er wenige Worte mit Antonius gewechselt hatte. Die heiseren Schreie des Stallburschen hatten ihm schon verraten, in welcher Lage wir uns gerade befanden. Auffordernd nickte Theotimos auf den versperrten Hauseingang, da erhob Sophos bereits seinen hölzernen Magiestab. Wie ich es für meine Zauber tun musste, murmelte er einige Worte vor sich hin. Schwarze und weiße Magie funktionierten in vielerlei Hinsicht ähnlich. So wie mein Buch ein nahezu unzerstörbares Mittel zur Entfesslung von Sprüchen war, fungierte der massive Stab für Sophos.

Er beendete sein Gemurmel mit dem Ruf: »Aqua salutis!«

Eine gewaltige Wasserblase formte sich vor dem Magiestab, schoss an Theotimos und mir vorbei zum Haus und löschte die Flammen rund um den Eingang. Leider blieben auch wir dabei nicht trocken. Ein beachtlicher Schwall ergoss sich über meine linke Seite, benetzte mein Haar, mein Ohr, sogar Arm und Bein.

Ich hasste Wasser! Ich hasste Nässe! Ich hasste das Gefühl der Tropfen auf meiner Haut und der klebenden Kleidung!

Nur mühsam schluckte ich meinen Ekel hinunter. Ich erschauderte zwar, rannte aber in das Haus und packte den schluchzenden Burschen am Arm, um ihn eilig herauszuzerren. Er stolperte schwerfällig hinter mir her, hustete und keuchte, wand sich sogar unter meinem stützenden Griff. Kein Wunder. Seine Verletzungen waren überall, rote Blasen und Striemen zeigten sich in den Löchern seiner zerschlissenen Kleidung. Ich fand keine Stelle an seinem Arm, an der ich ihm keine Pein verursachte.

Doch er klagte nicht.

Er murmelte sogar immer wieder: »Habt Dank. Habt Dank, dass Ihr mich nicht aufgegeben habt.«

So behutsam wie möglich übergab ich ihn an unseren Weißmagier. »Sophos, bring ihn in Sicherheit!«

»Folge mir, junger Freund.« Seine sanfte Stimme wirkte sichtlich beruhigend auf den Burschen, dessen Atmung regelmäßiger wurde. Sogar das Zittern ließ ein wenig nach, während Sophos fortfuhr: »Ich geleite dich zu unserem Heiler. Er wird sich um deine Verbrennungen kümmern.«

Theotimos nickte ihm zu. »Hab Dank, Bruder.«

Sophos machte eine abwinkende Handbewegung.

»Gebt auf euch acht«, sagte er eindringlich, bevor er mit dem Burschen davoneilte.

Ich war während des Gesprächs an einen der Brandherde getreten, um die ekelerregende Nässe loszuwerden. Meine Kleidung fühlte sich deutlich trockener an. Den Göttern sei Dank.

Ohne ein weiteres Wort liefen Theotimos und ich wieder los, tiefer ins Dorf. Es galt, noch zahlreiche Feinde zu stellen – allerdings hatten wir nicht damit gerechnet, dass sie uns zuvorkommen würden.

»Keinen Schritt weiter!«

Die laute Stimme offenbarte so viel Hass und Wut, dass ich unwillkürlich zusammenzuckte. Nicht weit von uns stand der Soldat, der zuvor geflohen war. Und er war nicht allein zurückgekehrt. Mir blieb der spöttische Kommentar im Hals stecken, als ich realisierte, dass wir umzingelt waren. Mindestens zwölf der Feinde kreisten Theotimos und mich ein.

»Jeweils einer gegen sechs?« Statt seiner üblichen Begeisterung hörte ich ein Zittern in der Stimme meines Gefährten. »Das wird eine Herausforderung.«

»Das wird unser Tod, wenn wir uns darauf einlassen«, antwortete ich leise, ohne den Kreis der Soldaten aus den Augen zu lassen.

»O ja, diese Angst wollte ich sehen!« Der Soldat aus dem vorherigen Gefecht lachte laut. »Nun zahlen wir euch zurück, was ihr unseren Kameraden angetan habt!«

Der grollende Laut aus Theotimos' Kehle erinnerte mich an das Knurren eines wilden Wolfs. »Dann setzt einen weiteren Kameraden auf meine Rechnung!«

Ich konnte kaum blinzeln, da war er einen schnellen Schritt vorgetreten und hatte mit seiner Waffe nach einem der Feinde ausgeholt. Mit Erfolg. Der Peitschenknall übertönte den ersten Schmerzensschrei, während sich die Widerhaken in den Hals des Saviers gruben. Das anschließende Röcheln ließ keinen Zweifel daran, dass er an dem Gift zugrunde gehen würde.

Nach dem ersten Überraschungsmoment erklangen Ausrufe des Entsetzens und der Wut. Wie in Trance nahm ich wahr, dass sich die übrigen Soldaten mit vereinten Kräften auf uns stürzen wollten. Ohne auch nur darüber nachzudenken, zückte ich mein schwarzes Buch und wirkte den schnellsten Schutzzauber, der mir zur Verfügung stand.

»Ignes, murum perducite!«

Geräuschlos baute sich eine Mauer aus Feuer um Theotimos und mich auf. Für gewöhnlich züngelten meine Flammen zwei bis drei Meter in die Höhe und schnitten unseren Feinden dadurch nicht nur den Weg ab, sondern blendeten sie auch. Doch nun war die Feuerwand gerade einmal so hoch wie ich selbst – und man konnte mich wahrlich nicht als sonderlich groß bezeichnen.

»Eine kluge Reaktion«, murmelte Theotimos anerkennend. »Aber niedriger als sonst, nicht wahr?«

Angespannt nickte ich. »So scheint es.«

»Nun, es reicht aus, um uns kurzzeitig zu schützen. Gewiss erreichen uns bald einige unserer Gefährten.«

»Diese Barrikade könnt ihr nicht ewig aufrechterhalten!«, schrie einer der Männer hinter den Flammen. »Und sobald diese Wand fällt, erwartet euch die Rache Saviums!«

Es ärgerte mich maßlos, dass Theotimos und ich so sehr im Nachteil waren. Dass ich die Mauer nicht höher und dichter errichten konnte und bereits spürte, wie meine Kräfte schwanden. Wir waren diesen Soldaten ausgeliefert, sollten uns unsere eigenen Mitstreiter nicht bald zur Hilfe kommen. Denn die Götter allein wussten, wie lange uns mein Feuer noch schützen konnte.

»Kyros, die Flammen werden schwächer!«

Als ob ich das nicht wüsste!

Ich biss die Zähne zusammen, legte meine Hand wieder auf die rechte Buchseite und wirkte einen Verstärkungszauber.

»Nos ab insidiis hostium munite!«

Nun züngelten die Flammen wieder kraftvoller, greller und höher um uns. Sophos' Wasserzauber war inzwischen gänzlich getrocknet, nur Schweiß rann über mein Gesicht, tropfte von meiner Stirn. Mir wurde schwindlig. Ich merkte erst, dass ich schwankte, als Theotimos meinen Oberarm ergriff.

»Halte durch! Nicht mehr lange«, redete er auf mich ein. »So sehr es mir widerstrebt, uns diese Blöße zu geben ... ich werde nach unseren Gefährten rufen. Bitte, verliere nicht die Kraft!«

Halbherzig zog ich einen Mundwinkel in die Höhe. Schwindende Kraft war nur ein Teil des Problems. Unter den gewohnt freudigen Schauder beim Einsatz meiner Magie hatte sich seit Beginn dieser Schlacht ein weiteres Gefühl gemischt. Ein kaltes und klammes Gefühl, das ich erst jetzt erkannte.

Zweifel.

Etwas, das ich nur ein einziges Mal in Verbindung mit meinen Fähigkeiten gespürt hatte.

Dabei lag dieser unheilige Tag schon beinahe zwei Dekaden zurück …

»Du musst deinen Stab brechen, wenn du die schwarze Magie in dir entfesseln willst, Kyros.«

Unruhig trat ich von einem Fuß auf den anderen, spürte das unablässige Herzrasen in meiner Brust. Mein Blick ruhte auf dem schweren Holzstab in meiner rechten Hand. Erst kürzlich hatte ich ihn erhalten, nachdem sich gezeigt hatte, dass ich magiebegabt war.

Jeder Mensch mit solchen Fähigkeiten nutzte zunächst weiße Magie. Der Wechsel zu den dunklen Künsten war eine unwiderrufliche Entscheidung. In meiner Familie hatten alle diese Entscheidung getroffen. Ich stammte aus einer langen Reihe von berühmten Schwarzmagiern und Hexen. Daher war es keine Frage gewesen, dass auch ich den weißen Zaubern den Rücken kehren würde, sollte ich magiebegabt sein. Jedoch tobte eine gewaltige Sorge in mir, beinahe schon Angst.

Ich ließ meinen Blick über das weite, brachliegende Feld vor mir wandern. Die Außenbezirke des Dorfes wirkten am frühen Abend stets wie ausgestorben. Schließlich sah ich zu der Frau, die neben mir stand.

Ihre langen schwarzen Haare fielen als Zopf über ihren Rücken auf das schlichte Kleid, das sie trug. Sie schenkte mir ein ermutigendes Lächeln, das mich sehr beruhigte. Endlich konnte ich wieder stillstehen, atmete tief durch und verstärkte den Griff um meinen Magiestab.

»Was wird dann geschehen, Mutter?«

»Du wirst große Schmerzen verspüren, jedoch nur für wenige Augenblicke. Wenn sich die schwarze Magie in dir zeigt, wird dein Herz wie betäubt sein«, erzählte sie mir zum wiederholten Male.

Sie klang geduldig, obwohl ich diese Frage schon häufig gestellt hatte. Vielleicht hatte sie so viel Verständnis, weil ich erst acht Jahre zählte. Oder weil sie die Befürchtungen spürte, die trotz unserer Familientradition in mir tobten. Bei aller Erleichterung, magiebegabt zu sein, die dumpfe Angst vor dem Ritual ließ sich nicht völlig abschütteln. Zumal es für die männlichen Schwarzmagier gefährlicher war als für die weiblichen Hexen.

»Ich werde einen Teil meiner Gefühle opfern, nicht wahr?«, hakte ich nach und biss mir von innen auf die Lippen. »Freude wird sich schwächer anfühlen. Wut stärker.«

»Alle Glücksgefühle werden geschwächt, in der Tat. Dafür wird deine Magie um ein Vielfaches verstärkt. So war es auch bei mir, als ich mich dazu entschied, eine Hexe zu werden.« Für den Bruchteil eines Wimpernschlags sah ich Wehmut in ihrem Gesicht, doch gleich darauf leuchteten ihre dunklen Augen voller Begeisterung. »Und wir werden herausfinden, welches Element deine Magie leitet! Ob du ein Erdmagier wirst wie dein Vater und dein Oheim? Oder ein Eismagier, wie dein Großvater einer war?«

Unvermittelt musste ich lachen. »Dann würde ich vielleicht wie er einen Eisberg beschwören!«

Mutter stimmte in mein Lachen ein, hielt sich dabei vornehm eine Hand vor den Mund. »Anders als er wirst du jedoch keine Pfützen in der Stube hinterlassen. Wir sind nicht grundlos ins Freie gegangen.«

Sobald sich das Element der schwarzen Magie zeigte, das in einem Zauberer steckte, passierten skurrile Dinge. Direkt nach dem Bruch des Stabs würde sich von selbst ein Spruch entfesseln, ganz ohne mein Zutun – was mich mit Neugierde und Nervosität erfüllte.

Vater konnte leider kein Zeuge dieses Moments werden. Er diente König Magnus in der Hauptstadt Elysia, daher kam er nur selten zurück in unser Heimatdorf Hedone. Doch Mutter und ich würden ihm einen Brief schreiben und ihm davon berichten, welcher Schwarzmagier ich war.

Entschlossen straffte ich die Schultern. Gewiss trat ich in seine Fußstapfen als Erdmagier. Es war eines der häufigsten Elemente – und dennoch ein recht anerkanntes, da die Herrschaft darüber zahlreiche Vorteile mit sich brachte. Die selteneren Elemente gingen mit noch mehr Ansehen einher, vor allem Blitz- und Feuermagie. Oftmals erhielten Familien mit solchen Magiern höhere Ehrungen, sogar Adelstitel. Doch das geschah nahezu nie. Der letzte Feuermagier hatte vor mehr als einem Jahrhundert in Elyssana gelebt.

»Nun gut, Mutter. Ich bin bereit. Lass uns gemeinsam herausfinden, wozu ich imstande bin!«

Ihr Lächeln wärmte mich von innen heraus, so stolz und glücklich wirkte sie wegen meiner Worte. Sie strich sanft durch mein schwarzes Haar. »Zu Großem, daran habe ich keinen Zweifel.«

Erheitert und skeptisch zugleich hob ich die Augenbrauen. »Obgleich sich meine Magie erst so spät gezeigt hat?«

»Gutes entsteht nicht in Eile«, wandte sie mit einem Zwinkern ein.

»Wohlan«, murmelte ich und erhob den hölzernen Stab mit beiden Händen.

Ruckartig zerbrach ich ihn über meinem angezogenen Knie, ohne länger darüber nachzudenken und womöglich den Mut wieder zu verlieren.

Das Krachen verriet den Erfolg meines Vorhabens. Der Stab, den ich erst seit wenigen Tagen durch das Erwachen meiner Magie erhalten hatte, brach mit zahlreichen Splittern in zwei Teile.

Keinen Atemzug später erfassten mich die Schmerzen mit der Wucht einer rasenden Postkutsche. Ich fiel auf die Knie, auf den weichen Erdboden, japste nach Luft und kauerte mich zusammen, die Augen fest zusammengekniffen, die Zähne aufeinandergepresst.

Mein Innerstes brannte, jedes Glied fühlte sich an, als würde es von heißen Nadeln durchbohrt. Am schlimmsten jedoch waren das Stechen und Ziehen in der Brust. Kurzzeitig glaubte ich, vor Schmerzen sterben zu müssen. Bis die ersten Qualen abebbten und ein dumpfes Gefühl von Leere hinterließen. Das bedeutete es also, sein Herz durch die schwarze Magie zu betäuben. Meine freudige Aufregung wegen dieser Zeremonie spürte ich kaum noch, als wäre sie hinter einem Vorhang verborgen. Meine Angst hingegen tobte in mir wie ein Wirbelsturm.

Oder war dieses unbändige Gefühl etwas anderes?

Es war so warm. Regelrecht heiß. Eine unbekannte Hitze wuchs in mir, durchdrang mich nach und nach von den Zehenspitzen an. Allerdings fühlte es sich gut an, richtig, als wäre diese Wärme ein wichtiger Teil von mir.

Was für ein Element war das? Was für einen Zauber hatte das Erwachen meiner schwarzen Magie beschworen?

Verunsichert blinzelte ich, wollte mich umsehen, wurde jedoch von Mutters leisem Keuchen davon abgehalten. Erst in diesem Moment bemerkte ich, dass etwas nicht stimmte.

Ich blickte zu ihr auf, nicht weit, denn sie kniete nun ebenfalls im Dreck. Ihr elegant geflochtener Zopf war über ihre Schulter nach vorne gefallen, so sehr krümmte sie sich. Um sie herum war ein merkwürdiger rot-orangefarbener Schein, der mich an unser winterliches Kaminfeuer erinnerte. Dieses Leuchten umgab ihren ganzen Körper, rahmte ihn ein und ließ sie beinahe göttlich wirken.

Mein Mund klappte auf. Was ging hier vor sich?

Sichtlich mühsam griff sie nach meiner linken Schulter. »O Kyros, ich kann kaum glauben, dass … dass … dass …« Sie verstummte abrupt, als würde sie nach Worten suchen. Oder als hätte sie unerträgliche Schmerzen.

Währenddessen wanderte die merkwürdige Hitze weiter in mir hoch, erreichte bereits meinen Bauch und meine Taille. Mein Blut kochte. Es strömte so viel Energie durch mich, dass ich nicht stillhalten konnte. Ich zappelte voller Unruhe, während ich darauf wartete, was Mutter zu sagen hatte.

Sie schlang ihren freien Arm um ihren Bauch. »Dass dein Element das Feuer ist!«

Schlagartig drehte sich mein Magen um. Nun wurde mir klar, was gerade geschah. Was für einen mächtigen und tödlichen Zauber meine erwachende schwarze Magie gewirkt hatte. Das Feuer, das in mir anstieg, war mein Element. Zugleich stieg diese Hitze in Mutter an – und verbrannte sie!

Daher dieses flammende Leuchten um sie herum. Daher ihre offensichtlichen Qualen.

»Nein!«, rief ich schrill. Meine Stimme überschlug sich. »Ein solches Feuer will ich nicht! Es soll aufhören! Es soll dir nicht wehtun!«

Ihr Griff um meine Schulter wurde schmerzhaft fest. »Sei stolz auf dein Element! Sei stolz auf dich, mein Sohn! Keine größere Ehrung als deine Feuermagie könnte unsere Familie erhalten!«

»Nein! Mutter, nein!«, schrie ich.

»Doch! Kyros, höre mir zu: Sei stolz. Denn ich bin es, und ich bringe dieses Opfer gern.« Mühsam schnappte sie nach Luft, wimmerte dabei leise und wand sich unter ihren Schmerzen.

Ich konnte kaum begreifen, dass sie gerade von innen heraus verbrannte. Dass die Flamme, die sich in mir so problemlos aufbaute, derart tödlich in ihr wütete und dabei nur einen schwachen Schein um ihre schlanke Silhouette erkennen ließ.

Verzweifelt packte ich ihre Hand, als könnte ich das Feuer dadurch aus ihr herausziehen. »Ich werde es kontrollieren! Halte durch, Mutter, ich werde diesen Zauber beenden!«

Der mutlose, mitleidige, milde Blick in ihren Augen brach mir das Herz. Sie wusste bereits, dass sie verloren war, doch sie widersprach meiner naiven Rede nicht. »O Kyros, mein Kyros ... die Götter haben dich gesegnet. Ich erwarte Großes von dir.«

Mir blieb nicht einmal die Zeit für eine Antwort, da wurde ihr Griff bereits schwächer. Sie brachte noch ein schwaches Lächeln zustande, dann brach sie leblos zusammen.

Für einen Augenblick blieb meine Welt stehen. Ich spürte nichts. Und dann überwältigte mich die Erkenntnis, was soeben geschehen war. Dass meine Magie einen viel zu hohen Tribut gefordert und Mutter getötet hatte.

Auf den Knien rutschte ich näher an sie heran, rüttelte an ihrem Arm, rief nach ihr und erhielt keine Antwort. Tränen stiegen mir in die Augen, ein unkontrollierbares Schluchzen schüttelte mich. Ich vergrub mein Gesicht im Stoff ihres Kleids, kauerte mich zusammen und weinte hemmungslos.

Ich hatte das seltenste, mächtigste und wertvollste Element der schwarzen Magie erhalten.

Und im Gegenzug Mutter verloren.

Beinahe wäre ich auf die Knie gefallen, doch Theotimos bemerkte es rechtzeitig und hielt mich aufrecht. Ich konnte kaum atmen, was nur in geringem Maße an meiner Erschöpfung durch den Schutzzauber lag. Ausgerechnet in dieser brenzligen Schlacht erinnerte ich mich mit solch grausamer Klarheit an den Beginn – und zugleich den Tiefpunkt – meiner Fähigkeiten.

Vater hatte mir nie verziehen, was geschehen war.

Der Stolz, einen Feuermagier in der Familie zu haben, wurde von Mutters Verlust zu sehr überschattet. Ein so seltenes und mächtiges Element forderte seinen Tribut – ein Menschenleben.

Etwas so Unersetzliches, dass jede Freude im Keim erstickt wurde. Da hatten alle Ehrungen und Titel nichts genutzt. Für Vater war auch die Liebe zu seinem Sohn an diesem unheilvollen Tage gestorben. Er hatte mich schnellstmöglich ins Elyssanische Heer geschickt, um mich nicht mehr aufziehen zu müssen.

Ich verübelte es ihm nicht. Meine Kräfte waren tödlich – und damit genau das, was meine Heimat brauchte. Im Kampf für das Königreich hatte ich meinen Platz gefunden.

Doch all das hatte ich ihm bis zu seinem Tod nicht mehr gesagt. Wir hatten kaum noch miteinander gesprochen. Er war in Schloss Elysia gewesen, ich auf zahllosen Schlachtfeldern unter verschiedenen Heerführern. Ich hatte mich durch meine Talente schnell in die Erste Legion hochgearbeitet, wo ich zunächst unter dem bereits gefallenen Prinz Augustus gekämpft hatte. Nun diente ich unter seinem jüngeren Bruder, Prinz Darius.

Es hatte einige Zeit gedauert, Mutters Tod zu akzeptieren und den Schock zu überwinden. Meine grässlichen Zweifel hatte ich nur dadurch abschütteln können, dass ich mir ihre Worte wieder und wieder ins Gedächtnis gerufen hatte. Sie war stolz auf mich gewesen. Sie hatte an mich geglaubt. Also wollte ich ihr Vertrauen nicht enttäuschen!

Mit eisernem Willen richtete ich mich auf, blätterte einige Seiten meines Magiebuchs um und schlug die Hand auf die richtige Stelle, während ich bereits begann, die Formel zu murmeln. Durch die züngelnde Flammenwand sah ich gelegentlich die Savischen Soldaten, die uns umzingelten. Sie wirkten ekelhaft siegessicher. Nicht mehr lange.

»Bruder! Antonius! Prinz Darius! Hört uns jemand?«, schrie Theotimos durch den Lärm der Schlacht und das Knistern im ganzen Dorf. »Wir wurden eingekesselt und benötigen Hilfe! Hilfe!«

»Euch räudigen Ratten kann niemand mehr helfen!«, entgegnete einer der Feinde hämisch.

Theotimos spannte den Kiefer an, seine Waffenhand zuckte. »Wir werden uns nicht kampflos ergeben!«

Mein Zauber war beinahe beendet. Ich unterbrach den leisen Spruch vor den letzten Worten und schenkte meinem Gefährten einen ermutigenden Blick.

»Sorge dich nicht. Sogleich werden wir dieser Belagerung entfliehen können.«

Seine blau-grauen Augen weiteten sich. »Kannst du einen ausreichend mächtigen Zauber wirken?«

Obwohl in dieser Frage ängstliche Skepsis mitschwang, ging ich nicht darauf ein. Freudlos zog ich einen Mundwinkel in die Höhe. »Adrie steht bereits in Flammen. Einige mehr können es nicht schlimmer machen.«

Auch Theotimos bemühte sich um ein unechtes Lächeln. »Wohl wahr.«

Gleich darauf sprach ich die fehlenden drei Worte aus und wirkte somit den vorbereiteten Zauber. Dabei stieß ich meine rechte Hand vor mir durch die Luft und ließ so die Flammenwand auf unsere Feinde schnellen.

Im grellen Feuer erkannte ich nicht viel, doch die erschrockenen Schreie genügten als Bestätigung für den Erfolg meines Angriffs. Noch ehe die Flammen verglühten, hörten Theotimos und ich zudem das Klirren von aufeinanderprallendem Metall. Die Soldaten, die meinen Zauber überlebt hatten, schienen in einen Nahkampf verwickelt worden zu sein.

Als sich meine Augen an die neuen Lichtverhältnisse gewöhnt hatten, sah ich den Ritter Remus und Prinz Darius Rücken an Rücken gegen die Feinde kämpfen.

Remus schwang sein Breitschwert kraftvoll, wehrte dadurch die Savischen Angriffe ab, während Prinz Darius den Gegnern mit seinem schmalen Rapier blitzschnell den Endschlag verpasste. Er trug nicht umsonst den Titel eines Schwertmeisters.

»Kyros! Theotimos!«, brüllte er zwischen zwei Hieben.

Er duckte sich unter einer feindlichen Axt hindurch, warf einen kurzen Blick über die Schulter zu uns. Der harte Ausdruck in seinen Augen spiegelte die Gefahr der Lage wider – wobei er stets ernst und beherrscht wirkte, nicht nur in Schlachten.

»Seid ihr verletzt?«

»Wir konnten uns schützen!«, antwortete Theotimos und eilte mit gezogener Peitsche ebenfalls ins Gefecht.

Der Prinz nickte uns zu. »Den Göttern sei Dank! Adrie ist beinahe vollständig evakuiert! Lediglich die verbliebenen Feinde gilt es, zu töten!«

Dieser Bericht erleichterte mich sehr, zugleich rang er mir Respekt für unseren Anführer ab. Er hatte es mit seinen durchdachten Anweisungen geschafft, unser nachteiliges Blatt wieder zu wenden. Der Prinz mochte erst siebzehn Jahre zählen, doch er war ein herausragender Stratege. So schwer es für ihn gewesen sein musste, die Nachfolge seines gefallenen Bruders anzutreten.

Natürlich ließ er sich diese Bürde nicht anmerken. Er kämpfte mit aller Kraft, um diesen elendigen Krieg zu gewinnen und zu beenden. So auch in dieser Nacht.

Er, Remus und Theotimos verwickelten die verbliebenen sieben Savischen Soldaten dieses Dorfbereichs in ein hartes Gefecht. Währenddessen beschwor ich neue Feuerbälle, um die Männer in den dunklen Rüstungen hinterrücks zu attackieren.

Noch immer brannten, glühten und rauchten die Hütten von Adrie. Noch immer offenbarten die Flammen Zerstörung und Tod. Noch immer hatte ich ein flaues Gefühl von Abscheu, Kummer und ... Zweifel im Magen.

Zu spät bemerkte ich, dass mich diese Emotionen wieder überwältigten und mir die Herrschaft über meine Magie raubten. Ein Feuerball schoss direkt vor meine Füße, einer mit viel zu großer Wucht in die Menge der Feinde. Der Einschlag löste eine kleine Explosion aus, die zwei Savier und Theotimos von den Füßen riss.

Mein Herz blieb stehen, als ich das Leuchtfeuer sah. Erst das laute Röcheln der drei liegenden Männer ließ mich wieder atmen. Ich hatte zwar die Feinde nicht getötet, jedoch auch nicht Theotimos. Er war nur verletzt. Den Göttern sei Dank.

Mit einem lauten Knall schloss ich mein schwarzes Buch.

Was, wenn mein nächster Zauber doch einen Gefährten tötete – oder gar den Prinzen? Sollte ich mich aus dem Kampf zurückziehen? Zu viele Angriffe waren mir in der heutigen Nacht missglückt ...

Verunsichert starrte ich zum Gefecht wenige Schritte vor mir. Remus und der Prinz mussten sich noch gegen vier Savier behaupten. Normalerweise stellte es für Mitglieder der Ersten Legion kein Problem dar, gegen zwei Feinde auf einmal zu kämpfen. Mein Eingreifen sollte nicht mehr nötig sein.

Aber dann geschah ein furchtbares Missgeschick.

Mitten in einer Parade, als Prinz Darius zur Abwehr einen schnellen Schritt zurücktrat, geriet er in die Bahn von Remus' Schwerthieb. Der kräftige und wegen seiner Vollrüstung eher langsame Ritter konnte den Angriff nicht abbrechen, seine Klinge raste auf unseren Thronfolger zu.

Der Prinz riss die dunkelbraunen Augen weit auf, stieß einen Schrei aus und warf sich so schnell rücklings auf den Boden, dass Remus' Schwert ihn nur noch am Ohr streifte. Zugleich stürzte er dabei auf sein eigenes Rapier, das sich in seinen Unterschenkel bohrte.

Diese Gelegenheit ließen sich die Feinde nicht entgehen. Wie in Trance sah ich die vier Männer auf ihn zustürmen, hörte ihre begeisterten Schreie, die den Tod des nun wehrlosen Elyssanischen Kronprinzen forderten, sogar schon den Sieg Saviums bejubelten. Remus erstarrte völlig.

Doch in mir brannte etwas. Ich spürte meine innere Flamme wieder, reagierte sofort, öffnete mein Buch. Ich hatte keine Zeit, in dieser erbitterten Schlacht auch noch mit mir selbst zu kämpfen!

Diese Zweifel machten mich schwach, ließen mich die Kontrolle über das Feuer verlieren und brachten damit alle in Gefahr. Wenn ich Mutters Andenken und ihr großes Opfer ehren wollte, durfte ich nicht länger verzagen! Ich musste die zerstörerische Macht nutzen, die mir gegeben war.

So löste ich im Bruchteil eines Augenblicks einen Zauber aus, der eine schützende Flammenwand um Prinz Darius errichtete und zugleich die vier Feinde in einer Feuersbrunst einschloss. Außer Asche würde nichts von ihnen übrig bleiben. Das wusste ich schon, als ich die Faust ballte, um die Savier in diesem Zauber zu fesseln.

Doch ich wurde kein Zeuge meines Erfolgs mehr. Ich hatte meine Kraft aufgebraucht.

Um mich herum wurde alles schwarz.

Abstoßende Nässe auf meinem Gesicht weckte mich. Ich schnappte nach Luft, schoss in die Höhe und wischte mit den

Ärmeln hektisch das laue Wasser ab. Dabei spürte ich, dass etwas von meiner Brust in meinen Schoß fiel.

»Wie erfreulich, dich wohlauf zu sehen, Kyros.«

Irritiert starrte ich in blau-graue Augen, über denen einige vereinzelte braune Locken hingen. Doch vor mir saß nicht Theotimos, sondern sein älterer Bruder.

»Sophos«, murmelte ich und rieb ein letztes Mal zur Sicherheit über mein Gesicht. »Was ... Wo ...?«

Er reichte mir die offene Feldflasche, die er in der Hand hielt. »Die Schlacht ist vorbei. Jedoch warst du bewusstlos, während die letzten Savier den Tod fanden. Antonius und ich trugen dich aus Adrie hinaus.«

Ich nahm die Flasche, trank allerdings nicht sofort. Zunächst sah ich mich desorientiert um. Ich saß auf einer Wiese, mitten im Schnee. Auf meinem Schoß lag mein schwarzes Buch der Magie. Das blassgrüne Mondlicht erhellte die Ebene zusammen mit einem orangefarbenen Feuerschein links hinter mir. Schnell blickte ich über die Schulter zurück auf das brennende Dorf und die Felder dahinter.

Dies war also das Ende von Adrie. In einigen Stunden würde das Feuer verglühen und Asche zurücklassen.

Die überlebenden Dörfler und meine Gefährten befanden sich auf dieser Ebene. Familien beklagten ihre Verluste, einige Menschen schluchzten und weinten, viele betrachteten traurig die Flammen.

Prinz Darius unterhielt sich mit seinen Rittern Aigidios und Remus, anscheinend berieten sie sich über das weitere Vorgehen. Neben ihnen lag unser Heiler Primus eingerollt auf dem Boden, schlafend, mitten im Schnee. Er hatte sich offensichtlich um alle Verletzten gekümmert und benötigte nun Ruhe.

Mit den Augen suchte ich nach Theotimos, sah ihn nur wenige Schritte entfernt bei Antonius sitzen. Er lächelte schief, als sich unsere Blicke trafen. Ich erwiderte die Geste. Anscheinend grollte er mir nicht wegen seiner vorherigen Verletzung, das erleichterte mich sehr.

Diese Schlacht war relativ glimpflich ausgegangen, obschon das kein Grund zur Freude war, dachte man an all die Verstorbenen.

»Hab Dank für deine Hilfe, Sophos«, antwortete ich meinem Gefährten schließlich und trank ein paar Schlucke.

»Nicht doch. Wie steht es um dich?« Forschend sah er mir in die Augen. »Mein Bruder erzählte mir im Vertrauen, dass dir die Magie in der Schlacht Schwierigkeiten bereitet hat.«

Zerknirscht starrte ich auf den zertretenen Schnee neben mir. »Es war nicht leicht, doch ich habe die Kontrolle über mein Feuer zurückbekommen.«

»Das hörte ich. Dein letzter Angriff muss sehr eindrucksvoll gewesen sein, der Prinz zeigte sich jedenfalls begeistert. Gewiss wird er dir das noch persönlich sagen. Doch wie kam es, dass du die Kontrolle überhaupt verloren hast?«

Hätte nicht ausgerechnet Sophos gefragt, hätte ich nun geschwiegen. Doch seine ruhige Art hatte stets etwas Vertrauenswürdiges, zudem verstand er als Zauberer die Probleme der Magie. Also rang ich mich zu einer Antwort durch.

»Der heutige Kampf hat mir die zerstörerische Macht des Feuers in aller Grausamkeit vor Augen geführt. Der feindliche Brand hat Zweifel in mir entfacht.«

Am Rande bemerkte ich, wie Sophos langsam nickte. »Ich verstehe. All das Leid, dessen Zeugen wir in dieser Nacht geworden sind, kann schier unerträglich sein.«

»So ist es. Und anders als die heilsame weiße Magie ist die schwarze ähnlich zerstörerisch wie der feindliche Angriff auf Adrie. Darüber hinaus verfüge ich über das tödlichste Element.«

»Jedoch bringt schwarze Magie nicht per se Unheil«, sprach Sophos ein, was mich dazu brachte, erstaunt zu ihm aufzublicken. Er rieb sich nachdenklich über die kurzen Bartstoppeln an seinem Kinn, fixierte dabei den Himmel. »Ebenso wenig wie das Element des Feuers. Auch weiße Magie kann missbraucht und als Waffe eingesetzt werden. Es liegt allein an uns, wie wir unsere Kräfte nutzen.«

Trocken lachte ich auf. »Ich nutze die Meinen stets, um Zerstörung und Tod über die Feinde zu bringen.«

Da schmunzelte er. »Und um deine Gefährten zu schützen.«

Diese Worte ließen mich stutzen. Ich dachte lange über sie nach, sagte schließlich nur: »In der Tat.«

»Wenn du jedoch an deinen Fähigkeiten zweifelst, wird dir das nicht mehr gelingen«, entgegnete er.

»Das habe ich heute deutlich gespürt.« Mein Blick wanderte zu dem Buch auf meinem Schoß. Ich nahm es in die linke Hand, strich mit rechts über die geschlossenen Seiten, die eine vertraute Wärme ausstrahlten. »Nie wieder werde ich dem Feuer misstrauen. Es hat mich stets richtig geleitet, nachdem ich seinen hohen Preis gezahlt habe.«

Sophos und Theotimos kannten die Geschichte vom Erwachen meiner Magie. Bei den zahllosen Nachtwachen im Lager hatten wir auch einige persönliche Gespräche geführt.

»Derartige Mächte fordern ihren Tribut. Lass deinen Verlust nicht umsonst gewesen sein«, flüsterte Sophos.

Ohne darauf zu antworten, nickte ich.

Der einzige Tribut, den mein Feuer noch fordern würde, war der Untergang Saviums. Uns standen etliche Schlachten bevor, um diesen erbitterten Krieg zu beenden.

Und die Feinde sollten brennen!

Elvira Zeißler

FLAMMENDE WUT

»Dauert es noch lange?« Gelangweilt lehnte sich Eowyn an die glatte Steinwand.

Thalea schoss ihr einen mahnenden Blick zu.

»Du repräsentierst unseren Orden, also reiß dich zusammen!«, raunte die ältere Jägerin leise.

Unwillig nahm das Mädchen Haltung an. Ein Jahr war es nun her, seit Thalea die damals vierzehnjährige Eowyn halb tot aufgefunden und mitgenommen hatte. Ein Jahr, in dem Eowyn die Ausbildung zur Jägerin durchlief. In dieser Zeit hatte sie viel gelernt. Nicht so sehr, was die Kampfkunst anging, darin konnte ihr kaum einer etwas vormachen, umso mehr dafür in Bezug auf Strategie, List und Planung.

Mit dem ganzen zeremoniellen Pomp konnte sie allerdings wenig anfangen. Natürlich verehrte sie Aria – die Göttin, unter deren Zeichen sie geboren worden war und deren Orden sie nun angehörte. Trotzdem kamen ihr die letzten beiden Stunden wie reine Zeitverschwendung vor. Viel lieber hätte sie im Keller des Tempels trainiert oder wäre mit Pfeil und Bogen durch den nahe gelegenen Wald gestreift, dessen Wipfel sie durch das Fenster erspähte. Die Bäume wiegten sich im leichten Wind und schienen sie gleichermaßen zu locken und zu verspotten.

Thaleas Ellbogen landete in Eowyns Rippen. Wie es aussah, knieten sich die Anwesenden gerade zum Abschlussgebet hin.

Erleichtert machte Eowyn es ihnen nach. Während sich die Priesterin am Altar in großen Worten erging, fragte sich Eowyn unwillkürlich, ob die Göttin wirklich so viel Wert auf all diese Riten legte. Ihr selbst genügte ein kurzes Gebet unter dem Sternbild von Arias Bogen oder inmitten der raschelnden Blätter des Waldes, um sich ihrer Göttin nahe zu fühlen.

Sie seufzte. Vermutlich bildete sie auch hierbei mal wieder eine Ausnahme.

Das Mädchen ließ den Blick unauffällig über die Menge gleiten. In den meisten Gesichtern zeigte sich die angemessene Mischung aus Ehrfurcht und Feierlichkeit. Eowyn beeilte sich, ihre eigenen Züge unter Kontrolle zu bringen. Thalea hatte recht. Der Orden der Jägerinnen genoss in den meisten Städten nicht nur wegen der ausgezeichneten Fähigkeiten so großes Ansehen, sondern auch, weil er mit Arias Segen und in ihrem Namen agierte. Ohne die Göttin wären sie kaum mehr als eine Bande von Kopfgeldjägerinnen.

Die Priesterin am Altar sprach ihre Abschlussworte und Eowyn richtete sich zufrieden auf. Damit war das Hochfest beendet, das die letzten drei Tage angedauert hatte, und sie konnten endlich zum Tagesgeschäft übergehen.

Thalea, die mit Eowyns Ausbildung betraut war, schüttelte kaum merklich den Kopf, als sie sich ebenfalls aufrichtete. Eowyn hielt inne, offenbar war sie etwas zu vorschnell gewesen.

Die Menge zerstreute sich, und Eowyn wandte sich nun ebenfalls zum Ausgang.

»Warte«, hielt Thalea sie zurück. »Dara möchte mit uns reden.«

»Ein Auftrag?« Eowyn horchte interessiert auf.

Sie brannte darauf, sich endlich beweisen zu können, etwas wirklich Bedeutsames zu tun. Bisher hatte sie Thalea nur bei Kleinigkeiten begleiten dürfen. Meist musste sie bloß daneben stehen, während Thalea einen Streit schlichtete oder einem Unruhestifter eine Lektion verpasste. Eowyn fand, dass dies eine Verschwendung ihrer Talente darstellte. Sowohl Thalea als auch sie hatten deutlich mehr auf dem Kasten. Außerdem spielte es keine Rolle, wie oft sie Thalea bei Schlichtungen oder Vermittlungen zusah – aus ihr würde niemals eine Diplomatin werden.

»Mehr weiß ich leider nicht.« Thalea seufzte. Ihr fiel es auch nicht leicht, die Aufpasserin zu spielen und dafür auf all die Abenteuer zu verzichten, die das Leben einer Jägerin ausmachten. »Komm mit.« Sie führte Eowyn durch eine Seitentür aus dem Versammlungsraum hinaus.

Im Flur wartete Dara bereits auf sie. Eowyn mochte die Frau, die der kleinen Gruppe der Jägerinnen in Bantor seit etwa zwei Jahren vorstand. Für eine Oberin war sie vergleichsweise jung, ungefähr Mitte vierzig. Ihr kurzes rotes Haar war in Stacheln nach oben frisiert und über dem schwarzen Kampfanzug einer Jägerin trug sie eine bodenlange, helle Robe. Sie zwinkerte Eowyn verschwörerisch zu. »Sieht aus, als hätte Aria endlich deine Gebete erhört.«

»Ich bekomme einen Auftrag?«, entfuhr es Eowyn begeistert.

»Ihr beide«, korrigierte Dara sie. »Allein bist du noch nicht so weit.«

»Bin ich doch!«, beharrte Eowyn trotzig.

Sie hatte in ihrem jungen Leben bereits einiges durchgemacht, sie hatte mehr als genug Kampferfahrung.

»Nicht alles lässt sich mit Muskelkraft lösen«, ermahnte Dara sie schmunzelnd, als wüsste sie, was Eowyn durch den Kopf ging.

»Das versuche ich auch, ihr einzubläuen.« Thalea verdrehte die Augen.

»Aber es kann einem viel Zeit und Mühe ersparen«, entgegnete Eowyn grinsend.

»Ein Glück, dass ich genau weiß, dass du es nicht ernst meinst«, gab Dara zurück.

Sie führte die beiden in einen Besprechungsraum, in dem ein einfach gekleideter Mann auf sie wartete. Auf den ersten Blick bemerkte Eowyn seine Nervosität, zudem kitzelte sein Schweißgeruch unangenehm ihre empfindliche Nase. Unwillkürlich machte das Mädchen einen Schritt zurück und atmete flach durch den Mund. Thalea warf ihr einen fragenden Blick zu, den Eowyn getrost ignorierte. Sie wusste, dass ihre Sinne deutlich feiner waren als die aller anderen.

Der Mann beäugte eingeschüchtert die drei bewaffneten Frauen. Sein Blick glitt über Dara und Thalea zu Eowyn – und stockte irritiert.

Eowyn presste die Lippen zusammen. Sie hasste diesen Moment bei jeder Begegnung. Es spielte keine Rolle, ob sie als Tochter des Clanführers oder als Jägerin der Aria auftrat, welche Kluft sie anzog und wie sie sich verhielt – sobald die Menschen ihre Augen sahen, wussten sie, dass sie anders war. Wobei sie selbst nicht sagen konnte, worin genau sich diese Andersartigkeit begründete. Vielleicht war sie bloß eine Laune der Natur, ein geschmackloser Scherz der Götter, die sie mit überdurchschnittlicher Kraft, außergewöhnlich scharfen Sinnen und lilafarbenen Augen bedacht hatten.

Sie war eine Außenseiterin, wohin sie auch ging.

»Das sind Thalea und Eowyn«, stellte Dara sie energisch vor und zog seine Aufmerksamkeit somit auf sich. »Die beiden Jägerinnen werden sich Eures Anliegens annehmen. Könnt Ihr es bitte kurz für sie zusammenfassen?«

»Natürlich.« Der Mann räusperte sich mit einem letzten misstrauischen Blick in Eowyns Richtung. »Mein Name ist Jandor Thimal. Ich komme aus einem Dorf etwa eine Tagesreise westlich von hier, in den Ausläufern des Gebirges. Vor ungefähr zehn Tagen gab es in den Bergen einen furchtbaren Waldbrand. Wir hatten große Mühe, das Feuer einzudämmen, damit es nicht ins Tal und damit auf unsere Felder überging.«

Mit gerunzelter Stirn lauschte Eowyn dem Bericht. Das hörte sich nicht gerade nach einem Auftrag für die Jägerinnen an.

»Glaubt Ihr, dass dieses Feuer absichtlich gelegt wurde?«, fragte Thalea verwundert. Ihre Gedanken mussten in eine ähnliche Richtung gegangen sein.

»Nein.« Jandor schüttelte den Kopf. »Besser gesagt, ich weiß es nicht.«

»Die Geschichte geht weiter«, warf Dara ein. »Fahrt bitte fort«, wandte sie sich an den Mann.

Er nickte eifrig. »In den darauffolgenden Tagen sahen wir tiefer im Gebirge weitere Feuer lodern, aber da der Wald an unserem Berghang bereits verkohlt war und uns auch durch Funkenschlag und Wind keine Gefahr mehr drohte, beachteten wir es nicht weiter. Dieser Sommer ist sehr heiß und trocken, da reicht ein nicht sorgsam gelöschtes Lagerfeuer, um einen Brand zu entfachen.« Er holte tief Luft. »Vor ungefähr einer Woche wurde jedoch ein Großteil unserer Felder ohne Vorwarnung in Brand gesetzt. Ein Junge, der in der Nähe die Ziegen hütete, erzählte von einer brüllenden Flammenkugel, die aus den Bergen heranrollte. Er kam bloß mit dem Leben davon, weil er seine Ziegen in den nahe gelegenen Fluss trieb und selbst mit Haut und Haar untertauchte, bis die Gefahr vorbei war. Als er im Dorf davon erzählte, wollten wir ihm erst nicht glauben, aber die Verwüstung sprach für sich.«

»Konnte er das Feuer nicht unwillentlich selbst verursacht und die Geschichte erfunden haben, um von sich abzulenken?«, warf Thalea ein.

»Der Gedanke war uns natürlich auch gekommen, aber die Spuren erzählen etwas anderes.«

»Welche Spuren?« Eowyn beugte sich interessiert vor.

»Feuer«, entgegnete er mit unheilschwangerer Stimme. »Es sieht tatsächlich aus, als hätte sich eine Feuerkugel ihren Weg durch das Gras gebrannt.«

»Vielleicht ein Drakken«, sagte Thalea sinnierend.

»Das haben auch wir vermutet«, entgegnete der Mann. »Wir haben Fallen aufgestellt, ergebnislos. Es scheint keine Drakken in unserer Gegend zu geben. Dafür wurde unser Nachbardorf komplett niedergebrannt. Keiner kann sagen, wie oder warum.« Er schüttelte betrübt den Kopf. »Wir haben sofort begonnen, einen Schutzgraben um das Dorf zu ziehen. Ich hoffe sehr, dass er uns absichern kann. Als ich aufbrach, war er fast fertig. Zusätzlich stehen überall Fässer mit Wasser herum. Unsere Ernte ist trotzdem komplett verloren. Ich weiß nicht, wie wir den Winter überstehen sollen.«

»Was genau sollen wir da tun?«, fragte Thalea.

»Wir haben gehofft, Ihr würdet herausfinden, wer für die Brände zuständig ist, und ihm das Handwerk legen.«

»Gehe ich recht in der Annahme, dass Ihr für unsere Dienste nicht zahlen könnt?«, fragte Dara ruhig.

Jandor wischte seine schwitzigen Hände unbehaglich an der Hose ab. »Wir werden eine Möglichkeit finden.«

»Unsere Dienste sind nicht gerade günstig«, fuhr Dara ungerührt fort. »Und Ihr sagt selbst, dass Ihr kaum genug habt, um durch den Winter zu kommen.«

»Wir brauchen Hilfe.« Verzweiflung flackerte in seinem Blick.

»Ihr könntet Euch an die offiziellen Stellen wenden.«

Eowyn schnappte entrüstet nach Luft. Die Jägerinnen ließen sich ihre Dienste in der Regel zwar mit klingender Münze bezahlen, trotzdem hatte sie sich und die anderen nie als einfache Söldnerinnen betrachtet, die Hilfsbedürftige im Stich ließen, sobald diese nicht vermögend genug waren.

»Die nächste Garnison ist gut drei Tagesreisen entfernt!«, entfuhr es ihr.

Womöglich gab es gar kein Dorf mehr, wenn Jandor mit den Truppen zurückkehrte. *Falls* die Armee überhaupt mitkam. Eowyn hatte aus bitterer Erfahrung kein allzu großes Vertrauen in die Hilfsbereitschaft Timsdalischer Soldaten.

Dara warf ihr einen scharfen Blick zu, der Eowyn zum Verstummen brachte. »Ich möchte bloß, dass sich alle Beteiligten über die Situation im Klaren sind.«

»Was soll das bedeuten?« Jandor wirkte genauso verwundert wie Eowyn.

»Da Ihr uns nicht angemessen entlohnen könnt, kann ich keine meiner Jägerinnen *anweisen*, Euren Auftrag anzunehmen. Die Entscheidung liegt ganz allein bei ihnen.« Sie schenkte Eowyn ein kleines Lächeln.

»Ich bin dabei!«, rief diese enthusiastisch aus.

Zur Not würde sie auch allein gehen. Sie zweifelte nicht daran, dass sie es schaffen konnte.

»Ich komme mit dir«, brummte Thalea. »Ich habe mich zu lange mit dir abgeplagt, um dich als Grillspieß enden zu lassen.«

Eowyn warf ihr einen empörten Blick zu. »Ein bisschen mehr Vertrauen, bitte!«

»Hätte ich, wenn du uns beim letzten Mal nicht in solche Schwierigkeiten gebracht hättest.«

»Ich hatte alles im Griff!«, entgegnete Eowyn trotzig. Zumindest fast alles. »Ich wäre auch allein klargekommen.«

»Daran zweifle ich nicht. Aber unser gesamtes Honorar wäre für die Ausgleichszahlungen wegen gebrochener Gliedmaßen und entstellter Gesichter draufgegangen.«

»Seid ihr jetzt fertig?«, unterbrach Dara trocken das Geplänkel. Ihr Blick richtete sich auf Eowyn. »Da es dieses Mal kein Honorar gibt, das zur Wiedergutmachung genutzt werden kann, wäre ich dankbar, wenn sich die Kollateralschäden im Zaum halten würden.«

»Es war nicht meine Schuld!«, betonte Eowyn.

Was konnte sie dafür, dass der eingebildete Sohn ihres letzten Klienten geglaubt hatte, sie ungefragt anfassen zu dürfen, und dabei in ihre Faust hineingerannt war – dreimal?

»Wie auch immer.«

Dara öffnete den an der Wand stehenden Sekretär. Schnell schrieb sie ein paar Sätze auf ein Blatt Papier, ließ ein bisschen Wachs darunter tropfen und drückte ihren Siegelring darauf.

»Was ist das?«, fragte Eowyn leise.

Sie hatte bisher nie erlebt, dass ein Auftrag so förmlich bestätigt wurde. Normalerweise genügte ein Handschlag. Immerhin legte sich niemand ungestraft mit dem Orden der Jägerinnen an.

»Ich bin nicht sicher.« Thalea trat interessiert näher.

»Da Ihr uns für unsere Dienste nicht bezahlen könnt, schlage ich ein etwas anderes Arrangement vor«, erklärte Dara und reichte das Schriftstück an Jandor weiter. »Im Gegenzug für unsere Hilfe verpflichtet sich Euer Dorf, vorbeiziehenden Jägerinnen Unterkunft und Nahrung zu gewähren. Ich hätte gern hier Eure Unterschrift.« Sie deutete auf die entsprechende Stelle.

Jandor zögerte.

»Ihr könnt doch schreiben?«, vergewisserte sich Dara.

»Schon, aber … Ich bin nicht sicher, ob ich eine solche Verpflichtung für unser ganzes Dorf eingehen darf.«

»Wie Ihr wollt.« Dara schürzte die Lippen. »Denkt in Ruhe darüber nach, *wir* haben Zeit.«

Eowyn verkniff sich ein Lächeln, während sie Jandor bei seinen Überlegungen betrachtete. Die Gegenleistung, die Dara erbat, war kaum der Rede wert, im Grunde gebot es schon die Gastfreundschaft. Vermutlich bestand Dara nur darauf, um nicht das Gerücht in die Welt zu setzen, die Jägerinnen würden unentgeltlich agieren. Jandor sah allerdings so aus, als würde er befürchten, dass demnächst Hunderte von Frauen in sein abgelegenes Dorf einfielen, um es sich dort richtig gut gehen zu lassen.

Schließlich seufzte er leidgeprüft. »Einverstanden.«

Er nahm die Feder und kritzelte seinen Namen auf das Papier.

»Sehr schön«, Thalea rieb energisch ihre Hände. »Wir sollten auf der Stelle aufbrechen.«

Beschwingt folgte Eowyn ihrer Ausbilderin nach draußen. Sie war offensichtlich nicht die Einzige, die sich auf ein wenig Abenteuer freute.

Knapp eine Stunde später befanden sie sich auf dem Weg zum Dorf. Eowyn und Thalea waren daran gewöhnt, mit leichtem Gepäck zu reisen. Ihre Pferde trabten die staubige Landstraße entlang und Eowyn genoss den warmen Wind auf ihrem Gesicht. Wegen des heißen Wetters hatten sie auf ihre übliche schwarze Lederkluft verzichtet und sich stattdessen für leichte Stoffhosen und dazu passende Hemden entschieden. Nur von ihren Waffen hatte sich Eowyn nicht trennen wollen. Das Gewicht der beiden Dolche in ihren Stiefeln, sowie des Schwerts an ihrer Hüfte, war überaus beruhigend. Von den kleinen Wurfsternen, die in den Stulpen an ihren Handgelenken verborgen waren, ganz zu schweigen.

Lachend trieb Eowyn ihr Pferd an. Obwohl sie inzwischen seit einem Jahr bei den Jägerinnen lebte, fühlte sie sich hinter den Stadtmauern nicht sonderlich wohl.

»Nicht so schnell!«, rief Thalea ihr hinterher.

Eowyn zog bedauernd an den Zügeln, bevor sie sich im Sattel herumdrehte. Jandor war mit seinem Karren ein ganzes Stück hinter ihnen zurückgefallen und sie verzog das Gesicht.

»Müssen wir auf ihn warten? Er hält uns bloß auf!«, beschwerte sie sich bei Thalea, die zu ihr aufschloss.

Die Jägerin bedachte Jandor mit einem abschätzenden Blick. »Schade, dass er den Karren nicht zurücklassen wollte.« Sie seufzte. »Bei dem Tempo werden wir das Dorf heute nicht mehr erreichen.«

»Ist etwas?« Jandor holte endlich auf und sah die beiden Frauen verunsichert an.

»Wenn die Lage im Dorf wirklich so kritisch ist, sollten wir besser vorreiten«, schlug Eowyn vor, ohne Thaleas Entscheidung abzuwarten.

Thalea räusperte sich mahnend, doch Eowyn ignorierte sie. Sie hatte so lange auf eine richtige Mission gewartet, dass ihr jede weitere Verzögerung unerträglich erschien.

Jandor wirkte hin- und hergerissen. »Seid Ihr sicher, dass Ihr das richtige Dorf finden werdet?«

»Ist es nicht das mit einer Feuerschneise drumherum?« Eowyn grinste spöttisch.

»Was sie damit sagen will«, meldete sich Thalea nachdrücklich zu Wort, »Ihr könnt uns den Weg so genau wie möglich beschreiben, sicher gibt es Anhaltspunkte, mit deren Hilfe wir Eure Siedlung erkennen können.«

»Außerdem geht es gar nicht um das Dorf«, warf Eowyn ein. »Wir sollen denjenigen finden, der die Brände verursacht, und das wird kaum einer Eurer Leute sein.«

Womöglich würden sie sich ins Gebirge begeben müssen. Die Aussicht ließ Eowyns Herz schneller klopfen. Es war lange her, dass sie durch unberührte Wälder gestreift war. Die kleinen Ansammlungen von Bäumen, die in Timsdal als Wald bezeichnet wurden, entlockten ihr bloß ein müdes Lächeln.

»Wie Ihr meint.« Jandor schielte nervös zu Eowyn hinüber.

Er wusste offensichtlich nicht, was er von ihr halten sollte – einem fünfzehnjährigen Mädchen mit fremdartigen Augen, das keine Scheu davor hatte, einem erwachsenen Mann ihre Meinung mitzuteilen. Dabei wusste er nicht einmal die Hälfte über sie.

»Dann machen wir das so«, entschied Thalea und holte eine Landkarte aus ihrer Satteltasche.

Anhand von Jandors Hinweisen hatte sie keine Schwierigkeiten, das richtige Dorf zu finden.

»Ich kenne die Siedlung«, erklärte sie schließlich. »Ich bin schon einige Male in dieser Gegend gewesen.«

»Dann los!« Eowyn zog an den Zügeln, um ihr Pferd in die entsprechende Richtung zu lenken.

»Wir sehen uns«, sagte Thalea zum Abschied und nickte Eowyn aufmunternd zu.

Gemeinsam ließen sie ihre Pferde antraben.

»Wäre es wirklich so schwer, mir das Reden zu überlassen?«, fragte Thalea tadelnd, sobald sie außer Hörweite waren. »Du magst viele Talente haben, Kleine, aber Taktgefühl und Diplomatie gehören nicht dazu.«

Eowyn hasste es, wenn die Jägerin sie als *Kleine* bezeichnete. »Warum soll man drumherum reden, wenn es mit klaren Worten viel schneller geht?«

Thalea verdrehte die Augen. »Manchmal wünschte ich, ich wäre an diesem einen Abend in eine andere Kneipe gegangen, dann hätte ich jetzt nicht eine so aufmüpfige Göre am Hals.«

»Ach ja?«, rief Eowyn herausfordernd aus und drängte entschieden die Bilder an ihr Kennenlernen zurück. »Zumindest bringt dich diese *Göre* dazu, über dich selbst hinauszuwachsen. Wer zuerst auf dem Hügel da oben ist!«

»Ich meine es ernst!« Thalea griff in Eowyns Zügel, bevor diese ihr Pferd antreiben konnte. »Wir wissen beide, dass du in bestimmen Bereichen besser bist als andere Menschen. Wenn deine Überlegenheit jedoch zu Verachtung führt, wird es kritisch. Deine Gaben wurden dir geschenkt, so wie jedem anderen die seinen. Du hast nichts getan, um sie zu verdienen, also geben sie dir auch nicht das Recht, dich über andere zu erheben. Außerdem kann die Stimmung sehr schnell zu deinen Ungunsten kippen. Die wenigsten Menschen kommen damit klar, sich unterlegen zu fühlen.«

»Das weiß ich sehr gut!«, presste Eowyn hervor.

Sie war ihr Leben lang ausgegrenzt und gehänselt worden, weil sich ihre Andersartigkeit nicht verbergen ließ.

»Du meinst also, ich soll die Nachteile meiner *Gaben*, wie du sie nennst, schweigend ertragen, ohne die Vorteile nutzen zu dürfen?«

»Nein.« Thalea schüttelte langsam den Kopf. »Ich meine: Du solltest nicht zulassen, dass die Erfahrungen deiner Vergangenheit deine Zukunft vergiften.«

»Wie auch immer«, brummte Eowyn. Sie hatte gerade absolut keine Lust, über diese neue Lektion nachzudenken. »Wir sollten uns beeilen. Wenn mich nicht alles täuscht, stehen Menschenleben auf dem Spiel!«

Gegen Abend erreichten sie das Dorf. Zum Glück war es unversehrt. Der fast drei Meter breite und zwei Meter tiefe Graben, der es umschloss, hatte offensichtlich seinen Zweck erfüllt. Zudem war der Aushub als eine Art zusätzlicher Schutzwall auf der Außenseite des Grabens aufgeschichtet worden. Eowyn ließ ihren Blick über die Umgebung der Siedlung schweifen, dorthin, wo sich eigentlich Felder voller Gemüse und Getreide erheben sollten.

»Es ist alles verbrannt«, murmelte sie betroffen.

Jandor hatte nicht übertrieben, die Lage der Menschen hier war kritisch.

Thalea räusperte sich. »Das kann unmöglich das Werk ein paar verärgerter Drakken sein. Die Plagegeister setzen zwar Felder in Brand, aber das hier sieht nach einem gezielten Angriff aus.« Sie deutete auf die verkohlte Spur, die sich an dem Graben entlang zog. »Außerdem hätte der Graben die Drakken nicht aufgehalten. Die Weibchen können fliegen.«

Erde rieselte unter ihren Füßen hinab, als Eowyn vorsichtig den aufgeschichteten Hügel erklomm und sich auf der anderen Seite an den Abstieg machte.

»Pass auf, dass du nicht in die Grube rutschst!«, rief Thalea ihr besorgt hinterher.

»Kein Problem!«, gab Eowyn zurück. »Die Erde ist weich genug, um Halt zu bieten.« Bei jedem Schritt sanken ihre Füße tief ein. Vorsichtig näherte sie sich dem Graben, dessen Boden mit schlammigem Wasser bedeckt war. »Die Leute hier haben Glück gehabt. Das Dorf muss auf einer Grundwasserader stehen. Wer weiß, ob der Graben sonst etwas genutzt hätte.«

»Siehst du irgendwelche Spuren?« Thalea gesellte sich zu ihr und hockte sich hin.

»Nein.« Eowyn schüttelte den Kopf.

Die sonst locker aufgeschichtete Erde wirkte an manchen Stellen regelrecht festgebacken. Abgesehen davon konnten nicht einmal ihre empfindlichen Sinne etwas ausmachen. Keine Fußspuren, keinen noch so winzigen Hinweis.

»Vielleicht haben die Anwohner etwas gesehen.« Thalea klopfte sich den Staub von den Händen und stand auf.

»Eine Idee, wie wir rüberkommen?«, fragte Eowyn. Es gab keine Brücke auf die andere Seite und das Dorftor war verschlossen.

»Man hat uns mit Sicherheit schon gesehen.« Am Rand des Grabens balancierend, stellte sich die Jägerin direkt gegenüber dem Tor auf und hob die Hand. »Mein Name ist Thalea Ariasen, Jandor hat uns im Tempel von Bantor um Hilfe ersucht.«

Skeptisch betrachtete Eowyn die Pforte, die sich kein Stückchen rührte.

»Wir kommen, um zu helfen!«, hob Thalea erneut ihre Stimme.

»Bist du sicher, dass uns jemand zuhört?«

Im Geiste schätzte Eowyn bereits ab, wie viel Anlauf sie benötigte, um über den Graben zu springen. Leider ragte nur knapp einen Meter dahinter die Dorfmauer in die Höhe, das ließ nicht genug Raum, um den Schwung abzubremsen, aber vielleicht konnte sie ihn nutzen, um die Mauer zu erklimmen …

»Wo ist Jandor?«, durchbrach eine misstrauische Stimme ihre Grübelei.

Thalea warf Eowyn ein triumphierendes Lächeln zu. »Er kommt spätestens morgen früh nach, wir wollten keine Zeit verlieren.«

»Wartet da, wo wir euch sehen können!«

Eowyn stemmte die Hände in die Hüfte, während das Dorftor einen Spaltbreit geöffnet wurde. Thalea und sie sahen nun wirklich nicht wie zwei Feuerteufel aus. Ein paar Männer huschten heraus und schoben eine lange Planke über den Graben.

»Ich gehe zuerst«, entschied Thalea und betrat die improvisierte Brücke.

Das Brett wackelte unter ihrem Gewicht und Eowyn hockte sich hin, um es festzuhalten. Ihr Auftritt wäre nur halb so eindrucksvoll, würde Thalea im Wasser landen. Sobald die Jägerin das andere Ende erreicht hatte, folgte Eowyn ihr leichtfüßig über den Graben. Trotz aller Ermahnungen konnte sie es sich nicht verkneifen, hin und wieder ein wenig anzugeben. Thalea, die bereits in ein Gespräch mit den Männern vertieft war, nahm das kaum zur Kenntnis. Sie nickte Eowyn knapp zu und folgte den Männern hinein.

Leider konnten ihnen die Dorfbewohner, außer einer Erfrischung, wenig Hilfreiches anbieten. Es war mehrfach eine Art Feuerkugel gesichtet worden, die sich dem Dorf genähert hatte und wieder abzogen war, nachdem sie keinen Weg hineingefunden hatte.

»Wann hat sich der letzte Angriff ereignet?«

»Gestern«, erscholl es aus mehreren Kehlen.

»Wobei es kein richtiger Angriff war«, räumte einer der Männer ein. »Das Ding hat eine Runde um das Dorf gedreht und ist zurück in die Berge verschwunden. Solange wir im Dorf bleiben, scheinen wir sicher zu sein, aber wir können uns nicht ewig verschanzen.«

»Hat jemand von euch früher von ähnlichen Vorfällen gehört?«, fragte Thalea.

»Nein.«

Die Menschen um sie herum schüttelten entmutigt die Köpfe.

»Ist es ein Dämon?«, fragte eine Frau besorgt.

»So etwas gibt es nicht«, winkte Thalea ab. »Habt Ihr gesehen, wodurch es sich bewegt? Gibt es eine Kette, von der es gezogen wird, oder eine Art Antrieb?«

»Du glaubst, jemand hat das Ding konstruiert?«, fragte Eowyn leise.

Thalea zuckte mit den Schultern. »Die Erfinder in Quessam kommen auf die verrücktesten Dinge. Eine andere Erklärung fällt mir nicht ein.«

»Was ist mit Magie?«, warf ein Mann unbehaglich ein.

»Nein.« Thalea lächelte besänftigend. »Die Magiergilde hat sicher Besseres zu tun, als ein abgelegenes Dorf zu bedrohen.«

Eowyn nickte. Sie glaubte ebenso wenig, dass hier ein Magier am Werk war. Ganz einfach, weil die Gilde trotz ihres hochtrabenden Namens gar nicht in der Lage war, so etwas zustande zu bringen. Immerhin hatten sie auch nicht das Geringste gegen die Nebelgrenze ausrichten können, die Eowyns Heimat vor einem Jahr verschlungen hatte. Die Magier waren nichts als ein Haufen aufgeblasener Wichtigtuer.

»Lass uns gehen.« Sie stupste Thalea mit dem Ellbogen an.

Wie immer die Lösung dieses Rätsels lauten mochte, hier würden sie diese nicht finden. Einen Moment lang wirkte die Jägerin, als würde sie widersprechen wollen, immerhin war die Dämmerung nicht mehr fern, dann nickte sie jedoch.

»Ihr wollt wirklich Jagd auf das Ding machen?« Ehrfurcht und Fassungslosigkeit sprachen aus den Stimmen der Menschen.

Thalea straffte die Schultern. »Deswegen sind wir schließlich hier.«

»Das wäre euer Tod!«, ereiferte sich ein Mann. »Mein Dorf wurde vollständig niedergebrannt. Ich habe gesehen, was mit Menschen geschah, die der Bestie in die Quere kamen. Es blieben nur Knochen übrig, nachdem das Ding über sie hinweggerollt war.«

»Bestie?«, fragte Eowyn nach. »Ihr glaubt, das Ding ist lebendig?«

Der Mann erschauderte. »Es verhielt sich jedenfalls so.«

Eowyn warf ihrer Ausbilderin einen unbehaglichen Blick zu. Von einem Feuerwesen hatte sie noch nie etwas gehört. Thalea hatte ihre Jägerinnenmiene aufgesetzt, die keinen ihrer Gedanken durchdringen ließ.

»Habt Dank.« Sie nickte in die Runde. »Habt ihr vielleicht Wasserbeutel, die ihr uns mitgeben könnt?«

»Sicher.« Der Mann, der sie zuerst begrüßt hatte, gab ein paar Burschen einen Wink. »Ich fürchte nur, es wird nicht reichen, um euch vor dem Feuer zu schützen.«

Das sah Eowyn ähnlich. Andererseits müsste schon einiges schiefgehen, bevor es zu einer direkten Konfrontation mit dem Ding kam. Thalea ging nie unnötige Risiken ein.

Vollbeladen mit Wasser und Fackeln machten sie sich wieder auf den Weg. Es war nicht schwer, der versengten Spur zu folgen, die mehr oder weniger gerade auf das Gebirge zuhielt. Daher kamen Thalea und Eowyn flott voran.

»Was glaubst du, was uns erwartet?«, brach Eowyn nach einer Weile das angespannte Schweigen.

»Ich habe nicht die leiseste Ahnung. Bis zum Schluss habe ich gehofft, dass wir es doch nur mit einem wild gewordenen

Drakken zu tun haben. Aber diese Hoffnung können wir getrost begraben.« Thalea deutete auf die gut einen Meter breite Spur, die sich vor ihnen erstreckte.

In der näheren Umgebung konnte Eowyn weitere Brandspuren erkennen, die etwas älter zu sein schienen als diejenige, der sie gerade folgten. Es sah aus, als wäre die Feuerkugel hier bereits mehr als einmal unterwegs gewesen. Doch so sehr Eowyn ihre Sinne anstrengte, es blieb alles still.

In der Dämmerung entzündeten sie ihre Fackeln, um den Weg besser sehen zu können. Erst als das Gelände zu steil und felsig für eine gefahrlose Weiterreise wurde, schlugen sie ihr Lager auf. Sie hatten bereits den verbrannten Teil des Waldes erreicht. Asche und Staub hingen in der Luft und die Baumstämme ragten als abgebrannte, spitze Pfähle empor. Eowyn schlang die Arme um ihre Knie und rückte näher an das Lagerfeuer heran. Eine gespenstische Stille lag in der Luft, die ihr ganz und gar nicht behagte.

»Wie ist der Plan?«, fragte sie in dem Versuch, ihre Beklemmung zu vertreiben.

»Wir können keine Pläne schmieden, solange wir nicht wissen, womit wir es zu tun haben. Also müssen wir zunächst wohl oder übel mehr Informationen sammeln.«

»Bei allem, was ich bisher mitbekommen habe, wirkt das Ding nicht sonderlich auskunftsfreudig.«

»Haha«, brummte Thalea. »Trotzdem geschieht nichts ohne Grund. Irgendetwas muss vorgefallen sein, was zu diesen Angriffen geführt hat. Wenn wir die Ursache entdecken, finden wir mit Sicherheit einen Weg, sie zu aufzuhalten.«

»Könnte es ein Angriff seitens Horigan sein?«, fragte Eowyn.

Sie wusste so gut wie gar nichts über Timsdals barbarisches Nachbarland, außer, dass die Menschen dort sehr kriegerisch und arm waren und die Grenze zwischen den beiden Reichen irgendwo in diesem Gebirge verlief.

»Das wäre eine Möglichkeit«, sagte Thalea nachdenklich. »Aber Spekulationen bringen uns nicht weiter. Wir sollten lieber ruhen, damit wir morgen früh wach und kräftig sind.« Sie holte Eowyns Decke aus der Satteltasche und warf sie dem Mädchen zu. »Ich übernehme die erste Wache.«

Am nächsten Tag mussten sie ihre Pferde gegen Mittag zurücklassen. Unbeirrt folgten sie zu Fuß der verbrannten Spur, die sich immer tiefer ins Gebirge hineinzog.

Für Eowyn ergab das keinen Sinn. Wieso sollte die Feuerkugel Siedlungen und Menschen angreifen und dann einfach wieder abziehen? Welchen Zweck hatte man damit verfolgt?

Zumindest schienen die Dörfer des Flachlands außer Gefahr zu sein, es sei denn, die Feuerkugel kehrte auf einem anderen Weg zurück. Der Gedanke ließ Eowyn innehalten. Konnte es sein, dass sie einer falschen Spur folgten? War das Dorf, das sie eigentlich schützen wollten, inzwischen längst vernichtet?

»Was ist los?«, erkundigte sich Thalea alarmiert. »Hast du etwas gehört?« Sie hatte in den vergangenen Monaten gelernt, Eowyns Sinnen und Instinkten zu vertrauen.

»Nein, mir kam bloß ein Gedanke.« In knappen Worten schilderte Eowyn ihre Befürchtung.

»Mhm.« Thalea musterte die versengten Grasbüschel, die hier und dort aus dem Boden sprossen. »Wenn wir wenigstens wüssten, wie schnell das Ding ist. Ob wir es allmählich einholen oder es uns davonrennt.«

»Ich würde auf das Zweite tippen«, gab Eowyn missmutig zu. »Der Rauchgeruch wird zunehmend schwächer. Vielleicht sollten wir lieber umkehren.«

Thalea sah sich aufmerksam um. »Da hinten scheint es einen freien Blick auf das Tal zu geben.« Sie deutete auf ein kleines Felsplateau, das ungefähr eine halbe Wegstunde von ihnen entfernt aufragte. »Wir sollten uns einen Überblick verschaffen und danach eine Entscheidung treffen.«

»Einverstanden.« Eowyn schulterte den schweren Wasserbeutel und setzte sich in Bewegung.

Thalea behielt recht. Die Felsformation bot eine exzellente Aussicht. Erschüttert betrachtete Eowyn das Gewirr aus feinen schwarzen Linien, die all die verbrannten Wege der Feuerkugel markierten. Das Ding hatte deutlich mehr als nur ein Dorf und unzählige Felder auf dem Gewissen.

»Fällt dir etwas auf?« Thalea schirmte die Augen mit der Hand ab, um besser sehen zu können.

»Sieht aus, als wäre jemand stinkwütend auf die Leute hier«, gab Eowyn düster zurück.

Das Ausmaß der Zerstörung würde die ganze Region in arge Schwierigkeiten bringen.

»Nein«, widersprach Thalea langsam. »Es ist ein Suchmuster.«

»Wie meinst du das?« Eowyn bemühte sich, eine Struktur in dem Gewirr der Wege zu finden.

»Es sieht aus, als würde das Ding nach etwas suchen.«

»Und wonach?«

»Ich weiß es nicht. Aber es muss eingesehen haben, dass es nicht da ist. Siehst du? Da hinten sind Jandors Dorf und die Spur, der wir folgen. Das Ding ist nicht mehr wiedergekommen.«

»Wir werden es dennoch suchen, nicht wahr?«

Es behagte Eowyn nicht, die wehrlosen Menschen einer unbekannten Gefahr auszuliefern, die jederzeit zurückkehren könnte.

Thalea schmunzelte. »Keine Bange, du bekommst deinen Einsatz.«

»Darum geht es nicht …« Zumindest nicht ausschließlich.

»Ich weiß. Das hier ist größer, als wir gedacht haben. Etwas Eigenartiges geht hier vor, etwas, das wir auf jeden Fall untersuchen müssen.«

»Dann sollten wir keine Zeit verlieren!«

Unermüdlich drangen sie weiter ins Gebirge vor, bis die Lichtverhältnisse sie erneut dazu zwangen, eine Rast einzulegen.

Mitten in der Nacht riss ein fremdartiges Geräusch Eowyn aus ihrem Schlaf.

»Was ist das?«, wandte sie sich an Thalea, die sich lauschend halb aufgerichtet hatte.

»Sag du es mir«, entgegnete die Jägerin beunruhigt.

»Wir sollten nachsehen!«

Eowyn griff nach ihrem Schwert, während Thalea eine Fackel entzündete. Eowyn wartete nicht, bis die Jägerin fertig war. Ihr genügte das Mondlicht, um ihren Weg zu erkennen. So schnell sie konnte, rannte sie voran und hörte, wie ihr Thalea fluchend folgte.

Das Geräusch verstummte, aber sie hatte sich die Richtung gemerkt, aus der es gekommen war. Zusätzlich halfen ihr die Rußspuren, die sie hin und wieder entdeckte, bei der Orientierung. Eigenartigerweise wurden sie immer schwächer, als würde das Feuer der Kugel allmählich abkühlen. Eowyn sah sich um und entdeckte einen mannshohen Felsspalt.

»Ich glaube, hier ist eine Höhle!«

Thalea rieb ihre Fingerspitzen über den dunklen Stein.

»Ruß«, murmelte sie wenig begeistert. »Uns bleibt auch nichts erspart.«

Sie schob sich vorsichtig durch die Öffnung. Das Licht der Fackel erhellte einen gewundenen Gang. Der Geruch nach Feuer war hier deutlich stärker.

»Wir sind auf dem richtigen Weg!« Eowyn preschte voran.

»Warte!«, rief Thalea ihr zischend hinterher.

Eowyn hörte nicht darauf. Sie war sich sicher, dass ihre Sinne sie rechtzeitig vor jeder Gefahr warnen würden.

„Lass uns wenigstens weitere Fackeln holen!"

Mehrere Stunden lang folgten die Jägerinnen dem Höhlengang, wobei sie sich an den Rußspuren orientierten, um auf dem richtigen Weg zu bleiben. Thaleas Fackelvorrat ging allmählich zur Neige und ihre Entschlossenheit sank.

»Ich glaube nicht, dass uns dieser Gang irgendwohin bringt«, murmelte sie müde. Schweiß perlte auf ihrer Stirn und sie schwankte vor Erschöpfung.

Eowyn selbst war zwar nicht ganz so mitgenommen, trotzdem zehrte die Anstrengung an ihren Kräften. »Wieso ruhst du dich nicht aus und ich schaue mich ein wenig weiter um?«

»So weit kommt's noch«, brummte die Jägerin. »Als ob ich dich ohne Aufsicht hier herumlaufen lassen würde. Wenn dir etwas zustößt, werde ich mir zu Hause einiges anhören müssen.« Sie straffte die Schultern. »Außerdem geht uns bald das Licht aus. Uns bleibt nur der schnelle Weg nach vorn.«

Hinter der nächsten Biegung erwartete sie allerdings ein weiteres Problem. Der Gang gabelte sich, wobei offenbar beide Wege von dem Feuerwesen genutzt wurden.

Unschlüssig blickte sich Eowyn um. Der rechte Gang führte weiter in die Tiefe, die Luft dort war trocken und heiß. Der Linke im Gegensatz … Eowyn stockte und trat aufgeregt näher. Er war vollkommen rund, als wäre er nicht natürlichen Ursprungs.

»Wie ist das möglich?« Thalea hatte es ebenfalls bemerkt und strich mit der Hand staunend über die wie poliert wirkende Oberfläche des Tunnels. »Das sollten wir uns genauer ansehen.«

Sie setzte sich entschlossen in Bewegung.

»Dieser Gang führt zur Oberfläche zurück«, erkannte Eowyn nach einer Weile. Die Luft wurde zunehmend frischer und die Steigung des Bodens nahm zu.

Plötzlich blieb Thalea stehen, warf die Fackel zu Boden und trat sie hastig aus. Sie zeigte nach vorn und bedeutete ihrer Gefährtin mit einem Finger an den Lippen, leise zu sein. In der Ferne konnte Eowyn einen leichten Lichtschimmer ausmachen. Sie hatten den Höhlenausgang erreicht. Behutsam schlichen sie weiter, und die junge Jägerin tastete nach ihrem Dolch. Gegen das Feuerwesen mochte er ihr wenig helfen – dafür womöglich gegen dessen Erschaffer.

»Bei Arias Bogen!«, entfuhr es Thalea erschüttert, als sie sich dem Ausgang näherten.

Der gesamte Berghang war niedergebrannt. So weit das Auge reichte, ragte kein Baum mehr in die Höhe, alles war zu Asche verkohlt.

»Dieser Brand muss Wochen her zu sein.« Eowyn ließ ihren Blick schweifen. Ein Flackern fiel ihr ins Auge und sie schaute genauer hin. »Da ist der Übeltäter!«

»Wo?« Thalea trat neben sie.

Eowyn zeigte in die entsprechende Richtung. »Sieht aus, als wäre dort eine weitere Höhle. Aber wieso geht das Ding nicht einfach rein?«

In diesem Moment verstärkte sich das Glühen zu einem blendend hellen Licht. Die Flammen loderten empor und die Kugel verdreifachte ihren Umfang. Ein Brüllen gesellte sich dazu, eine Mischung aus den Geräuschen knisternden Feuers, heulenden Windes und unbändiger Wut.

»Was immer das ist, es ist mächtig verärgert«, murmelte Thalea gepresst.

»Das bedeutet, es lebt«, fügte Eowyn betroffen hinzu. »Es ist keine Maschine und keine Zauberei.«

»Ein Wesen aus reinem Feuer?« Thalea erschauderte. »Ich habe nie zuvor von so etwas gehört.«

»Ich schon«, erinnerte sich Eowyn plötzlich. Wieso hatte sie nicht früher daran gedacht? »In einer alten Legende meines Volkes, die mir Vater einst erzählt hat. Es heißt, dass zu Beginn der Zeit, als die Welt noch jung war und die Meere so heiß, dass nur die Wyrvschlangen darin überleben konnten, Feuerwesen aus den Tiefen der Welt stiegen, um über die Erde zu wandeln. Doch ihre Flammen verzehrten alles Leben, alle Tiere und Pflanzen, sodass die Götter die Ikashar – wie die Feuerwesen genannt wurden – zurück in den brodelnden Erdkern verbannten, um Platz für die Vielfalt des Lebens zu schaffen. Wann immer die Erde bebt, ist dies ein Zeichen dafür, dass die Ikashar gegen die Mauern ihres Gefängnisses anrennen, in dem Versuch, sich daraus zu befreien und erneut über die Erde zu herrschen.«

»Ein nettes Märchen«, kommentierte Thalea trocken. »Glaube mir, Erdbeben haben nicht das Geringste mit uralten Feuerwesen zu tun, die die Weltherrschaft an sich reißen wollen.«

»Das ist mir klar!«, gab Eowyn schnippisch zurück. »Trotzdem könnte an der Geschichte etwas dran sein. Oder hast du eine bessere Erklärung zu bieten?«

»Leider nicht«, gestand Thalea. »Doch Ikashar oder nicht, es bleibt die Frage, was wir jetzt tun sollen. Wir dürfen das Wesen nicht frei herumlaufen lassen, dafür richtet es zu viel Schaden an.«

»Wenn wir nicht gerade einen Fluss umleiten wollen, weiß ich leider nicht, was wir dagegen ausrichten sollen.«

Thalea kratzte sich am Kinn. »Wir könnten den Tunnel in die Luft sprengen und das Wesen auf dieser Seite des Gebirges einsperren. Wenn mich nicht alles täuscht, befinden wir uns aktuell auf dem Hoheitsgebiet Horigans. Sollen die sich doch damit abplagen.«

»Die Jägerinnen sind unabhängig jedweder Staaten«, erinnerte Eowyn sie.

»Das mag stimmen, trotzdem sind manche Länder netter zu uns als andere. Horigan fühle ich mich gewiss nicht verpflichtet.«

Das Dröhnen des Wesens nahm zu und verklang abrupt. Dafür setzte es sich in Bewegung.

»Oh, oh!«, entfuhr es Eowyn.

Die Kugel war verdammt schnell, kein Wunder, dass sie die nicht hatten einholen können.

»Es kommt zurück, wir sollten uns lieber in Sicherheit bringen!«

»Da entlang!« Thalea kraxelte den Berghang hinauf.

Rund zehn Meter oberhalb der Höhle gab es einen Felsvorsprung, der groß genug war, um sie vor dem Feuerwesen zu verbergen – falls es überhaupt so etwas wie Augen besaß.

Aufmerksam beobachtete Eowyn die Kugel, die auf die Höhle zuraste. Sie rollte tatsächlich über den Boden, es gab keinerlei erkennbare Gliedmaßen. Sie schien aus flüssig gewordenem Feuer zu bestehen, das von einer unbekannten Kraft in Form gehalten wurde. Ohne Eowyn und Thalea zu bemerken, verschwand das Wesen im Inneren des Berges.

»Wir sollten uns ansehen, was es dort unten gewollt hat«, schlug Eowyn vor.

Thalea nickte müde und rieb sich die Augen. »Vorher gönnen wir uns eine Mütze voll Schlaf.«

»Du zuerst«, bot Eowyn an. »Ich habe in der Nacht ein paar Stunden geschlafen.«

Eowyn wartete, bis Thaleas Atemzüge tief und regelmäßig wurden, und schlich sich aus dem improvisierten Versteck. Ihrer Ausbilderin drohte keine Gefahr. Es gab weit und breit kein einziges Lebewesen. So leise sie konnte, kletterte Eowyn hinab und erreichte kurze Zeit später die Stelle, an der sich das Feuerwesen derart verausgabt hatte. Dort gab es tatsächlich eine weitere Höhle, allerdings war ihr Eingang mit großen Felsbrocken, in dessen Mitte ein massives Steintor prangte, zugemauert worden. Überrascht blieb Eowyn stehen. Damit hatte sie nicht gerechnet.

Die Steine zeigten enorme Rußspuren und waren teilweise seltsam verzogen, als wäre ihre Oberfläche durch gewaltige Hitze geschmolzen und anschließend wieder erstarrt.

Noch immer strahlte der Fels Wärme aus.

Versuchshalber legte Eowyn ihre Fingerkuppen darauf und zog sie hastig wieder zurück. Das Feuerwesen hatte ganze Arbeit geleistet, man konnte den Stein kaum berühren, ohne sich zu verbrennen.

Eowyn trat einen Schritt zurück und ließ ihren Blick aufmerksam schweifen.

Da waren Fußspuren im Staub, ein ganzer Pfad, von schweren Stiefeln ausgetreten. In dieser Höhle befanden sich Menschen, und aus irgendeinem Grund wollte das Feuerwesen unbedingt hinein. War es so sehr auf Vernichtung und Verwüstung aus, dass es sich vollkommen verausgabte, um seinen Bluthunger zu befriedigen?

Das konnte sie sich nicht vorstellen. Es hat in Timsdal zwar einiges Leid verursacht, aber es hätte noch viel Schlimmeres anrichten können. Die Menschen dort waren ihm deutlich schutzloser ausgeliefert als diejenigen, die sich in diesem Berg verschanzten. Was also wollte die Bestie wirklich?

Eowyn holte ihre Handschuhe aus der Tasche und bereute es, nicht ihre schwarze Lederkluft zu tragen. Sie hatte so ein Gefühl, dass diese jetzt überaus praktisch wäre. Sie wollte jedoch nicht riskieren, zum Lager zurückzugehen und sich umzuziehen. Thalea würde aufwachen und es Eowyn mit Sicherheit verbieten, sich in Ruhe umzusehen.

Die junge Jägerin brachte ihren Kopf so nah an das Felsentor heran, wie es möglich war, ohne sich zu versengen, und lauschte angestrengt. Ein leises Klirren drang an ihr Ohr, als würde ein Schmied auf einen Amboss hauen. Zudem schnappte sie ein fernes Dröhnen auf, das sie nicht einzuordnen vermochte. Es war allerdings so weit entfernt, dass sie es zu ignorieren beschloss.

Sorgfältig suchte sie die Pforte nach einem Schloss oder einem verborgenen Hebel ab und entdeckte eine Art Flaschenzug, der damit verbunden war. Der Mechanismus sollte eher das Feuerwesen oder etwaige Tiere aussperren, einen Menschen konnte er nicht aufhalten. Aber die verirrten sich vermutlich ohnehin kaum in diese Gegend.

Behutsam setzte Eowyn die Vorrichtung in Gang und hoffte, dass die dicke Kette halten würde. Das Metall war dem Angriff des Feuerwesens nicht unmittelbar ausgesetzt gewesen, trotzdem waren die Glieder inzwischen verformt.

Knirschend bewegte sich das Tor, Eowyn biss vor Anspannung die Zähne zusammen, damit ihr die schwere Kette nicht entglitt. Das Schaben des Steines kam ihr unerträglich laut vor und sie lauschte angestrengt. Sowohl nach draußen, zu Thalea und dem Feuerwesen, das sich noch immer irgendwo herumtrieb, als auch in die Höhle hinein.

Das Hämmern ging ungerührt weiter und auch sonst regte sich nichts. Erleichtert atmete Eowyn auf.

Der Spalt war inzwischen so breit, dass sie sich hindurchzwängen konnte. Sie hakte die Kette auf einem Felsvorsprung ein und huschte durch die Öffnung. Im Inneren der Höhle ließ sie ihren Augen einen Moment Zeit, um sich an das dämmrige Licht zu gewöhnen, und setzte sich lautlos in Bewegung. Das Hämmern wurde lauter. Darunter mischte sich ein Geräusch, das Eowyn überrascht innehalten ließ. Es war die gleiche Mischung aus rauschenden Flammen und dem wütenden Heulen des Windes, die das Feuerwesen von sich gab.

»Ja, tob du nur«, ertönte eine gehässige, krächzende Stimme im Takt mit den klirrenden Schlägen. »Du hast uns genug Ärger bereitet, jetzt gehörst du uns!«

Das Heulen wurde lauter.

»Ja, so ist es gut!«, rief der Mann zufrieden. »Bist noch nicht ganz am Ende. Zeig, was du drauf hast, du Mistvieh! Ein bisschen heißer brauche ich es noch.«

Verständnislos schlich Eowyn näher und lugte um die nächste Ecke. Der Haupttunnel ging zwar weiter, aber zu ihrer Rechten öffnete sich eine geräumige Kammer. Ein kahlköpfiger, muskulöser Mann mit einer ledernen Schürze und entblößtem

Oberkörper ließ immer wieder kraftvoll einen großen Hammer auf ein Werkstück niedersausen. Etwa einen Meter von ihm entfernt schlugen Flammen aus dem Boden empor.

Stirnrunzelnd lehnte sich Eowyn weiter vor. Der Mann stand mit dem Rücken zu ihr und war so in seine Arbeit und seine Schimpftirade vertieft, dass er nichts von ihrer Anwesenheit mitbekam. Er nahm sein Werkstück hoch und steckte es in ein großes Fass mit Wasser. Dampf stieg zischend auf und er begutachtete prüfend sein Werk. Scheinbar zufrieden ließ er es liegen und nahm einen langen, etwa armdicken steinernen Stab. Damit näherte er sich der Grube und stieß den Stab mehrmals kraftvoll hinein. In das Heulen, das daraufhin erklang, mischten sich Schmerz und Wut zu gleichen Teilen. Die Flammen schlugen höher.

»So ist es brav«, höhnte der Schmied. »Wir beide haben noch eine Menge vor.«

Mit einer Zange nahm er das nächste, heißglühende Werkstück aus dem Feuer. Eowyn glaubte, ein steinernes Gitter zu erkennen, das die Grube bedeckte. Darauf warteten mehrere Metallstücke auf ihre Weiterverarbeitung.

Allmählich ergab alles einen Sinn.

Die beiden Feuerwesen gehörten zusammen. Irgendwie war es den Menschen gelungen, eines davon in ihre Gewalt zu bringen, und sie hielten es gefangen, um sein Feuer für ihre eigenen Zwecke zu nutzen. Das zweite Wesen versuchte, seinen Gefährten zu retten. Womöglich hatte es zuerst auf der Seite von Timsdal nach seinem Freund gesucht. Vielleicht hatte es auch geglaubt, dass alle Menschen unter einer Decke steckten, und sich deshalb über die Dörfer hergemacht. Oder es war ein Hilfeschrei gewesen, ein Versuch, die Aufmerksamkeit auf das zu lenken, was in den Bergen vor sich ging.

Eowyn hatte keine Ahnung, wie intelligent die Wesen waren. Es machte jedenfalls den Eindruck, als würden sie mehr besitzen als bloße tierische Instinkte, zugleich waren sie so fremdartig, dass sie die Menschen wohl kaum besser verstanden als die Menschen sie. So oder so, Eowyn hatte eine ganz persönliche Abneigung gegen Käfige jedweder Art. Ihr Entschluss stand in dem Moment fest, als sie erkannte, was hier vor sich ging.

Der Schmied machte sich erneut ans Werk. Er schien sich so sicher zu fühlen, dass er sich nicht ein einziges Mal umsah.

Eowyn lockerte ihre Muskeln. Sie wusste genau, wohin sie ihn treffen musste, um ihn unschädlich zu machen. Sie wollte Blutvergießen gern vermeiden, wenn es möglich war. Sie wartete, bis er den Hammer niederlegte und sich dem Wasserfass zuwandte. Sie rannte los, stieß sich kraftvoll vom Boden ab und ließ ihren Ellbogen mit aller Kraft in seine Halskuhle sausen. Der Mann gab einen überraschten Schmerzensschrei von sich, als er auf die Knie fiel. Das Fass kippte um, der Inhalt ergoss sich über den Boden.

Verdammt! Konnte das Wasser dem Feuerwesen schaden? Es womöglich sogar vernichten?

Ihre kurze Unachtsamkeit erwies sich als Fehler. Mit einem wütenden Schrei fuhr der Schmied herum, das Schwert, an dem er gearbeitet hatte, fest in der Pranke. Eowyn sprang zurück. Nicht schnell genug. Die Klinge erwischte sie quer über dem Bauch. Zum Glück war sie noch nicht geschärft, trotzdem vibrierte der Aufprall schmerzhaft durch ihren Körper und presste die Luft aus ihren Lungen.

»Was soll der Schei… Ein Mädchen?!« Von ihrem Geschlecht und ihrer Jugend offenbar irritiert, starrte der Schmied sie an.

Eowyn gab ihm keine Gelegenheit, zu sich zu kommen. Den Schmerz in ihrer Körpermitte ignorierend, vollführte sie einen

Sprung und schlug ihren Fuß von unten kräftig gegen seinen Unterkiefer, wirbelte herum und schickte ihn mit einem weiteren Tritt endgültig zu Boden. Metall klirrte, als er gegen den Tisch mit den Waffen prallte und regungslos liegen blieb.

Eowyn verzog das Gesicht. Das war verdammt laut gewesen, sie sollte sich lieber beeilen.

Sie hastete zu der Feuergrube und linste hinein. Ein Teil des Wassers hatte sie inzwischen erreicht. Das Feuerwesen hatte sich in eine Ecke zurückgezogen und gab sich Mühe, sein Stückchen Boden trocken zu halten, indem es das sich ausbreitende Wasser verdampfte. Insgesamt schien es deutlich kleiner zu sein als das andere Wesen.

Eowyn hatte keine Zeit, über mögliche Zusammenhänge zu grübeln. Sie schnappte sich den steinernen Stab und stemmte das schwere Gitter hoch. Ihre Kleidung kokelte an den Stellen, an denen sie den heißen Stein berührte, und Eowyn musste verdammt aufpassen, damit sie sich nicht verbrannte. Keuchend und schwitzend gelang es ihr mit viel Mühe, das Gitter beiseitezuschieben.

Das Wesen brüllte auf und Eowyn erkannte verspätet, dass es womöglich keine gute Idee war, ihm ungeschützt gegenüber zu treten. Es gab keine Garantie dafür, dass es ihren Anteil an seiner Befreiung entsprechend würdigte. Hastig rannte sie zum Ausgang des Gewölbes, um sich in Sicherheit zu bringen. Ein verzweifeltes, wütendes Heulen klang ihr hinterher und sie drehte sich überrascht um. Das Wesen steckte nach wie vor in der Grube.

Es konnte gar nicht raus, erkannte Eowyn. Es hatte keine Gliedmaßen, um sich herauszuziehen, und die Wände waren zu steil, um sie emporzurollen.

Der Schmied stöhnte leise. Die Zeit rannte ihr davon. Angespannt lauschte sie in die Ferne. Wenn weitere Männer eintreffen würden, wäre sie verloren.

Der Schmied stemmte sich mühsam hoch. Eowyn rannte zu ihm, umfasste seinen Hinterkopf und donnerte seine Stirn auf den Steinboden. Alle Spannung wich aus seinem Körper, als er mit einem Ächzen wie ein gefällter Baum auf die Erde sank.

Erschrocken tastete Eowyn nach seinem Puls.

Federnde Schritte auf dem Gang ließen sie alarmiert herumfahren. Sie zog den Dolch, bereit, ihn jedem Eindringling entgegenzuschleudern.

Thalea schlitterte um die Kurve. Im letzten Moment gelang es Eowyn, ihren Wurf zurückzuhalten.

»Was geht hier vor?«, fragte Thalea streng, während sie die Lage rasch erfasste. »Das nennst du Wachestehen?«

»Wir müssen das Feuerwesen befreien und von hier verschwinden!«, rief Eowyn. »Später hast du genug Zeit, mit mir zu schimpfen.«

»Schimpfen?« Thalea warf Eowyn im Vorbeigehen einen bösen Blick zu und kniete sich neben den Schmied. »Dafür könnte ich dich aus dem Orden werfen lassen!«

»Auch gut«, brummte Eowyn. »Dafür müssen wir hier allerdings erst einmal rauskommen!«

»Du hast Glück, dass er noch lebt.« Thalea richtete sich auf.

»Wir müssen ihn zur Seite schaffen«, sagte Eowyn. »Er sollte nicht im Weg liegen, wenn das Ding aus der Grube kommt.«

»Du willst es tatsächlich befreien?«

»Ja«, entgegnete Eowyn fest. Darüber würde sie nicht verhandeln.

»Ich denke, es wäre besser, es da drin zu belassen. Diese Wesen – was immer sie sein mögen – sind gefährlich.«

»Aber nur, weil man sie gereizt hat. Ich glaube, diese Männer haben die beiden Wesen mit dem Graben ihrer Tunnel aufgeschreckt. Sie haben dieses hier gefangen, eingesperrt und gequält«, fügte Eowyn bebend hinzu. »Ich kann es nicht im Stich lassen. Ich kann es einfach nicht.« Sie schluckte. »Du weißt, warum«, fügte sie leise hinzu.

Thalea musterte sie schweigend einen Moment lang, bevor sie widerstrebend nickte. »Ja.«

»Wir müssen es aus der Grube bekommen. Es kann von allein nicht raus.«

»Ich sehe hier nirgendwo eine Leiter«, bemerkte Thalea.

»Das Gitter!«, fiel es Eowyn ein.

Es lag noch halb über der Grube. Wenn es ihr gelang, einen Teil davon abzubrechen, könnte das Wesen es vielleicht als Rampe benutzen.

»Was hast du vor?«, fragte Thalea verwirrt, als Eowyn auf der Suche nach dem Hammer das Gerümpel auf dem Boden mit ihren Füßen auseinanderschob.

Statt eine Antwort zu geben, schnappte sie sich den schweren Schmiedehammer und ließ ihn mit aller Kraft auf das Gitter niedersausen. Der Stein bekam einen Riss. Eowyn platzierte einen weiteren Hieb, so kraftvoll, dass ihr Arm bis zu der Schulter für ein paar Sekunden gefühllos wurde. Sie schüttelte ihn schnaufend aus, zumindest hatte es etwas genutzt. Ein dicker Riss durchzog das Gitter, Thalea brach es mit einem gezielten Tritt entzwei. Über das Rasen ihres Herzens und das Keuchen ihres Atems hindurch vernahm Eowyn grölende Stimmen. Es klang, als würden sich weitere Männer nähern.

»Wir bekommen Gesellschaft«, raunte das Mädchen Thalea unbehaglich zu.

Der Kopf der Jägerin zuckte herum. »Wie viele?«

»Schwer zu sagen. Ich glaube aber, sie haben noch nichts bemerkt, sie gehen einfach ihrer Wege.«

»Dann sollten wir von hier verschwinden, bevor sich das ändert.«

»Geh du vor«, sagte Eowyn aus einem plötzlichen Impuls heraus.

Auch ohne die zusätzlichen Männer konnte die Lage sehr ungemütlich werden, sobald das Feuerwesen befreit war. Sie wollte nicht, dass Thalea zu Schaden kam, wegen einer Entscheidung, die Eowyn gefällt hatte.

»Du glaubst doch nicht, dass ich dich hier allein zurücklasse?« Thalea packte das Gitter und schob es auf die Grube zu. »Das würde mir die Oberin niemals verzeihen.«

Eowyn legte die Hände ebenfalls auf das Gitter. »Du wolltest mich doch ohnehin aus dem Orden werfen lassen.«

Thalea verdrehte die Augen. »Dafür müssen wir beide es aus diesem Loch schaffen.«

»Ich meine es ernst«, entgegnete Eowyn. »Ich habe keine Ahnung, wie das Ding in der Grube gleich reagiert.«

»Dir ist schon klar, dass wir die beiden nicht frei herumlaufen lassen dürfen?«, fragte Thalea.

»Und was schlägst du stattdessen vor?«

Die Jägerin runzelte nachdenklich die Stirn.

Besorgt lauschte Eowyn den Schritten der sich nähernden Männer. Sie waren noch maximal fünf Minuten entfernt.

»Ich habe eine Idee«, verkündete Thalea endlich. »Du bist sicher, dass du hier allein klarkommst?«

»Ja.«

»Gut. Gib mir drei Minuten Vorsprung. Wir treffen uns am Tunnel, in dem das erste Feuerding verschwunden ist.« Thalea rannte los.

Nervös zählte Eowyn die Sekunden ab, während sich Thaleas Schritte in Richtung Ausgang entfernten. Dafür kamen die Männer näher. Wenn ihr Plan schiefging, das Wesen doch nicht aus der Grube krabbelte oder die Männer schneller erschienen, würde sie gehörig in der Patsche sitzen. Schließlich fand sie, dass sie lange genug gewartet hatte. Mühsam schob sie das Gitter in die Grube und wich hastig an die gegenüberliegende Wand zurück. Mit angehaltenem Atem verfolgte sie jedes Flackern der Flammen.

Zögernd, tastend setzte sich das Wesen in Bewegung.

Am liebsten hätte Eowyn es eigenhändig gepackt und herausgezogen. Sie hörte die Männer bereits reden, sich darüber wundern, dass es in der Schmiede so still war. Gleich würden sie nachsehen kommen. Als hätte das Wesen ihre Ungeduld und Nervosität gespürt, beschleunigte es seinen Aufstieg. Oder vielleicht hatte es begriffen, dass es endlich frei war. Flackernd rollte es aus der Grube und Eowyn wunderte sich erneut, wie klein es war, als würde es die ganze Zeit schrumpfen.

»Los, mach schon!«, spornte sie es zischend an. »Lauf weg!«

Es verharrte an der Schwelle zum Tunnel, wiegte sich unschlüssig hin und her, als könnte es die Männer spüren, die hinter der Wegbiegung kamen. Sein Umfang schwoll an und ein leises Grollen breitete sich wellenartig von ihm aus.

Eowyn hielt es nicht aus.

»Nein!«, sie rannte auf das Wesen zu, wedelte mit ihren Armen.

Es war zu schwach, zu ausgelaugt, außerdem hatten sie es bereits einmal besiegt. Sie hatte keine Ahnung, wie es ihnen gelungen war, und hatte keine Lust, es herauszufinden.

Ein Lufthauch vom Höhleneingang ließ die Flammen auflodern. Das Wesen lehnte sich der frischen Luft entgegen und rollte los, schneller als es Eowyn für möglich gehalten hätte.

Ein Mann kam um die Ecke geschlendert und stockte, als er sie erblickte.

»Hey? Was geht hier vor?«

Sein überraschter Ausruf ging in einem Schmerzensschrei unter, als sich Eowyns Wurfstern in seinen Schwertarm bohrte. Sie rannte los, sich vollauf bewusst, dass sich eine ganze Horde Männer an ihre Fersen heftete. Sie schlitterte um die Kurve und sah vor sich den hellen Spalt der Toröffnung schimmern. Die junge Jägerin bremste kaum ab, ließ sich stattdessen mit den Beinen voran über den Boden unter der schweren Steinplatte hindurch gleiten. Sie spürte ihre Haut unter der dünnen Hose brennend aufplatzen, ein spitzer Stein hinterließ einen schmerzenden Riss in ihrem Oberschenkel. Nie wieder würde sie ohne ihre Lederkluft losziehen!

Eowyn rappelte sich auf, ignorierte den Schmerz und löste die Kette. Krachend fiel das steinerne Tor zu Boden und Eowyn rammte ihren zweiten Dolch in den Flaschenzug, um ihn zu blockieren. Ewig würde das die Männer nicht aufhalten, aber es verschaffte ihr immerhin etwas Zeit. Humpelnd rannte sie den Hang hinauf, von dem Feuerwesen fehlte inzwischen jede Spur.

»Beeil dich!« Thalea stand mit besorgter Miene wedelnd am oberen Höhleneingang. »Ist alles in Ordnung?«

»Ich werde es überleben!« Eowyns Hose klebte feucht von Blut an ihrer Haut, doch darum würde sie sich später kümmern.

»Rein da!« Thalea drückte sie in die Höhle und entzündete ein Streichholz, das sie an eine dünne Schnur hielt. »Lauf!«

»Was hast du vor?«, fragte Eowyn keuchend, während sie den Tunnel entlang hasteten.

»Den Eingang versperren. In Deckung!«, rief sie fast im gleichen Atemzug und zog Eowyn mit sich hinunter.

Eine Explosion erschütterte die Höhle und ihre Umgebung, Staub und kleinere Steine rieselten herab.

»Das müsste genügen«, sagte Thalea und richtete sich langsam auf. »Ich hoffe, Horigans Handlanger lassen die Feuerwesen in Zukunft in Ruhe.«

»Das hoffe ich auch«, brummte Eowyn. »Hast du noch genug Schwarzpulver für die andere Seite?«, fügte sie hinzu, als sie Thaleas Plan durchschaut hatte.

»Ja.« die Jägerin nickte. »In Timsdal gibt es schließlich auch genug Hornochsen, die wir beschützen müssen.«

»Apropos beschützen …« Eowyn zeigte nach vorne, wo zwei große glühende Kugeln langsam auf sie zurollten.

»Wie hoch stehen die Chancen, dass sie sich bei uns bedanken wollen?«, erkundigte sich Thalea nervös.

»Ich schätze, das werden wir bald erfahren«, murmelte Eowyn und lockerte ihre Muskeln. Sie war vollkommen erledigt, trotzdem würde sie nicht kampflos aufgeben.

Die beiden Wesen verharrten kurz und wichen wieder zurück.

»Immerhin greifen sie nicht direkt an.« Thalea seufzte und setzte sich vorsichtig in Bewegung. Nach vorn war ohnehin die einzige Richtung, die ihnen offenstand.

Die Flammen der Wesen spendeten ausreichend Licht, sodass die beiden Jägerinnen ihren Weg problemlos erkennen konnten. Eowyn fiel auf, dass die Feuerkugeln immer wieder miteinander verschmolzen, sodass sich ihre Größe allmählich anglich, als würde die größere der anderen etwas von ihrer Hitze abgeben. Vielleicht lebten sie deswegen tief unter der Erde, weil sie die Glut genauso zum Leben brauchten wie Menschen Nahrung oder Luft.

»Sieht aus, als hätten wir Geleitschutz von zwei lebenden Feuerbällen bekommen«, kommentierte Thalea amüsiert die Tatsache, dass ihnen die Wesen beharrlich und unermüdlich den Weg wiesen.

Eowyn grinste. »Ich würde sagen, damit haben wir nicht nur einen weiteren Auftrag erfolgreich abgeschlossen, sondern auch eines der ältesten Geheimnisse Alrions entdeckt. Schade, dass wir es niemals preisgeben dürfen.«

Thalea nickte. »Das wäre wohl für beide Seiten besser.«

»Und was erzählen wir Jandor und den anderen?«

»Was schon? Dass es ein riesengroßer, wild gewordener Drakken gewesen ist.« Sie zuckte mit den Schultern. »Die Wahrheit würde uns ohnehin niemand glauben.«

Lust auf mehr von Eowyns Abenteuern?
Dann schau gern unter *www.elvirazeissler.de/eowyn* vorbei!

Veronika Carver

FEUER ÜBER BABYLON

»Safi!«, brüllte Kayra und eilte hinkend auf einen Mann in hellem Kaftan zu, dessen Kopf gerade aus dem Maschinenraum ihrer Sheyla auftauchte. Schmutz und Schweiß hingen in den Furchen auf seiner Stirn, die tiefer wurden, als er ihren Zorn zu spüren bekam. »Safi!« Sie blieb vor ihm stehen und stemmte die Hände in die Hüfte. »Was bin ich für dich, hm? Ein schielendes Huhn vielleicht, das nicht erkennt, wenn es auf den Arm genommen wird?«

»Kayra, lass mich–«

»Oder doch eher eine dreibeinige Antilope, die den Löwen zum Fraß vorgeworfen wird?«

Der Mechaniker warf den Werkzeugschlüssel auf den Boden. Das scheppernde Geräusch ließ Kayra zusammenzucken.

»Hör zu!«, fuhr er sie an. Er hob die Hände vor die Brust. Sie stierten vor Ruß und verkrusteten Brandwunden. »Es ist unmöglich, jetzt noch einen guten Tech zu finden. Die sind längst alle angeworben oder tot.«

»Und deshalb dachtest du, heuern wir einen Grünschnabel an, der noch nie geflogen ist?« Kayra bebte am ganzen Körper und deutete in die Richtung, aus der sie gekommen war. »Das ist kein Tech, Safi, das ist nicht einmal ein Babylonier. Was soll ich mit diesem … diesem …«

»Zeki ist mein Name«, erklang es hinter ihr.

Sie wirbelte erschrocken herum und blickte in das Angesicht eines Wesens mit der Hautfarbe eines Sommergewitters und Augen, die wie flüssiges Feuer anmuteten. Es lächelte nicht, sah auch nicht tadelnd drein, sondern offenbarte dieselben gleichgültigen Züge wie die Marmorstatuen in den Hängenden Gärten.

»Zeki, du hast Kayras Bekanntschaft bereits gemacht. Tut mir leid, dass sie so unhöflich ist«, entschuldigte sich Safi, wodurch er ihre Wut erneut entfachte.

Ehe sie jedoch etwas erwidern konnte, senkte Zeki den Kopf.

»Es ist nachvollziehbar, weshalb sie so ungehalten reagiert. Wir sind alle recht unverhofft in diese Situation geraten.«

Sprachlos starrte sie zwischen dem … Ding und ihrem Mechaniker hin und her. Safi sah zu Recht nervös aus, denn in ihrem Bauch schwelte bereits ein Lavaball der Empörung.

Als er den Mund aufmachte, hob sie den Zeigefinger.

»Safi?« Sie sprach seinen Namen derart bedrohlich aus, dass dieser resigniert die Schultern fallen ließ und schwer seufzte.

»Du weißt, ich kann nicht selbst fliegen, Kayra.« In seinem Blick lag eine ehrliche Entschuldigung, doch davon wollte sie nichts hören.

»Als ich gesagt habe, du sollst mir Ersatz für diesen Bastard eines Hornochsen besorgen, dachte ich eher daran, dass du zwei, drei Goldmünzen dafür in die Hand nimmst«, stellte sie klar.

Der Mechaniker drehte hilflos die Handflächen zur rostroten Kuppeldecke ihrer kleinen Werkstatt. »Das ist das Problem. Nasir hat …«

Endlich fiel der Groschen. Kayra keuchte. »Er hat mich beklaut? Warum bei den Feuereisen der Sonne hast du mir das nicht gesagt?«

Safi strich sich über die Stirn und schmierte Ruß durch den Schweiß darauf. In seinen dunklen Augen stand noch immer die Verzweiflung, es ihr nicht recht machen zu können.

»Ich wollte nicht, dass du dich deshalb aufregst. Im besten Falle hätte ich jemanden gefunden, der einigermaßen passabel ist und sich mit einer Flasche Schnaps zufriedengibt. Leider …« Er seufzte erneut. »In der Vorrunde ist die Hälfte der Teilnehmer ausgeschieden. Und davon ist die Hälfte–«

»Verreckt«, beendete sie seinen Satz und kämpfte die Anspannung in sich nieder.

Langsam drehte sie sich zu Zeki um, der stumm und mit durchgestrecktem Rücken ihrem Disput gefolgt war. Das Kinn war eine Spur zu weit erhoben, weshalb sie ihn sofort als arroganten Saftsack abstempelte. Er war mit Sicherheit kein Mensch, aber ein Engel war er auch nicht. Vielleicht ein Dämon?

Kayra kniff misstrauisch die Augen zusammen. »Zeki. Ist das wirklich dein Name?«

»Das ist er«, gab dieser unbeeindruckt zurück. Es wirkte sogar so, als sei diese Frage so selbstverständlich wie ihr Stuhlgang am Morgen.

»Mhm.«

Sie verschränkte die Arme vor der Brust und ging um das Wesen herum. Es verschmolz mit den Schatten, doch unter der Haut waren die Adern wie leuchtende Flüsse auszumachen, wie auch die Augen einen orange flammenden Schimmer in sich trugen. Das schwarze Haar hatte etwas Viskoses, als bestünde es aus greifbarem Rauch. Faszinierend. Wäre da nicht die Tatsache, dass dieses Etwas noch so himmlisch oder dämonisch sein konnte, solange es nicht für diese eine Aufgabe taugte.

»Du bist wirklich noch nie geflogen?«, fragte sie ihn deshalb.

Die Pupillen des Wesens verengten sich. »Nur mit meinem Mantel, aber der wurde mir gestohlen.«

»Kayra meint, ob du bereits mit einem Speeder geflogen bist. Ob du Erfahrung mit den Maschinen hast«, schaltete sich Safi ein. »Hat er nicht«, beantwortete er die Frage gleich selbst und sah sie eindringlich an. »Aber Zeki lernt schnell und ist gewissenhaft. Mehr, als du von Nasir behaupten kannst.«

Sie ballte die Hände zu Fäusten und spürte, wie ölverschmiert diese waren. »Zeki«, wandte sie sich an das Wesen. Ihre Stimme bebte vor bemühter Zurückhaltung. »Ich muss mit meinem Mechaniker kurz allein sprechen. Fass nichts an.«

Ohne eine Antwort abzuwarten, packte sie Safi am Unterarm und zog ihn in den angrenzenden winzigen Wohnbereich mit Kochstelle in der Mitte. In dem kreisrunden Lehmdach prangte eine Öffnung für den abziehenden Rauch, vor den groben Fenstern wehten zerfranste Tücher. Im Kessel zog der Milchtee Kreise, als ihre Schritte den Boden erbeben ließen. Sie lehnte die Holztür an, denn das Schloss war ihrem letzten Wutanfall zum Opfer gefallen, und drehte sich zu Safi um.

»Ich gebe dir jetzt die Gelegenheit, mir das zu erklären, bevor ich mich in die Fluten des Euphrats stürze, weil wir ohne Tech nicht am Wettbewerb teilnehmen können. Und du weißt, dass das keine Option ist.« Sie sprach ruhig, aber in einer Tonlage, die keine Fragen offenließ.

Ihr Mechaniker rieb sich über den schwarzen Bart. »Er hat mir das Leben gerettet.«

Kayra spürte, wie ihr das Blut aus dem Kopf wich. »Was?«

Safi seufzte und ließ sich auf dem Hocker an der Feuerstelle nieder. »Erinnerst du dich an den Tag vor vier Monden, als ich in diese Schlägerei unten am Kanal verwickelt wurde?«

Natürlich erinnerte sie sich. Seither hing Safis Nase schief und ihm fehlte ein Schneidezahn. Sein hübsches Gesicht war außerdem durch eine Narbe unter dem linken Auge verunstaltet. Eine Schande, wirklich.

»Ja, nun, die hätten mich da kaltgemacht«, gestand er mit entschuldigendem Lächeln. »Wenn Zeki nicht eingeschritten wäre.«

Ihr Ärger löste sich zu Dampf auf, noch immer vorhanden, aber nicht mehr ganz so drückend. Stattdessen spülte Sorge durch ihre Adern, und sie sank vor ihm auf die Knie, um nach seinen schwieligen Händen zu greifen.

»Warum hast du mir das nicht gesagt?« Sie war weniger gekränkt, vielmehr entsetzt darüber, dass er offensichtlich nicht ehrlich zu ihr sein konnte.

Er löste sich und strich ihr über die Wange. »Es ist ja nichts passiert. Nichts Schlimmes jedenfalls. Und du hattest mit den Vorbereitungen für den Wettbewerb so schrecklich viel um die Ohren.«

Sie senkte den Kopf in seinen Schoß und strich über den fleckenverschmierten Stoff seines Kaftans. Das schlechte Gewissen breitete sich in ihr aus. In ihrem blinden Streben nach Rache für eine verlorene Geliebte hatte sie den einzigen Menschen, der ihr etwas bedeutete, so weit von sich entfernt …

Sie spürte seine Hand in ihrem Nacken und sah zu ihm auf. Die Entschlossenheit in seinen dunklen Augen fachte auch ihren Eifer wieder an.

»Denk nicht darüber nach«, verlangte er. »Schau nach vorn, Kayra. Zeki mag kein Tech sein, aber er lässt uns nicht im Stich wie Nasir.«

Sie rümpfte die Nase. »Woher willst du das wissen? Habt ihr eine geheime Liebschaft, von der du mir ebenfalls nicht erzählt hast?«

Safi schüttelte ernst den Kopf. »Er hat dasselbe Ziel wie du.«

Damit gehörte ihm ihre ganze Aufmerksamkeit.

»Er will Harut und Marut töten?«

»Nein, Kayra, obwohl es sicherlich genügend Bewohner in dieser von den Göttern versifften Stadt gibt, die den gefallenen Engeln zu gern die Kehle aufschlitzen würden.« Sein Blick wanderte zu der Tür. »Aber das erzählt dir Zeki besser selbst. Ihr müsst euch sowieso noch ordentlich kennenlernen.«

Kayra stand mühsam auf. Den ganzen Vormittag hatte sie an ihrer Pistole herumgebastelt und dabei die Rückenschmerzen ignoriert, die sich nun stechend bemerkbar machten. Sie sorgten außerdem dafür, dass ihre Beine kaum gehorchen wollten, dennoch wehrte sie Safis helfende Hand ab.

»Ist das dein Deal mit ihm? Du lieferst ihm die Möglichkeit, an die Engel heranzukommen, und begleichst so deine Schuld?«

Der Mechaniker hatte sich ebenfalls erhoben und ließ nun die Schultern hängen. »Selbst wenn dem nicht so wäre, ist dieser Zusammenschluss für euch beide höchst profitabel. Um nicht zu sagen, die einzige Möglichkeit, deinen Plan umzusetzen.«

Kayra rieb sich die Stirn. »Verfluchte Kuhkacke. Schöpf mir zwei Becher Chai ab und geh dann heim. Ich will dein Ruß verdrecktes Gesicht heute nicht mehr sehen. Du kannst dich morgen darum kümmern, dass Sheyla schnurrt wie ein Kätzchen.«

Wenig später war der Tee ausgetrunken und sie führte das Wesen mit den leuchtenden Adern unter der Haut an ihren Speeder. Es war ein aus Schrottteilen zusammengeschweißtes, schlankes Stück Metall in der Form einer Zigarre. Kayra hatte weder Zeit noch Mühe darauf verschwendet, die Maschine mit hübschen, aber nutzlosen Verzierungen zu versehen. Stattdessen ließ sie Safi in jeder freien Minute an der Leistung ihres Schätzchens feilen.

»Ich habe mich schon immer gefragt, wie genau das funktioniert«, bemerkte Zeki, der wie ein in einen Sack eingefangener Schatten an der Flugmaschine entlangstrich. »In der Luft erinnern sie an Libellen, mit ihren so schnell schlagenden Flügeln.«

Sie tätschelte das Kugelgelenk an der Schulter des Speeders. »Du hast ein gutes Auge. Die meisten Speeder sind Libellen nachgeahmt. Es braucht zwei Paar Arme, um sie fliegen zu lassen und zu steuern.«

Ihre Blicke trafen sich. Zekis war so glühend, dass Kayra erschauerte.

»Was wird meine Aufgabe sein?«, fragte er tonlos, doch sie verstand ihn so gut, als lägen seine Lippen an ihrem Ohr.

Blinzelnd legte sie die Hände an die kalten Stangen ihrer Sheyla und drängte das Summen in ihrem Kopf zurück. Sie konnte dieses Wesen nicht länger anschauen, ohne das Gefühl zu bekommen, in einen heißen Sumpf gezogen zu werden. Obwohl Zeki so ruhig war, so bedacht mit ihr sprach, hatte er etwas von einem brodelnden Geysir an sich.

»Das erkläre ich dir am besten bei einer Trockenübung.« Sie stellte sich wieder seinem glühenden Blick. »Ich muss vorher wissen, ob ich dir vertrauen kann.«

Ehrliche Überraschung blitzte in seinen orangefarbenen Iriden auf. »Vertrauen?«

»Zumindest auf einer Ebene, die eine gemeinsame Zusammenarbeit Früchte tragen lässt.« Sie humpelte zu einem abgewetzten Hocker, dessen Sitzfläche von hartem Leder überspannt war, und ließ sich ächzend nieder. »Was bist du, Zeki?«

Ein Geräusch, das nach einem Seufzen klang, entwich der Kehle des Wesens. Es lehnte sich gegen den schweren Tisch und verschränkte die Arme vor der Brust. Seine Haare waberten wie im Wasser durch die Luft, und Kayra überkam das unbändige Verlangen danach, sie zu berühren.

»Ich bin ein Ifrit, Kayra«, gab es leise zurück. »Ein Rachegeist, auferstanden, um die Seele einer ermordeten Person zu sühnen.«

Kayra ballte die Hände in ihrem Schoß zu Fäusten. »Warum sollte ein Ermordeter sühnen müssen? Er ist nicht der Sünder.«

Erstaunt über ihre eigene Wortklauberei, die sie mehr irritierte als Zekis Offenbarung, griff sie nach dem Schraubenzieher hinter sich auf dem kleinen Beistelltisch. Sie ließ ihn durch die Finger gleiten und sich von der gewohnten Bewegung erden.

»Wer entscheidet denn, wann eine Tat eine Sünde ist?«, fragte Zeki im Gegenzug, und sie verstand sofort, worauf er hinauswollte.

»Deshalb willst du es auch aufs Podest schaffen, nicht wahr? Alle heiligsten Arschlöcher auf einem Haufen. Götter und Gottgesandte, die es sich herausnehmen, solche Dinge zu bestimmen.«

Der Ifrit nickte. »Nur so kann ich den Sinn meines Daseins erfüllen.«

Kayra musterte ihn nun doch genauer. »Wie ein Geist siehst du nicht unbedingt aus. Und ehrlich gesagt nutzt du mir nicht viel, falls dein Körper immaterieller Natur ist.«

Der Ifrit senkte die Lider, bis er einen müden, fast schon gelangweilten Eindruck erweckte. »Mein Körper ist durchaus materiell. Ohne meinen Mantel bin ich in dieser Sphäre gefangen.«

»Dieser Mantel scheint recht wichtig zu sein.«

»Er ist irrelevant«, widersprach der Rachegeist. »Er hätte die Dinge bloß vereinfacht.« Nun sah er sie wieder direkt an. »Darf ich nun im Gegenzug einige Fragen stellen?«

Kayra widerstrebte es, sich diesem Wesen zu öffnen. Aber Safi hatte recht: Ein gewisses Maß an Vertrauen musste zwischen ihnen erwachsen, und das möglichst schnell, wenn sie eine Chance beim finalen Rennen des Wettbewerbs haben wollten.

»Ist dir deine Behinderung beim Fliegen hinderlich?«, wollte Zeki nach ihrer auffordernden Handbewegung wissen, und es verschlug ihr die Sprache, wie unverfroren er die Frage ansprach.

Der Ifrit verharrte regungslos und mehrere Herzschläge vergingen, bis sie sich genügend gefangen hatte und über das steife Bein rieb.

»Ein wenig«, gab sie zu. »Aber nicht genug, um mich davon abzuhalten.«

»Woher stammt die Verletzung?«

Sie knirschte mit den Zähnen. »Warum ist das wichtig?«

»Ist es nicht, es interessiert mich bloß«, gab er unberührt zurück.

Sie zuckte mit den Achseln. »Nimm es mir nicht übel, aber das geht dich einen Scheißdreck an.«

Endlich huschte Irritation über seine Züge. »Weshalb sollte ich dir das übel nehmen?«

Kayra grinste schief. »Also mal ehrlich, Zeki, du scheinst nicht sonderlich viel unter Menschen gewesen zu sein.«

Die Irritation grub tiefere Züge in sein blauschwarzes Gesicht. Ein Blitzen in den Augen erweckte sogar den Eindruck, als hätte sie ihn damit gekränkt.

»Üblicherweise halten sich Ifrits im Verborgenen. Außerdem sind wir zu mächtig, als dass wir sonderlich lang für die Erfüllung unseres Schicksals bräuchten.« Er presste kurz die Lippen aufeinander und kniff die Augen zusammen. »Warum also menschliche Gepflogenheiten aneignen?«

Zugegeben, von Ifrits hatte Kayra bisher nur in Schauermärchen gehört. Übernatürliche Wesen scheuten die Sterblichen eher, selbst wenn sie von ihnen herbeigerufen waren. Im Grunde entstammten sie den Göttern und umgaben sich nur ungern mit niederen Geschöpfen wie den Menschen.

»Sei doch nicht gleich eingeschnappt«, entgegnete sie und verspürte langsam die Müdigkeit eines Tages, der für ihren Geschmack viel zu früh begonnen hatte. »Komm, ich erkläre dir jetzt mal, wie du uns mit Sheyla in der Luft halten kannst. Es ist nicht sonderlich kompliziert, du musst nur schnell reagieren können.«

Der Ifrit ging nicht auf den Themenwechsel ein, aber Safi sollte in einer Sache recht behalten. Zeki hatte eine hervorragende Auffassungsgabe und verbesserte damit ihre Laune um ein Vielfaches. Vielleicht würden sie doch nicht direkt beim Start des Rennens im Pulk der Maschinen untergehen.

Der Anblick der Hängenden Gärten von Babylon versetzte Kayra jedes Mal einen schmerzhaften Stich der Wehmut. Die Terrassen, vollbepflanzt mit Gewächsen des Dschungels, waren in einem riesigen Quadrat angelegt, reichten hoch in den Himmel hinauf und lagen direkt am glitzernden Euphrat. Die Straße drumherum war freigeräumt, doch die Absperrungen würden niemanden davon abhalten, drauf zu rennen, sobald der erste Speeder abgestürzt war. Es gab genügend Zuschauer, die Wetten und Mutproben darüber abschlossen, wer sich unter die Luftgleiter traute. Dabei starben jedes Jahr mehrere Dutzend übermütige oder einfach nur arme Schlucker.

Sie hatten Sheyla an der Startlinie eingereiht und Safi überprüfte gerade ein letztes Mal, ob alle Drähte und Rohre an ihrem Platz und ordentlich abgedichtet waren. Ein leises Zischen drang aus dem Dampfkessel, als er den Druck testete.

Zeki stand neben dem Speeder und starrte zu den Hängenden Gärten hinauf. Von hier aus sah man die leeren Stühle auf dem breiten Podest, auf dem der Stadtgott Marduk und seine beiden Verwalter, die Engel Harut und Marut, Platz finden würden, sobald das Wettrennen begann.

Stärker als der Zorn auf die hoheitlichen Herrschaften drängte sich eine verzehrende Trauer in Kayras Herz. Erinnerungen drohten, sie zu überwältigen, und sie glaubte, sich eine zarte Berührung an ihrer Hand einzubilden.

»Du siehst gequält aus«, bemerkte Zeki, der zu ihr getreten war.

Er trug eine abgewetzte braune Lederjacke und eine Pilotenmütze mit hochgeschobener Brille, die ihm viel zu groß waren und in denen er einen lächerlichen Anblick darbot. Doch entweder war er sich dessen nicht bewusst oder es störte ihn nicht, denn er ignorierte das Getuschel der anderen Teilnehmer, die verstohlen zu ihnen blickten.

Heute verspürte Kayra dem Ifrit gegenüber keine Ablehnung. Auch widerstrebte es ihr nicht länger, ihm ihre Vergangenheit preiszugeben. Sie sah zu Safi, der konzentriert irgendwelche Schrauben an Sheyla nachzog und der bisher der Einzige war, der ihre Beweggründe kannte, an diesem lebensgefährlichen Unterfangen teilzunehmen.

Kayra interessierte sich nicht für das satte Preisgeld, ebenso wenig für den Adelstitel oder die Villa in der höchsten Ebene Babylons. Sie brauchte weder einen mechanischen Hausdiener noch wollte sie den Stadtgott in den Himmel begleiten. Das

Einzige, was für sie zählte, war, in die Nähe der Engel zu kommen, denen sie die Knochen zerschmettern und ihre Kehlen herausreißen wollte für das, was sie ihr angetan hatten.

Unbewusst verlagerte sie das Gewicht auf ihr gesundes Bein und drängte das Brennen in ihren Augen zurück.

»Sind diese Gärten nicht herrlich?«, fragte sie den Ifrit. »Die Götter selbst haben sie errichtet, heißt es. Sie gelten als ein Wunder, das Jahrhunderte überdauern wird, vielleicht sogar Jahrtausende.« Sie lächelte schwermütig. »Taraneh hat sie geliebt. Weniger den bombastischen Anblick von außen, mehr das Labyrinth im Inneren. Wir haben immer neue Gänge und Pflanzenarten darin entdeckt. Sogar solche, die kaum Sonne brauchen, um zu gedeihen.« Sie seufzte. »Meine geliebte Kräuterbraut.«

Kayra dehnte die Muskeln in ihren Beinen und ignorierte dabei den Schmerz im linken Knie. Sie spürte Zekis Blick auf sich, doch der Ifrit war höflich genug, ihr die nötige Zeit zu geben, bis sie weitersprach.

»Auf dem Land verteufelt man den technischen Fortschritt in dieser Stadt. Nirgendwo sonst auf der Welt ist die Zivilisation weiter, so singen es zumindest die Dengbêj. Und ich sage dir, die Götter sind auch nicht glücklich darüber, schließlich erkennt so mancher nicht den Unterschied zwischen Technik und göttlicher Kraft.«

Auf der Empore oben in den Gärten tauchten einige Diener auf und wuselten umher. Sie waren zu weit weg, um genauer zu erkennen, was sie taten, aber es bedeutete, dass auch deren Gäste bald dort eintreffen würden.

»Ich stimme dir zu«, flüsterte Zeki, doch obwohl er einige Schritt weit weg war, verstand sie jedes Wort glasklar. »Der Groll über die Maschinen, die die Sprachverwirrung des Turmes aufgehoben haben, reicht sogar bis in die Höllenfeuer. Die Menschen bedienen sich der Technik und kommen den Fähigkeiten von Göttern und Teufeln stetig näher. Das wird nicht ohne Folgen bleiben.«

Sie musterte ihn nachdenklich. Wenn er sprach, schien die Luft schwer wie Lava zu werden, doch wie die Mütze ihm halb in die Augen hing, fiel es ihr schwer, ernst zu bleiben.

»Die Folgen sind bereits spürbar«, erklärte sie. »Doch nicht die Götter und Teufel werden aufbegehren, nicht mehr als sonst jedenfalls, sondern die Menschen. Sie begreifen langsam, dass auch Götter bluten und uns nur wenig überlegen sind. Mit Hilfsmitteln sind sie es bald überhaupt nicht mehr. Dann werden die Unsterblichen fallen, glaub mir. Der Kampf hat schon begonnen, und heute fügen wir dieser Rebellion einen weiteren Sieg hinzu.«

Zeki nickte und Strähnen seines Rauchhaares waberten umher. »Heute rächen wir deine Kräuterbraut und meinen Menschen.«

Ein Kribbeln breitete sich auf Kayras Unterarmen aus. Der Ifrit hatte sich zwar ganz ordentlich beim gestrigen Übungsflug geschlagen, aber er hatte keinerlei Erfahrung und war die Bewegungsabläufe noch nicht gewohnt. Er würde Fehler machen, die sie mehr als nur den Sieg kosten konnten. Ohne Schutzengel war das hier ein reines Selbstmordkommando.

Nun, aber von Engeln hielt Kayra nichts. Sie vertraute ihren eigenen Fähigkeiten und auch wenn sie Zeki erst seit Kurzem kannte, vertraute sie auch ihm, dass er entweder mit ihr siegen oder sie gemeinsam untergehen würden.

Als der Startschuss ertönte, vibrierte und flimmerte die Luft von der Hitze aufheulender Motoren. Die libellenartigen Flugmaschinen sausten los und entflammten donnernde Jubelschreie im Publikum. Die ersten Babylonier stolperten durch die Absperrungen und verbrannten schreiend unter den Temperaturen der über ihnen hinwegrauschenden Turbinen.

Kayra schwitzte unter der schweren Ledermütze und hinter den dunklen Gläsern ihrer Brille. Mit flinken Bewegungen steuerte sie Sheyla durch den Tumult, der vor ihnen ausgebrochen war, und setzte sie an den inneren Rand der Strecke. Um sie herum summte, flatterte und dröhnte es, ein ungesundes Rasseln mischte sich unter die Geräuschkulisse und im nächsten Moment sackte eine der Maschinen so abrupt ab, dass sie in die Flügel einer anderen krachte. Gemeinsam stürzten die Kontrahenten ab. Kayra nahm sich keine Zeit, nachzuschauen, ob dem Aufprall am Boden eine Stichflamme folgte oder wer außer den Piloten dabei draufging. Sie musste all ihre Konzentration zusammennehmen, um selbst einen Unfall zu vermeiden.

Über, unter und neben ihnen schrien die Zuschauer Babylons die Namen ihrer Favoriten. Der Himmel erstrahlte in stechendem Blau und die Götter und ihre Lieblinge erfreuten sich bei Ambrosia und Wein am Sterben ihrer Untertanen.

Kayra riss das Steuer herum und tauchte unter einem rauchenden Libellenflieger hindurch. Die ausholende Flügelbewegung streifte ihre Karosserie direkt neben Zekis Kopf, und ein metallisches *Klonk* ertönte.

Können Ifrits eigentlich sterben? Kayra hätte ihn das vielleicht vorher fragen sollen.

»Jetzt!«, rief sie hinter sich, wo der Ifrit am Dampfkessel hantierte und die Messgeräte im Blick behielt.

Zeki erhöhte den Druck und Sheylas Flügel schlugen für einige Atemzüge doppelt so schnell. Bei dieser Geschwindigkeit blieb Kayra nur Zeit zu reagieren, denn sie befanden sich noch immer im Mittelfeld der um die Hängenden Gärten rasenden Speeder. Hitze strömte durch ihre Adern und sie blinzelte einen Schweißtropfen von ihrer Wimper runter, die am unteren Rand ihrer Pilotenbrille hängen blieb.

Vor ihnen tauchten dicke schwarze Rauchschwaden auf und sie versanken für einen Moment in beißender Dunkelheit. Instinktiv hielt sie die Luft an und duckte sich tiefer hinter die Konsole, falls Trümmerteile umhergewirbelt wurden, und achtete auf die abgedämpften Geräusche um sich herum. Jemand schrie und es krachte mehrfach, da schossen sie bereits wieder aus dem Rauch heraus und steuerten geradewegs auf den in der Sonne glitzernden Euphrat zu.

»Verdammt«, rief Kayra und zerrte am Steuerknüppel.

Sie hatten die Kurve verpasst!

Offenbar waren sie nicht die Einzigen, denn bei ihrem Richtungswechsel splitterten einige Speeder ineinander.

Sheyla rumpelte und die metallene Zigarre vibrierte ächzend, bis sich sämtliche Drücke in den Schläuchen wieder angeglichen hatten. Zeki machte das besser, als Kayra erwartet hätte, und sie biss grimmig die Zähne aufeinander.

Die dicke Rauchwolke stammte ausnahmsweise nicht von einer defekten Flugmaschine, sondern schlimmer noch, von Babyloniern, die am Boden irgendwelche Möbel in Brand gesetzt hatten und frenetisch um die Flammen tanzten.

So ein stinkender Haufen Dung!

Es würde Kayra nicht einmal wundern, wenn Harut und Marut diese Aktion begrüßten. Schließlich war jeder Pilot eine Person zu viel, die dem Himmel so nah kam wie sonst nur die Unsterblichen selbst. Dieses ganze Spektakel diente bloß der Ablenkung, damit das Volk nicht nach den Wolken strebte. Brot und Spiele.

Gemeinsam mit einem Dutzend Konkurrenten glitten Kayra und Zeki in die Schatten zwischen den Gärten und den hohen Häusern gegenüber der Straße. Vor ihnen schraubte sich der Turm von Babylon in die Höhe, einen gewaltigen Wassergraben zwischen sich und dem Rest der Stadt.

»Bereit«, hörte sie den Ifrit murmeln.

Wie sie ihn durch den Wind hindurch so klar verstehen oder wie der Druck im Kessel so schnell wieder angewachsen sein konnte, war ihr ein Rätsel, doch sie stieß nur ein »Dann los« aus, und schon beschleunigten sie erneut. Dabei wurde sie in den Sitz gedrückt und spürte, wie die Haut in ihrem Gesicht Wellen schlug.

Unter größter Anstrengung fädelte sie Sheyla zwischen den anderen hindurch und drückte die Flügel kurz vor der nächsten Kurve so hart gegen den Wind, dass sie in die Gurte geschleudert wurden. Sie stemmte sich gegen die Fliehkräfte, brachte die Maschine in Position und schoss weiter.

»Gut gemacht«, sagte Zeki in seiner nüchternen Art. Dieses Mal waren es seine Worte, die sie irritierten, doch wieder richtete sie all ihre Aufmerksamkeit auf die Rennstrecke.

Stück für Stück arbeiteten sie sich bis an die Spitze vor und kämpften nach der Hälfte der Zeit bereits um den ersten Platz. Noch nie war Kayra so gut geflogen, aber sie hatte auch noch nie einen Ifrit als Tech gehabt. Was auch immer er tat, sie konnte mehr als die doppelte Geschwindigkeit aus Sheyla herausholen. Und auch wenn ihr ganzer Körper vor Anstrengung schmerzte und sie nun vor allem gegen sich selbst und um ihre Konzentration kämpfte, hatte sie sich nie lebendiger gefühlt.

In der sechsten von zehn Runden erhaschte sie einen Blick auf die Engel auf ihrem Podium. Sie sahen nicht einmal zu, wohingegen der Stadtgott auf sie deutete und einer weiteren Person ins Ohr sprach. Dann waren sie vorbeigerauscht und sie richtete den Blick schwer atmend nach vorn.

Sie durfte jetzt nicht nachlassen. Übermut würde sie den Sieg kosten. In der letzten Kurve hatten sie sich auf Position Nummer eins geschoben, und jetzt galt es, einen Vorsprung auszubauen. Das Problem war eher, dass vor ihnen inzwischen jene flogen, die sie überrunden mussten. Und niemand hatte vor, ihnen Platz zu machen, im Gegenteil. Wie viele Wetten gerade liefen, wagte Kayra nicht zu schätzen, doch für jede Eventualität gab es jemanden, der darauf spekulierte – und für sein Gold bereit war, über Leichen zu gehen.

»Zeki?«, rief sie.

»Ich habe alles unter Kontrolle«, gab er zurück, genau in dem Moment, als eine grünsilberne Libelle vor ihnen so scharf bremste, dass Kayra sie fluchend fallen lassen musste.

Dennoch schepperten ihre Flügel gegen den Bauch des Speeders, und dem Knallen in den Gelenken folgte ein scharfes Zischen. Dampf trat heiß aus und sie sackten ungebremst ab.

»Nein!«, brüllte Kayra.

»Wir verlieren rapide an Druck«, wisperte Zeki, und zum ersten Mal glaubte sie, Hektik in seiner Stimme zu vernehmen.

Fieberhaft überlegte sie, was sie tun könnten, doch sie musste ihre ganze Kraft aufbringen, um sie auf Kurs zu halten, während sie unweigerlich an Höhe verloren. Der Steuerknüppel drängte entgegensetzt der Richtung des beschädigten Flügelpaares, und um die Schläuche abzuklemmen und zu überbrücken, bräuchte sie einen Tech mit Erfahrung.

Über ihnen rauschten ihre Verfolger vorbei und frenetischer Jubel brandete unter den Zuschauern auf.

»Nein, nein, nein!« Kayras Unterarmmuskeln verkrampften und sie stemmte sich in den Sitz. »Zeki, du musst–«

»Ich weiß«, gab er leise zurück. Es war nur ein Wispern an ihrem Ohr, aber so heiß, dass sie zusammenzuckte.

Auch ihr Nacken begann zu brennen, als ob sie zu lange in der Sonne gesessen hätte. Sie wagte einen kurzen Blick zurück und ihr Atem stockte. Die Linien auf der Haut des Ifrits glühten orangerot und aus seinen Augen schlugen Flammen. Er hatte die Lippen zusammengepresst, während ein Teil seines Körpers zu Rauch geworden schien, denn die schwarzen Schwaden waberten durch Sheylas Innenraum und auch um das defekte Flügelgelenk. Kayra richtete sich wieder nach vorn, und langsam, aber sicher wurde der Gegendruck des Steuerknüppels schwächer. Die Messgeräte zeigten einen stabilisierten Druck an und Sheyla flog einen Bogen, bis sie wieder auf Höhe der Rennstrecke waren.

»Was bei allen Göttern?«, hauchte Kayra mit zusammengezogenen Brauen. Sie war schon bereit gewesen, einen Platz für die Notlandung zu suchen, doch nun kletterten die Nadeln der Geräte einfach immer weiter.

»Nur der Sieg zählt«, knurrte Zeki. Sein drohender Unterton verursachte eine Gänsehaut auf ihren Unterarmen, gleichzeitig wie sich ein Grinsen auf ihre trockenen Lippen stahl.

Sie reihte sie wieder zwischen die rasenden Flugmaschinen ein und verschaffte sich einen Überblick. Sie waren ins Mittelfeld zurückgefallen, was bedeutete, dass sie weniger als ein Drittel der Zeit hatten, um zu schaffen, wofür sie zuvor zwei Drittel benötigt hatten. Mit einer defekten Sheyla, einem brennenden Zeki und Kayras schwindender Aufmerksamkeit.

»Bist du bereit, ein Opfer zu bringen?«, fragte der Ifrit.

Sie wischte sich die nassen Hände hastig an den Oberschenkeln ab und blinzelte.

»Nur der Sieg zählt«, wiederholte sie seine Worte.

»Gut«, hauchte er und Sheyla dröhnte auf.

Das Metall begann zu singen, der Dampfkessel hinter ihr eine eigentümliche Melodie zu pfeifen. Zeki schien die Hitze seines Körpers zu nutzen, um das Gerät über seine Grenzen hinaus zu treiben. Sie schossen wie ein Feuerblitz zwischen den anderen hindurch, ließen die Turbinen in den Kurven aufheulen, und die Schrauben in Sheylas Zigarrenkörper klapperten nach jeder Runde mehr.

Sie fällt auseinander, wurde Kayra klar. *Das meinte Zeki mit dem Opfer.*

Grimmig schossen sie über die Ziellinie in die letzte Runde. Es waren noch drei Speeder vor ihnen. Gegenstände flogen von den Terrassen der Hängenden Gärten und aus den Fenstern der hohen Häuser. Die Führenden waren zu geschickt, um davon ernsthaft abgelenkt zu werden, und was hinter ihnen passierte, interessierte Kayra nicht. Sie drängte die schwarzen Flecken vor ihren Augen zurück und nahm die Kurven so scharf, dass Sheylas Flügel den Marmor der Gärten streiften.

Das knirschende Geräusch fokussierte Kayra ein letztes Mal, sie wagte ein gefährliches Manöver in Seitenlage zwischen den letzten vorderen Libellen hindurch und raste mit einem so winzigen Vorsprung über die Linie, dass im Jubel der Zuschauer nicht zu erkennen war, wen diese eigentlich gerade feierten.

Safis Blick war undurchdringlich, als sie ihm aus Sheyla in die Arme entgegenfiel.

»Noch alles dran?«, fragte er, die Lippen nah an ihrem Ohr.

Dass er sie überhaupt berührte, verschwitzt und dreckig, wie sie war, rechnete sie ihm hoch an.

»Ja«, antwortete sie knapp

Jeder Muskel in ihrem Körper zitterte, doch es war die Anspannung um ihre Brust, die ihr das Atmen schwer machte.

»Dann kommt jetzt das große Finale. Hier.« Er drückte ihr etwas in die Hand, das sie unauffällig in die Innentasche ihrer Pilotenjacke gleiten ließ.

»Danke, Safi.« Sie sah in seine dunklen, ernsten Augen. »Danke für alles.«

Sie spürten beide, dass es ein Abschied war. Trauer huschte über sein Gesicht, und er presste die Lippen so fest aufeinander, dass er nur nicken konnte.

Als sie sich von ihm lösen wollte, zog er sie allerdings in eine energische Umarmung, die mehr sagte, als Worte es je könnten. Sie sprach von der Geborgenheit, die sie bei ihm gefunden hatte, als es ihr unmöglich schien, etwas anderes als blinden Zorn zu spüren. Erinnerte an den Abend, als er sie zum ersten Mal zum Lachen gebracht hatte, und an seine Offenheit in all den langen, tiefgründigen Gesprächen, die sie miteinander geteilt hatten.

Safi war ein wahrer Freund. Jemand, der sie nicht verurteilte oder von Dingen abhalten wollte, die sie sich in den Kopf setzte. Nein, er hatte sie schon immer respektiert und in allem unterstützt. Ohne ihn wäre sie niemals so weit gekommen.

Ohne ihn gäbe es sie wahrscheinlich nicht einmal mehr.

In diesem Moment fiel ihr auf, dass sie ihn nie danach gefragt hatte, was er tun würde, wenn das alles vorbei war. Aber als Mechaniker würde er überall gute Arbeit finden. Vor allem könnte er sich endlich dafür bezahlen lassen.

»Grüß mir Taraneh«, brachte er mit einem kläglichen Grinsen heraus, das seine Zahnlücke offenbarte.

Kayra schluckte gegen den Kloß in ihrem Hals an. Würde sie sie wirklich bald wiedersehen?

Safi fing ihre Träne mit einem Finger auf. »Na, reiß dich zusammen. Der größte Spaß kommt doch erst noch.«

Sie lachte tatsächlich auf und zog verspielt an seinem schwarzen, an einigen Stellen von der Hitze verschrumpelten Bart.

»Ich werde es genießen.«

Damit lösten sie sich voneinander und Kayra blickte nicht mehr zurück.

Ohne Zekis Hilfe würde sie es die vielen Stufen bis zum Podium nicht schaffen. Am Arm des Ifrits fand sie jedoch die Stärke, die Schmerzen in ihrem Bein zu überwinden und sich innerlich darauf vorzubereiten, jeden Moment den Mördern ihrer Kräuterbraut gegenüberzustehen. Jede Stufe fachte die Wut in ihr weiter an, bis sie sich jenen unsäglichen Tag nicht länger ins Gedächtnis rufen musste, um zwischen der Lava in ihren Adern und dem brennenden Verlangen nach Rache einen eiskalt berechnenden Kern in sich zu finden.

»Es war eine angenehme Erfahrung, dich kennenzulernen. Trotz der Umstände«, murmelte der Ifrit.

Sie warf ihm einen kurzen Seitenblick zu.

»Weißt du, Zeki, es überrascht mich selbst, aber das finde ich auch.« Kayra schüttelte den Kopf. »Du warst der beste Tech, mit dem ich je fliegen durfte.«

Ein Lächeln umspielte die blauschwarzen Lippen des Rachegeistes. Sein Haar waberte wie eine dichte Rauchsäule hinter ihm her, während sie die letzten Stufen erklommen und der Jubel von draußen lauter und lauter wurde.

»Und der letzte, vermutlich.«

Ein Stechen ließ ihr Knie einknicken, doch er hielt sie fest.

»Vermutlich«, bestätigte sie angestrengt.

Sie würden heute Erlösung finden.

Auf die ein oder andere Weise.

Das Licht des verhöhnend blauen Himmels flutete den Gang vor ihnen. Immer wieder winkten Wachen sie weiter, in golden polierte Rüstungen gehüllt, die einem wahren Assassinen kein müdes Lächeln abringen würden.

Sie kamen als Letzte auf die Terrasse mit dem Podium. Kayra hatte keinen Wert darauf gelegt, den Sieg heimzufahren, doch nun, da sie der zerknirschten Gesichter ihrer Kontrahenten gewahr wurde, verspürte sie eine gewisse Genugtuung.

Wer wird uns zuerst des Betrugs bezichtigen?

Nirgendwo stand geschrieben, dass ein Ifrit von der Teilnahme ausgeschlossen war. Andererseits hatte auch noch nie einer an dem Wettbewerb teilgenommen.

In der Luft vor dem Balkon der Hängenden Gärten schwebten mehrere Flugmaschinen, von denen aus die besser betuchte Gesellschaft Babylons der Siegesfeier beiwohnte. Unten drängten sich die Zuschauer an die marmorne Mauer, um etwas vom traditionellen Goldregen des Gottes zu erhaschen. Links von ihnen auf ihrer prunkvollen Tribüne erhoben sich die Verwalter der Stadt und kamen auf sie zu.

Beim Anblick der gewaltigen schneeweißen Flügel und den so unpassend hässlichen Fratzen der Engel erstarrte Kayra in der

Bewegung. Ein Kribbeln breitete sich von ihrem Kopf über Schultern und Unterarme aus, und Schwindel erfasste sie. Zekis warme Berührung an ihrer Wange half ihr, sich wieder zu fokussieren und von ihm auf die Empore helfen zu lassen.

Wie hinter einem rauschenden Wasserfall begann Marut, zu den Stadtbewohnern zu sprechen, während Harut den Drittplatzierten eine kleine Truhe mit Gold überreichte.

So strahlend wie der Inhalt der Holzkiste war auch das Haar der Engel, deren Kaftan reich bestickt war. Die Kordel, die ihnen als Gürtel diente, beschwor Bilder vor ihrem inneren Auge herauf, die sie vergessen geglaubt hatte. Sie sollte sie daran aufknüpfen, hier an der Mauer, damit jeder ihnen beim Verrecken zuschauen konnte. Damit jeder Babylonier die Gelegenheit bekam, Wetten auf das Ende der Unsterblichen abzuschließen.

»Wie sind eure Namen?«

Prickelnd kehrte ihre Aufmerksamkeit zurück und sie starrte in das makellos hässliche Gesicht Haruts. In seinen Augen spiegelte sich nichts weiter als Gleichgültigkeit. Dabei musste sich die Abscheu in ihren Zügen deutlich abzeichnen.

»Ich dachte, das Licht der Herrlichkeit strahlt von der Haut eines jeden Engels«, spottete sie. »Ihr seht recht unspektakulär aus, Verwalter Harut.«

Die Irritation in den silbrigen Augen des Unsterblichen wandelte sich blitzschnell in Verachtung. Allein mit ihren Worten hatte Kayra ihr Schicksal besiegelt, und es tat so gut, das zu wissen.

»Was hast du stinkende Made gerade gesagt?«

Zeki beugte sich vor und streckte die Finger nach ihm aus.

»Dass du Sünder in die Hölle kommst«, sagte er im selben Moment, in dem Kayra die Pistole aus ihrer Jacke zog und dem Engel zweimal in die Stirn schoss.

In dem ausbrechenden Chaos und den Bruchteilen eines Atemzuges, bis jeder verstanden hatte, was geschehen war, kam auch der zweite Verwalter Babylons in den Genuss ihrer besonderen Patronen. Dabei stolperte Marut nach hinten, fiel über die Balustrade und verschwand.

Zeki ließ den zusammenbrechenden Harut los und verpuffte zu schwarzem Rauch. Im nächsten Moment tauchte er weiter hinten bei Marduk auf und riss den Stadtgott zu Boden.

Schreie hallten so schrill in Kayras Ohren wider, dass sie die Pistole beinahe losgelassen hätte, um sie sich zuzuhalten. Sie quälte sich von dem Podest herunter und kniete neben dem zuckenden Harut nieder. Seine Augen rollten wild in den Höhlen hin und her, und der ganze Engelskörper verbog sich in einem erstaunlichen Todeskampf.

»So ist's gut, stirb nur schön qualvoll.«

Lächelnd betrachtete sie die schimmernde Flüssigkeit, die sich unter dem Schädel des Engels ausbreitete. Auf einmal tat ihr Bein nicht mehr weh. Ihr tat überhaupt nichts mehr weh. Zum ersten Mal seit vier Jahren konnte sie einen befreiend tiefen Atemzug nehmen, ohne gegen den Druck in ihrer Brust anzukämpfen.

Ein Stoß ließ sie nach vorn kippen. Sie musste sich mit den Händen am Boden abstützen, um nicht aufs Gesicht zu fallen. Etwas glitzerte aus ihrer Brust und dicke rote Tropfen quollen erst träge, dann immer schneller daran herab.

Kayra lächelte breiter.

Wer hätte das gedacht?, wollte sie sagen, brachte jedoch nur ein Ächzen heraus.

Jemand brüllte sie an. Sie wurde an den Schultern gepackt und der Speer wieder aus ihrer Brust gerissen. Das Blut klatschte geräuschvoll auf den Marmor, wo es sich mit dem des nicht mehr ganz Unsterblichen vermischte.

Auf einmal war jede einzelne Bewegung so schwer, als ob sie mit Gewichten an Armen und Beinen in einen See geworfen worden wäre. Auch das mit dem Atmen ging nun recht mühselig vonstatten.

Sterben ist gar nicht schlimm, dachte Kayra und landete nun doch mit dem Gesicht auf dem Stein.

In ihrem verschwimmenden Blickfeld tanzten meterhohe Flammen über die Terrasse und dichter schwarzer Rauch kämpfte gegen grelle Blitze, die Statuen zersplittern und Diener in der Bewegung zu Fleischklumpen zerfallen ließen.

Du schaffst es, Zeki. Kayras Lider wurden bleiern. Aus halb geöffneten Augen beobachtete sie den Ifrit, wie er den Gott bedrängte. *Gib's diesem Ziegenficker.*

Ehe sich die Schwärze um sie legte, sah sie in zwei orangerote Iriden in einem blauschwarzen, von leuchtenden Adern durchzogenen Gesicht.

»Wir sehen uns auf der anderen Seite, Kay.«

Die Worte verklangen in ihren Gedanken, bevor sie sich gewahr werden konnte, dass nur Taraneh sie je so genannt hatte.

Ich komme, meine Kräuterbraut.

Benjamin Keck

BRENNENDE GERECHTIGKEIT

1
Feuer

»Es ist bemerkenswert, wie unangenehm es ist, in einem Bett aufzuwachen, das in Flammen steht. Man schläft, tief und fest, und langsam wird es wärmer und wärmer. Vielleicht träumt man sogar, dass man an einem lauschigen Sommertag in der Sonne liegt und sich seines Lebens freut.

Doch dann wird es noch wärmer und plötzlich träumt man von der sengenden Hitze der eftarkischen Wüste: Sand soweit das Auge reicht. Unbarmherzige Sonnenstrahlen – und man ist so verdammt durstig! Wenn dann das Bettlaken Feuer fängt, wird es wirklich unangenehm. Spätestens da ist es so heiß, dass man entweder panisch schreiend aufwacht oder träumt, in den feurigen Hallen des Totengottes Eftar sein verdammtes Dasein zu fristen. Meistens beides.

Feuer ist wirklich erschreckend. Vor allem, wenn man erwacht und die brennende Hitze viel zu nah an sich spürt. Mit ein wenig Glück hat weder das Nachtgewand noch das eigene Haar Feuer gefangen und man kann sich mit einem beherzten Sprung aus dem feurigen Bettinferno retten. So viel Glück haben allerdings die Wenigsten.

Aber das ist mir glücklicherweise noch nie passiert. Ich bin noch nie in einem brennenden Bett aufgewacht. Woher ich das alles dann so genau weiß? Das ist ziemlich schnell erklärt: Ich bin die verfluchte Drecksratte, die das Bett angezündet hat. Ich bin die flammende Gerechtigkeit. Ich bringe den feurigen Tod.«

Dikaia verstummte, als der Schlafende vor ihr plötzlich schreiend hochschreckte.

Flammen loderten über sein fürstlich seidiges Nachtgewand, als der nun schlagartig panische Mann aus dem Bett auf die Beine sprang, sich mit Wahnsinn in den Augen umblickte und, ohne Dikaia überhaupt wahrzunehmen, den letzten möglichen Ausweg wählte: Der lichterlohe brennende Adelige sprang mit Anlauf durch sein wunderschönes Fenster aus Buntglas und stürzte, einer Fackel gleich, aus dem achten Stock seines Palastes.

Dikaia saß auf einem Sessel neben der qualmenden Schlafstätte und lächelte zufrieden, als ein dumpfer Aufschlag und entsetztes Geschrei bis zu ihr hinauf schallte.

»Da geht er hin.« Sie seufzte erleichtert und legte entspannt die Füße auf den fast unversehrten Bettrand hoch. »Der Schlächter von Hohengras. Der hochwohlgeborene Fürst von Hohenstadt tritt seinen letzten Gang an.«

Dikaia genehmigte sich einen Schluck aus dem Weinglas des Fürsten, das dieser vor dem Zubettgehen als Schlaftrunk erwählt, aber offensichtlich nicht ganz geleert hatte. Anerkennend hob Dikaia ihre Augenbraue und nachdem sie für einen kurzen Moment voller Hochachtung die rötliche Flüssigkeit bewundert hatte, trank sie das Glas in einem einzigen Zug aus.

»Vorzüglich«, sprach sie zu sich selbst, und irgendwie auch zu dem nun inhaltslosen Glas, das im Augenblick ihr einziger Zuhörer war. »Eines muss man den verkommenen Fürsten dieser

Welt lassen, sie verstehen etwas von Wein. Vielleicht habe ich ja noch Zeit, die Flasche zu suchen, bevor-«

Schwere Metallstiefel schlugen laut auf die alten Holzstufen, während sich die fürstliche Leibgarde keuchend hinauf in das vermeintlich gut gesicherte Schlafzimmer ihres mittlerweile ziemlich toten Fürsten mühten.

»Schade eigentlich«, brummte Dikaia und wartete, bis die mit rotem Samt verkleidete Tür unsanft aufgetreten wurde und vier vollgerüstete Wachen in ihren unglaublich schweren Plattenpanzern in das geräumige Zimmer stürmten.

Dikaia, noch immer beide Füße auf dem Bett abgelegt, maß sie eines prüfenden Blickes und schüttelte tadelnd den Kopf, ehe sie das Wort an die Vier richtete: »Ihr solltet weniger trinken und öfter Treppen steigen. Ihr habt fast doppelt so lange gebraucht, wie ich geschätzt habe – und das, obwohl ich schon vorher keine sonderlich hohe Meinung von der Leibwache Hohenstadts hatte.«

Die schweißüberströmten Leibwächter zogen gleichzeitig ihre Kurzschwerter und Dikaia streckte ihnen unbeeindruckt ihre leeren Hände entgegen. »Ihr braucht eure Klingen nicht. Ich bin unbewaffnet. Hiermit ergebe ich mich widerstandslos und vertraue darauf, dass ihr die vermeintliche Mörderin eures verabscheuungswürdigen Fürsten nicht einfach erstechen, sondern dem Erzinquisitor der Kirche der reinigenden Flamme übergeben werdet. Denn was könnte schlimmer sein, als in die Fänge des Inquisitors zu geraten?«

»Das«, brummte einer der Ritter verdattert, »ist die merkwürdigste Verbrecherin, die mir je untergekommen ist.«

»Ich weiß natürlich«, sprach Dikaia weiter und stand betont langsam auf, »dass es zum guten Ton eines jeden Leibwächters gehört, einen ertappten Übeltäter nicht unbeschadet dem kirchlichen Richter zu übergeben. Wenn ihr also …« Dikaia verstummte für ein paar Atemzüge, verneigte sich vor den verdutzten Männern und legte sich in Seitenlage auf den Boden. »Wenn ihr also so freundlich wärt, mein Gesicht und meinen Hals zu verschonen, würde ich bei Erzinquisitor Ikastis Poena eure zuvorkommende Behandlung und vorbildliche Verhaftung meinerseits lobend erwähnen.«

Sie blickte zu den vier Leibwächtern empor, die ganz offensichtlich nicht so recht wussten, wie sie mit dieser doch recht ungewöhnlichen Situation umgehen sollten.

Einer der Gerüsteten kratzte sich sogar am Kopf und zuckte schließlich mit den Schultern, bevor er unsicher beschloss: »Was solls. Wenn sie wirklich ein gutes Wort bei Poena für uns einlegt, kann das sicher nicht schaden. Und wenn sie lügt, haben wir ihr eben nicht die Zähne ausgeschlagen. Ein Tritt zwischen die Beine macht auch Spaß.«

Dikaia seufzte, schloss die Augen und bereitete sich auf die kommenden Schmerzen vor. Eiertreten. Sie hatte zwar keine, aber das schien den Leibwächtern ziemlich egal zu sein – entweder hatten sie noch nicht so weit gedacht, oder aber sie verwendeten *Eiertreten* als Überbegriff für einen ganz bestimmten Tritt, der immer wehtat, egal wer ihn zu spüren bekam. Eiertreten also – die wahrscheinlich viertliebste Beschäftigung schlechtverdienender und nicht sonderlich heller Leibwächter. Nur übertroffen von Saufen, Herumhuren und Zähne einschlagen.

Dikaia war froh, den drei ersten Lieblingsbeschäftigungen entgangen zu sein. Mit Eiertreten kam sie klar. Es war zwar nicht sonderlich angenehm, aber um einiges besser als die Alternativen. In guter Gesellschaft Unmengen Wein und Bier zu trinken, wäre natürlich am erfreulichsten gewesen, aber in Anbetracht der Umstände, war diese Möglichkeit dann doch ziemlich unwahrscheinlich.

Ein eisenbeschwerter Stiefel fand den Weg zwischen Dikaias Beine und sie keuchte vor Schmerzen auf. Weitere Tritte folgten. Einer in den Magen. Zwei in den Rücken. Ein weiterer in die ach so beliebten und oftmals beschriebenen Weichteile. Kein einziger ins Gesicht oder gegen den Hals. Auf die vier stumpfsinnigen Leibwächter war zumindest in dieser Hinsicht Verlass.

Irgendwann spürte sie, wie sie langsam in die ersehnte Ohnmacht abglitt und bemerkte gerade noch, wie die Tritte ein Ende fanden und ihr einer der Leibwächter einen stickigen Leinensack über den Kopf stülpte. Mit ihren letzten zusammenhängenden Gedanken wunderte sich Dikaia noch über diese merkwürdige Praxis, Verhafteten mit einem Kartoffelsack die Sicht zu nehmen.

Jeder wusste, wo sich das Gefängnis der reinigenden Flamme befand und auch der Eingang war nicht sonderlich schwer zu erraten – er befand sich dort, wo Eingänge eben immer waren. In diesem Fall war es eine schwarze Tür, auf der ein mahnendes rotes Feuer prangte und die, wenn man hindurchgeleitet wurde, direkt in das Innere der Kirche der reinigenden Flamme führte.

Trotzdem hatte Dikaia noch nie jemanden finden können, der den Weg zu den Zellen glaubhaft beschreiben konnte. Merkwürdig. Ob dies wohl etwas zu bedeuten hatte? Irgendwie schade. Eine genaue Wegbeschreibung hätte das alles viel einfacher gemacht.

Dikaia schlug die Augen auf und sah erst mal nichts. Es roch nach Kartoffeln und war ziemlich stickig. Von ihrem Hals abwärts spürte sie bereits zahlreiche Blessuren, pulsierende Schwellungen und die eine oder andere Platzwunde, aber ihr Kopf hatte dankenswerterweise nichts abbekommen – sie konnte also nicht plötzlich ihr Augenlicht verloren haben.

Das war schon einmal eine sehr erfreuliche schicksalsweisende Fügung. Mit einem Male blind zu sein, hätte die Sache mit den feurigen Betten wirklich schwierig gemacht. Noch dazu hätte dann der allgegenwärtige Kartoffelgeruch so überhaupt keinen Sinn ergeben.

Dikaia rümpfte ob des Gestanks die Nase und spürte raue Fasern, die bislang nur auf ihrer Haut gelegen hatten, sie nun aber ein klein wenig kitzelten. Der Sack! Sie trug noch immer den unnützen Kartoffelsack – ein weiters Rätsel gelöst! Sie konnte also noch sehen, war ganz offensichtlich wach und in sitzender Position. Sie konzentrierte sich auf ihre anderen Sinne und prüfte, was sie alles ohne ihre Augen wahrnehmen konnte.

Unter sich spürte sie die Härte einer ungemütlichen Holzbank, die nur aus kirchlichem Bestand kommen konnte. Niemand sonst verstand sich so sehr darauf, ihren Gläubigen jedwede Freude zu nehmen: In den Gotteshäusern war es zumeist kalt und die harten Bänke, auf denen man zu knien hatte, zeugten auch nicht gerade von Nächstenliebe. An den Hand- und Fußgelenken spürte sie enge Schellen, die mit Sicherheit mithilfe von eisernen Ketten an eingelassenen Eisenringen im Steinboden festgemacht waren und ihr einen sehr begrenzten Bewegungsfreiraum lassen würden.

Das war zu erwarten gewesen. Es gab einiges, wofür man die Kirche der reinigenden Flamme kritisieren konnte, nicht aber, dass sie ungenau arbeitete. Sie war äußerst gründlich und tat oft das Richtige, wenn auch meist aus den falschen Gründen. Doch in einem Land, in dem die Kirche Glaube und Gesetz in sich vereinte, und dies mit einem wirklich unangenehm kampfesstarken Heer und überragend ausgebildeten Schlachtpriestern auch gegenüber jedwedem Aggressor durchsetzen konnte, war damit zu rechnen, dass nicht immer alles so lief, wie man es sich wünschte.

»Die Gefangene ist wach«, hörte Dikaia die raue Stimme eines Mannes, der ihr in geringer Entfernung gegenübersitzen musste.

Eine zweite Person, die nach Weihrauch und Eisen roch, trat neben sie, riss ihr den Kartoffelsack vom Kopf und entfernte sich, noch bevor Dikaia auch nur überlegen konnte, die Augen zu öffnen.

Nicht, dass sie das gewollt hätte. In dem Raum würde es hell sein. Viel zu hell. Und sie wollte sich erst langsam an das Licht gewöhnen, bevor sie sich ihrem Gegenüber stellte. Das hier war kein Spiel und es gab der rauen Stimme genug Zeit, seine neueste Gefangene unter die Lupe zu nehmen.

Dikaia spürte förmlich, wie zuerst ihre dunkelbraunen Haare gemustert wurden. Sie hatte sich zwar vor ein paar Stunden einen fest gebundenen Zopf geflochten, war sich aber ziemlich sicher, dass dieser das Kauern auf dem Boden und die folgende Bekanntschaft mit dem rauen Kartoffelsack nicht schadlos überstanden hatte. Ihr Gegenüber würde also erst ihre halbzerzausten Haare in Augenschein nehmen, dann ihr Gesicht begutachten und zu dem Schluss kommen, dass es ein durchschnittliches, alltägliches Gesicht war.

Dikaia hatte eine normale, gerade Nase, normal große Ohren, braune Augen und keinerlei Narben oder sonstige Auffälligkeiten, die im Gedächtnis bleiben würden. Sie mochte ihr Gesicht. Es war genau richtig. Heute trug sie die Kleidung einer hochgestellten, jedoch nicht hochgeborenen Dienstmagd – eine

Art Hosenanzug, der vollkommen schwarz gefärbt war und sie als Dienerin des Fürsten von Hohenstadt auswies.

Dikaia wartete und lauschte. Eine gut geölte Tür öffnete und schloss sich fast lautlos. Ein eiserner Riegel wurde quietschend vorgelegt und dann wurde das Schloss der Verhörzelle noch von außen abgesperrt.

Gründlich. Die klerikalen Ritter waren wirklich ausgesprochen penibel. Die Person, die gerade den Raum verlassen und wahrscheinlich auch den Kartoffelsack mitgenommen hatte, konnte nur einer von den so nervtötend engstirnigen Rittern sein. Niemand sonst roch dermaßen stark nach Weihrauch und dem Eisen einer polierten Rüstung.

Nun war sie also allein mit ihrem Gegenüber.

Es war Zeit.

Dikaia drehte den Kopf zur Seite, öffnete die Augen einen Spaltweit und lobte sich in Gedanken selbst: Es war genauso verflucht hell, wie sie erwartet hatte. Selbst durch ihr verengtes Blickfeld konnte sie eine Heiliglampe erkennen, die sie mit blendender Heftigkeit angestrahlt hätte, wäre sie nicht so schlau gewesen, ihren Kopf zur Seite zu drehen. Spätestens jetzt war sich Dikaia sicher. Sie befand sich in einer Verhörzelle der Kirche der reinigenden Flamme. Sie konnte nirgends sonst sein.

Jene protzigen, viel zu teuren Lampen gab es nur in den Gotteshäusern, und dank des brennenden Fürsten war es wirklich unwahrscheinlich, dass sie in einem anderen Raum der Kirche untergebracht worden war. Wo sie sich auch aufhielt, eines hatten alle kirchlichen Einrichtungen gemein: Jeder Raum, jedes Zimmer und sogar jede Verhörzelle wurde von dreizehn Heiliglampen erleuchtet – eine göttliche Leuchtquelle für jeden Monat des Jahres und somit für jeden der dreizehn himmlischen

Streiter. Dreizehn Heiliglampen, die auf ewig leuchteten und einzig der Kirche vorbehalten waren. In den Büchern hieß es, dass der Totengott Eftar höchstselbst der Kirche das Wissen um die Herstellung dieser Lampen geschenkt hatte.

Heiliger Unsinn!

An den dämlich hellen Lampen war natürlich rein gar nichts göttlich oder heilig. Sie waren ein verflucht schlaues Zusammenwirken von Alchemie und diesem ganz und gar nervtötend geheimen *Klerikum* – eine uralte Keilschrift, der eine Kraft innewohnte, die sich Dikaia gänzlich verschloss und am ehesten mit *Schriftmagie* umschreibbar war.

Dikaia hatte Jahre gebraucht, um das kleine bisschen Wissen zu sammeln, dass sie heimlich ihr Eigen nennen durfte. Es war mitunter tödlich, wenn man an den falschen Orten auf das *Klerikum* zu sprechen kam – es gab nichts, was die Kirche der reinigenden Flamme dermaßen nachträglich schützte. Alles Wissen um die Schriftmagie war dem Klerus vorbehalten und auf unrechtmäßig angeeignetes Wissen stand natürlich die Todesstrafe. Dikaia hatte nur herausgefunden, dass die Keilschrift aus waagrechten, senkrechten und schrägen Keilen bestand und unabhängig von Untergrund oder Schreibgerät funktionierte. Mit diesen Linien konnte man Schriftzeichen und Symbole formen, die in Kombination mit weiteren Schriftzeichen und Symbolen Verschiedenes bewirken konnten.

Für einen Beutel voller Goldmünzen hatte Dikaia herausgefunden, dass die Schwerter der klerikalen Ritter mindestens zwei solcher Symbole trugen und aufgrund der Schriftmagie niemals stumpf wurden. Ähnlich mussten auch die Heiliglampen funktionieren. Es hieß, dass den Priestern der Kirche unzählige Keilschriftzeichen in die Körper geschnitten wurden.

Vielleicht konnten die Priester nun auch nicht stumpf werden.

Dikaia spürte, wie sich ihre Mundwinkel belustigt nach oben zogen und schalt sich eine Närrin, ihren Gedanken freien Lauf gelassen zu haben. Dabei wusste sie nicht einmal, ob all ihre Vermutungen und viel zu teuer erkauften Geheimnisse überhaupt der Wahrheit entsprachen. Es konnte auch sein, dass all die Geschichten und Legenden nur weitere Mythen waren, auf denen die Macht der Kirche der reinigenden Flamme fußte.

Eines jedoch wusste Dikaia: Sie saß schon viel zu lange mit halb geöffneten Augen in einer Zelle und blickte regungslos zur Seite, während sie von einem der dreizehn Erzpriester beobachtet wurde. Die dreizehn mächtigsten Menschen der Welt. Dreizehn direkte Nachkommen von Eftars Lichtbringern und alleinige Gebieter der reinigenden Flamme. Niemand war …

Dikaia schüttelte kaum merklich den Kopf und biss sich in Gedanken auf ihre gedankliche Zunge. Sie tat es schon wieder. Sie hatte sich schon wieder von sich selbst ablenken lassen, statt sich dem Unvermeidbaren zu stellen. Dikaia atmete tief ein, richtete ihren Kopf gerade und öffnete die Augen.

Es war hell.

Tränen sammelten sich in ihren Augenwinkeln, aber es war genug Zeit vergangen, sodass es nur bei einem kurzen Schmerz blieb und sich ihre Sicht innerhalb eines Lidschlags fast geklärt hatte.

Sie hatte recht behalten. Dreizehn Heiliglampen erhellten eine weiß getünchte Zelle mit göttlichem Licht, ihre Hände waren in Ketten gelegt, die wiederum im weißen Steinboden verankert waren.

Ihr gegenüber saß ein Mann mittleren Altes, mit schwarzgrauem sauber getrimmtem Vollbart, buschigen Augenbrauen und einem Blick, der so messerscharf war, dass er, wenn man denn den

Geschichten glaubte, bis auf den Grund einer Seele schauen konnte – oder aber tatsächlich Stein damit schneiden konnte. Einer der dreizehn Erzpriester und Richter über ihre verbleibende Lebenszeit.

Dikaia glaubte natürlich beides nicht. Aber sie verstand, woher die Gerüchte kamen. Es war wirklich unangenehm, dem Blick des Inquisitors über einen längeren Zeitraum standzuhalten. Wie alle dreizehn Erzpriester war auch er in voller Kampfmontur gerüstet. Im Gegensatz zu den klerikalen Rittern trugen die Dreizehn keine Vollrüstungen, sondern die Tracht der Schlachtenpriester.

Aus der Ferne betrachtet sah man nur nachtschwarze Kleidungsschichten, doch nun, da Dikaia einem von ihnen gegenübersaß, konnte sie erkennen, dass er ein geschwärztes und gepanzertes Wams trug, in das geschuppte, überlappende Platten eingearbeitet waren, die den gesamten Oberkörper vor Hieb- und Stichwaffen schützten. Er trug unheilverheißend zugespitzte Arm- und Beinschienen, darunter wahrscheinlich ein Kettenhemd, mehrere Messer und zwei Kurzschwerter, deren Griffe über seine breiten Schultern hinausragten.

Der Erzpriester war eine beeindruckende und furchteinflößende Gestalt, doch was ihn von all den anderen gefährlichen Menschen in der Welt unterschied, waren seine Augen. Es gab nur einen Priester mit solch stechendem Blick – Ikastis Poena.

2
Unter vier Augen

»Es ist mir eine Ehre«, eröffnete Dikaia das kommende Verhör und verneigte sich, so gut es eben ging, »von Euch an diesem schönen Ort empfangen zu werden. Schon lange wünsche ich mir, diese geschichtsträchtige Stätte besichtigen zu dürfen.«

»Dann wisst ihr, wer ich bin?«, fragte der Erzpriester mit kalter Stimme.

»Natürlich«, antwortet Dikaia mit dem Anflug eines Lächelns. »Jeder kennt Euch. Ihr seid Ikastis Poena. Träger des Feuers, gefürchtet für Eure emotionslose Gnadenlosigkeit und Euren besorgniserregend scharfen Verstand. Man kann Euch nicht täuschen, Ihr wisst, wenn jemand lügt, und Ihr entscheidet rein aufgrund von Fakten, Zahlen und Beweisen und lasst Euch dabei nie von euren Emotionen leiten. Solltet Ihr so etwas überhaupt besitzen. Wenn man den Gerüchten Glauben schenkt, seid Ihr zwar genauso tödlich wie das Feuer, aber wo die göttlichen Flammen vor Zorn lodern, findet man bei Euch nur eisige Unbarmherzigkeit.«

Poena schnaubte belustigt durch die Nase. »Bislang stimme ich euch zu. Was habt ihr noch gehört? Woher rührt meine so angsteinflößende Kaltblütigkeit?«

»Es heißt«, antwortete Dikaia leise, »dass Ihr einst auf dunklen Pfaden gewandelt seid. Ihr wart verloren und erst die reinigende Flamme hat Euch geläutert. Wenn die Geschichten über Euch auch nur ein Fünkchen Wahrheit enthalten, wart Ihr vor vielen Jahren ein Söldner, der den Blutrausch der Schlacht wie ein Süchtiger genossen und den nichts glücklicher gemacht hat, als das Blut der Sterbenden auf seinen Händen zu spüren. Doch auf der Höhe Eures furchterregenden Ruhms muss irgendetwas geschehen sein. Vom einen Tag auf den anderen seid Ihr aus dem Söldnerheer ausgetreten, nackt durch das halbe Land gereist und habt Euch in die Priesterschule eingeschrieben. Ihr habt die sechsjährige Ausbildung in nur fünf Jahren hinter Euch gebracht, und als Euch die Kirche der reinigenden Flamme wieder auf die Welt losgelassen hat, wart Ihr ein anderer. Blutrünstiger Zorn war eiserner Gerechtigkeit gewichen und Ihr wurdet der jüngste Erzinquisitor aller Zeiten. Ihr wurdet ein Feuerbringer, und genau hierin begründet sich Eure Legende.«

»Erhelle mich.«

Dikaia zögerte für einen kurzen Atemzug und fluchte innerlich, als sie bemerkte, dass Poena das Gespräch mit nur einer Frage und ein paar schlau gesetzten Blicken in eine verflucht gefährliche Richtung gelenkt hatte.

»Ihr stammt nicht in direkter Linie von den ersten dreizehn Lichtbringern ab, trotzdem wurdet Ihr zum Erzpriester erhoben, ohne dass jenes Blut in Euren Adern fließt. Es heißt, der Totengott selbst wäre aus seinen düsteren Hallen emporgestiegen und hätte Euch dem Feuer übergeben. Ihr wart ein Söldner, Mörder und Wahnsinniger. Ihr hättet in den heiligen Flammen vergehen müssen. Genauso, wie all jene sterben, denen Ihr Gerechtigkeit bringt.«

»Aber?«

»Ihr seid nicht gestorben. Es heißt, Ihr habt vor Schmerzen schreiend in den Flammen gestanden. Doch obwohl es wirkte, als würdet Ihr unsägliche Qualen erleiden und Eure Haut gänzlich verkohlt war, seid Ihr nach einer Stunde in dem Feuer lebend herausgetreten. Innerhalb von zwei Schritten fiel alles verkohlte Fleisch einfach von Euch ab und darunter kam ein unverletzter Körper zum Vorschein. Es heißt, Eftar hätte Euch verbrannt, Euer verkochtes Blut durch das seinige ersetzt und Euch neu erschaffen. Ihr seid nun wirklich ein direkter Abkömmling der dreizehn Lichtbringer. Ein heiliger Streiter, geboren aus Eftars reinigender Flamme.«

»So sagt man«, sprach Poena nachdenklich.

»Man sagt auch«, Dikaia schnaubte, »dass Euer Blick Steine schneiden kann, Ihr mehr Menschen ihre gerechte Strafe auf dem Scheiterhaufen habt zukommen lassen als in Hohenstadt leben, und man sagt auch, dass der Totengott Eure beiden Klingen führt.«

»Dann glaubt ihr all das nicht?«, fragte Poena und der Anflug eines Lächelns schlich sich auf sein Gesicht.

»Das kommt darauf an«, antwortete Dikaia wahrheitsgetreu und blickte zu ihren Füßen hinunter. »An Eftar und seine dreizehn Lichtbringer? Natürlich. Ich wäre eine Närrin, würde ich nicht daran glauben.« Dikaia hob wieder ihren Kopf und taxierte Poenas stechende Augen. »An Eure Heiligkeit und all die Legenden, die sich um Eure Person ranken?« Sie schüttelte entschieden den Kopf. »Natürlich nicht. Wie gesagt, ich bin keine Närrin. Ihr mögt Erzpriester sein, aber Ihr seid weder von göttlichem Blut noch in irgendeiner Art und Weise heilig. Ihr seid ein Mythos. Ein künstlich erschaffener Mythos, der wirklich viele Verbrecher zur Strecke bringt, aber trotz allem menschlich ist.« Dikaia nickte zu den Heiliglampen. »Genau wie sie.«

Poena folgte Dikaias Blick und lachte schallend auf. »Du vergleichst die dreizehn Erzpriester mit Lampen?«

Dikaia nickte ernst.

»Ich habe gehört«, sprach der Priester und lachte ein weiteres Mal auf, »dass du ungewöhnlich bist. Aber ich gebe zu, du überraschst mich. Man muss entweder vollkommen von Sinnen oder aber lebensmüde sein, um solch einen Vergleich zu ziehen.«

Dikaia winkte kettenklirrend ab. »Ach, so schlimm war das gar nicht. Ich könnte immer noch argumentieren, dass ich nur eure Heiligkeit hervorgehoben habe.«

»Und wir beide wüssten«, Poena wurde wieder ernst, »dass es gelogen wäre. Du glaubst nicht an all den Humbug, der von uns verbreitet wird.«

»Was nicht bedeutet«, sagte Dikaia nun lächelnd, »dass ich es nicht ebenso machen würde. Aber wenn ich schon das seltene Vergnügen habe, mit Ikastis Poena sprechen zu können, wollte ich mich nicht mit unnützen Lügen und Lobhuldigungen aufhalten. Es erschien mir einfach nicht richtig.«

»Das Vergnügen«, wiederholte Poena, »mit mir zu sprechen?«

Dikaia verneigte sich mit einem schmalen Lächeln.

»Es kommt nur selten … Eigentlich kommt es nie vor, dass sich jemand freut, mit mir sprechen zu müssen.« Der Inquisitor ließ seinen Blick durch den kleinen Verhörraum schweifen und sprach nachdenklich weiter: »Vor allem nicht hier. Nicht in einer Zelle der Kirche. Meist reicht die Erwähnung meines Namens, um jeden halbwegs gesunden Verbrecher in ein schluchzendes Häuflein Elend zu verwandeln. Sogar wenn ich gerade am anderen Ende der Welt bin und gar nicht zu einem Verhör hinzugezogen werden könnte, reicht mein Name aus, um die Wahrheit ans Licht zu führen.« Für drei lange Atemzüge starrte Poena in Dikaias Augen. Er war neugierig. »Wusstest du, dass meine Anwesenheit in einer Stadt reicht, um die Verbrechensrate für die Dauer meines Besuchs um mehr als achtzig Prozent sinken zu lassen?«

Dikaia nickte.

»Aber meist dauert es einen Tag, bis sich herumgesprochen hat, dass ich in der Nähe bin. Trotzdem sitzen wir jetzt hier. Ich bin erst vor zwei Stunden in Hohenstadt angekommen, also ziemlich genau zu dem Zeitpunkt, als ein lichterloh brennender Fürst aus einem Fenster im achten Stock gestürzt ist.«

»Ganz genau zu dem Zeitpunkt«, unterbrach Dikaia den Priester, »als der Schlächter von Hohengras aus seinem Fenster gesprungen ist. Ihr müsstet einen ziemlich guten Blick auf ihn gehabt haben.«

»Wie also kann es sein, dass du nicht nur wusstest, dass ich in der Stadt bin, sondern auch, wann ich hier ankommen würde? Zudem hast du auch noch absichtlich vier wütende Leibwächter darum gebeten, zu mir gebracht zu werden. Zu *mir*. Nachdem du ihren Arbeitgeber getötet hast und am Tatort erwischt wurdest.« Poena rieb sich die Stirn. »So selten jemand meine Gesellschaft genießt, kommt es doch gelegentlich vor. Aber eines kann ich dir versprechen, in all meinen Jahren als Erzpriester hat noch kein einziger Verbrecher darum gebeten, zu mir gebracht zu werden. Noch dazu scheinst du kein Fünkchen Angst vor mir zu haben, obwohl du mehr über mich zu wissen scheinst, als ich es den meisten zutraue. Du hast einen Mord begangen, wurdest am Tatort erwischt und hast nach mir verlangt. Wie es dein Wunsch war, werde ich über dich richten. Ich habe zwar noch kein Geständnis von dir gehört, aber ich wüsste nicht, warum ich deine Schuld nicht beweisen können sollte. Was also übersehe ich?«

»Bevor unser eigentliches Verhör beginnt, würde ich gerne die vier Leibwächter des Fürsten von Hohenstadt lobend erwähnen. Sie haben mir eine wirklich fürsorgliche Behandlung zuteilwerden lassen, sich nicht an mir vergriffen, ich durfte alle meine Zähne behalten und ihre Tritte haben Kopf und Hals verschont. Auch die Verhaftung meinerseits war im Grunde vorbildlich, wenngleich ein wenig langsam. Das ist jedoch vielmehr Schuld des verschiedenen Fürsten. Abgesehen von Euren klerikalen Rittern, gibt es wahrscheinlich wenige Kämpfer in Hohenstadt, die in voller Rüstung bis in das achte Stockwerk des fürstlichen Palastes rennen können, ohne dabei außer Atem zu geraten und ein wenig länger zu brauchen.«

»Zur Kenntnis genommen«, murmelte Poena und kniff die Augen zusammen. »Ich akzeptiere dein Lob als mildernde Umstände, die ihre Bestrafung von zwölf auf vier Peitschenhiebe herabsetzen werden. Aber bestraft werden sie trotzdem.«

»Natürlich«, schloss sich Dikaia an. »Die Misshandlung eines Verhafteten verlangt eine Bestrafung. So will es das Gesetz. Vier Schläge sind gerecht. Ich hätte mich genauso entschieden.« Dikaia rollte mit ihren Schultern und hob klirrend ihre in Eisen gelegten Hände, um so die Aufmerksamkeit des Priesters darauf zu lenken. »Bevor wir beginnen, hätte ich noch eine Frage ...«

Der Hohepriester bedeutete Dikaia mit einer kreisenden Handbewegung, fortzufahren.

»Was sind die vier Schritte aus dem Buch Eftars, die bei jeder Ermittlung erfolgen?«

»Festnahme, Untersuchung des Tatorts, Verhör und Richtspruch«, antwortete Poena, ohne zu zögern. »In genau dieser Reihenfolge. Ohne Ausnahme. Aber das muss dir bekannt sein, wenn du weißt, dass wir in unseren Ermittlungen Eftars Lehren folgen.« Er runzelte die Stirn und sah sie prüfend an.

»Festgenommen bin ich schon«, stellte Dikaia schmunzelnd fest und rüttelte zur Untermauerung erneut an ihren Ketten. »Bleiben noch drei. Der Richtspruch folgt natürlich erst am Ende des Tages. Bleiben noch zwei. Das Verhör wird wohl gleich beginnen, aber wenn Ihr hier seid und die Reihenfolge ohne Ausnahme eingehalten werden muss, wer untersucht dann den Tatort?«

»Mein zukünftiger Nachfolger Apok, Priester von Hohenstadt und vom Blute der Lichtbringer. Ich habe ihn selbst ausgebildet und dafür gesorgt, dass er eines Tages, wenn ich mich in den Ruhestand zurückgezogen habe, meinen Platz als Erzinquisitor einnehmen wird.«

»Die vier Schritte müssen also nicht zwingend von ein und derselben Person ausgeführt werden?«

»Natürlich nicht«, antwortet Poena wahrheitsgetreu. »Meist ist dies natürlich der Fall, aber wenn ich Apok damit betraue, ist es, als wäre ich selbst dort. Er wird nach Abschluss der Überprüfung dem Verhör beiwohnen und mir Bericht erstatten.«

»Ich war bereits in Gewahrsam«, überlegte Dikaia. »Ich kann also nicht weglaufen. Warum untersucht Ihr den Tatort nicht selbst?«

Poena lächelte zufrieden. »Weil ich mir als Erzpriester gewisse Freiheiten nehmen kann. Aber um deine Neugierde zu befriedigen, es hat drei Gründe. Zum einen wollte ich Apok praktische Erfahrung zuteilwerden lassen – ich werde seine Beobachtungen natürlich zu einem späteren Zeitpunkt selbst überprüfen – zum anderen glaube ich kaum, dass ich in diesem speziellen Fall sonderlich viel erfahren werde, was ich noch nicht weiß.«

»Und der dritte Grund?«

»Sitzt vor mir. Deine ungewöhnliche Verhaftung hat meine Neugierde geweckt. Du bist ein Rätsel, das keinen Sinn ergibt.«

»Gut.« Dikaia neigte zufrieden ihren Kopf. »Das sind drei gute Gründe. Sollen wir?«

»Das«, murmelte Poena, »ist das mit Abstand merkwürdigste Gespräch, das ich bislang geführt habe. Wir haben klargestellt, dass du wirklich weißt, wer ich bin, und ich habe durch unser kleines Geplänkel Einblicke in deine Persönlichkeit bekommen. Ich bin gespannt, was du zu deiner Verteidigung zu sagen hast. Wohlan, lass uns mit dem Verhör beginnen.«

Erzinquisitor Ikastis Poena atmete einmal tief durch und sprach mit schneidender Stimme: »Gefangene. Dir wird vorgeworfen, den schlafenden Fürsten von Hohenstadt mit einer alkoholischen Flüssigkeit besprenkelt und angezündet zu haben, wodurch er in Panik geriet und sich durch das Fenster seines Schlafzimmers stürzte. Da sich besagtes Fenster im achten Stock des fürstlichen Palastes befindet, hat der nachfolgende Aufschlag unweigerlich zu seinem Tode geführt. Die Anklage lautet somit

Mord und zieht nach Verurteilung den Tod durch den Strick nach sich.«

»Schön. Aufgeknüpft und baumelnd im Wind. So theatralisch. Fast schade, dass ich nicht so enden werde.«

»Nicht?«, fragte der Inquisitor mit hochgezogener Augenbraue.

»Möglich ist natürlich alles«, antwortete Dikaia und zuckte mit den Schultern. »Vor allem, wenn man Ikastis Poena höchstpersönlich gegenübersitzt, aber noch glaube ich nicht so recht daran. Noch sehe ich mich nicht am Galgen baumeln.« Dikaia schüttelte den Kopf. »Du fragst dich vielleicht, warum ich mache, was ich mache? Nun, zumindest diese Frage lässt sich wirklich schnell beantworten: Weil ich eine der wenigen bin, die so etwas kann. Ich mag Feuer ziemlich gern und ich mag ganz bestimmte Menschen so ganz und gar nicht. Auf den ersten Blick mag das eine unübliche Kombination dieser beiden Elemente sein, aber ich finde, brennende Betten und Menschen, die ich nicht mag, gehen wunderbar Hand in Hand. Tja. Aber das löst das Rätsel noch nicht einmal annähernd und als Geständnis kann man das auch noch nicht werten, nicht wahr? Ihr werdet Euch also noch ein klein wenig gedulden müssen, denn momentan könnte man glaubhaft argumentieren, dass ich einfach nur eine Zofe des Fürsten bin, die zur falschen Zeit am falschen Ort aufgefunden wurde.«

Poena schnaubte belustigt durch die Nase.

»Zu einem wirklich unglaublich falschen Zeitpunkt«, kommentierte Dikaia die Reaktion des Priesters, »wenn Euch diese Formulierung lieber ist, aber eine Zofe allemal. Ich kann Euch sofort jedes einzelne Kleidungsstück im Schrank des Fürsten aufzählen, inklusive seiner sieben Hemden, die gerade in der Wäscherei liegen. Ich kann Euch auch jeden Bediensteten im ganzen Fürstenpalast mit Vor- und Nachnamen nennen und all den dazugehörigen Klatsch und Tratsch. Ich bin wirklich eine Zofe, aber vielleicht bin ich auch mehr. Vielleicht bin ich auch zuständig für die fürstliche Bibliothek und vielleicht bin ich die Mörderin, für die Ihr mich haltet.« Dikaia lächelte bescheiden.

»Um das herauszufinden, sitzen wir schließlich hier. Ich werde Euch eine Geschichte erzählen. Eine Geschichte von drei Orten. Der erste ist voll von traurigem Zorn, der zweite triefend vor zorniger Ungerechtigkeit, und der dritte gesegnet mit gerechter Freude. Wenn wir diese drei Schauplätze besucht haben, bekommt Ihr, wonach es Euch so sehr verlangt. Ich werde nichts verschweigen und Ihr werdet alles erfahren. Am Ende werde ich sogar ein Geständnis ablegen, das mich eventuell an den Galgen bringt. Wie es auch ausgehen mag, ich werde lächeln. Doch was enden kann, muss auch beginnen dürfen.« Dikaia hob erneut ihre rasselnden Ketten und flüsterte: »Denn ein Ende ist nichts wert ohne einen Anfang. Darum fangen wir besser ganz von vorne an. Meine Geschichte begann vor ziemlich genau einem Monat, als Kloster glaubte, eine gute Idee zu haben.«

»Kloster?«

Dikaia schmunzelte. »Wenn Ihr noch nicht von ihm gehört habt, seid Ihr nicht ganz so gut informiert, wie Ihr gerne den Anschein erweckt. Oder aber, er hat seine Arbeit richtig gemacht. Ich glaube, Zweiteres trifft zu. Er ist wirklich verflucht schwer in die Finger zu bekommen.« Dikaia zuckte mit den Schultern. »Seit ich ihn kenne, spricht er davon, dass wir Hohenstadt hinter uns lassen und uns in ein Kloster einschreiben sollten, denn was gäbe es denn Besseres? Man bekäme kostenlos Verpflegung und Unterkunft, könne den ganzen Tag lesen, und wenn doch einmal Arbeit zu verrichten wäre, müsse man nur einen Gehweg fegen, oder das selbst angebaute Obst und Gemüse pflegen.«

»Aber?«

»Er mag die Mönchskutten nicht. Sie sind ihm einfach nicht modisch genug und im Sommer viel zu heiß, auch wenn es seine Vorteile hat, wenn man untenrum nackt sein kann. Trotzdem würde er nie im Leben eine der braunen oder grauen Kutten tragen. Aber wenn es jemals ein Kloster geben sollte, in dem man sich kleiden darf, wie man möchte, dann zieht Kloster als erster dort ein und nimmt mich wahrscheinlich einfach mit – es ist wirklich schwer, ihm etwas abzuschlagen.«

»Mit den Kutten«, sprach Poena belustigt, »hat er nicht ganz unrecht.«

»Ich weiß.« Dikaia prustete. »Ich habe es überprüft. Doch genug der Kutten und Klöster. Ich glaube, wir haben weit Wichtigeres zu besprechen. Meine Geschichte begann also vor ziemlich genau einem Monat, als Kloster glaubte, eine gute Idee zu haben … Kloster und Dikaia spazierten gerade durch den Hafen, als er plötzlich stehen blieb und sie-«

Poena hob die Hand, um Dikaia Einhalt zu gebieten, öffnete den Mund und verharrte bewegungslos, als hätte er im selben Moment vergessen, was er eigentlich sagen wollte. Der Erzinquisitor runzelte die Stirn, schloss den Mund und rieb sich mit beiden Händen über die Augen.

»Unser Gespräch«, stieß er schließlich hervor, »wird von Minute zu Minute absonderlicher. Du erzählst in der dritten Person von dir?«

Dikaia nickte.

»Warum?«

»Weil es mir so besser gefällt.«

»Wäre es nicht einfacher, wenn du mit *Kloster und ich spazierten* beginnen würdest?«

Dikaia schüttelte den Kopf. »Ist es nicht. Nicht für meine Geschichte. Sie ist leichter zu erzählen, wenn ich mir selbst ein wenig Abstand dazu vorgaukle.«

Poena atmete schicksalsergeben aus und bedeutete seiner Gefangenen, fortzufahren.

3
Trauriger Zorn

Kloster und Dikaia spazierten gerade durch den Hafen, als er plötzlich mitten auf der Straße stehen blieb und sie am Oberarm einen Schritt zurückzog. »Wusstest du eigentlich, dass es verflucht schwierig ist, in Hohenstadt gute Schuhe zu bekommen?«

Dikaia warf einen Blick auf Klosters Schuhwerk, verengte die Augen zu schmalen Schlitzen und schnaubte. »Wenn ich mich nicht irre, trägst du Drachenleder. Deine Stiefel sind mehr wert als die gesamte Garderobe des Fürsten von Hohenstadt. Ich wüsste also nicht, was an deinen Schuhen nicht gut sein sollte.«

»Ich habe nur festgestellt«, gab Kloster verschlagen Antwort, »dass es verflucht schwierig ist, und nicht, dass *ich* mir keine besorgen könnte. Du wirst nicht glauben, wie viele Zollbeamte ich bestechen musste, um dieses schöne Paar Schuhe in die Stadt zu bekommen!«

Dikaia blickte auf ihre eigenen Stiefel aus demselben Material und raunte geheimnisvoll: »Ich habe sogar eine ziemlich genaue Vorstellung davon.«

Kloster keuchte vor Überraschung auf, ging in die Knie und betrachtete ungläubig Dikaias neues Schuhwerk. »Die sehen ja aus wie meine. Wie hast du-«

»Wir sehen uns fast jeden Tag«, unterbrach Dikaia ihren Gefährten, »und seit Monaten sprichst du von kaum etwas anderem als von Drachenlederstiefeln. Ich musste nur Augen und Ohren offenhalten und vielleicht habe ich einen oder alle Mitarbeiter der fürstlichen Post bestochen, um über jeden Brief informiert zu werden, in dem Leder oder Schuhe bestellt werden. Dann musste ich nur deine Briefe kopieren und an den gleichen Empfänger schicken.«

»Frechheit!« Kloster grinste. »Hast du noch nie etwas vom Briefgeheimnis gehört?«

Dikaia lachte. »Doch. Aber ich habe auch gehört, dass Drachenlederstiefel unglaublich gemütlich sind und niemals kaputt gehen.«

»Ja, von mir!« Kloster warf theatralisch die Arme hoch.

»Und ich vertraue auf deine Meinung. Ich kenne schließlich niemanden, der dermaßen viel Wert auf gutes Schuhwerk legt.«

»Hatte ich recht?«

»Hattest du. Das sind die besten Stiefel, die ich jemals besessen habe!«

»Und eines fernen Tages, wenn du in Eftars Hallen eingehst, wirst du in Drachenlederstiefeln vor den Totengott treten, denn auf dieser Welt gibt es nichts, was diese Stiefel kleinkriegt!«

»Sind wir eigentlich nur mitten auf der Straße stehen geblieben, um über Stiefel zu sprechen?«

»Natürlich nicht. Ich habe gerade über eine neue Idee nachgedacht. Willst du sie hören? Es ist eine wirklich gute Idee!«

Dikaia kannte Klosters Ideen. Zumeist waren sie nicht unbedingt gut. Manchmal waren sie richtig, oft sogar wichtig, aber sie waren auch fast immer gefährlich und ein kleines bisschen waghalsig. Allerdings waren sie, wenn man sie denn überlebte, jedes einzelne Mal unglaublich unterhaltsam.

Vor ein paar Monaten hatten sie eine gestohlene Schiffsfracht Käse von entfernt befreundeten Piraten zurückgestohlen und sie dem eigentlichen Eigentümer zurückgebracht – natürlich erst, nachdem sie einen Teil davon selbst verkauft und dann noch eine Belohnung kassiert hatten. Der Erlös deckte fast die Kosten der zwei Paar Drachenlederstiefel. Nur zwei Tage nach der Rückgabe hatte Kloster plötzlich die Idee, dass es doch schön wäre, das ärmste Viertel von Hohenstadt mit einer ordentlichen Ladung Käse zu beschenken. Also hatten sie das Lager des käsigen Händlers erneut leer geräumt und hungrige Mäuler gestopft – es gab wirklich niemanden, der so schnell essbare, wenngleich stinkende, Beweise vernichten konnte wie ein ganzes Viertel verarmter Menschen.

Vor ein paar Wochen hatte Kloster die grandiose Idee, dass man doch eigentlich den Piraten etwas zukommen lassen sollte, da sie ja leer ausgegangen waren, und der Händler sollte auch eine kleine Entschädigung bekommen. Also spielte Dikaia die Vermittlerin, machte die Piraten mit dem Händler bekannt, und auf Klosters Anraten hin schmiedeten die zwei Parteien eine kleine Allianz – die Piraten würden gegen Entlohnung die Lieferung anderer Käselieferanten abfangen und damit Sorge tragen, dass der doppelt beraubte käsige Händler ein Monopol in Hohenstadt errichten konnte. Der neue Käse, der die Hauptstadt im Sturm eroberte und niemals gleich schmeckte, trug ab diesem Tag den singenden Namen *Freibeuter.* Dikaia und Kloster hingegen sorgten dafür, dass in jeder Schenke von ganz Hohenstadt das Gerücht umging, dieser *Freibeuter* wäre so gut, dass er gleich zweimal gestohlen worden war.

Ein paar Wochen später hatte sich Kloster in den Kopf gesetzt, dass man Tiere mit mehr Respekt begegnen sollte, und so suchten sie sich jeden Tag jemanden, der sein Pferd nicht gerecht behandelte, befreiten es aus seiner misslichen Lage und verkauften es entweder jemandem, der es liebevoll pflegte, oder schenkten ihm die Freiheit.

Dikaia blies belustigt Luft durch die Nase und besann sich wieder auf Kloster, der sie hoffnungsvoll anblickte. »Lass hören, ich mag deine Ideen. Aber nur, wenn wir uns nicht mit blutrünstigen Piraten herumschlagen müssen. Es hat nicht viel gefehlt und sie hätten uns nach Abschluss der Verhandlungen über die Planke geschickt.«

»Ach was«, tat Kloster Dikaias Einwand ab, »wir versorgen sie mit den Routen der anderen Händler. Ohne mich würden sie vielleicht eine von zehn Lieferungen abfangen können. Aber mit Sicherheit nicht jede einzelne. Und sobald die Lieferungen weniger werden, wird unser käsiger Händler expandieren und sie werden in anderen Ländern und Städten ihr Unwesen treiben. Für Piraten gibt es genug zu tun.«

»Also wieder die Piraten?«

»Natürlich nicht! Das wäre doch langweilig. Ich habe darüber nachgedacht, ob wir vielleicht einen Grubenkampf besuchen sollten.«

»Als Kämpfer?«, fragte Dikaia Unheil ahnend.

Kloster schüttelte entschieden den Kopf und deutete auf seine Oberarme. »Sieh mich doch an. Sehe ich aus wie ein Grubenkämpfer? Wenn ich mich anstrenge und einen Schneider besuche, gehe ich vielleicht als schmächtiger, dritter Sohn eines Adeligen durch. Aber ich habe weder die Kriegsausbildung noch die Muskeln eines Erstgeborenen. Ich bin kein Soldat und mit Sicherheit kein Duellant. Ich kenne vielleicht ein paar fiese Tricks und kann halbwegs mit Schwert und Dolch umgehen, aber ich bin doch kein Grubenkämpfer. Du im Übrigen auch nicht.« Kloster blickte an sich hinab und zog an seiner sauberen, doch sehr einfachen Hose. »Und so, wie ich jetzt angezogen bin, könnte ich vielleicht der erste Sohn eines altverdienten Bäckers sein, der gerade seine Verlobte auf einen kleinen Spaziergang ausführt.« Kloster legte nachdenklich den Kopf schief. »Ja. Ein Bäckerssohn. Meine Haare sind zu struppig für einen Geldverleiher und zu sauber für einen Bauer oder Fischer. Und mein Bauch ist zu flach für einen Schankwirt. Bäcker könnte ich sein, wenn ich wollte. Aber Grubenkämpfer sicher nicht!«

Dikaia atmete erleichtert auf. »Gut. Warum sollten wir dann einen Grubenkampf besuchen? Ich kann nicht sagen, dass es mir sonderlich viel Spaß bereitet, zuzusehen, wenn sich Erstgeborene mit Straßenschlägern prügeln, um eine Wette zu gewinnen, oder ihren Frust abzulassen und sich danach gemeinsam zu besaufen.«

»Was wäre«, raunte Kloster geheimnisvoll, »wenn ich von einer geheimen Grube erfahren hätte, in der die üblichen Regeln nicht gelten? Was, wenn es in Hohenstadt eine Schwarze Grube geben würde?«

»Eine Schwarze Grube?« Dikaia keuchte ungläubig.

Kloster nickte ernst. »Eine Grube, in der bis zum Tod gekämpft wird und die selbst vor dem allsehenden Auge der Priester der reinigenden Flamme verborgen wurde.«

»Dann will ich da auf gar keinen Fall hin!« Dikaia knurrte grimmig. »Die normalen Gruben sind schon schlimm genug, aber dort stirbt zumindest niemand. Eine Schwarze Grube hingegen …« Dikaia spuckte wütend aus. »Keine zehn Pferde, keine Piraten und kein Käse bringen mich auch nur in die Nähe von einem solchen verdammten Loch. Vergiss es! Das ist eine richtig bescheuerte Idee!«

»Komm«, sprach Kloster mit merkwürdig zufriedener Stimme, »lass uns etwas essen. Ich habe Hunger. Hast du schon vom

Fetten Bären gehört? Eine neue Schenke. Nur zwei Straßen von hier. Der Fischeintopf soll wirklich gut sein.«

»So einfach?«, fragte Dikaia verdutzt. »Du hast dich noch nie so schnell von einer Idee abbringen lassen.«

»Vielleicht weißt ich mittlerweile, wann ich verloren habe?«

»Du führst etwas im Schilde«, brummte Dikaia, »aber was es auch ist, in eine Schwarze Grube ziehst du mich nicht hinein! Ich bin hungrig, aber wenn auch nur ein Gast im *Fetten Bären* wie ein Kämpfer aussieht, ziehe ich dir die Ohren lang.«

»Keine Angst. Ich verspreche dir, dass wir nur einen Eintopf essen werden!«

Dikaia hakte sich bei Kloster unter und ließ sich von ihm die Hauptstraße entlangführen, von der sie nach ein paar Kurven in eine Nebenstraße abbogen, in der sie bald die gesuchte Schenke fanden. Auf einem noch glänzenden Holzschild über der Tür hatte ein Künstler einen wirklich unglaublich fetten Bären gemalt, und als Kloster die Tür öffnete, schlug ihnen ein gaumenerfreuender Duft entgegen. Dikaia spürte, wie ihr das Wasser im Mund zusammenlief und schluckte hörbar, Klosters Magen antwortete mit einem lauten Knurren, das den beiden ein leises Kichern entlockte.

Der Gastraum war bis auf zwei essende Gäste leer und glänzte so sauber, wie er es nur in einer neu eröffneten Schenke vermochte. Die Dielen des Holzbodens waren wohl erst vor wenigen Tagen mit einem Öl eingelassen worden und der nussige Geruch schuf mit den Düften der Küche eine wohlige, heimelige Atmosphäre, die Kloster noch breiter lächeln ließ.

Der Schankwirt hinter dem Tresen nickte ihnen zu und bedeutete ihnen mit offenen Armen, dass sie an jedem der freien Tische Platz nehmen konnten.

Die beiden wählten einen im hinteren Bereich des Raumes, wo sie sich mit dem Rücken zur Wand setzten und nahe genug an der Küche waren, um das Klirren und Klappern der Arbeitenden hören zu können.

»Wenn der Eintopf«, begann Dikaia, »so gut ist, wie ich mich hier wohlfühle, kann eigentlich nichts schiefgehen!«

Der Wirt trat an den Tisch heran und Kloster bestellte zwei Portionen Fischeintopf, ein paar Scheiben *Freibeuter*, dazu zwei frische Laibe Brot und je einen Krug Apfelsaft – die Ländereien des Fürsten von Hohenstadt rühmten sich zu Recht in der ganzen bekannten Welt um die Qualität ihrer rotglänzenden Äpfel.

Kaum war der Wirt durch die Tür zur Küche verschwunden, kehrte er auch schon mit zwei Krügen, Käse und vier dampfenden, handtellergroßen Brotlaiben zurück. Eilig verschwand er wieder in Richtung Küche, und während Dikaia noch vorfreudig an dem warmen Brot roch, war er auch schon zurück und stellte zwei riesige Tontöpfe vor den beiden ab.

»Lasst es euch schmecken! Wenn ihr Nachschlag oder etwas anderes möchtet, ruft nach mir. Ich bin gleich dort drüben.« Der Wirt deutete mit ausgestrecktem Arm in Richtung des Tresens, verneigte sich und eilte zurück zu seinem Platz, an dem er auch bei ihrer Ankunft gestanden hatte.

»Ein äußerst eifriger Wirt«, murmelte Kloster mit vollem Mund und zwinkerte Dikaia belustigt zu. »So schnell, wie er sich bewegt, kann er noch nicht viele Gäste bewirtet haben.«

»Bei dem Eintopf«, nuschelte Dikaia mit vollem Mund und ohne ihren Kopf auch nur einen Fingerbreit zu heben, »wird es nicht mehr lange dauern und er wird sich kaum noch vor hungrigen Kunden retten können. Ich habe vielleicht noch nie einen dermaßen guten Eintopf gegessen!«

Kloster kicherte. »Wenn du ihm das sagst, wird er vor glückseliger Aufregung heute Nacht keinen Schlaf finden. Er ist schon ganz aus dem Häuschen, einfach nur, weil wir hier sitzen.«

Es dauerte eine ganze Weile, bis sich die beiden satt und zufrieden zurücklehnten und der Wirt neugierig herbeigeeilt kam.

»Hat es euch geschmeckt?«, fragte er vorsichtig.

Dikaia seufzte genüsslich. »Der beste Eintopf, den ich in meinem ganzen Leben gegessen habe. Mit Abstand!«

Kloster trank einen Schluck von seinem Apfelsaft und verschluckte sich vor Schreck daran, als der Wirt plötzlich einen Freudensprung vollführte und sich händeringend bei Dikaia bedankte.

»Ich glaube«, prustete Kloster und wischte sich Apfelsaft aus dem Gesicht, »dass ein Verdauungstrunk eine gute Idee wäre. Hast du etwas Starkes?«

»Natürlich! Wenn ich nur vorher vielleicht … Also … Ich will nicht unhöflich erscheinen, aber, ihr seht auch gar nicht so aus, aber ich habe den *Fetten Bären* gerade eröffnet und …«

Kloster zog eine Silbermünze aus seinem Stiefel, legte sie auf den Tisch und schob sie dem Wirt hinüber.

»Du bist nicht unhöflich«, erklärte er mit überraschend ernster Stimme. »Es ist dein Recht, danach zu fragen. Es war schon äußerst zuvorkommend, uns überhaupt etwas zu essen zu bringen, ohne uns im Vorhinein bezahlen zu lassen.« Kloster deutete auf die Silbermünze. »Das wird reichen, oder?«

»Für Silber könnt ihr bis zum Morgengrauen trinken, und dann bekommt ihr sogar noch Frühstück und Mittagessen.«

Kloster verneigte sich dankbar. »Wir sind übrigens Dikaia und Kloster. Würdest du uns die Ehre erweisen, dich zu uns zu setzen und gemeinsam mit uns zu trinken? Auf unsere Kosten natürlich. Du wählst das Getränk.«

»Mit größtem Vergnügen. Ihr könnt mich Bar nennen.«

»Bar?«, fragte Dikaia überrascht.

»Irgendwie passend für einen Wirt«, antworte Bar schmunzelnd. »Aber es ist nicht ganz so, wie es den Anschein hat. Meine Eltern dachten sich, wenn sie mich Ehrbar nennen, würde ich auch so werden. Bar ist nur die Kurzform davon. So ist es mir lieber.«

»Hat es funktioniert?«, fragte Dikaia neugierig.

»Hat es«, antwortete Bar. »Vielleicht sogar zu gut. Manchmal gereicht es mir zum Nachteil, doch zumindest habe ich dafür ein reines Gewissen. Ich bin gleich zurück. Ich glaube, ich hole uns den Zuckerrohrschnaps, der vielleicht sogar den Apfelsaft von Hohenstadt in den Schatten stellen kann.«

Bar ging zu seinem Tresen hinüber und machte sich auf die Suche nach dem Rum, indem er einzelne Glasflaschen hochhob und kopfschüttelnd zur Seite stellte.

Dikaia blickte Kloster stirnrunzelnd an, beugte sich vor und flüsterte: »Silber? Für ein Abendessen? Einfach so?«

Kloster nickte.

»Wir sind nicht zufällig hier, nicht wahr?«

Kloster versuchte, möglichst unschuldig zu blicken und scheiterte so kläglich daran, dass Dikaia mit den Augen rollte und sich ein verschlagenes Grinsen auf sein Gesicht schlich.

»Vielleicht«, raunte er kaum hörbar und hatte plötzlich ein kleines Messer in der Hand, dessen Spitze er nachdenklich über die Tischplatte schaben ließ. »Vielleicht bekommen wir heute noch eine interessante Geschichte zu hören. Ich kenne sie selbst noch nicht, aber wenn die Gerüchte stimmen ... Ein paar Gläser Rum lockern bekanntlich Zungen.«

»Du hast also wieder etwas ausgeheckt«, stellte Dikaia fest. »Erst lässt du mich den besten Eintopf aller Zeiten essen, dann fängst du ein Gespräch mit dem wahrscheinlich gutmütigsten Wirt der ganzen Stadt an und jetzt werden wir gemeinsam mit ihm trinken. Dabei mag ich den ehrbaren Wirt jetzt schon. Die Geschichte wird mir nicht gefallen, habe ich recht?«

Kloster schüttelte vorsichtig den Kopf.

»Kommt in der Geschichte zufällig eine Schwarze Grube vor?«

»Vielleicht.«

»Stinkiger Zehenkopf!«

»Ach komm, ich habe mein Versprechen erfüllt. Hier sind keine Kämpfer und wir haben einen wirklich vorzüglichen Eintopf gegessen! Keine Schwarze Grube weit und breit.« Kloster hob in einer umfassenden Geste beide Arme.

»Wie viel müssen wir trinken?«, fragte Dikaia und war Kloster schon fast nicht mehr böse, »damit wir die Geschichte zu hören bekommen und du wieder damit angeben kannst, der bestinformierte Schurke der Stadt zu sein?«

»Ein Glas wird mit Sicherheit nicht reichen. Eine Flasche vielleicht?«, sprach Kloster nachdenklich.

»Eine Flasche Rum?«, ächzte Dikaia. »Das wird ein harter Morgen werden. Wehe, wenn sich-«

»Ich habe sie endlich gefunden!«, jubelte Bar hinter seinem Tresen auf und kam mit drei Gläsern und einer noch ungeöffneten Flasche an den Tisch geeilt. »Sie war natürlich ganz hinten. Darauf hätte ich auch früher kommen können.« Bar stellte die drei Gläser ab und erstarrte abrupt, als er sich dem schabenden Messer gewahr wurde. Überrascht weiteten sich seine Augen und er schüttelte ungläubig den Kopf, bevor er murmelnd wieder in Richtung Tresen verschwand. »Dafür reicht diese Flasche dann doch nicht.«

»Anscheinend hat er es sich anders überlegt«, flüsterte Dikaia. »Vielleicht ist er böse, weil du seinen neuen Tisch verunstaltet hast?«

Kloster blickte auf seine Messerspitze hinab, erkannte, was er da gerade so gedankenverloren in den Tisch geritzt hatte, und setzte die Klinge so an, dass er mit einem beherzten Schlag gegen den Knauf den Großteil des Zeichens unkenntlich machte.

Bar kehrte zurück, blickte verschwörerisch in den mittlerweile leeren Gastraum.

»Dikaia, Kloster«, flüsterte er geheimnisvoll, »seid ihr bereit, für einen wirklich sagenumwobenen Rum?«

Er streckte ihnen die Flasche entgegen, verbarg dabei jedoch unter seiner Hand das Etikett, auf dem der Name des Herstellers und des Rums stehen musste. Kloster und Dikaia setzten sich gleichzeitig auf und rückten neugierig näher an den Tisch heran. Bar tat in einem Maße geheimnisvoll, dass er einfach keinen gewöhnlichen Zuckerrohrschnaps auftischen konnte. Er musste etwas Besonderes sein.

Bar hob seine Hand vom Etikett, und Dikaia fluchte ungläubig: »Bei Eftars göttlichem Haufen! Das ist ein Tölpel!« Mit vor Überraschung weit aufgerissenen Augen blickte sie zwischen der Flasche und dem Wirt hin und her und stammelte: »Wie ist das … Woher hast du … eine Flasche Tölpel?«

Kloster hatte noch keinen Laut von sich gegeben. Er starrte bewegungslos auf das Etikett. Erst als Dikaia ihn anstupste, blinzelte er einmal und fiel jedoch gleich darauf wieder in regungslose Starre zurück. Dikaia schüttelte ihn ein wenig nachdrücklicher, Klosters Blick klärte sich und ohne auch nur ein Wort zu sagen, stand er langsam auf, verneigte sich vor Bar und zog seinen linken

Stiefel aus. Dikaia runzelte verwirrt die Stirn. Sie wusste, was in Klosters linkem Stiefel verborgen war. Er stellte das Schuhwerk auf den Kopf, eine Goldmünze fiel daraus hervor und kullerte über den Tisch in Richtung des Wirts.

»Gold?«, keuchte Dikaia ungläubig.

»Und das ist noch bei Weitem zu wenig«, flüsterte Kloster ehrfürchtig. »Sieh dir den Hersteller an.«

»Ich weiß, dass Tölpel verflucht selten ist, aber Silber sollte für eine Flasche reichen.«

»Nicht für diesen«, flüsterte Kloster. »Sieh genau hin.«

»Jack«, hauchte Dikaia und Tränen traten ihr in die Augen.

Kommentarlos stand nun auch sie auf, zog ihren rechten Stiefel aus und förderte eine Goldmünze zutage, die sie mit einer tiefen Verbeugung zu Bar hinüberschob.

»Hätte ich mehr«, flüsterte sie, »würde ich es dir geben. Ich habe noch eine Reserve, aber die kann ich selbst für Jack nicht angreifen.« Dikaia räusperte sich und flüsterte: »Er würde es verstehen.«

»Ihr kanntet ihn also?«, fragte Bar.

Beide nickten und der Wirt schob ihnen ihre Goldmünzen wieder zurück. »Dann kann ich die nicht annehmen. Er würde sich im Grab umdrehen. Habt ihr eure noch?«

Beide schüttelten den Kopf.

»Du musst uns erkannt haben«, flüsterte Dikaia. »Diese Flasche öffnet man nicht einfach so.«

Bar deutete zu der zerschrammten Stelle vor Klosters Klinge und sprach: »Er war unachtsam. Ich habe das Zeichen erkannt. Es war nur ein Teil. Aber der hat gereicht. Es gibt nur noch wenige von uns. Vielleicht sogar nur noch uns drei. Wie gut kanntet ihr Jack?«

»Wir waren am Ende bei ihm«, hauchte Kloster.

»Insgesamt«, fügte Dikaia leise hinzu, »waren wir zwei Jahre auf dem Schiff.«

»Dann habt ihr nach meiner Zeit mit ihm die Meere unsicher gemacht. Welchen Rang hattet ihr inne?«

»Quartiermeisterin«, antwortete Dikaia wahrheitsgetreu.

»Oh«, raunte Bar überrascht. »Ich habe gar gefürchteten Besuch. Warte mal … Dann bist du die gerechte Kai?«

Dikaia nickte.

»Leck mich!« Bar grinste und wandte sich an Kloster. »Und du?«

»Barbier«, flüstere dieser kaum hörbar.

»Welcher?«, fragte Bar ernst.

»Nicht so wichtig«, murmelte Kloster und vermied dabei den Blickkontakt mit Dikaia.

»Papperlapapp«, schnaubte Dikaia und schlug spaßeshalber nach Kloster. »Er ist *der* Barbier.«

»Ich wusste es!«, rief Bar möglichst leise. »Leck mich doppelt! Die gerechte Kai und der Barbier, etwas anderes hätte keinen Sinn ergeben. Stimmen die Geschichten um ihn?«

»Welche?«, fragte Dikaia schmunzelnd.

»Rotaugen Pal?«

Dikaia nickte.

»Knochenkopf John?«

»Auch er«, antwortete Dikaia an Kloster statt.

»Joan Bluttuch?«

Nicken.

»Der tollkühne Nathan?«

Nicken.

»Glasauge Tack?«

»Der geht auf meine Rechnung«, Dikaia grinste, »aber die anderen hat alle er erledigt.«

»Ha!« Kloster lachte plötzlich und hob den Kopf, um Bar anzusehen. »Dann musst du Eintopf Ehr sein. Du warst der Koch. Wir sind leider ein paar Jahre nach dir an Bord gegangen, aber selbst da hat Jack noch fast jeden Abend von deinem Eintopf geschwärmt.«

»Ihr habt ihn gerade gegessen«, sprach Bar stolz.

Dikaia lachte herzlich. »Ich sagte ja, der beste Eintopf aller Zeiten.«

Bar wurde wieder ernst. »Ihr wisst aber schon, dass ihr eigentlich tot seid, oder?«

»Und so soll es auch bleiben«, brummte Kloster. »Darum unsere neuen Namen. Bis heute wusste ich nicht, dass noch jemand überlebt hat. Noch dazu jemand, der auch Jacks Freundschaft gewonnen hat. Es sind schon genug gestorben.« Kloster blickte auf die beiden Goldmünzen, die Bar wieder über den Tisch zurückgeschoben hatte. »Nimm wenigstens eine davon.«

Bar schüttelte den Kopf. »Vergiss es.«

»Brauchst du sonst etwas?«, fragte Kloster, steckte seine Münze wieder in den Stiefel und gab Dikaia die ihre.

»Einen ordentlichen Schluck Rum!« Bar lachte und schlug seinen beiden Gästen auf die Schultern. »Ich könnte mir keine bessere Gesellschaft für die vielleicht letzte Flasche von Jack vorstellen.«

Und dann tranken die drei.

Glas um Glas.

Stunde um Stunde und erzählten sie sich Geschichten von ihren Abenteuern mit Jack Tölpel, und als sie in keinen unterhaltsamen Erinnerungen mehr schwelgen konnten, tranken sie einfach weiter, bis sie die ganze Flasche geleert hatten und sich nur noch mit Mühe und Not auf ihren Stühlen halten konnten.

»Sag mal«, lallte Kloster ungefähr zwei Stunden vor Sonnenaufgang, »du hast schon erzählt, warum du das Schiff verlassen hast, aber bist du allein hier? Betreibst du den *Fetten Bären* ganz allein?«

Trotz seines Rausches schlich sich plötzlich tiefe Traurigkeit in Bars Gesicht und er schüttelte niedergeschlagen den Kopf. »Bin ich nicht. Meine Frau ist unterwegs und sucht nach Informationen. Sie kann an Orte gehen, an die ich nicht mehr darf. Ich habe überall Hausverbot. Vielleicht habe ich die Beherrschung verloren, sonst wäre ich auch dort draußen und würde suchen.«

»Wonach?«, fragte Dikaia unheilahnend.

»Nach unserem Jungen«, flüstere Bar mit zittriger Stimme. »Sie haben ihn verschleppt. Sie haben ihn in eine der Gruben gesteckt.«

»Wer in den Gruben kämpft«, sprach Dikaia, »ist freiwillig dort.«

Bar schüttelte den Kopf. »Nicht in dieser. Sie haben ihn vorgestern geholt.«

»Wer?«, knurrte Kloster.

»Ich weiß es nicht. Ich habe ein paar Knochen brechen müssen, um überhaupt herauszufinden, dass er in einer Schwarzen Grube gelandet ist. Mein Junge ist stark. Er kann kämpfen. Aber heute ist schon seine zweite Nacht. Ewig wird auch er nicht überleben. Er schafft vielleicht noch drei oder vier, aber dann wird auch er unterliegen.«

»Sein Name?«, fragte Dikaia ernst und stand schwankend auf.

»Jamesbar«, flüsterte Bar und blickte mit großen Augen zu ihr auf. »Er sieht genauso aus wie ich, nur jünger und drahtiger.«

»Wir kümmern uns darum«, knurrte Dikaia und zog Kloster auf die Beine. »Wenn er noch lebt, finden wir ihn und sorgen dafür, dass sie ihn nie wieder holen können.«

Dikaia wandte sich zur Tür und musste sich so sehr auf Kloster abstützen, dass die beiden gemeinsam zu Boden gingen.

»Bei Eftars Arsch«, fluchte sie wütend. »Wir kümmern uns darum, sobald wir nüchtern sind. Bereite bis dahin alles vor, um schnell wie möglich aus Hohenstadt verschwinden zu können. Wenn wir Erfolg haben, wird dir nichts anderes übrig bleiben.«

Bar half den beiden auf die Beine, hängte sich unter und schleppte sie eine steile Treppe hinauf in eines der Zimmer, die er hoffentlich bald vermieten würde. Als er seine Gäste schweißüberströmt dort abgeladen hatte, schwankte er wieder die Treppe hinab und machte sich daran, den Schankraum sauber zu wischen, befestigte eine Glocke an der Tür und setzte sich wieder an den Tisch, wo er die Füße hochlegte und die Augen schloss, bis entweder seine Frau von ihrer Suche zurückkommen oder die ersten Gäste zum Frühstück eintrudelten und ihn die klingelnde Glocke hoffentlich wecken würde.

4
Fragen

Ikastis Poena starrte auf seine Gefangene und suchte. Er forschte in ihren Augen nach der Wahrheit, denn die Geschichten stimmten. Manche zumindest. Der Erzinquisitor konnte wirklich bis auf den Grund einer Seele blicken. Zumindest fast. Er konnte erkennen, ob sich jemand hinter einer Lüge versteckte oder nicht.

So hielt er seinen stechenden Blick auf Dikaia gerichtet und suchte.

»Du sprichst die Wahrheit«, raunte er mit eisig schneidender Stimme. »Zumindest erzählst du das, was du für die Wahrheit hältst. Aber ich habe keine Lüge sehen können. Du hast nicht einmal etwas ausgelassen. Du hättest mir nicht enthüllen müssen, dass du unter Jack Tölpel gedient hast, und auch nicht, dass der eben genannte Wirt Mitglied der wohl gefürchtetsten Piratenmeute der letzten Jahrhunderte war.«

»Natürlich nicht«, erwiderte Dikaia ungehalten, »aber Ihr hättet bemerkt, dass ich Euch etwas verschweige, und hättet es dann sowieso herausgefunden.« Sie schüttelte den Kopf. »Es ist einfacher, von vornherein die Wahrheit zu erzählen. Es spart Zeit und schmerzt weit weniger, als Euer Misstrauen zu erwecken.«

»So sehr ich deine zuvorkommende Ehrlichkeit zu schätzen weiß«, sprach Poena emotionslos, »verhindert das leider nicht, dass ich einen ehemaligen Piraten unbeachtet lassen kann. Jetzt, da ich von ihm weiß, muss ich ihn einer Befragung unterziehen.«

»Macht Euch nicht lächerlich, indem Ihr mich unterschätzt.« Dikaia winkte mit rasselnden Ketten ab. »Bar ist schon längst aus der Stadt verschwunden, hat mit Sicherheit einen neuen Namen angenommen und das letzte Beweisstück seiner piratischen Vergangenheit haben wir in einer Nacht geleert.«

»Ihr habt wirklich einen der dreißig ersten Tölpel getrunken?«

Dikaia nickte.

»Dann hatte dein Freund recht. Zwei Goldmünzen haben dem Wert der Flasche bei Weitem nicht Genüge getan.«

»Ihr erkundigt Euch gar nicht nach der Schwarzen Grube?«

»Mach dich nicht lächerlich, indem du mich unterschätzt«, schnaubte Poena. »Du willst mir von drei Orten erzählen. Der erste war überraschend, der zweite liegt auf der Hand. Sollte es diese Schwarze Grube wirklich geben, kann ich mich auch nach unserem Gespräch darum kümmern.«

»Ihr glaubt mir nicht?«

»Noch nicht. Ich weiß, dass du daran glaubst, aber noch habe ich keinen Beweis gehört, der ihre Existenz belegt. Ich habe schon zwei von ihnen niederbrennen lassen. Ich war dort, habe beide gesehen. Wenn du wirklich in einer warst, wirst du wissen, warum ich es dir noch nicht glaube. Etwas fehlt noch. Es gibt unzählige Gruben, die den Anschein erwecken wollen, eine Schwarze Grube zu sein.« Poena schüttelte den Kopf. »Ich habe Hunderte davon besucht und nur zwei echte gefunden. Nur sie habe ich der reinigenden Flamme übergeben. Sie hatten gewisse Besonderheiten, die alle anderen nicht hatten. Besonderheiten, die man nur schwer vortäuschen kann.«

»Drei Besonderheiten«, zischte Dikaia und spuckte auf den Boden der kirchlichen Zelle. »Drei Abscheulichkeiten, von denen ich Euch nur ein einziges Mal erzählen werde. Ihr mögt nun vielleicht behaupten, dass ich davon gehört haben kann, aber lauscht meinen Worten und beobachtet mich, während ich Euch die Geschichte des zweiten Ortes erzähle, dann werdet Ihr erkennen, dass ich nicht lüge.«

5
Zornige Ungerechtigkeit

»Wusstest du es?«, fragte Dikaia Kloster, nachdem sie bei Bar gefrühstückt hatten und nun mit hämmernden Kopfschmerzen durch das morgendliche Hohenstadt gingen.

»Dass er einer von uns ist? Ein weiterer Überlebender?« Dikaia nickte. »Natürlich nicht! Sonst hätte ich es mir sparen können, dich dorthin zu locken, und wir hätten uns schon vor Tagen darum gekümmert. Dann bist du dabei?«

Noch bevor Kloster zu Ende gesprochen hatte, wurde er auch schon von einem Faustschlag zu Boden geworfen und blickte mit großen Augen zu Dikaia auf, die wütend auf ihn hinabstarrte.

»Entschuldigung«, ächzte Kloster und rieb sich sein Kinn. »Meine Schuld. Das habe ich verdient. Ich hätte nicht fragen sollen.«

»Stimmt.« Dikaia half ihrem Freund knurrend wieder auf die Beine. »Das hättest du wirklich nicht. Wir helfen einander. Immer. Ohne Ausnahme. Selbst wenn ich dafür mitten in eine verfluchte Schwarze Grube spazieren muss.«

»Wir werden seinen Sohn nicht freikaufen können.«

»Natürlich nicht! Wie machen wir es?«

»Rein, Schädel einschlagen, Jamesbar packen und verschwinden?«

»Genau mein Plan! Dann los. Wohin müssen wir?«

»Weiß ich noch nicht«, murmelte Kloster bedauernd, »aber bis heute Nacht werde ich es herausgefunden haben.«

Dikaia wartete in den Schatten einer dunklen Gasse vor einem Freudenhaus, in dem der Adel der Stadt unterschiedlichen Gelüsten frönte. Kloster war vor zwei Stunden darin verschwunden und hatte versprochen, vor Ablauf der einhundertzwanzig Minuten wieder zurück zu sein. Sollte er es nicht rechtzeitig schaffen, würde sie es auf die laute Art erledigen.

Dikaia befühlte die zwei Messergriffe an ihrem Rücken und entschied sich, ihm noch zwei Minuten zu geben. Zwei Minuten, bis sie blutige Gerechtigkeit fordern würde.

Er brauchte nur eine.

Nach genau zwei Stunden und einer Minute öffnete sich die Tür des Freudenhauses, Kloster trat auf die Straße und kam mit energischen Schritten zu ihr geeilt.

»Ich weiß, wohin wir müssen«, zischte er wütend. »Du wirst es nicht glauben. Ich wollte es selbst nicht glauben, darum musste ich zwei Kehlen öffnen. Aber jetzt bin ich mir sicher. Dieser verdammte, hochwohlgeborene Drecksack. Komm! Die Kämpfe beginnen viel zu bald!«

Noch ehe Dikaia nachfragen konnte, rannte Kloster wie von einer dreizehnbeinigen Spinne gestochen los und ihr blieb nichts anderes übrig, als fluchend hinter ihm durch die Nacht zu eilen.

»Das muss doch ein Scherz sein!«, keuchte Dikaia, als Kloster endlich anhielt und sie schwer atmend neben ihm in die Knie ging.

»Leider nicht«, murmelte Kloster. »Ich hätte auch jemand anderen erwartet, aber wir haben schon wieder einen faulen Apfel gefunden.«

Dikaia brummte ungehalten. »Mittlerweile glaube ich sogar, dass es mehr faule als reife Äpfel gibt. Ich kann mich nicht mehr erinnern, wann wir das letzte Mal auf einen ehrenwerten, schuldfreien Adeligen gestoßen sind.«

Kloster blickte zu der unscheinbaren Tür, die laut seinen Informationen zu der Schwarzen Grube führen würde.

»Gibt es ein Losungswort?«

»Immer.«

»Immer?«

Kloster nickte.

»*Immer* ist das Losungswort, oder es gibt immer ein Losungswort?«

»Ersteres«, antwortete Kloster schmunzelnd. »Los!«

Dikaia hakte sich bei Kloster ein und gemeinsam schlenderten sie gemächlich die letzten Meter zu der Tür. Dikaia klopfte an, sofort wurde ein schmaler Sehschlitz geöffnet.

Ein Augenpaar blickte ihnen erwartungsvoll schweigend entgegen, und als Kloster versucht geheimnisvoll das Losungswort flüsterte, wurde ein schwerer Riegel zurückgezogen und sie durften eintreten.

Ein mit einem Beil Bewaffneter hielt hinter der Tür Wache und fragte sie höhnisch: »Das erste Mal?«

Mit gespielter Überraschung griff sich Kloster an die Brust: »Woher …?«

»Beim ersten Mal«, der Wächter lachte dreckig, »glauben alle, dass die geheime Losung schon gefährlich wäre, und darum flüstern sie.« Mit dem Beil deutete der Mann den dunklen Gang hinunter und schüttelte den Kopf. »Dabei ist es nur ein Losungswort. Gefährlich wird es erst dort unten. Seid ihr sicher, dass ihr das sehen wollt? Jetzt könnt ihr noch umdrehen, aber wenn ihr einmal die Schrecken einer Schwarzen Grube gesehen habt, könnt ihr nicht mehr zurück. Das da unten vergisst man nicht so leicht.«

»Albträume?«, fragte Dikaia mit gespielt zitternder Stimme.

»Schlimmer«, flüstere der Wächter. »Albträume, die wahr geworden sind.«

»Wir halten das schon aus!« Kloster schnaubte durch die Nase und mimte dabei einen selbstgefälligen Adeligen.

»Eure Entscheidung«, sprach der Mann nun wieder mit normal lauter Stimme. »Ich habe euch gewarnt. Habt ihr Münzen dabei?«

»Silber«, antwortete Kloster stolz.

»Silber«, der Wächter grinste. »Dann habt ihr zum Glück nicht viel zu verlieren. Ein letzter Rat noch. Wenn ihr in ein paar Monaten plötzlich wie von Magie an diesen Ort zurückgezogen werdet, bleibt beim Silber. Dort unten kann man sogar seinen Adelstitel mitsamt Ländereien aufs Spiel setzen. Seid nicht so unklug, es so weit kommen zu lassen. Spätestens wenn ihr die erste Goldmünze verliert, solltet ihr aufhören und nie wieder hinuntergehen.«

Dikaia nickte dem Wächter dankbar zu und zog Kloster in den dunklen Gang hinein.

»Ich bin nur froh«, flüsterte sie leise, nachdem sie sich weit genug von dem freundlichen Wächter entfernt hatten, »dass wir schon wissen, was dort unten auf uns wartet. Falls wir ihn auf dem Rückweg treffen, schlagen wir ihn nur bewusstlos. Er hat zumindest helfen wollen und nicht den Anschein erweckt, gerne hier zu sein.«

Am Ende des Ganges wartete eine weitere Tür auf sie, die jedoch unverschlossen war.

Kloster legte die Hand auf den Türknauf und fragte leise: »Bereit?«

»Bringen wir es hinter uns«, knurrte Dikaia.

Kloster zog die Tür auf und sie betraten den verdorbensten Abgrund dessen, was ein Mensch in seinem Wahn hervorrufen konnte.

Sie traten in ein riesiges Kellergeschoss, das vielmehr eine unterirdische Halle war, die von Hunderten Lampen erhellt war, und von der unzählige schummrig beleuchtete Gänge abzweigten. Die meisten führten zu Zimmern, in denen man den einen oder anderen Dienst kaufen konnte, der in der Oberstadt sofort den Zorn der Kirche der reinigenden Flamme nach sich gezogen hätte. Die restlichen Gänge führten zu Gefängniszellen, Totenkammern oder privaten Esszimmern.

Das wahre Spektakel war jedoch die Halle selbst: In der Mitte war eine tiefe Grube ausgehoben, die ungefähr zehn mal zehn Meter fasste und auf deren Grund immer zwei Kämpfende bis zum Tod gegeneinander antraten. Rund um die Grube waren dreistöckige Tribünen aufgebaut, von denen aus man die Kämpfe beobachten und natürlich auch Wetten auf deren Ausgang abschließen konnte. Über einen mit rotem Teppich ausgelegten Weg gelangte man zum Eingang der Zuschauerränge – und genau dieser Weg war der Grund für die kommenden Albträume. Zur linken und rechten Seite des künstlich angelegten Weges waren Pfähle aufgebaut, an denen die Köpfe all der Getöteten angebunden waren, die von je einer einzelnen Lampe schaurig beleuchtet wurden.

Kloster und Dikaia spürten förmlich, wie ihnen das Blut in den Adern gefror.

»Die *Straße der Verlorenen*«, flüstere Dikaia. »Ich hätte es nie für möglich gehalten, jemals wieder an solch einen verfluchten Ort zu müssen.«

»Ich auch nicht«, raunte Kloster kaum hörbar. »Weiter.«

Mit zusammengebissenen Zähnen gingen die zwei schnellen Schrittes über den Teppich und hielten ihren Blick dabei starr auf das Ende des Weges gerichtet. Niemand der noch recht bei Sinnen war, wollte die Köpfe genauer betrachten.

Man konnte natürlich auch abseits davon gehen, aber außerhalb des Teppichs war man für die Bewohner der Grube freigegeben und gab somit das Zeichen, dass man angesprochen werden durfte. Wenn man sich außerhalb des Weges aufhielt, wurden auf jedem Schritt und Tritt Waren angeboten, die man weder hören noch sehen oder riechen wollte.

Die *Straße der Verlorenen* war jedoch bei Weitem noch nicht das Schlimmste. Eine Schwarze Grube verließ man nie auf dem gleichen Weg, wie man sie betreten hatte. Es gab immer einen weiteren Ausgang, und dort warteten noch zwei Präsentationen, die wieder so platziert waren, dass man sie zumindest aus den Augenwinkeln wahrnehmen musste. Wer es nicht besser wusste und wirklich zum ersten Mal an diesen Ort kam, starrte natürlich voller Entsetzten darauf und wünschte sich im gleichen Moment, niemals dorthin geblickt zu haben.

Den *Baum der Hände* und den *Blutigen Kettentanz* vergaß man nicht. Niemals. Aber man lernte daraus und nahm sie danach nur noch im Vorbeigehen wahr – die eigene Erinnerung steuerte den albtraumhaften Rest bei.

»Wir fangen in der Grube an«, beschloss Kloster. »An den Wetttafeln sehen wir, wann er an der Reihe ist. Am einfachsten wäre es, wenn wir ihn uns auf dem Weg aus der Grube schnappen könnten. Dann wäre der Blutdurst der Zuschauer gestillt und wir müssten nur seine Bewacher ausschalten.«

»Wenn Jamesbar den Kampf überlebt«, brummte Dikaia und blickte hinaus in den schummrigen Bereich der Halle. »Eine andere Möglichkeit wäre mir lieber, aber ich stimme dir zu, da draußen finden wir ihn nie, ohne unsere Absicht zu verraten.«

Silbermünzen öffneten den beiden die Tür in den ersten Stock der Tribüne und sie positionieren sich so, dass sie den Kampfplatz beobachten konnten und trotzdem noch nahe genug an dem schmalen Aufstieg waren, über den der Gewinner die Grube verlassen würde.

»Wir haben Glück«, flüsterte Kloster und deutete auf eine der schwarzen Wetttafeln, auf der die Namen und Wettquoten der heutigen Kämpfe mit weißer Kreide geschrieben standen. »Er kämpft als Nächster.«

»Wir haben Glück und er hat Pech«, knurrte Dikaia angewidert. »Wie ich diesen Ort verabscheue!«

»Jetzt müssen wir ihn nur noch irgendwie befreien und dann verschwinden«, murmelte Kloster und betrachtete die oberen Ränge, auf denen er einige bekannte Gesichter erblickte.

Stumm bedeutete er Dikaia, nach oben zu blicken.

Sie keuchte vor Überraschung auf, als auch sie zwei unverkennbare Gesichter dort oben ausmachte.

»Arschsäcke«, zischte sie aufgebracht. »Aber das bringt mich auf eine Idee!«

»Mich auch.« Kloster grinste. »Aber meine Idee können wir erst in ein paar Tagen verfolgen. Wollen wir wetten, dass meine gewagter ist?«

»Das weiß ich auch so schon«, antwortete Dikaia schmunzelnd. »Erzähl sie mir später. Spiel jetzt einfach mit.«

Um nicht aus der Masse der Wettenden herauszustechen, hob Dikaia zwei Silbermünzen in die Höhe und streckte mit der anderen Hand Zeige- und Mittelfinger nach oben – sie setzte Silber auf Kämpfer zwei. Eine in rote Seide gekleidete Frau gab das Handzeichen, dass sie die Wette annahm, und gewährte Dikaia die Quote von zwei zu eins.

»Du weißt schon«, flüsterte Kloster ganz leise in Dikaias Ohr, »dass Kämpfer zwei verlieren wird?«

»Natürlich. Er hinkt auf dem linken Bein und beide Schultern sind verletzt.«

Kloster kratzte sich verwirrt den Kopf. Es dauerte nur zwei Minuten, bis der Kampf entschieden war.

Dikaia hatte verloren.

Mit einem zufriedenen Lächeln im Gesicht schlenderte die rotgewandte Frau zu ihnen und nahm die zwei Silbermünzen mit einer knappen Verbeugung entgegen.

»Aber …«, schluchzte Dikaia möglichst herzzerreißend, »ich war mir so sicher, dass mein Kämpfer gewinnt!«

Die Buchmacherin maß erst Dikaia und dann Kloster, ehe sie mit neckender Stimme sprach: »Deine letzten beiden Münzen?«

Dikaia nickte.

»Deine Begleitung sieht aus, als hätte er noch ein paar Münzen eingesteckt. Du könntest dein Silber im nächsten Kampf zurückgewinnen, wenn du auf den richtigen Kämpfer tippst.«

»Ich habe nur Gold dabei«, schnaubte Kloster naserümpfend.

Ein gieriges Funkeln trat in die Augen der Buchmacherin.

»An mir soll es nicht scheitern«, raunte sie vorfreudig.

»Wer kämpft denn als Nächstes?«, fragte Dikaia atemlos.

»Jamesbar gegen den knochigen Marcus«, erklärte die Frau. »Jamesbar ist seit drei Kämpfen ungeschlagen, aber Marcus seit fünf. Wenn du das Gold deines Freundes auf Marcus setzt, gewinnst du das Gold und vier Silbermünzen … Wenn du aber auf Jamesbar setzt, verdopple ich dein Gold.«

»Darf ich?«, hauchte Dikaia und warf sich theatralisch an Klosters Brust. »Jamesbar ist so ein schöner Name! Er muss einfach gewinnen! Und dann sind wir reich!«

»Reich?«, fragte Kloster unbeeindruckt und mimte dabei einen gelangweilten und vermögenden Adelssohn. »Mir soll es recht sein.«

Er zog eine Goldmünze hervor und reichte sie der Buchmacherin, die danach griff, noch bevor sich Dikaia von Kloster gelöst hatte. Die Dame in Rot blieb lächelnd neben ihnen stehen und beobachtete, wie die beiden nächsten Kämpfer die Grube betraten.

»Hübsch ist er auch noch«, hauchte Dikaia mit zittriger Stimme. »Er muss gewinnen!«

Die Buchmacherin stieß belustigt Luft durch die Nase aus und hatte offensichtlich alle Mühe, nicht laut aufzulachen. Letzte Wetten wurden brüllend durch Handzeichen abgeschlossen und dann begann auch schon der Kampf.

Marcus stürzte sich auf Jamesbar, rammte ihm in schneller Abfolge zweimal den Ellenbogen gegen die Schläfe und schickte seinen Gegner zu Boden. Dröhnender Jubel schallte durch die Grube und Dikaia schlug sich entsetzt die Hand vor den Mund.

Viel zu langsam mühte sich Jamesbar auf, doch dann war Marcus schon heran, trat ihm mit voller Wucht in die Rippen und schleuderte ihn erneut zu Boden. Durch den gewaltsamen Tritt rollte Jamesbar fast zwei Meter über den harten Boden und blieb dort schweratmend liegen.

Siegessicher sprang Marcus nach vorne, doch kurz bevor seine Stiefelspitze das Gesicht seines Gegners erwischte, zuckte Jamesbar zurück. Seine Hände schnellten vor, packten den Fuß und rissen daran. Marcus ging zu Boden, Jamesbar rollte sich mit einem gehässigen Grinsen auf ihn und rammte ihm die Fingerspitzen in die Halsbeuge.

Dikaia jubelte begeistert auf und sprang vor Freude in die Luft. »Habe ich gewonnen? Hat mein hübscher Kämpfer gesiegt?«, rief sie aufgeregt und starrte die Buchmacherin hoffnungsvoll an.

»Noch nicht.« Der verächtliche Tonfall ließ erkennen, dass ihr der Verlauf des Kampfes nicht zusagte.

Jamesbar schlug noch ein weiteres Mal gegen den Hals seines Gegners und als dieser mit einem röchelnden Atemzug am Boden der Arena erschlaffte, stand Jamesbar grimmig lächelnd auf und verneigte sich vor dem lärmenden Publikum.

»Du hast gewonnen«, zischte die Buchmacherin unzufrieden und streckte Dikaia zwei Goldmünzen entgegen, die diese sofort an sich nahm. »Der Kämpfer gefällt dir also?«

Dikaia nickte mit unsicherem Blick.

Die Enttäuschung im Gesicht der Buchmacherin wich einem lüstern verschlagenen Lächeln und sie beugte sich vor, um leise in Dikaias Ohr zu flüstern. »Wenn du deinen Begleiter loswirst, könnte ich vielleicht arrangieren, dass du zwanzig Minuten ungestört mit ihm in einem Zimmer verschwinden kannst.«

»Das könntest du?«, fragte Dikaia ungläubig. »Du nimmst mich doch auf den Arm, oder? Was aber, wenn der hübsche Kämpfer gar nicht will?«

»Glaube mir«, die Buchmacherin lachte, »er wird wollen! Ein Goldstück und ich sorgen dafür, dass du diese Nacht niemals vergessen wirst!«

»Ein Goldstück?«, ächzte Dikaia.

»Dann hätten wir beide gewonnen«, grinste die Buchmacherin verschlagen. »Ich bekomme mein Gold zurück und du hast heute Abend nur zwei Silbermünzen verloren, wofür du jedoch in einen wirklich seltenen Genuss gelangst. Kommen wir ins Geschäft?«

Dikaia biss sich auf die Unterlippe, nickte zögerlich und gab der Buchmacherin die eben gewonnene Goldmünze zurück.

Die in rote Seide Gekleidete warf einen Blick zu Kloster. »Wie schnell kannst du ihn loswerden? Wir müssen das Geschäft sofort abwickeln. Wenn er erst in seiner Zelle ist, kann auch ich nichts mehr machen.«

»Ich muss ihn gar nicht loswerden«, flüsterte Dikaia mit einem schüchternen Lächeln. »Er sieht gerne zu.«

Die Buchmacherin spuckte verächtlich zu Boden und schnaubte. »Natürlich. Adelige Söhne und ihre abstrusen Gelüste.« Sie rümpfte die Nase und wandte sich in Richtung des Ausgangs. »Kommt. Wollen wir euch zu eurem Glück verhelfen.«

»Schlau.« Kloster kicherte, als sich die beiden in einem kleinen, dunklen Zimmer auf ein einzelnes Bett setzten und darauf warteten, dass die Buchmacherin Jamesbar zu ihnen bringen würde. »Hast du ihr Gesicht gesehen, als sie eine Möglichkeit gewittert hat, ihre Münze zurückzubekommen?«

»Eine Goldmünze für zwanzig Minuten mit einem verschwitzten Kämpfer.« Dikaia verzog angeekelt das Gesicht. »So dämlich können nur adelige Püppchen sein.«

»Was machen wir mit der gierigen Buchmacherin? Lassen wir sie laufen, oder nehmen wir ihr die roten Kleider ab?«

»Sie verdient genug an der Grube«, antwortete Dikaia schmunzelnd. »Eine kleine Abreibung schadet ihr sicher nicht. Und wir brauchen ihre Kleidung. Die Seide ist weit genug, dass wir Jamesbar damit ein wenig verkleiden können.«

»Und dann gäbe es da noch ihren Münzbeutel«, fügte Kloster verschlagen hinzu. »Bar und seine Familie könnten ein wenig Startkapital sicher gut gebrauchen. Schließlich werden sie in dieser kurzen Vorbereitungszeit kaum ihre Schenke verkauft haben.«

»Und ich mag Buchmacher nicht, die mit dem Tod anderer reich werden.«

Kloster nickte zustimmend und sie verfielen in angespanntes Schweigen, bis sich knarzend die Tür öffnete und die Buchmacherin mit Jamesbar an der Leine hereinstolziert kam.

»Beide?«, stieß der frisch gewaschene Kämpfer irritiert hervor.

»Der Schnösel sieht nur zu«, schnaubte die Buchmacherin. »Doch selbst wenn es so wäre, würdest du tun, was ich dir befehle.«

Jamesbar verneigte sich schicksalsergeben. Dikaia sprang auf und eilte zu ihm, um ihn von allen Seiten schmachtend und albern grinsend zu bewundern.

»Er ist sogar gewaschen!«, rief sie erfreut aus und nickte der Buchmacherin dankend zu.

»Es war mir eine Freude, mit euch Geschäfte zu machen«, sprach die Buchmacherin und wandte sich zur Tür um. »Ich gebe euch sogar dreißig Minuten. Dann hole ich ihn wieder ab. Macht ihn mir nicht kaputt. Morgen muss er wieder in die Grube.«

Kurz bevor sie den Türknauf ergriff, erlosch Dikaias falsches Lächeln und sie packte den Haarschopf der Dame in Rot, riss sie daran zu Boden und hämmerte ihren Kopf zweimal auf die harten Fliesen, woraufhin die Buchmacherin sofort ihr Bewusstsein verlor.

Jamesbar klappte der Mund auf und Kloster lachte erheitert auf.

»Sie ist wirklich unglaublich schnell, nicht wahr?« Kichernd stand er auf, ging an dem verdatterten Jamesbar vorbei und half Dikaia, der Buchmacherin die erste Kleidungsschicht auszuziehen.

»Schau nicht so blöd«, schnaubte er. »Bar schickt uns. Wir sind hier, um dich hier rauszuholen, bevor Teile von dir an diesem Ort ausgestellt werden.«

Dikaia warf Jamesbar das weite Seidengewand zu: »Zieh das an.«

Er tat wie geheißen und Dikaia durchsuchte das Untergewand nach der Börse, die dort irgendwo verborgen sein musste. Nach ein paar Handgriffen fand sie das Gesuchte und pfiff anerkennend, als sie den prall gefüllten Münzbeutel in der Hand wog. Geschäftig warf sie ihn Kloster zu, der einen Blick hineinwarf und überrascht brummte: »Ihr Geschäft scheint zu florieren. Mehr Gold als Silber, dazu eine Besitzurkunde über eine Bäckerei.«

Er nahm die Urkunde heraus, verschloss den Beutel wieder und warf ihn Jamesbar zu, der ihn geschickt auffing und die beiden noch immer ungläubig anstarrte.

»Was …?«, begann er mit zitternder Stimme.

»Wir bringen dich hier raus«, erklärte Kloster wiederholt, »und dann verschwindest du mit deinen Eltern aus der Stadt. Noch besser, aus dem Land. Heute noch. Sobald wir im *Fetten Bären* ankommen, brecht ihr auf. Die Münzen gehören euch. Ihr werdet sie für euren Neuanfang brauchen. Die Besitzurkunde bringe ich dem Bäcker zurück. Es gehört sich nicht, jemandem sein letztes Hemd abzuknöpfen.« Schmunzelnd blickte er auf die Ohnmächtige hinab und zuckte mit den Schultern. »Außer sie haben es verdient, dann gehört es sich natürlich sehr wohl. Nimm die verfluchte Leine ab. Mit dem verdammten Ding bringt all die Verkleidung nichts.«

Mit einem grimmigen Grinsen öffnete Jamesbar die Leine um seinen Hals, beugte sich dann zu der Buchmacherin hinunter und legte sie ihr um.

»Vielleicht«, zischte er, »landet nun sie in der Grube. DAS wäre wirklich gerecht. Ihr wollt euch gar nicht vorstellen, wie viele Leute sie auf dem Gewissen hat. Ich hätte heute eigentlich verlieren sollen. Sie hätte mich fast so weit gehabt, dass ich absichtlich verliere. Aber nur fast. Während ich Prügel eingesteckt habe, wurde mir klar, dass es schlimmer wäre, kampflos zu sterben, als weiterhin von ihr bearbeitet zu werden.«

Dikaia nickte. »Sollte sie wirklich in die Grube gesteckt werden, wird ihr Aufenthalt nur von kurzer Dauer sein. Wir sind mit diesem Loch noch nicht fertig. Auf die eine oder andere Art wird es brennen.« Einfach um sicherzugehen, dass die Buchmacherin nicht frühzeitig erwachte, schlug sie deren Kopf ein weiteres Mal auf den Boden, überprüfte dann Jamesbars Verkleidung, rückte ein paar Seidentücher zurecht und nickte zufrieden. »Das könnte funktionieren. Bereit?«

Kloster und Jamesbar nickten.

»Dann los.«

Dikaia öffnete die Tür und sie machten sich in einem möglichst entspannten Tempo auf dem Weg zum Ausgang.

»Wenn du einen merkwürdigen Baum siehst«, knurrte Dikaia, »oder rasselnde Ketten hörst, schau nicht hin. Glaub mir, das willst du nicht sehen.«

Die drei schlenderten mitten durch die feilschende Menge, wurden gelegentlich aufgehalten und lehnten die Angebote entweder dankend oder lauthals fluchend ab. Nach ein paar Minuten boten immer weniger Händler ihre Waren feil und aus den Augenwinkeln sahen sie die entsetzliche Form des *Baums der Hände* und die schaurigen Bewegungen des *Blutigen Kettentanzes*. Schließlich erreichten sie unbeschadet den Ausgang aus der Schwarzen Grube und gingen mit entsetzten Gesichtern an dem dortigen Wächter vorbei.

»Das erste Mal in der Grube?«, rief er ihnen noch hämisch lachend nach. »Viel Vergnügen mit euren Albträumen. Wir sehen uns in ein paar Wochen wieder! Ihr kommt alle zurück! Immer!«

Kaum hatten die drei endlich die Straßen von Hohenstadt erreicht, rannten sie wie von einer ganzen Horde dreizehnbeiniger Spinne gejagt durch die Nacht und hielten erst an, als sie in den Schankraum des *Fetten Bären* stürmten, wo sie schon von Bar und seiner Frau mit gepackten Taschen erwartet wurden.

»Jamesbar!«, rief der Wirt ganz außer sich und schloss seinen Sohn weinend in die Arme.

Kloster und Dikaia trieben Bar und seine Familie zur Eile an. Nach nicht einmal zehn Minuten, in denen sie ihnen mehrmals ewigen Dank geschworen hatten, saßen sie auf ihren Pferden und ritten in Richtung Stadtgrenze. Dikaia und Kloster sperrten die Tür der Schenke von innen ab und setzten sich an den Tresen, um sich dort erst mal einen Schluck Rum zu genehmigen.

»Wir bringen also«, begann Dikaia zufrieden lächelnd, »dem Bäcker seine Besitzurkunde zurück und dann kümmern wir uns um den Verkauf des *Fetten Bären.*« Heiter schlug sie Kloster lobend auf die Schulter. »Vielleicht war deine Idee mit der Schwarzen Grube doch nicht so schlecht. Auch wenn mich ein paar Nächte lang Albträume quälen werden, aber das war es allemal wert!«

»Warte nur«, sprach Kloster mit verschlagenem Grinsen, »bis du meine neue Idee zu hören bekommst.«

»Diejenige, die dir in der Schwarzen Grube eingefallen ist?«

Kloster nickte. »Dagegen sind die Grube, der Käse und all meine anderen Ideen ein gemütlicher Spaziergang an einem lauen Sommerabend.«

Dikaia genehmigte sich einen ordentlichen Schluck, musterte Kloster, trank zur Vorsicht noch einmal von dem Rum und raunte: »Dann los. Ich bin bereit. Erzähl mir von deiner neuen Idee.«

6
Die Wut der Flamme

»Wo?«, schnitt die frostklirrende Stimme des Erzinquisitors durch Dikaias Erzählung. »Wo ist der Eingang zu dieser Abscheulichkeit?«

»Dann glaubt Ihr mir nun?«, fragte sie herausfordernd.

»Natürlich!«, zischte Poena. »Man erkennt es in den Augen derer, die den *Weg*, den *Baum* und den *Tanz* gesehen haben. Das kann man nicht vortäuschen. Noch dazu hast du die Wahrheit gesagt. Auch wenn ich es nicht wahrhaben will, aber in Hohenstadt gibt es eine Schwarze Grube. Wo? Ich werde sie eigenhändig dem Feuer übergeben!«

»Noch ein Ort«, gab Dikaia flüsternd Antwort. »Dann werde ich Euch den Weg dorthin beschreiben.«

Poena schloss für einen kurzen Moment die Augen, atmete tief durch und fragte mit wieder ruhiger Stimme: »Die zwei unverkennbaren Gesichter in den Zuschauerrängen der Grube? Wer waren sie?«

»Noch ein Ort«, flüsterte Dikaia erneut, »und Ihr werdet Antworten auf all Eure Fragen bekommen. Aber eines der beiden Gesichter solltet Ihr schon erkennen können, wenn Ihr denn Eure eigene Fehlbarkeit akzeptieren könnt.«

»Der Fürst von Hohenstadt«, brummte Poena nüchtern und schüttelte den Kopf. »Er hat mich tatsächlich täuschen können. Ich kenne ihn seit Jahren, aber abgesehen von ein paar lüsternen Ausschweifungen, wäre mir nie im Leben in den Sinn gekommen, dass er zu Derartigem in der Lage wäre. Der letzte Ort ist dann wohl das Schlafzimmer des Fürsten?«

Dikaia verneigte sich tief vor dem Inquisitor und sprach ernst: »Ihr zeigt wahre Größe, Ikastis Poena. Jetzt seid Ihr bereit für den vorletzten Akt unseres lauschigen Gesprächs. Nun seid Ihr fast bereit für die Wahrheit.«

7
Gerechte Freude

Drei Tage waren vergangen, seit Dikaia Klosters neueste Idee gehört und als totalen Irrsinn befunden hatte.

Irrsinnig, aber gerecht.

Also hatten sie drei Tage damit verbracht, die wahnwitzige Unternehmung zu planen, um schließlich dem Fürsten von Hohenstadt seine gerechte Strafe zukommen zu lassen. Sie hatten zwar nicht das heilige Feuer der Kirche der heiligen Flamme zur Verfügung, aber es schien trotzdem passend, den verdammenswerten Fürsten brennend aus diesem Leben in das nächste zu befördern.

Dikaia hegte schon seit Jahren gute Beziehungen zur Dienerschaft des Fürsten – denn man wusste schließlich nie, wann es sich nützlich erweisen würde, Zugang zu dessen Palast zu bekommen.

Ein paar Silbermünzen wechselten ihren Besitzer und schnell hatten die beiden herausgefunden, dass auch manche Söhne der Dienerschaft in der Schwarzen Grube gelandet waren. Als sie den Trauernden dann erläuterten, wer der Betreiber der Grube war, dauerte es nur noch einen halben Tag, bis sich Dikaia als neueste Dienstmagd des Fürsten vorstellen durfte und dank einiger plötzlicher Krankheitsfälle vorübergehend für das Ankleiden desselbigen zuständig war.

Danach war es ein Leichtes, an dem Tag, den sie für den Tod des Fürsten ausgewählt hatten, Kloster in dessen Schlafgemach zu schmuggeln und dort gemeinsam darauf zu warten, bis sich der verachtenswerte Adelige zu Bett begab und wie jeden Abend seinen Schlaftrunk zu sich nahm.

8
Antworten

»Kloster?«, fragte der Erzpriester seine Gefangene überrascht. »Aber … Du warst allein im Schlafzimmer des Fürsten. Die Wachen haben sonst niemanden dort gesehen. Das macht keinen

Sinn. Warum solltest du das Risiko eingehen, dass ihr beide erwischt werdet? Warum solltest du seine Hilfe benötigen, um das Bett und den darauf schlafenden Fürsten anzuzünden?«

Dikaia lächelte und beobachtete den Priester, der mit seinen stechend kalten Augen versuchte, das Rätsel zu lösen.

»Und wenn du hier bist«, überlegte Poena weiter, »wo ist dann dein Freund?«

»Fragen über Fragen«, sprach Dikaia schmunzelnd. »Strengt Euch an, Ihr seid auf dem richtigen Weg.«

»Mittlerweile ist es klar«, fasste der Erzpriester seine verworrenen Gedanken in Worte, »dass du dich absichtlich hast erwischen lassen. Aber ich verstehe noch immer nicht, warum? Du hast den Jungen befreit und den Fürsten getötet. Warum solltest du mir deine Geschichte erzählen wollen? Wenn es dir nur um die Zerschlagung der Schwarzen Grube gehen würde, hätte eine anonyme Nachricht an die Kirche gereicht. Ich selbst hätte sie überprüft. Und was auch noch immer keinen Sinn ergibt, ist, dass du ausgerechnet MIR deine Geschichte erzählen wolltest.« Poena rieb sich die Stirn. »Ich muss etwas übersehen … Was übersehe ich?«

»Wie würdet Ihr den Mord am Fürsten moralisch beschreiben?«

»Gerecht.«

»Sehr gut. Würdet Ihr jemanden für einen gerechten Mord zum Tode verurteilen?«

»Natürlich nicht!« Poena schnaubte. »Ich mache nichts anderes. Würde ich dich verurteilen, müsste ich mich selbst für Hunderte Morde an den Galgen stellen.«

»Dann habt Ihr verstanden, dass ich mich freiwillig habe gefangen nehmen lassen, was könnt Ihr daraus schlussfolgern?«

»Dass du genau hier landen wolltest. Du wolltest in eine der kirchlichen Zellen. Mit mir.«

»Richtig. Aber Ihr geht noch immer davon aus, dass ich verhört werde. Was ist, wenn es in dieser Geschichte darum ging, zu erfahren, was Ihr wisst? Was, wenn ich auch erkennen kann, wenn jemand lügt?«

»Wenn du also auch mich verhört hast, würde ich selbst die Rolle des Gefangenen einnehmen und dann würden wir hier gemeinsam festsitzen.«

»Gut«, flüsterte Dikaia. »Weiter.«

»Dann wärst du also nicht nur genau dort, wo du sein willst, sondern auch ich wäre dort, wo du mich haben willst. Aber warum? Was hättest du für einen Grund, dafür zu sorgen, dass ich für längere Zeit hier bin?«

»Lasst mich Euch kurz eine Frage stellen, vielleicht bringt das Licht in dieses verworrene Spiel.«

Poena nickte.

»Glaubt Ihr wirklich, man könnte eine Schwarze Grube in Hohenstadt vor dem allsehenden Auge der Kirche über längere Zeit verstecken?«

»Natürlich nicht!«, zischte Poena.

»Der *Baum* bestand aus fast eintausend Händen.«

»Schwarze Gruben«, überlegte Poena und rechnete schnell die Zahlen zusammen, »haben immer genau zweihundertfünfzig Tage im Jahr geöffnet, jeden Tag bildet die Hand des Toten des Hauptkampfs ein weiteres Blatt auf dem *Baum*. Dann gibt es die Schwarze Grube seit ziemlich genau vier Jahren … Das kann nicht sein!«

»Doch ist es so.«

»Sie hätte schon längst entdeckt werden müssen.«

»Außer sie hatten Hilfe. Irgendjemand muss sie vor dem Auge der Kirche versteckt haben.«

»Wer?«, flüsterte Poena bedrohlich leise.

»Ihr habt mich gefragt, wo Kloster gerade ist.«

Poena nickte vorsichtig.

»Er ist noch immer dort, wo mich die Wächter gefunden haben. Er ist noch immer im Schlafzimmer des Fürsten.«

»Was macht er dort?«, flüsterte Poena.

»Er sorgt dafür, dass er auch etwas vorzuweisen hat. Er braucht auch einen gerechten Mord, den er Euch schenken kann.«

»Wen?«, knurrte Poena. »Wen tötet er?«

»Es kommt nur einer infrage.«

»Sag mir den Namen …«, hauchte der Priester unheilahnend.

»Er schenkt Euch den Tod des Mannes, der das zweite unverkennbare Gesicht in den Zuschauerrängen trug. Er tötet jemanden, der noch schwieriger zu erwischen ist als der Fürst.«

Poena atmete keuchend ein, als ihm schwante, von wem Dikaia gerade sprach.

»Wie lange«, flüsterte Dikaia vorsichtig, »dauert normalerweise die Untersuchung eines Tatorts?«

»Vielleicht eine halbe Stunde«, antwortete Poena gedankenverloren. »Warum?«

»Wie lange sitzen wir beide schon hier?«

»Zwei Stunden, vielleicht drei?«

»Dann wisst Ihr, wem mittlerweile durch das Feuer Gerechtigkeit widerfahren ist, oder wundert Ihr Euch noch gar nicht, warum Euch Apok, Priester von Hohenstadt, nicht schon längst von seiner Tatortuntersuchung berichtet hat?«

»Apok!«, keuchte Poena. »Darum hast du dich gestellt. Weil es nur einen Weg gab, dafür zu sorgen, dass ich hier festsitze und er an meiner Stelle den Tatort untersucht. Der einzige Weg, ihn an einen Ort zu locken, an dem Kloster ihm auflauern konnte.«

»Apok ist der zweite Eigentümer der Schwarzen Grube. Er und der Fürst haben sie gemeinsam eröffnet. Der Adelige hatte das nötige Kleingeld und der Priester die nötigen Verbindungen, um deren Existenz geheim zu halten.«

Poena starrte mit malmenden Kiefermuskeln in Dikaias Augen und suchte nach etwas. Er suchte nach der Wahrheit und fand sie auch.

Dikaia hatte wahr gesprochen.

Der Priester, den er selbst ausgebildet und gefördert hatte, war zum Verräter geworden.

Poena verneigte sich tief vor Dikaia und sprach mit fester Stimme: »Ich danke dir.«

Dikaia verneigte sich ebenso tief.

»Das war Klosters neue Idee?«, fragte Poena. »Die beiden Betreiber der Schwarzen Grube dem Feuer zu übergeben?«

»Nicht nur«, antwortete Dikaia wahrheitsgetreu. »Das allein wäre noch nicht waghalsig genug.«

»Ihr habt das alles geplant und ausgeführt, um schließlich vor mir zu sitzen und … Wie war deine Wortwahl noch mal?«

»Um Euch zwei gerechte Morde zu schenken.«

»Das …«, keuchte Poena ungläubig. »Ihr … Das ist eine Bewerbung?«

Dikaia schüttelte lächelnd den Kopf und antwortete mit ernster Stimme: »ZWEI gerechte Morde, ZWEI Anwärter. Wir bewerben uns hiermit für die Ausbildung zum Priester der reinigenden Flamme.«

Poena klappte der Mund auf.

Minuten vergingen.

Und schließlich schlug der Erzpriester der Kirche der reinigenden Flamme mit der flachen Hand auf den Tisch und lachte, wie es ihm seit Jahren nicht mehr vergönnt gewesen war. Er lachte, bis ihm die Tränen über die Wangen liefen und schließlich, als sein Lachen verstummte und die Tränen vertrockneten, sprach er mit ungläubiger Stimme:

»Höre meinen Richtspruch. Höre den Richtspruch des Erzinquisitors der Kirche der reinigenden Flamme: Ich akzeptiere eure Bewerbung. Morgen beginnt eure Ausbildung. Morgen beginnt eure Ausbildung bei Ikastis Poena.«

Teja & Fabian Ciolczyk

AUF DER SUCHE NACH DEM SEELENFEUER

Das stetige Knistern eines Herdfeuers untermalte die erwartungsvolle Stimmung in der kleinen Hütte. Orangefarbener Schein tauchte die Lehmwände der Stube in ein Licht aus Abenteuer und Lebensfreude. Die Schatten sprachen von Gefahren und Arglist.

Nathaniel, ein kleiner Junge mit großen braunen Augen und dunkelbraunen Haaren schaute gespannt zu seiner Mutter auf. Es war Abend, die Zeit für Geschichten, wie sie immer zu sagen pflegte. Oft ging es um mutige Helden, tapfere Jungfern und gefährliche Monster, die Feuer spien und für ihr Leben gern ebenjene Helden und Jungfern fraßen. Stets fieberte er mit, wollte selbst ein Schwert schwingen und das holde Mädchen vor den Untieren retten. Gemeinsam lachten sie dabei viel und staunten oft.

Doch heute lag ein besonderer Glanz in den Augen seiner Mutter. Eine leichte Röte hatte sich auf ihre Wangen gelegt. Nathaniel wusste genau, was das bedeutete: Heute würde sie eine der *wahren* Geschichten mit ihrer sanften und ruhigen Stimme malen.

»Nun höre gut hin und passe fein auf. Denn es ist wichtig, was ich dir erzählen werde. Diese Geschichte habe ich von meiner Mutter gehört und diese von ihrem Großvater. Es ist lange her, was ich zu berichten weiß, doch was es dir mitbringt, ist von großer Bedeutung. Willst du also still sein und sie kennenlernen?« Mit einem Lächeln, das nur eine Mutter ihrem Kind schenken kann, strich sie ihm liebevoll durch die lustig hüpfenden Locken.

Nathaniels Augen waren immer größer geworden, während die Mutter gesprochen hatte. Er nickte heftig, traute sich nicht, auch nur einen Laut von sich zu geben. Sie nahm ihren Sohn auf den Schoß und begann, von Firion zu erzählen. Dem Jungen, der einst auszog, das Seelenfeuer zu finden.

Einst gab es einen wunderschönen Ort, Nued genannt, an dem Mutter Sonne die Bewohner mit ihren warmen Strahlen und saftigem Grün belohnte. Die Ernten waren reich, das Wasser klar und sauber. Die Tiere und Menschen blieben stets gesund und munter und die Bewohner nahmen nur, was sie zum Leben brauchten. Sie waren dankbar und demütig.

Doch gibt es nie nur eine Seite auf der Welt, Licht gebiert Schatten. Und so kam es, dass der Immerfrost von diesem Dorf erfuhr, das Mutter Sonne bisher so gut vor ihm verborgen hatte. Eines Tages schickte der Immerfrost dunkle Schatten nach Nued. Sie kamen mit einem Fremden, der ein gefrorenes, totes Herz in seiner Brust trug. Er konnte weder Freude empfinden noch Liebe verspüren. All das Schöne blieb seinen Augen verwehrt. So brachte er tiefe Verderbnis mit sich, säte unbemerkt Herzenskälte unter den bisher stets glücklichen Dörflern. Dort keimte das Eis, wanderte durch die Körper und ließ allen Frohsinn ersterben, bis es schließlich die Herzen erreichte und diese einfror. Mutter Sonne war machtlos, konnte die dichten Wolken nicht mehr durchdringen, die fortan den Himmel bedeckten. Dunkelheit herrschte allerorten.

Das Lachen erstarb, die verbliebenen Sonnenstrahlen verloren ihre Wärme und fauchende Winde fegten mit Schnee über alles hinweg. Nach und nach verging auch das Leben in diesem Dorf. Die Menschen erstarrten zu gefrorenen Statuen, bis nurmehr zwei Seelen übrig waren, die dem Eis trotzten.

In einer kleinen Hütte brannte das letzte Feuer des Dorfes und warf seinen warmen Schein auf ein Kind und eine alte Frau.

»Großmutter, du darfst nicht in die Kälte gehen! Sieh doch, ich habe ein prasselndes Feuer für dich entfacht. Bald ist es schön warm in der Stube, wirst sehen!« Verzweifelt klammerte sich der Junge an seine Großmutter.

Er mühte sich nach Kräften, ihr etwas von seiner Körperwärme abzugeben. Doch tief in seinem Inneren wusste er bereits, dass er auch sie bald an die Herzenskälte verlieren würde. Er wischte sich schnell eine Träne von der Wange und lächelte tapfer.

»Mein liebes Kind, mein lieber Firion.« Die Greisin lag schwer atmend auf dem Strohlager und sah zu ihrem Enkel auf. »Du bist unsere letzte Hoffnung. Nur du kannst Frost und Kälte trotzen. Geh und finde das Seelenfeuer, nur damit kann Nued gerettet werden. Allein seine Flammen vermögen es, die Wärme zurückzubringen … Du musst den Tempel der Ewigen Sonne finden.«

Zitternd streckte sie eine Hand nach dem Jungen aus, der gerade erst neun Sommer alt geworden war. Er war ihr ganzer Stolz. Ziemlich groß war er für sein Alter, hatte dunkelbraune, kurze Locken auf seinem gescheiten Kopf und ebenso dunkle und neugierig blickende Augen. Liebevoll legte sie ihm die Hand an die Wange.

Der Junge sah die Greisin mit angstvoll geweiteten Augen an. »Aber Großmutter, ich bin doch ganz allein, wie soll ich das schaffen? Das Seelenfeuer ist eine Legende, schon seit so unendlich vielen Sommern hat es niemand mehr finden können. Wie soll ausgerechnet ich schaffen, was mutige und tapfere Krieger nicht vermochten?«

Firion kämpfte mit der Angst um die alte Frau, die so schwach und bebend vor ihm lag. Er konnte sich in diesem Augenblick nicht vorstellen, sie und die sichere Hütte zu verlassen, etwas zu entdecken, das offensichtlich nicht gefunden werden konnte.

Doch das Schicksal ging seltsame Wege, und so hatte es für Firion einen ganz eigenen geplant.

Schon bald erlag seine Großmutter der Herzenskälte, doch vorher hatte sie dem Jungen das Versprechen abgerungen, dass er sich auf den Weg machen würde, das Seelenfeuer zu beschaffen, um all die vergifteten Dörfler zu befreien. Nun saß Firion vor dem letzten Glühen des Feuers, sah traurig in unbestimmte Ferne und weinte stille Tränen.

Irgendwann übermannte ihn der Schlaf.

Nach einer Unendlichkeit, so schien es ihm, erwachte er aus unruhigen Träumen. Er rieb sich müde über die vom Weinen geschwollenen Augen, stand auf und sah seine Großmutter an, die zu Eis erstarrt auf dem Bett lag. Nun war ihm keine Familie mehr geblieben, seine Eltern waren schon lange fort, er konnte sich kaum an sie erinnern.

Er ballte beide Hände zu Fäusten und wiederholte seine Worte an die alte Frau, nicht wissend, ob sie ihn überhaupt hören konnte.

»Ich habe dir ein Versprechen gegeben, und ich werde es halten. Ich werde dich und alle anderen retten!«

Ehe er es sich anders überlegen konnte, packte er eilig zusammen, was er für nötig hielt, und strebte auf den Ausgang der kleinen Hütte zu, ohne sich ein letztes Mal umzudrehen. Hinter ihm lagen nur Leid und Schmerz, doch vor sich, das spürte er, wartete ein winziger Funken Hoffnung.

Firion trat mit einem mulmigen Gefühl vor die Tür dessen, was er einst sein Heim genannt hatte. Nun hielt ihn nichts mehr an diesem trostlosen Ort. Dick in Winterfelle gehüllt setzte er sich den warmen Pelz auf den Kopf und sah sich um. Es war furchtbar düster, nicht einmal Sterne leuchteten ihm den Weg. So nahm er eine der Fackeln aus seinem ledernen Beutel und entzündete sie mit seinen Feuersteinen, um dieser nächtlichen Schwärze zumindest ein wenig zu trotzen. Schnell zog er sich die Fäustlinge über, auf dass ihm nicht die kleinen Finger abfallen mochten. Immerhin fegte gerade kein Schnee durch die Nacht.

Sein Blick glitt über das totenstille Dorf in die Ferne über die schroffen Berge, die eisige Steppe davor. Wo nur war der Tempel der Ewigen Sonne? Er hatte nicht einen einzigen Hinweis darauf, wo er mit der Suche beginnen sollte. Tränen der Hoffnungslosigkeit stiegen erneut in ihm auf. War seine Aufgabe zum Scheitern verurteilt, bevor er auch nur damit begonnen hatte?

Doch ehe die erste Träne zu Boden fiel, spürte Firion, wie ein warmer Hauch über seine Wangen glitt.

»Vertraue auf dein Herz, es kennt den Weg …«

Die sanfte Stimme hallte in seinen Gedanken nach, so leise, dass er sich einen Moment fragte, ob er sie wirklich gehört hatte. Doch als ihn erneut der Wind umschmeichelte, statt seine Wangen einzufrieren, wusste er, wer mit ihm gesprochen hatte.

»Liebe Mutter Sonne, so weise mir doch den Weg! Allein schaffe ich es nicht!«, rief Firion verzweifelt.

»Dein Herz, folge seinem Weg …«

Und dann war Mutter Sonne fort. Ihre Kraft hatte nicht gereicht, länger inmitten der Kälte zu verweilen.

»Mutter Sonne, geh nicht!« Doch Firion spürte bereits, dass sie nicht mehr bei ihm war. Er hielt einen Augenblick inne, dachte über ihre Worte nach. »*Folge deinem Herzen* … Das will ich tun.«

Firion richtete sich auf, straffte seinen schmalen Körper und lauschte in sich hinein. Tatsächlich! Ein feines Ziehen, ein warmes Gefühl in seinem Herzen, das er zuvor noch nie bemerkt hatte, lenkte ihn in eine Richtung. Hin zu der offenen Steppe außerhalb des Dorfes, nach Norden.

Zunächst setzte Firion bedächtig einen Schritt vor den anderen. Vorsichtig, ängstlich sogar. In jedem dunklen Schatten vermutete er Monster, grausige Gestalten, die ihm nach dem Leben trachteten, ihm die Herzenskälte einflößen wollten.

Doch als nach einer Weile nichts dergleichen geschah, gewann er langsam an Zuversicht. Er duckte sich nicht länger, sondern schritt mutig aus. Sein Ziel im Herzen, auf zweifache Weise. So lief er sicher eine halbe Nacht, ehe ihn ein schreckliches Heulen zusammenfahren ließ. Nicht sicher, ob er es sich in seinen Grübeleien nur eingebildet hatte, lauschte er in die weite Finsternis der Steppe.

Da erklang es wieder! Diesmal von einer anderen Seite.

Was Firion in diesem Augenblick wahre Furcht verspüren ließ, war das vielfache Heulen, das aus allen Richtungen darauf antwortete.

Immerfrostwölfe!

Diese schrecklichen Kreaturen hatte die Herzenskälte hervorgebracht. Einst den Menschen wohlgesonnene Tiere, waren sie nun neben der Kälte die größten Feinde der Dorfbewohner.

Firion sah sich hektisch nach allen Seiten um, doch die Flamme seiner Fackel reichte nicht weit und er sah nicht, was sich ihm aus der bedrückenden Düsternis näherte. Sein Atem ging immer schneller, das Herz pochte zu stürmisch in seiner Brust. Getrieben von seinem Fluchtinstinkt rannte er blindlings los, spürte nicht mehr, in welche Richtung er musste, zu groß war die Panik. Er rannte schlicht um sein Leben.

Das Heulen der Immerfrostwölfe verfolgte ihn jedoch, schlimmer noch, es hatte ihn umzingelt! Von allen Seiten drang das schaurige Geräusch an seine Ohren, machte ihm deutlich, dass es für ihn kein Entrinnen gab.

So unternahm er das Einzige, was ihm noch blieb. Er ließ die Fackel neben sich fallen und machte sich ganz klein, rollte sich mitten auf der kahlen Eisebene zitternd und bebend zusammen, vielleicht gab es Hoffnung darauf, dass ihn die Wölfe so nicht sehen würden. Obschon er wusste, dass er schutzlos und mit dem Licht der Fackel eine leicht auszumachende Beute war.

Doch diese Untiere hatten scharfe Augen und feine Nasen.

Firion wippte immerzu vor und zurück, nicht in der Lage, in der notwendigen Reglosigkeit zu verharren. Der Junge vernahm die leisen Pfoten auf knirschendem Schnee, meinte alsbald, eisigen Atem aus ihren feuchten Schnauzen in seinem Nacken zu spüren. Ein Knurren direkt vor ihm ließ ihn seine Kauerstellung aufgeben. Er blickte auf Knien, die Hände in den Schnee gestützt, auf.

Leuchtend blaue Augen starrten ihn gierig an. Dieser Immerfrostwolf war riesig! Sein Fell glänzte schneeweiß im Schein der erlöschenden Fackel, Geifer troff ihm von den spitzen Zähnen aus dem leicht geöffneten Maul. Erneut kam ein tiefes Grollen aus seiner Kehle. Firion war sich ganz sicher, dass er das Alphatier vor sich hatte. Das Herz setzte ihm für zwei Takte aus, er wagte es nicht, zu atmen, aus Angst, eine einzelne Bewegung könnte den Wolf dazu veranlassen, ihm an die Kehle zu springen.

So starrte er den Jungen an, doch Firion wich seinem Blick aus. Weil es das Alphatier herausfordern würde, schaute er ihm nicht direkt in die Augen, stattdessen ließ er seinen Blick über den Körper des Tieres wandern. Er nahm das Rudel gar nicht wahr, das sich um sie herum versammelt hatte. Zu gebannt war er von der Erscheinung vor ihm. Allerdings fiel ihm auf, dass der Wolf abgemagert war. Keine starken Muskeln zitterten unter dem Fell, stattdessen hatte er eingefallene Flanken, und hervorstechende Rippen zeichneten sich darunter ab. So wich ein Teil der Furcht echtem Mitleid und er holte tief Luft.

Das arme Tier leidet auch bloß Hunger!, dachte Firion bei sich. *Sie alle müssen furchtbaren Hunger verspüren, wenn doch alles um sie herum gefriert! Wie nur kann ich ihnen helfen?*

Und so wandelte sich die Angst zu Mut und Mitgefühl, wich auch ein wenig kindlicher Naivität. Firion hatte einen Einfall.

Der Junge sah dem Alphatier kurz in die Augen, legte all sein Wohlwollen, seine guten Absichten hinein, hoffte, dass es reichte, um nicht bei der ersten Bewegung zerfleischt zu werden.

Für die Dauer eines Blinzelns sah Firion ein kurzes Aufleuchten, das von ihm auf den Wolf übersprang. Winzig klein. Doch in seiner Not und Hoffnung auf Gelingen seines Planes hielt er es für Einbildung und vergaß es sofort wieder.

Unterdessen nahm er unendlich langsam den Beutel von seiner Schulter und wollte gerade hineingreifen, da näherte sich der Anführer der Immerfrostwölfe mit einem bedrohlichen Knurren. Eine allerletzte Warnung, so schien es Firion.

Dennoch ließ er sich nicht beirren, griff vorsichtig in die Tasche und förderte das Dörrfleisch zutage, das er als Proviant bei sich trug. Es war ein ansehnliches Bündel, der restliche Vorrat seiner kleinen Familie.

Der Alphawolf hielt inne, schnupperte in die Nacht. Sein Blick traf den Firions und es war dem Jungen, als würde ein warmer Schein durch die Augen des Tieres huschen, ganz kurz nur.

Davon bestärkt legte er das Fleisch vor dem Wolf auf den Boden. Der sah von der unverhofften Spende zu Firion und wieder zurück, der warme Schein kämpfte nun mit düsteren Schatten in dessen blauen Iriden. Als würden Wärme und Frost miteinander ringen. Der Junge sah bereits, dass die Herzenskälte bald wieder die Oberhand über den Wolf gewinnen würde. Firion hielt erneut die Luft an und bewegte sich keine Winzigkeit, denn all das konnte noch immer seinen Tod bedeuten. Was war schon ein wenig Dörrfleisch gegen einen ganzen Jungen? Nichts!

Ein plötzlicher Ruck ging durch den Immerfrostwolf, er heulte kurz und durchdringend auf, schnappte sich das Fleisch und verschwand mit seinem Rudel in der Nacht.

Erst als die Tiere nicht mehr zu hören waren, atmete Firion aus. Gierig sog er die Luft ein, vollkommen entkräftet und von diesem Schock eingeholt, sank er in den Schnee und wartete, bis sich sein Herzschlag beruhigt hatte. Es schien ihm, als würde jeder einzelne Schritt auf seiner Reise damit beginnen, seinen Mut zu sammeln. Er fragte sich jedoch, wie viel davon nach der Begegnung mit den Immerfrostwölfen noch übrig sein mochte.

Schnell hob er die Fackel vom Boden auf, ehe der Schnee die Flamme endgültig ersticken konnte. Er atmete tief durch und besann sich auf die Worte von Mutter Sonne.

»Vertraue auf dein Herz, es kennt den Weg …«

Als sein Geist zur Ruhe gekommen war, spürte er sie endlich wieder, die Richtung zum Tempel der Ewigen Sonne.

Mit den Gedanken bei seiner Großmutter wollte er keine Zeit mehr verschwenden und machte sich auf. Zum Glück hatte er auf seiner überhasteten Flucht keine Umwege gemacht. Anscheinend hatte ihn sein Herz auch in dieser Panik nicht im Stich gelassen.

Als die Dunkelheit langsam dem Dämmerlicht der blauen Stunde wich, konnte sich Firion kaum noch auf den Beinen halten. Die eisigen Winde zerrten an seinen Fellen, seine Muskeln zitterten bereits und die Müdigkeit drohte, ihn zu übermannen. Er wusste, dass er eine Pause brauchte, doch ihn drängte die Zeit, er wollte seine Großmutter und die Dörfler keinen Augenblick länger in ihrem grausamen Zustand lassen. Dabei wusste der Junge nicht einmal, ob sie noch lebten, mitbekamen, was um sie herum geschah. Er stellte es sich jedenfalls schrecklich vor.

Firion rieb sich mit seinen dicken Fäustlingen über die kalte Nase und sah auf das gewaltige Massiv vor sich. Für seine neun Sommer hatte er bereits eine beachtliche Strecke zurückgelegt und traf gerade auf die Ausläufer eines schroffen und gigantischen Berges.

Die Bewohner Nueds nannten ihn den *Wintertod.* Denn schon vor dem Umgreifen der Herzenskälte hatten dort zu allen Zeiten Sturm und Eis geherrscht. Sein Gipfel lag unter dicken weißen Decken begraben. Niemand erklomm ihn, da zwischen Gletscher und Gestein nur der sichere Tod wartete.

Und doch führte ihn sein Weg genau hierher.

Er spürte in sich hinein, hoffte, dass er das Ziehen falsch gedeutet hatte – doch vergebens.

Sein Weg zum Tempel der Ewigen Sonne führte hier hinauf.

Firion legte den Kopf in den Nacken, um nach oben zu der Bergspitze zu sehen. Doch noch lag sie im Dunkeln verborgen. Für einen Augenblick mutlos geworden, ließ er den Kopf sinken und sackte in sich zusammen. Er konnte den Aufstieg niemals lebend überstehen, er hatte doch gar keine gerechte Chance, seine Lieben zu retten! Firion ballte die Fäuste und schluchzte trocken auf. Tränen bedeuteten in dieser Kälte zugefrorene Augen – und das wollte er auf keinen Fall riskieren.

Der junge Sucher sank auf den Boden, lehnte sich mit dem Rücken an den Felsen und den Kopf an den riesigen Berg hinter sich. Wie sollte er den Tempel jemals erreichen?

»Liebe Mutter Sonne, ich werde es nicht schaffen! Wie soll ich denn den *Wintertod* bezwingen? Mutter Sonne, hilf mir doch!« Aber als weder ein wärmender Hauch noch ein winziger Strahl des heilenden Sonnenlichtes zu ihm vordrangen, wusste er, dass er ganz auf sich allein gestellt war. »Soll ich umkehren? Doch was erwartet mich daheim?«

Er legte seine Hand über sein Herz und lauschte in sich hinein. Seine Großmutter hatte stets zu ihm gesagt, dass er immer auf sein Herz hören sollte …

Wie Mutter Sonne!

»Nein, ich gebe nicht auf, ich halte mein Versprechen und werde Euch alle retten! Sobald das Licht des Tages über die Nacht siegt, werde ich weiterziehen.«

Den Aufstieg zu wagen, ehe es hell war, hätte schon ohne Böen und Schnee seinen sicheren Absturz bedeutet. Auch wenn es einen Pfad hinauf gab, der vor unzähligen Dekaden hineingeschlagen worden sein musste, noch ehe dort oben der frostige Tod gelauert hatte, war er vereist, teilweise verschüttet und so schmal, dass ein falscher Tritt das Leben kostete.

Er nahm etwas von dem harten Brot aus seinem Rucksack und behielt es lange im Mund, damit es weich genug wurde, um es kauen zu können. Wenn er es nicht schaffte, die Herzenskälte zu vertreiben, gab es ohnehin keine Hoffnung mehr für ihn, denn er hielt das letzte Brot aus dem letzten Korn in seinen Händen.

Nachdem er ein bisschen Schnee gegessen hatte, um seinen Durst zu stillen, stand er wieder auf und lief umher, auf dass ihm die Glieder nicht vor Kälte erstarrten.

Es dauerte auch gar nicht mehr lang, da wich die Dämmerung einem grauen und trüben Tag, der es Firion endlich erlaubte, seine Reise fortzusetzen. Die Fackel löschte er im Schnee und steckte sie weg. Er würde für den Aufstieg beide Hände brauchen.

Dem Jungen knurrte der Magen unter seinen Fellen, denn das wenige Brot hatte nicht gereicht, seinen Hunger gänzlich zu vertreiben – und das Dörrfleisch hatte ihn vor den Wölfen bewahrt. So machte er sich müde und abgekämpft daran, den Bergpfad zu bewältigen.

Doch schon nach kurzer Zeit kam Firion in arge Bedrängnis. Der schmale Weg war vereist und glatt, immer wieder musste er sich mit dem Rücken am Felsen seitlich weiterschieben, weil der Platz nicht reichte, normal zu gehen. Der Wind nahm mit jedem Schritt nach oben weiter zu, stach mit eisigen Schneeflocken auf die bloß liegenden Wangen des Jungen ein, unerbittlich. Firion kam es vor, als würde der Berg ihn nicht hier haben wollen und mit aller Macht versuchen, sich seiner zu entledigen. Doch noch klammerte sich das Kind an die Hoffnung, sein Dorf von der Herzenskälte befreien zu können.

Firion band sich das Tuch vor die Nase, in das sein Brot eingeschlagen gewesen war, um sich so wenigstens ein wenig vor den tosenden Winden zu schützen, die an ihm zerrten und sich nach Kräften mühten, ihn in die Tiefe zu schicken.

Tapfer und verbissen kämpfte sich der Junge voran, aber er brauchte so schrecklich lange, das wurde ihm bewusst, noch ehe er den halben Berg erklommen hatte. Seine Glieder wurden lahm und die Müdigkeit drückte ihn mit jedem Stück schwerer nieder. An seinen langen Wimpern bildeten sich kleine Eisperlen, zu denen sich in diesem Moment Tränen gesellen wollten.

Ehe es jedoch dazu kam, rutschte Firion auf einem kleinen Eisbrocken aus, verlor den Halt und stürzte mit einem Schrei in die Tiefe. Nur mit Mühe hielt er sich im letzten Augenblick mit einer Hand an einem hervorstehenden Felsen fest, der ihm den Fäustling zerriss und ins Fleisch schnitt.

Verbissen kämpfte der Junge darum, wieder auf den Pfad zu kommen. Von Panik überrollt und keuchend zog er sich so weit hoch, dass er den Felsen auch mit der anderen Hand zu fassen bekam. Ihm wollte die Kraft ausgehen, hatte der Weg bis an diese Stelle doch bereits mehr gefordert, als Firion hätte ahnen können. Er atmete tief ein, sammelte all seine verbliebene Energie und zog sich auf den schmalen Weg. Firion lehnte sich an den Felsen seines in diesem Augenblick größten Feindes. Dem *Wintertod* schien es ernst damit, den Jungen vertreiben zu wollen. Mit wild klopfendem Herzen versuchte er, zu Atem zu kommen.

Die Hoffnung starb ein wenig mit jeder Herausforderung, mit jeder Hürde, die ihm diese Reise abverlangte. Firion mochte nicht weise sein, keine große Erfahrung im Leben erlangt haben, doch ihm wurde in diesem Moment schmerzlich bewusst, dass er eben noch ein Kind war – und Kinder traten nicht gegen den Immerfrost an, sie versuchten nicht, ganz allein die Herzenskälte zu vertreiben.

»Doch wenn ich es nicht tue, wer bleibt dann noch? Was bleibt mir noch?«

Schniefend sah sich Firion um, erkannte jedoch nicht viel, da alles in weißem Dunst lag. Nichts als das Tosen des Windes drang an seine Ohren, verhöhnte ihn und sein lächerliches Vorhaben. Mit jeder eisigen Böe schrie ihm der Berg entgegen, dass er versagen würde. Er sah nicht, was er bereits geschafft hatte, und konnte nicht erahnen, welche Strecke es noch zu bewältigen galt. Die Kälte drohte, ihn zu übermannen. Doch noch war der letzte Hoffnungsschimmer nicht verloren, und so ging Firion noch vorsichtigeren Schrittes weiter.

Nach einer Weile musste er innehalten, denn sein Körper wollte ihm zitternd nicht mehr ganz gehorchen. Er lehnte sich stehend an die Felswand, das Gesicht dem Gestein zugewandt, auf dass er ein wenig dem frostigen Brausen entkommen mochte. Mit geschlossenen Augen ließ er seine Stirn gegen den Berg sinken – doch etwas ließ sie ihn erstaunt wieder aufreißen.

»Wie ist das möglich? Will mir der *Wintertod* einen Streich spielen?« Er legte seine kleine Faust mit dem zerrissenen Fäustling auf den vermeintlichen Stein und spürte in sich hinein.

Tatsächlich! Schwache Wärme strahlte Firion entgegen.

»Müsste dann an dieser Stelle nicht das Eis geschmolzen sein, wenn ich die Wärme durch meinen Handschuh spüren kann?« Verwirrt und zugleich dankbar lehnte er sich erneut gegen den warmen Stein, gierig sog er auf, was seine Muskeln eine Winzigkeit weniger erbeben ließ.

Unvermittelt zerbarst in diesem Wimpernschlag die Wand vor ihm mit einem gläsernen Klirren in Abertausende Scherben. Firion stürzte vornüber in das klaffende Loch und nichts als Schwärze umhüllte ihn.

Das Dröhnen vollumfänglicher Stille pochte in Firions Ohren, während er sich mit benebelten Gedanken aus seiner Ohnmacht kämpfte. Er wusste weder, wo er war, noch warum. Mühsam öffnete er die Augen und starrte in düsterdunkle Schatten.

Zuerst befürchtete er gar, erblindet zu sein, wurde panisch und richtete sich viel zu schnell auf. Schwindel erfasste ihn und zwang ihn zurück auf seine Knie. So verharrte der Junge eine Weile, mit wild pochendem Herzen und schnellem Atem, bis das Drehen und Schlingern in seinem Kopf abgeklungen war. Allmählich kam die Klarheit zurück in seine Gedanken und er erinnerte sich daran, dass er in den *Wintertod* gestürzt war.

Er konnte nicht tief gefallen sein, sonst hätte er sich weitaus schlimmere Verletzungen zugezogen. So hatte er nur eine pochende Beule an seiner Stirn. Doch warum drang dann kein Licht an diesen Ort? Wo war die Öffnung, durch die er gefallen war?

»Was will dieser Berg von mir? Hat er mich nicht schon all meinen Mut gekostet? Wie soll ich mich in dieser Schwärze zurechtfinden und zu meinem Pfad zurückgelangen, Mutter Sonne?«

Verzweifelt stand Firion auf, drehte sich im Kreis, und versuchte, wenigstens Schemen um sich herum zu erkennen. Doch die Dunkelheit sog alles in sich auf und verschluckte seine Umgebung. Eine stumme Träne bahnte sich den Weg über die Wangen des Jungen. Hier konnte sie schließlich nicht einfrieren, sie zeigte ihm bloß, dass er fühlte und verzagte.

Das Nass kullerte über sein Gesicht und tropfte von seinem Kinn, kam jedoch nicht auf dem Boden auf. Es schwebte plötzlich in der Luft, hinauf in Firions Blickfeld. Zuerst glomm es nur schwach, kämpfte um die Aufmerksamkeit des Jungen, der in seiner Verzweiflung zu ertrinken drohte. Die Träne wurde bald heller und strahlender, bis sie einem kleinen Irrlicht gleich in der Luft umherflog und um Firion herumsauste. Da erst nahm er das Leuchten wahr. Und mit seiner Erkenntnis, nicht mehr in der Dunkelheit gefangen zu sein, kehrte auch der Funken der Hoffnung in sein Herz zurück.

Firion zog die Fäustlinge aus, denn an diesem Ort fror er nicht mehr. Vorsichtig, er wollte das glühende Wesen nicht zerstören oder verletzen, hüllte er es in seine Hände und schmiegte seine Wange daran.

Wie es pulsierte, wie warm es war!

»Was bist du, kleines Leuchtwesen?«, wispert Firion ehrfürchtig.

Für den Jungen aus dem Dorf Nued war es ein kleines Wunder, er war sich sicher, dass Mutter Sonne ihm einen ihrer Strahlen geschickt hatte, um ihn zu leiten. Firion erkannte die Wahrheit nicht. In diesem Augenblick überwog in ihm schlicht das Gefühl, alles schaffen zu können.

So besann er sich seines Beutels. Er ließ das Licht frei, nahm die Fackel wieder heraus und entzündete sie. Die umherschwebende Lichtträne flog unterdessen voraus und wies dem jungen Sucher den Weg.

Gang um Gang, mal gebückt, mal kriechend, und dann wieder so weit, dass er die Decke auch mit der doppelten Größe nicht hätte erreichen können, lief er tiefer in den Berg. Das Licht seiner Fackel warf drohende Schatten, die nach ihm zu greifen schienen. Doch seine leuchtende Träne schickte sie alle zurück, verbannte sie in ihre Düsternis und hielt sie dort gefangen.

Nach einer Weile, in der Firion schon befürchtete, er würde für immer in diesem Gebirge umherirren müssen, kroch Kälte über den Boden zu ihm heran, wollte sich seiner Glieder bemächtigen, seine Gedanken einhüllen und ihn zum Aufgeben bewegen. Dem Jungen wurde immer mulmiger zumute, je tiefer er in das massive Gestein vordrang. Er fühlte sich nicht nur wie ein Eindringling, er wusste mit Gewissheit, dass er einer war.

»Kämpfst du denn noch immer gegen mich, lieber *Wintertod*? Ich will dir doch nichts Böses. Will weder stehlen noch zerstören. Was ist es, das dich dazu antreibt, mir zu grollen? Weißt du denn nicht, dass ich nicht aufgeben kann?« Dumpf hallte seine Stimme von den Felswänden wider.

Doch Firion bekam keine Antwort. Stattdessen verdichteten sich die Schatten und das kleine Leuchten blieb nun nahe beim ihm, um ihn zu schützen.

Und wann immer sich die Kälte der Dunkelheit darum mühte, sein Herz zu erreichen, besann sich Firion seiner Aufgabe. Er dachte an die Menschen, die auf sein Handeln angewiesen waren, an das Seelenfeuer, dass er unbedingt finden wollte.

Und so musste das eisige Frösteln stets aufs Neue seiner Entschlossenheit, seinem Mut und seiner Willensstärke weichen.

Ohnmächtig musste der Immerfrost dabei zusehen, wie es ein Kind fertigbrachte, sich seiner Herzenskälte zu widersetzen. Es gelang ihm nicht, sich des jungen Firions zu bemächtigen.

Während der junge Sucher also durch den Berg schritt, tobte draußen um den *Wintertod* der Zorn seines eisigen Gegenspielers. Wäre an diesem Tag und zu dieser Stunde noch jemand übrig gewesen, der von außen einen Blick auf den Berg hätte werfen können, so wäre es die reine Furcht gewesen, die dem Betrachter in die Glieder gefahren wäre.

Es heulten am Fuße die Immerfrostwölfe, während um das Massiv herum die Winde ihr Rufen erwiderten. Schrecklich hohe Laute, die von Unheil, Verderben und Vernichtung kündeten.

Das Wetter wurde noch schlechter, obschon das kaum mehr möglich war, nadelspitze Schneeflocken wirbelten mit den Winden durch die Nacht und begruben das kleine Dorf Nued in kürzester Zeit zur Gänze unter sich. Bald schon sah man der Landschaft nicht mehr an, dass hier einst Menschen gelebt hatten.

Von all dem bekam Firion nichts mit, denn er folgte verbissen seinem Herzen.

Firion wurde stetig langsamer, er rieb sich immerfort die Augen, weil sie ihm zuzufallen drohten. Wurden ihm die Lider zu schwer, kniff er sich in die Wangen, um wach zu bleiben. Sein Leitlicht flog längst nicht mehr voraus, sondern umschwirrte ihn in engen Kreisen. Das war aber auch nicht mehr nötig, denn Firion kannte den Weg, auch wenn er es selbst gar nicht bemerkte. Schlapp und ausgelaugt, hungrig wie die Immerfrostwölfe, wollte er schon anhalten und dem Schlaf endlich nachgeben. Ihm fehlte die Kraft, auch nur einen weiteren Schritt zu tun. Er wischte sich den Schweiß von der Stirn und hielt unvermittelt inne.

Seit wann ist es so warm?, dachte er bei sich. *Das muss doch bedeuten …*

Alle Müdigkeit und der Hunger waren mit einem Mal vergessen. Neue Kraft durchströmte Firion, fuhr warm in seine Glieder. Getragen von Hoffnung und Zuversicht. Er klatschte in die Hände und rannte die Gänge entlang.

»Komm mit, mein liebes Sonnenlicht, wir sind sicher bald da, ich kann es fühlen! Komm, wir wollen dich nach Hause bringen!«, rief er freudig und seine kindliche Euphorie hallte von den immer weiter werdenden Gängen wider. Als würde seine Vorfreude von Tausenden Stimmen weitergetragen werden.

Firion dachte natürlich, dass ein Strahl der lieben Mutter Sonne zurück in den Tempel gehören würde. Denn er war sich sicher, dass er genau daher gekommen war. Seine leuchtende Träne allein wusste, dass es nicht war, wie es schien.

Bald schon lief Firion der Schweiß in Strömen über sein Gesicht und ihm wurde viel zu warm. Je weiter er kam, desto mehr Felle legte er ab, bis er nur noch in Tunika und Hose umherlief. Der Rest lag, wie es Kindern nun einmal zu eigen war, verstreut auf seinem Weg hinter ihm.

Schwer atmend hielt er unvermittelt inne, weil er in der Ferne ein helles Licht ausmachte. Ein warmes Pulsieren, das ihn anzog wie das Kerzenlicht die kleinen Mukakäfer, die einst an wunderschönen Sommerabenden mit ihren in Regenbogenfarben schillernden Panzern durch die warmen Lüfte geschwirrt waren. Das irrlichtgleiche Wesen flog unterdessen weiter, drängte zum Leuchten und zog Firion schließlich mit sich.

Nun lief er langsamer, bedachter. Er konnte doch nicht wissen, was ihn bei diesem hellen Schein dort vorne erwarten würde. Hatte er sein Ziel endlich erreicht?

Es muss so sein! Liebe Mutter Sonne, habe ich deine Stätte gefunden? Liegt vor mir der Tempel der Ewigen Sonne?, fragte Firion in Gedanken.

Und diesmal bekam er eine Antwort.

Strahlen und Pulsieren verstärkten sich, wurden heller, wärmer und schneller. Und wieder schritt der junge Sucher geschwind aus, rannte und überholte sogar seine kleine leuchtende Träne.

Gewissheit flutete seine Sinne und er breitete die Arme aus.

»Liebe Mutter Sonne, ich komme, ich hole das Seelenfeuer!«, rief er laut.

Die letzten Längen legte er mit geschlossenen Augen zurück, weil ihn die Lichtquelle vor ihm blendete. Und so durchstieß er das Leuchten, stolperte über eine Schwelle und schlug der Länge nach auf den Boden.

Es trieb ihm die Luft aus der Lunge, so unerwartet und heftig war der Aufprall. Sein Kinn und die Hände schürfte er sich bei dem Sturz auf, brennender Schmerz machte sich an den verletzten Stellen bemerkbar, besonders an der Hand, die er sich draußen aufgerissen hatte.

Mühsam und mit verzogenem Gesicht richtete er sich auf. Kein orange-gelber Schein drang mehr durch seine noch immer geschlossenen Lider, und so traute er sich, die Augen zu öffnen. Zunächst auf seine blutenden Wunden konzentriert, nahm er seine Umgebung gar nicht wahr. Er wischte sich die Hände notdürftig an der Hose ab, tat das Gleiche mit Kinn und Tunika-Ärmel, und sah sich schließlich um.

Er stand im Eingang einer riesengroßen Halle. Das Leuchten war verschwunden und hatte dem Flackern unzähliger Kerzen Platz gemacht, die den Raum in einen wundervoll goldenen Glanz hüllten. Sie brannten in kunstvoll ziselierten Haltern an der Wand und in mannigfaltigen Kandelabern auf Altären. Rechts und links von ihm standen jeweils acht hohe Säulen, wohl um die Decke abzustützen. Auf jeder einzelnen von ihnen fand sich ein Abbild von Mutter Sonne. Eine gutmütig dreinblickende Scheibe mit flammenden Strahlen rundherum.

Ihm fiel vor Staunen nicht einmal auf, dass sein kleines Leitlicht fehlte.

Firion ließ seinen Blick weiter schweifen. Vor sich, in der Mitte der Stirnwand, stand eine große Empore von reinem Gold. Auf ihr fand sich das größte Bildnis der Sonne.

Ehrfürchtig legte er beide Hände über sein Herz. »Ich habe es wirklich geschafft, liebe Großmutter. Ich habe mein Versprechen gehalten und den Tempel der Ewigen Sonne gefunden«, flüsterte er, während er langsam auf den Altar vor sich zuschritt.

Angekommen kniete er sich hin und lehnte seine Stirn an das Abbild auf der Empore.

»Liebe Mutter Sonne, höre mich an: Du hast mir den Weg gewiesen und mir deinen leitenden Sonnenstrahl geschenkt. Nun bitte ich dich um das Seelenfeuer, auf dass ich mein Dorf und meine liebe Großmutter befreien kann. Willst du mir helfen? Bitte, liebe Mutter, zeige mir, wie ich das Seelenfeuer an mich nehmen und damit alle zu retten vermag!« Wie zum Gebet hatte er die Hände aneinandergelegt und harrte auf eine Antwort wartend aus.

Er wartete eine kleine Ewigkeit, auch noch eine zweite.

Doch als sich nach einer ganzen Weile nichts getan hatte, begann er, zu zweifeln.

»Mutter Sonne, habe ich denn nicht alles getan? Was muss ich machen, damit du mir das erlösende Feuer schickst?«

Stille.

Kein Laut drang an Firions Ohren.

»Mutter Sonne!«, rief er, inzwischen packte ihn allumfassende Furcht.

Was wäre, wenn es den Tempel zwar gab, aber das Seelenfeuer doch eine bloße Legende war? Wenn er all das umsonst auf sich genommen hatte und seinen Lieben am Ende nicht helfen konnte?

Habe ich versagt und nichts erreicht?, dachte er bei sich, während sich Tränen in seinen Augen sammelten. *Liebe Großmutter, nun habe ich dich doch enttäuscht …*

Und da fand die Hoffnungslosigkeit einen Weg zu Firion.

Draußen beruhigten sich unterdessen die Winde um den *Wintertod* ein wenig, die Immerfrostwölfe verharrten in erwartungsvoller Spannung.

Der Immerfrost war siegessicher, dass er nun endlich einen Zugang zu dem Jungen gefunden hatte. So wurde er ein wenig achtlos.

Firion saß schluchzend an den Altar von Mutter Sonne gelehnt und drohte, in all seiner Verzweiflung zu ertrinken. Da umschwirrte ihn sein leuchtender Begleiter, umwirbelte ihn, als wollte er ihm etwas Wichtiges sagen.

Firion sah ihn fragend an. »Wieso bist du noch hier? Ich habe dich doch heimgebracht. Bei mir gibt es nichts mehr zu holen. Ich warte auf die Kälte, die mich alsbald übermannen wird.«

Das Licht wurde ruhiger und verharrte vor den braunen Augen des jungen Suchers, tauchte dessen dunkle Locken in einen warmen Schein. Und als sich die Wärme der leuchtenden Träne behütend auf ihn legte, sickerte sie auch in den Jungen ein.

Firion atmete auf, als würde eine erdrückende Last von seinen Schultern fallen. Die Wärme drang bis zu seinem Herzen vor, ließ ihn neuen Mut schöpfen. Denn wenn das Licht blieb, so war auch Mutter Sonne nicht verloren.

Er richtete sich auf und folgte mit dem Blick seinem kleinen Begleiter. Der begann zu pulsieren wie der Schein am Eingang zum Tempel, wurde heller, stärker und schoss mit einem Mal mitten in Firions Brust.

Der Junge erschrak zuerst furchtbar, er klopfte seinen Oberkörper ab, suchte nach seinem Leitlicht – doch es war weg.

Draußen brach unterdessen ein schrecklicher Schneesturm los, wie er auf dem Antlitz der Erde noch nie gesehen worden war. Blitze schlugen in den *Wintertod*, erschütterten den Berg und brachen Lawinen los.

Der Immerfrost tobte in seiner Machtlosigkeit und wollte es auf andere Weise beenden, konnte er den Jungen doch nicht mehr mit seiner Herzenskälte beeinflussen.

»Es ist wieder zu Hause, junger Freund.«

Die freundliche Stimme ließ den Jungen herumwirbeln. Vor ihm stand eine wunderschöne Frau mit goldgelbem Haar, das glitzerte und schimmerte wie der Tau im Morgenschein. Sie hatte ein ebenmäßiges, rundes Gesicht. Rot waren ihre Pausbacken und ein Lächeln zierte ihre hübschen Lippen.

Firion stand der Mund offen, er staunte über die Dame, die in ihrem prächtigen Kleid aus Gold und Glitzer vor ihm stand. Sie leuchtete von innen heraus, schenkte ihm mit ihrem Anblick allein reine Herzenswärme.

Ein Seufzen entfuhr Firion, denn er verspürte zum ersten Mal wieder so etwas wie wirkliches Wohlbefinden, alle Last schien von ihm abzufallen. All die Mühen und Plagen rückten in den Hintergrund.

»Bist du es, liebe Mutter Sonne?«, hauchte der Junge überwältigt.

»Ja mein Kind, die bin ich. Nur dir habe ich es zu verdanken, dass ich hier mit dir sprechen kann.« Mutter Sonne legte Firion eine Hand an die Wange und sah ihn liebevoll an.

Der *Wintertod* erbebte und selbst Firion und Mutter Sonne spürten das Zittern des massiven Gesteins.

Firion sah sich erschrocken um. »Was ist das?«

Er ging einen Schritt auf Mutter Sonne zu, wollte Schutz bei ihr suchen.

»Der Immerfrost tobt. Er will dich aufhalten.« Das Gesicht der Sonne blieb ohne Furcht, während sie diese Worte sprach.

Firion konnte nicht verstehen, weshalb sie nicht besorgt war. »Doch ich habe das Seelenfeuer nicht gefunden, kann ihm mit nichts entgegentreten. Sag, Mutter Sonne, gibt es das Seelenfeuer überhaupt? Habe ich an der falschen Stelle gesucht? Ich brauche es doch so dringend! Wie sonst soll ich meine Großmutter und die anderen in Nued befreien?« Wieder den Tränen nahe hielt er inne.

Ein erneutes Beben ging durch den Berg und Firion musste sich fest mit beiden Beinen auf den Boden stemmen, um nicht den Halt zu verlieren. Ein paar einzelne Steine und Staub rieselten von der Decke des Tempels.

Mutter Sonne schenkte ihm ein breites Lächeln und schüttelte sachte den Kopf. Sie trat einen Schritt von Firion zurück und zeigte mit der Hand auf ihn.

»Du hast es längst gefunden, spürst du es denn nicht?«

Firion blickte sie voll Unverständnis an, etwas regte sich in ihm und beschleunigte seinen Herzschlag. »Was soll ich spüren? Nichts habe ich gefunden, nur deinen Tempel. Von dem Seelenfeuer ist nichts zu sehen!«

Der Junge verstand nicht, worauf Mutter Sonne hinauswollte. Ungeduld streckte seine Finger nach ihm aus.

»DU bist der Träger der heilenden Flammen, kleiner Firion. Hast du nicht deine Furcht überwunden und dein Essen mit den Wölfen geteilt? Hast du nicht den Wintertod bezwungen und durchgehalten, hast du nicht deinen Weg hinein gefunden? Und hast du dir nicht die Hoffnung bewahrt und den Eingang zu meinem Tempel offenbart?«

Wieder ging Mutter Sonne näher zu Firion, streichelte seine Wange und sah ihn an wie eine liebende Mutter.

Doch den Jungen durchströmte bei all dem ein ganz anderes Empfinden. Langsam brodelte es in seinem Bauch, wurde heißer und zorniger, bis die Wut aus ihm herausbrach.

»Was willst du mir damit sagen, Mutter Sonne? Dass ich leiden und fast sterben musste, dass ich das Seelenfeuer die ganze Zeit in mir getragen habe, ohne es zu wissen? War all das umsonst und ich hätte es nur wissen müssen? Wieso hast du nichts gesagt, Mutter Sonne? Weshalb hast du mich all dieses Leid erfahren lassen, wieso mussten all die Menschen so unnötig lange in der Kälte verharren? Sprich! Wieso all das?« Firion war mit jedem Wort lauter geworden, brüllte und weinte sie hinaus.

In Rinnsalen liefen ihm die Tränen an den Wangen entlang und tropften auf den Boden. Er hatte den Kopf hinab gesenkt und beide Hände zu starren Fäusten verkrampft. Der Junge bebte vor Zorn am ganzen Körper. Er wollte das Entsetzen über ihre Tat in den Augen der Sonne sehen, doch er fand nur Güte darin.

Das machte ihn stutzig und so hielt er inne.

»In dir lag der Funke, tief verborgen in deinem Herzen. Ein jeder trägt ihn in sich, doch nur du hast aus dem Funken ein Feuer entfacht. Du musstest all das erfahren, hast die Gefahren auf dich genommen. Denn nur mit echtem Mut, ungebrochener Hoffnung, reiner Willensstärke und der Bereitschaft zur Selbstaufgabe kann das lodernde Seelenfeuer entstehen. Spürst du es noch immer nicht, mein Kind?«

Mutter Sonne legte ihre Hand über Firions Herz und gab ihm einen Kuss auf die Stirn. Während der *Wintertod* stetig erbebte, trat sie einen Schritt von dem Jungen zurück und wartete.

Firions Wut flaute ab, er horchte in sich hinein. Er schloss die Augen und lauschte auf seinen Herzschlag. Das stete Pochen beruhigte ihn. Und während er durchatmete und sich auf sein Innerstes konzentrierte, da spürte er tief in sich ein Pulsieren. Je länger er ihm seine Aufmerksamkeit schenkte, desto stärker wurde es. Es drängte von innen gegen Firions Brustkorb, wollte hinaus in die Welt.

»Du musst es freilassen, Firion.«

Die sanfte Stimme von Mutter Sonne holte ihn aus seinen Gedanken. Mit großen Augen sah er sie fragend an … und verstand. Er fühlte, was er zu tun hatte.

Wieder schloss er die Augen, legte die Hände über sein Herz und gab das Pulsieren frei, entließ es aus seinem Innern. Als er die Lider wieder öffnete, entfuhr ihm ein Laut des größten Erstaunens.

In seinen Händen barg er eine einzelne Flamme. Leuchtend gelb, orange und rot loderte sie empor. Doch weder verbrannte noch schmerzte sie ihn. Nur eine zarte Hitze erfasste seinen gesamten Körper.

»Das Seelenfeuer …«, wisperte Firion ergriffen. »Was muss ich nun tun, liebe Mutter Sonne?«

Wintertod erbebte in diesem Augenblick schrecklich, große Gesteinsbrocken fielen von der Decke, zwei der großen Säulen stürzten ein.

»Wir müssen uns beeilen, junger Firion. Wirst du mir vertrauen und mir dein Seelenfeuer schenken? Willst du mir die Kraft deiner Herzenswärme geben, auf dass ich den Immerfrost in seine düsterdunklen Gefilde verbannen kann?« Mutter Sonne sah ihn warmherzig an, milde klang ihre Stimme.

Sie trug Hoffnung und Liebe darin zu Firion.

Der Junge zauderte nicht einen Augenblick.

»Liebe Mutter Sonne, rette meine Großmutter und all die anderen!« Mit diesen Worten ließ er sein Seelenfeuer zu ihr schweben.

Noch ehe die Flamme bei ihr ankam, wurde sie größer und heller, wuchs und füllte schnell die ganze Halle aus. Gleißend hell umhüllte sie Mutter Sonne und Firion, nahm sie mit sich fort.

Bald schon durchdrang das Seelenfeuer den *Wintertod*, loderte über seine schneebedeckten Hänge, breitete sich über die Steppe aus und umfasste auch Nued. Das grelle Brennen legte sich über alle Lande und drang auch bis in die hintersten und verstecktesten Winkel vor.

Wo bis eben noch eisige und klirrende Kälte geherrscht hatte, erstreckten sich alsbald grüne Wälder, saftige Wiesen und Weiden mit blökenden Schafen und wiederkäuenden Kühen. Überall dort, wo das Seelenfeuer die Erde von der Herzenskälte reinigte, kehrten Frieden und Eintracht ein, Wut, Hass und Tod wurden ausgelöscht, all das Böse rückgängig gemacht. Die Wolken am Firmament verzogen sich und gaben das Blau der Heiterkeit frei.

»Hab Dank, kleiner Firion mit dem großen Herzen!«, wisperte es durch das Land.

Die Sonnenstrahlen trugen die Wärme zurück in die Herzen der Menschen und sie alle erwachten aus ihrem kalten Schlaf. Müde reckten sich die Bewohner Nueds, wussten nicht, wie ihnen geschehen war und fragten sich, weshalb sie alle so verschlafen wirkten. Es war schließlich hell draußen und es galt, das Tagwerk zu verrichten.

Und so musste sich der Immerfrost bis an das Ende aller Tage zurückziehen und konnte niemals wiederkehren, denn das Seelenfeuer des kleinen Firion hatte in jedem Menschen ein winziges Flämmchen entzündet, das voller Herzenswärme und Güte das Miteinander von Liebe prägte.

Mutter Sonne wanderte wieder am Himmel entlang, froh und zufrieden.

Die Großmutter wachte allein in ihrer Hütte auf. Sobald sie die Lider aufschlug und das Sonnenlicht auf ihrem Gesicht spürte, musste sie unwillkürlich lächeln.

»Mein kleiner Firion, du hast das Seelenfeuer gefunden«, flüsterte sie, während eine Träne ihre Wange hinabrann.

Sie fragte sich wohl, was es ihr einziges Enkelkind gekostet hatte, Licht und Wärme zurückzubringen.

Gerade wollte sie das Häuschen verlassen und sehen, was sich draußen zugetragen hatte, da klopfte es wild an der Tür. So schnell es ihre alten Beine vermochten, lief sie zum Eingang und öffnete die hölzerne Pforte.

Wer stand da vor ihr?

»Großmutter, ich habe es geschafft, ich bin wieder da!«, rief Firion und fiel der alten Frau lachend in die Arme.

Nachdem sich Nathaniel sicher war, dass die Geschichte seiner Mutter zu Ende war, drehte er sich auf ihrem Schoß um und sah sie mit großen Augen an.

»Kann auch ich der lieben Mutter Sonne helfen?« Erwartungsvoll blickte er auf.

All seine Hoffnung lag in der Antwort seiner Mutter, das wusste sie. Da nahm sie ihn ganz fest in den Arm und gab ihm einen Kuss auf die Stirn.

»Mein kleiner Nathaniel, ein jeder trägt einen Funken des Seelenfeuers in sich. Du, dein Vater, deine Großmutter und auch ich. Wir müssen ihn uns stets bewahren, durch Güte, Liebe und Mitgefühl. Dann helfen wir Mutter Sonne jeden Tag!« Sie schenkte Nathaniel ein liebevolles Lächeln und strich ihm eine widerspenstige dunkle Locke hinter das Ohr.

Er genoss die Wärme der Umarmung seiner Mutter, denn draußen war es für diese Jahreszeit bereits bitterkalt.

»Nun lass uns ein paar Scheite Holz nachlegen, mein Kleiner. Auf dass es uns die Kälte aus den Gliedern vertreiben möge.«

Die Mutter ließ Nathaniel aufstehen, erhob sich mit einem Lächeln und nährte das Feuer mit neuem Holz. Sie schürte die Glut darunter, bis es hell und warm loderte.

Bei dem Anblick der orange-rot knisternden Flammen wurde der kleine Junge plötzlich von einer Euphorie erfasst, die er selbst nicht recht verstehen konnte.

Ihm wurde wunderbar warm um sein kleines, aufgeregt pochendes Herz. Mit leuchtenden braunen Augen sah er seine Mutter an, ging zu ihr hin und drückte sie so fest an sich, wie er es mit seinen kleinen Armen schaffte.

Denn diese Geschichte hatte etwas tief in seinem Innern berührt und aus dem winzigen Funken in seiner Brust ein kleines Flämmchen entfacht …

E.F. von Hainwald

DER WANDERER

Auf den klobigen Holzmöbeln sitzen nur vereinzelt Gäste. Ein paar Saufkumpane donnern laut grölend mit ihren Humpen auf das Gebälk der wackeligen Tische, sodass die dürre Schankmaid hurtig herbeigeeilt kommt, um sie nachzufüllen. Sie ignoriert die anzüglichen Kommentare der Kerle, die ihre Finger jedoch brav bei sich behalten – das könnte an dem dicken Wirt und seiner Streitaxt neben der Theke liegen. Die Waffe ist schartig, weist jedoch an ihren Kanten braune, krustige Flecken auf, die stark an getrocknetes Blut erinnern.

Die Schenke hat schon bessere Tage gesehen. Der Regen tropft an manchen Stellen in eingedellte Blecheimer und das Flackern der Kerzen verrät, dass der Wind ebenfalls seinen Weg hinein gefunden hat. Hier auf dem Gebirgspass ist er so heftig, dass er noch das letzte bisschen Körperwärme mit sich reißt, die ein dicker Umhang zu halten vermag.

Im Herbst ist der Pass kaum zu bewältigen. Trotzdem hast du dich durch seinen Morast gekämpft, wolltest fort von den Kriegswirren der Südlichen Lande, in denen die neuen Völker ihre Königreiche und Geschichten erschaffen.

Sie werden kaum die ›Lichte Legende‹ übertrumpfen können, denkst du, während du dich erneut dem Feuer zuwendest und sein beruhigendes Knistern das Gemurmel der Gäste übertönt. *Auch wenn sie es noch so sehr versuchen. Jedwede Geschichte wird immer dort beginnen müssen – mit dem Fall des Lichtes.*

Das Heulen des Windes und ein Schwall Kälte aus Richtung des Einganges reißen dich aus deinen Gedanken. Schwere Stiefel stampfen auf den Boden.

»Was willste?«, hörst du den Wirt, der gelangweilt die Maserung seiner Theke entlang kratzt.

Keine Antwort.

Das Stampfen kommt in deine Richtung. Du hebst den Kopf und siehst einen hochgewachsenen Mann. Er trägt mehrere Stoffmäntel übereinander und sein Haupt ist komplett mit Tüchern umwickelt, sodass er nur durch einen Schlitz blicken kann. Einst leuchteten die Stoffe wohl in den schillerndsten Farben, doch nun sind sie starr vor Dreck. Das herabtropfende Wasser vermischt sich mit dem abgetretenen Schlamm seiner Stiefel.

»Hey! Verdammt, ey!«, brüllt der Wirt ihm hinterher. »Was denkste, warum dort Stiefel steh'n?« Er deutet auf den Haufen Schuhwerk neben der Tür.

Ein schiefes Grinsen stiehlt sich auf deine Lippen, denn der Fremde konnte ja nicht ahnen, dass der alte Sack Wert auf Sauberkeit in seiner ranzigen Absteige legt – vermutlich nur aufgrund eines seltsamen Gefühls von Macht. Abgesehen davon verleiht er warme Schlappen gegen Kupfermünzen als Ersatz.

Der neue Gast hält inne, wendet sich um und schüttelt den Kopf.

»Keine Extrabehandlung!«, krächzt der Wirt. »Auszieh'n!«

Der Fremde legt den Kopf schräg und scheint zu überlegen. Schließlich zuckt er mit den Schultern, geht in die Knie und bindet die Schnüre seiner Stiefel auf. Du willst dich gerade desinteressiert abwenden, als du plötzlich erschrocken zusammenzuckst.

Die Füße des Fremden sind nicht menschlich.

Lange Krallen setzten auf das Holz auf. Statt auf die Fersen abzuknicken, bleibt der Spann gebogen. Kräftige Sehnen ziehen sich das Gelenk hinauf und lassen ihn mühelos wie ein Raubtier auf den Ballen stehen.

Der Besucher wirft dem Wirt seine dreckigen Stiefel zu. Verblüfft fängt der sie auf und Morast spritzt auf seine Wangen. Eine Goldmünze fliegt direkt hinterher. Klimpernd fällt sie zu Boden, der Hausherr hechtet ihr sogleich nach.

»Eine zusätzliche Münze für die Übernachtung und keine weiteren, nervigen Hausregeln«, knurrt der Fremden unter den Tüchern hervor.

»Gewiss, gewiss«, erwidert der Wirt, eifrig nickend.

Du ertappst dich dabei, wie du noch immer auf die Füße des Neulings starrst und wendest dich hastig ab. Doch er tritt näher, bis er schließlich neben dir am Kamin steht. Vorsichtig schaust du ihn an, vernimmst jedoch keine weitere Regung. Regenwasser tropft von seinem Saum auf die Dielen und hinterlässt dunkle Flecken.

»Ähm ...«, beginnst du vorsichtig.

»Mhm?«, brummt es aus dem Stoffhaufen.

»Ihr solltet … die Tücher ablegen. Sie sind klitschnass und das Feuer kann Euch so nicht wärmen«, erklärst du und versuchst mit zusammengekniffenen Augen, eine Reaktion in dem kleinen Schlitz zwischen den Tüchern wahrzunehmen.

»Ich weiß«, antwortet er nur, ohne sich zu bewegen.

Schweigen.

Augenblicke vergehen.

»Nun …?«, hakst du nach, während du mit deinen Fingern voller Unbehagen deine Knie umklammerst.

Er richtet seinen Blick auf dich und fixiert dich unter dunklen Brauen mit zwei tiefschwarzen Augen. Doch du siehst keinen Ärger darin, sondern … Unsicherheit?

Der Moment währt nur einen Augenblick. Ergeben seufzend beginnt er, die Kleidung abzulegen. Nachdem sich ein triefnasser Haufen neben seinen grotesken Füßen gebildet hat, siehst du dich einem in schwarzem Leder gerüsteten Krieger gegenüber.

Er trägt sie scheinbar direkt auf dem Körper, nur eine kurze dunkle Leinenhose bedeckt sonst seine leicht gebräunte Haut. Du kannst rote, flammenartige Linien erkennen, die sich von breiten Pranken seinen Unterarm emporwinden. Seine entblößte Haut an Armen und Beinen zeigt die geschmeidigen Bewegungen kräftiger Muskeln, die den Kampf gewohnt sind. Trotzdem sind sie von keinerlei Narben verunstaltet. Wozu er zwei Langdolche am Gurt trägt, ist dir schleierhaft – sicherlich kann er seine Gegner mit bloßen Händen zerfetzen.

»Nun?«, wiederholt er deine Worte und schaut dich mit hochgezogener Augenbraue erneut an.

»Ihr stammt aus einem der neuen Völker?«, fragst du ganz unverblümt.

Ein kehliges, raues Lachen dringt aus seinem Mund. Er setzt sich im Schneidersitz neben dich, stützt seine Ellbogen auf den Knien ab und schaut in die Flammen vor euch.

Deine Neugier bringt dich ständig in Schwierigkeiten. Ein eindeutig gefährliches Wesen begierig auszufragen, ist verdammt waghalsig, deswegen beschließt du, es auf sich beruhen zu lassen und von nun an zu schweigen. Stumm wendest du deinen Blick wieder den Flammen zu.

»Nein«, antwortet er schließlich.

»Nein?« Ruckartig wendest du dem Fremden wieder dein Gesicht zu – das mit dem Schweigen funktioniert ja hervorragend. »Aber … Mit Verlaub, Ihr habt Krallen und …«, du stockst, als er sich dir grinsend zuwendet und du Reißzähne hinter seinen Lippen aufblitzen siehst.

»Ich bin älter, als Ihr denkt«, entgegnet er, und plötzlich wirken seine Augen unendlich müde.

Du kannst kleine Fältchen in seinen Augenwinkeln sehen, doch er wirkt keinesfalls älter als Mitte dreißig. Allerdings sind viele der neuen Völker langlebiger als Menschen – zumindest wird das angenommen, denn die meisten beenden ihr Leben in diesen kriegsgebeutelten Zeiten nicht auf natürlichem Wege. Seine schwarzen Augen haben zweifelsohne schon viel gesehen.

»Keine Furcht?«, fragt er und legt den Kopf schräg.

»Aber nein – es war nur die erste Überraschung.« Du winkst ab und schüttelst kurz den Kopf. »Warum auch? Seit dem Fall der Heiligen Stadt wandeln zahlreiche seltsame Wesen auf Erden. Ich komme aus dem Süden und versuche, den ständigen Konflikten dort zu entfliehen. Ich habe schon schrecklichere Monstren als Euch gesehen.«

Sobald du diese Worte gesprochen hast, bereust du sie sofort, denn der Mann neben dir schaut auf seine Klauen hinab und schließt seufzend die Augen.

»Es … tut mir leid«, beginnst du hastig. »Ich wollte damit nicht behaupten, dass Ihr ein Monster seid!«

Genau genommen ist er das tatsächlich nicht. Obwohl seine Proportionen andersartig sind, ist die Haut ebenmäßig und seine Silhouette durchaus attraktiv. Die Schultern sind so breit wie die eines Hünen, die Hüfte so schmal wie die eines Tänzers. Das wirre, erdfarbene Haar, mit einem Tuch grob gebändigt, hängt ihm in ein fein geschnittenes Gesicht, das so gar nicht zu seinen Pranken passen will.

»Schon gut, man hat mir in meinem Leben schon viele Namen gegeben«, spricht er, dann hebt er das Kinn und ruft: »Bier?«

Das Schankmädchen trippelt herbei und reicht ihm einen Krug, über dessen Rand Schaum schwappt.

»Darf ich fragen, wie Ihr Euch nennt?«, erkundigst du dich, während er das Getränk hinunterstürzt, sodass ihm ein wenig Bier aus dem Mundwinkel läuft und auf seine gepanzerte Brust tropft.

»Nur ein Wandernder«, erwidert er schließlich und wischt sich das Kinn mit dem Unterarm ab.

»Also …«, du überlegst, wie man so jemanden in der alten Sprache nannte, »… *Jal*?«

Auf einmal richtet er seinen Oberkörper auf und seine Hand krampft sich um den Griff seines Bechers. Sein Kiefer mahlt nachdenklich. Mit einem seltsamen Ausdruck starrt er in die Flammen des Kamins.

Schließlich öffnet er die Lippen und antwortet: »Nein, aber ich kannte jemanden, der so hieß. Ein Mensch wie Ihr. Ist lange her.«

»Oh, tut mir leid«, hauchst du, das prickelnde Gefühl der Scham schießt in deine Wangen.

»Das muss es nicht.« Plötzlich lächelt er und zwinkert dir schelmisch zu.

Du kannst diese Worte wenig deuten, doch er macht auch keine Anstalten, mehr zu erzählen. Je länger du ihn musterst, desto sicherer bist du, dass er wirklich nicht einem neuen Volk angehört. Seine Haltung, seine Bewegungen und seine Ausstrahlung scheinen so … fremd. Er wirkt wie aus einer anderen Ära – ein Geist, der viel zu real ist.

»Ich sehe, dass Neugier in Euch brennt«, flüstert er schließlich, ohne seinen Blick von dem Feuer abzuwenden. »Ich kenne dieses … Brennen …«

Seine Stimme ist rau und tief, sie schlägt eine Saite in deinem Herzen an, die dir völlig neu ist. Du folgst seinem Blick und es scheint dir, als würden die Flammen einen seltsamen Reigen bilden – sie führen offenbar einen Tanz auf, als wollten sie dem Fremden gefallen.

»Nennt mich Najim«, wispert er. In deinen Ohren kratzt es unangenehm.

»Stern …«, übersetzt du leise, schaust zu ihm und beobachtest, wie seine Iriden beginnen, mit einem inneren Feuer zu leuchten.

Doch nach einem Blinzeln ist es vorbei. Nur ein schrulliger Fremder mit seltsamem Körperbau sitzt neben dir und trinkt aus seinem Humpen Bier. Du fühlst dich, als hätte die Zeit einen Moment gestoppt, die Schöpfung kurz die Luft angehalten und dir etwas offenbart – ein Quäntchen Wissen, das nicht für dich bestimmt ist. Du räusperst dich verlegen. Die Neugier überwältigt dich fast, bringt deinen Bauch zum Kribbeln und lässt dein Herz schneller schlagen. Alle Vorsicht ist vergessen – schon wieder!

»Erzählt mir von Euren Reisen«, bittest du unvermittelt.

»Meinen Reisen? Warum?« Najim hebt verwundert die Augenbrauen.

»Nun … die Nacht ist noch jung und wir werden vermutlich tagelang hier festsitzen, bis der Regen aufgehört hat«, erklärst du geduldig.

»Mich hält der Regen nicht auf«, erwidert er trocken.

»Aber er ist doch unangenehm, oder?« Du grinst und nickst in Richtung des nassen Stoffhaufens. »Warum sonst habt Ihr so viel Kleidung getragen?«

Najim zieht die Stirn kraus.

»*Sei freundlich in Gesellschaft und Dankbarkeit wird euch näherbringen.* Das hat sie mir stets gepredigt«, murmelt er leise, wendet dir seinen Körper direkt zu und fragt: »Was möchtet Ihr hören?«

Kurz schaust du auf das abgetretene Holz des Tavernenbodens und überlegst. Normalerweise reden die Leute von selbst, wenn du ein wenig stocherst. So direkt war noch keiner mit deiner Neugier umgegangen. Du blickst wieder auf und öffnest deine Lippen.

»Ihr seid offensichtlich ein Krieger. Wo habt Ihr zu kämpfen gelernt?« Das hältst du für einen guten, unverfänglichen Anfang.

»Woran macht Ihr das fest?«, fragt er dich daraufhin und zieht belustigt die Augenbrauen nach oben. »Weil ich Waffen trage? Jeder verteidigt sein Leben. Weil ich eine Rüstung trage? Jeder versucht, sich in rauen Zeiten zu schützen.«

»Nein«, antwortest du kopfschüttelnd und lächelst entwaffnend. »Die Art, wie Ihr Euch bewegt.«

Der Krieger nickt zustimmend, zieht einen seiner Langdolche und hält ihn nach oben. Der Schein des Feuers bringt die Klinge scheinbar zum Glühen und das länglich verzerrte Spiegelbild deines Gesichtes bewegt sich darin.

»Das ist wohl wahr. Ich hatte keinen Lehrmeister. Manche behaupten, Schlachten formen einen Kämpfer, doch ich habe in keinem Heer gedient. Andere sagen, es läge einem Krieger im Blut, anderen das Leben zu nehmen. Doch die Wahrheit ist: Das Leben hat mich geformt – und es hat seine Aufgabe sehr ernst genommen«, erklärt er grimmig.

»Mir erscheint das aber nicht ausreichend, um Schlachten zu überstehen«, hältst du dagegen. »Und Ihr wirkt wie ein Mann, der viele davon bestritten hat.«

Najim beobachtet dich aus den Augenwinkeln und zuckt dann mit den Schultern. »Ich wurde verjagt, gejagt, habe gehungert, gelitten, gekämpft. Man lernt viel effektiver, wenn das eigene Leben auf dem Spiel steht. Der Übungskampf war jeden Tag, manchmal auf offener Straße, manchmal mit Worten in Gegenwart eines wütenden Mobs, den ich zwar mit Leichtigkeit hätte schlachten können – doch dann wäre ich tatsächlich nichts weiter als ein Monster gewesen.« Najim wendet dir sein Gesicht zu. Seine schlitzförmigen Iriden ziehen sich zusammen.

Du erkennst, dass der größte Kampf seit jeher in seinem Herzen tobt. Jeden Tag tritt er aufs Neue in diese Arena, entscheidet von Neuem, ob er sich seinem wilden Blut hingibt. Du nickst ihm zu, schenkst ihm ein verstehendes Lächeln. Die Mundwinkel des Kriegers ziehen sich ebenfalls ein wenig nach oben.

»Du warst also ein hinterhältiger Straßenschläger!«, stichelst du gutmütig, um die betrübte Stimmung zu lockern.

»Öfter, als mir lieb war!« Najim grinst wie ein Fuchs und steckt die Waffe wieder weg.

»Wollt Ihr mir von euren Reisen erzählen? Ihr habt sicher manch Wunderliches gesehen«, fragst du weiter. »Leider kann ich selbst nur von dahinsiechenden Städten und rohen Gesellen berichten.«

»In der Tat. Ich war an vielen Orten«, erwidert er und sein Blick geht an dir vorbei, als würde er durch ein Fenster in eine andere Welt blicken. »Manche voller Schrecken, manche voller Seltsamkeiten. Lasst mich von einem erzählen, der Euch zum Staunen bringen wird, und den Abend in diesen düsteren Kriegszeiten erhellen kann – zumindest, wenn man nicht allzu genau hinschaut, so wie ich es bei meinem ersten Besuch tat.«

Der Krieger faltet seine Hände in seinem Schoß, schließt die Augen und beschreibt die Bilder vor seinem geistigen Auge …

Najim

Ich ritt mit einem Tross Händler durch die Wüste zwischen den westlichen Gebirgen und den Sümpfen im Osten. Die unerbittliche Sonne versengte ihre Haut und das Flimmern der Hitze ließ den Horizont mit dem Himmel verschmelzen. Ich hingegen liebte diese Hitze. Mein Körper glühte vertraut, die flirrende Luft kitzelte meine Lunge.

Die Gegend war sicher, wenn man von der ständigen Bedrohung durch die Lichtstürme einmal absah. Dieses Phänomen war ebenso tödlich wie wunderschön: glitzernde Schleier – so herrlich wie die perlenbestickten Kleider unnahbarer Prinzessinnen. Doch was sie berührten, konnte sich eines schmerzhaften Ablebens sicher sein.

Die beiden Händler, die diese Karawane anführten, konnten recht gut abschätzen, wann sie auftraten, und führten uns an geheime Orte, an denen wir uns vor ihnen verbargen. Die *Masakh* – tierartige Heerscharen, welche die einzige Stadt in dieser Einöde immer wieder angegriffen hatten – waren nur selten anzutreffen.

Meine Kampffertigkeiten wurden gern für solcherart Reisen geliehen. In dieser Einöde gab es allerdings wenig für meine Klingen zu tun. Gelangweilt ließ ich meinen Blick über die Dünen schweifen und lauschte dem erschöpften Stöhnen der Menschen. Kein Lüftchen verschaffte ihnen ein wenig Erleichterung. Einzig die beiden Händler an der Spitze unterhielten sich lachend. Ich kannte sie schon eine Weile – tatsächlich verdankte ich ihnen mein damaliges, recht gutes Leben.

Die Jüngere von beiden, eine kurvige, dunkelhaarige Frau mit dem Namen Jabeehra, liebte Tand, doch aufgrund ihrer rücksichtslosen Rechenkünste trieb sie das nicht in den Ruin.

Ihr Bruder trug den Namen Geel. Ein schlaksiger, strohblonder Kerl mit dem Lächeln eines Barden und dem Instinkt eines Halsabschneiders.

Unter meinem Gesichtsschutz grinsend, verfolgte ich deren ausgelassenes Gespräch über die aberwitzigen Ränke der Reichen, als plötzlich meine Eingeweide auf seltsame Art zu ziehen begannen. Alarmiert schaute ich umher und erblickte in der Ferne vor uns weiße Mauern, die sich an einen Berg schmiegten.

Ich erkannte, dass dies die mysteriöse Stadt sein musste, zu der wir unterwegs waren. Irgendwie vermochte sie es, den Lichtstürmen zu widerstehen. Doch ich hatte keine Zeit, mir darüber weiter Gedanken zu machen, denn nicht die Stadt hatte mein Unbehagen verursacht, sondern das dünne, graue Band zu unserer Rechten.

Das Flimmern der Dünen war verschwunden und der Horizont wirkte seltsam scharf, wie mit einem Kohlestift gezeichnet. Der Himmel färbte sich Grau.

»Verdammt« fluchte ich leise, drückte meinem Pferd die Fersen in die Flanken und ritt durch den weichen Sand zu unseren Anführern.

»Wir haben ein Problem«, brummte ich unter meinem Tuch hervor und nickte in Richtung des Himmels.

Geel folgte meinem Blick und stieß zischend die Luft aus. Jabeehra verzog nur ihr Gesicht.

»Es ist wieder mal Zeit für einen eurer Unterschlüpfe«, fuhr ich fort.

Geels langsames Kopfschütteln war kein gutes Zeichen.

»Es gibt keinen.« Er seufzte und fuhr sich nervös mit der Hand durch sein Haar.

Ich starrte ihn an und wartete auf eine Erklärung.

»So nah an der Stadt gibt es nichts mehr. Schon nach der Erbauung wurden alle Höhlen zum Einsturz gebracht, damit sich darin keine Feinde verbergen können«, erklärte seine Schwester.

»Also?«, knurrte ich ungeduldig und musterte das dunkle Grau über den Dünen.

Beide antworteten mir nicht, sondern schienen nachdenklich. Die Zeichen am Himmel waren eindeutig: Ein Lichtsturm zog auf. Ohne Schutz würde er uns das Fleisch von den Knochen reißen und in alle Winde verstreuen. Geel griff in seine Satteltasche und nahm ein dreieckiges, messingfarbenes Gerät heraus. Er hielt es vor seine Augen, nannte ein paar Zahlen und Jabeehra tippte sich mit dem Zeigefinger nachdenklich gegen ihr Kinn, während sie damit in ihrem Kopf irgendwelche geheimen Rechenkünste anstellte.

Dann nickte sie. »Könnte funktionieren«, flüsterte sie.

»Sicher?«, fragte Geel nach und warf ihr einen scharfen Blick zu.

»So sicher wie es das Wort *könnte* auszudrücken vermag«, erwiderte sie genervt und schürzte die Lippen. »Allemal besser, als zu sterben. Denn das werden sicher, wenn wir nicht sofort losreiten.«

Ich starrte die beiden weiterhin an. Meine Finger schlossen sich fester um die Zügel meines Reittieres. *Sicher sterben* waren keine Worte, die ich gerne hörte.

Geel wandte sich mir zu, lächelte entschuldigend und brüllte laut: »Galopp zur Stadt! Gebt den Pferden die Sporen und den Packeseln einen Schlag auf den Hintern! Wenn einer zurückbleibt, ignorieren! Wir müssen die Stadtmauern vor dem Lichtsturm erreichen!«

Sofort griff Aufregung um sich. Die anderen Händler plapperten verängstigt oder versuchten eilig, ihre Packesel an ihr eigenes Pferd zu binden. Sie waren nicht bereit, ihre wertvollen Waren zurückzulassen.

»Narren«, murmelte Geel neben mir, blickte nach vorn und preschte los.

Jabeehra gab den Eseln einen Klaps und ritt ebenfalls los. Die meisten Tiere rannten aus Instinkt hinterher. Ich selbst warf dem Horizont noch einen besorgten Blick zu, riss mein Pferd herum und versetzte allen weiteren Tieren einen kräftigen Hieb. Die anderen Händler brüllten mich wütend an, doch ich scherte mich nicht darum. Mehr als einen Schwung nach vorn konnte ich ihnen nicht geben. Schließlich stürmte ich Geel und Jabeehra hinterher.

Die Stadt kam viel zu langsam näher, der Sturm viel zu schnell heran.

Das Ziehen in meinen Organen verstärkte sich und ich konnte in der Ferne bereits Lichter erkennen. Wind kam auf und wehte unnatürlich in Richtung des Sturmes, als würde er uns zu sich einladen wollen. Ich spürte, wie sich der Herzschlag meines Pferdes beschleunigte, nicht nur wegen des harten Ritts, sondern weil sein Überlebensinstinkt geweckt worden war. Ich beugte mich tiefer, um dem Gegenwind weniger Angriffsfläche zu bieten. Jede Sekunde schneller am Ziel, konnte die Grenze zwischen Leben und Tod verschieben.

Vor mir sah ich auf die Rücken der Geschwister. Farbenfrohen Tücher flatterten hinter ihnen her. Sie warfen keinen Blick zurück. Vermutlich schmerzte sie ebenfalls der Verlust der Waren, für die sie so hart gearbeitet hatten, doch sie wussten: Reichtum war im Tod nicht viel wert.

Die Dünen zogen neben mir nur so vorbei, und ich konnte die Erschöpfung des Tieres, das seine Hufen immer wieder aus dem weichen Sand ziehen musste, nur allzu gut spüren. Doch es gab nicht auf, rannte weiter und wollte die Sicherheit der Stadt erreichen.

Die Geräusche veränderten sich. Die Rufe der Händler wurde dumpf. Mein eigener Atem hörte sich an wie das Rauschen eines Blasebalgs. Hastig warf ich einen Blick zur Seite. Die Schleier waren schon schrecklich nah und der Boden kaum noch erkennbar. Mit jedem Moment wurden die Töne leiser, bis ich nur noch meinen Puls in den Ohren vernahm. Die Dolche in meinem Gürtel begannen zu vibrieren und meine Zähne zu schmerzen.

»Schneller!«, brüllte ich meinem Pferd zu, nicht wissend, ob die Töne unter Einfluss des Sturmes überhaupt sein Ohr erreichen konnten. Meine Finger krampften sich um die Zügel und mein Herz donnerte wild gegen meine Rippen.

Plötzlich sah ich, zwischen den rasenden Silhouetten der Geschwister, ein zartes, blaues Leuchten. Ich kniff meine Augen zusammen, um es besser erkennen zu können. Um die Stadt bildete sich ein feines Netz aus leuchtenden Linien. Es flackerte unruhig, wurde dichter und glitzerte wie die Sterne am Nachthimmel.

Das muss der Schutz vor den Stürmen sein, schrien meine Gedanken, neue Hoffnung durchströmte mich. Meinem Pferd erging es wohl genauso, denn es beschleunigte nochmals und sammelte seine letzten Kräfte.

Der Lichtsturm hatte uns beinahe erreicht. Die Nieten meiner Rüstung vibrierten mittlerweile so heftig, dass sie sich in mein Fleisch bohrten. Meine Nerven schienen zu kreischen und die Welt nur noch aus den Tönen meines Atems zu bestehen. Meine Sicht verschwamm, als ein plötzlicher, innerer Druck auf meinen Augen lastete.

Ein erneuter, schneller Blick zum Sturm.

Die Wolken waren nun beinahe schwarz und boten einen würdevollen Kontrast zu den seidenweichen Schleiern, die von ihnen bis zum Boden herabhingen, als wäre die Welt ein Palast mit unsichtbaren Rundbögen. Ihre Wellen wogten sanft im Wind und schienen Trost spenden zu wollen.

Der Tod hatte schon immer warme, endgültige Versprechungen parat gehabt.

Die Linien um die Stadt hatten sich mittlerweile geschlossen, dazwischen waren glänzende Flächen zu erkennen. Der Wind zog den Sand in Richtung des Sturmes, doch die Stoffe an den Balustraden hingen weiterhin träge nach unten.

Die Stadt ist tatsächlich sicher, erkannte ich fieberhaft. *Wir müssen es schaffen!*

Die blaue Verheißung rückte immer näher. Geel und Jabeehra durchstießen sie, rissen an den Zügeln ihrer Pferde und wirbelten zu mir herum. Nur noch wenige Schritte, dann wäre ich bei ihnen. Das Blau vor mir zog mich wie magisch an. Auf einmal zeigten die Gesichter der Geschwister Entsetzen. Sie riefen mir irgendetwas zu, doch außerhalb des Schutzes verschluckte der Sturm ihre Worte. Ich streckte meine Hand nach vorn, wollte den Schild berühren.

Doch dann spürte ich Schmerz.

Meine rechte Körperseite brannte wie Feuer, ich wurde nach links gedrückt und fühlte, wie das Pferd unter mir kippte. In einem letzten Akt puren Willens drückte ich mich von seinem Leib ab und fiel nach vorne, hin zu dem schimmernden Blau.

Es war, als wäre Wasser über mir zusammengeschlagen.

Eine angenehme Kühle fuhr durch meinen Körper, doch ich konnte einen Moment lang nicht atmen. Plötzlich waren da Schreie, das Geräusch von Hufen auf Stein, dann schlug ich auf dem Boden auf und alles wurde schwarz.

Ich war mit dem prickelnden Brennen in meinem Herzen vertraut, doch diese Flammen waren gänzlich verschieden von allem, was ich jemals gespürt hatte. Meine Körperseite schien nur noch aus Glut zu bestehen, war jedoch eiskalt. Ich fühlte, wie das Leben in mir verging – es gefror zu Asche.

Mit purer Willenskraft versuchte ich, mich dem Tod entgegenzustemmen. Bisher hatte mich die starke Regenerationskraft meines Körpers nie im Stich gelassen, doch gegen diesen seltsamen Verfall war sie machtlos. Langsam siechte ich dahin, ohne etwas von meiner Umgebung wahrzunehmen, beständig im Kampf gegen diese Kälte.

Ich weiß nicht, wie viele Tage so vergingen, vielleicht waren es auch nur wenige Stunden?

Auf einmal war da ein Licht. Es war mit dem des Todes in schrecklicher Weise verwandt, und zuerst versuchte ich, mich zu wehren. Doch meine Kraft war fast erschöpft und schließlich gab ich nach.

Endet es auf diese Weise?, fragte ich mich und ließ los.

Dieses neue Licht berührte mich liebevoll, streichelte meinen geschundenen Körper und vertrieb die Kälte des nahenden Todes. Wärme durchflutete mein Sein. Mein Herz schlug kraftvoller und Atemluft strömte ungehindert in meine Lungen. Ich erlangte langsam die Kontrolle über meine Sinne zurück und vernahm Stimmen.

»Du … schaffen … guter Kerl«, sprach Jabeehra wie aus weiter Ferne.

»Nicht … sprechen … konzentrieren«, vernahm ich eine sanfte Frauenstimme.

»… zurücktreten …«, erwiderte Geel dumpf.

Ich wollte mich zwingen, die Augen zu öffnen, aber meine Lider waren schwer wie Blei. Schließlich schob ich sie ein Stück weit nach oben. Durch grob gewebten Stoff hindurch sah ich eine Silhouette. Jemand beugte sich über mich. Nach einiger Zeit wurden die Konturen schärfer und Farbe kehrte in die Welt zurück. Ich sah eine junge Frau mit kinnlangem, kupferfarbenem Haar. Die sanften Wellen umrahmten ein schmales Gesicht. Am bemerkenswertesten waren jedoch ihre Augen – sie schimmerten in reinem Weiß. Sie blickten an mir vorbei, doch gleichzeitig fühlte es sich so an, als würden sie tief in mich schauen.

Eine weitere Welle aus heilendem Licht durchfuhr mich. Ich stöhnte auf und schloss erneut die Augen. Dann war es vorbei. Mein Körper fühlte sich matt und erschöpft an, stand jedoch nicht mehr an der Schwelle des Todes.

»Bei den Ahnen – hast du es geschafft?«, hauchte Jabeehra.

»Er lebt«, sprach die Fremde außer Atem. »Aber nur weil sein Körper starke Selbstheilungskräfte birgt – ich bin schließlich nur eine Novizin. Wer ist er und warum habt ihr ihn in Stoff gewickelt, als wäre er ein Fruchtgebäck?«

»Zwar eine Novizin, dennoch eine Lichtgeborene«, erwiderte Geel, in seiner Stimme schwang Anerkennung mit. »Entschuldige, aber niemand darf ihn erkennen.«

»Ihr und eure Geheimniskrämerei.« Die Heilerin klang nicht im Mindesten verärgert, eher amüsiert. »Aber jemandem das Leben zu retten, kann nie falsch sein, denke ich.«

»Tut uns leid, dass wir dich mitten in der Nacht damit überfallen haben«, fuhr Geel fort. »Wir bringen ihn wieder weg, damit du keine Probleme bekommst.«

»Wie habt ihr es eigentlich geschafft, euch in die Kathedrale einzuschleichen?«, bohrte sie neugierig weiter.

»Schmiergeld und ein ausstehender Gefallen«, erklärte Jabeehra knapp.

Ich spürte, wie jemand seine Arme unter meinen Körper schob. Stechender Schmerz fuhr durch mich hindurch und ich ächzte auf. Meine Gliedmaßen wollten mir nicht gehorchen und begannen, heftig zu zittern. Zwei schmale Hände legten sich auf meine Brust. Ihre Wärme tröstete mich auf seltsame Weise.

»Ihr könnt ihn noch nicht wegbringen. Ich bin noch nicht gut genug, um ihn ganz wiederherzustellen. Er muss sich ausruhen«, meinte die Heilerin und seufzte traurig.

»Das geht nicht«, hielt Jabeehra erschrocken dagegen. »Wenn ihn jemand findet … Oder noch schlimmer: deine Mutter, dann …«

»Ihr verheimlicht mir mehr, als es gut wäre, oder?«, murmelte die Heilerin nun doch etwas misstrauisch.

»Es ist nur zu deinem Besten«, widersprach Geel und packte mich fester.

»Nein, er bleibt«, entschied sie und die Hände drückten fester gegen mich. »Ich werde nicht unter die Tücher schauen. Bei seiner Regeneration wird er sicher morgen früh wieder aufstehen können.«

»Aber …«, begann Geel von Neuem.

»Nichts da. Ich habe ihn nicht geheilt, damit er durch einen zu frühen Transport bleibende Schäden davonträgt.« Ihre Stimme duldete keinen Widerspruch mehr.

»Du bist wie deine Mutter«, stellte Jabeehra leise lachend fest und erntete dafür ein entrüstetes Schnauben. »Zum Glück jedoch nur in den richtigen Momenten.«

Damit war es beschlossen. Die Arme unter mir verschwanden und die Tür klickte in das Schloss. Ich spitzte die Ohren, konnte jedoch nichts mehr hören. Ein erneuter Versuch, mich zu bewegen, schlug fehl. Mir blieb nichts anderes übrig, als liegen zu bleiben.

Irgendwann musste ich erneut eingeschlafen sein, denn das Zwitschern der Vögel ließ mich hochschrecken. Vor meinen Augen befand sich noch immer Stoff, und plötzlich hatte ich das Gefühl, nicht mehr atmen zu können. Schnell riss ich ihn mit meinen Händen weg. Helligkeit stach in meine Augen, sodass Tränen meine Sicht verschleierten.

Ich war allein und befand mich in einem winzigen Zimmerchen. Außer dem schmalen Bett gab es nur einen steinernen Schreibtisch, auf dem sich mehrere alte Bücher auftürmten. Der schwache Geruch von Blumen kroch in meine Nase. Ich richtete mich vorsichtig auf, schwang meine Beine über die Bettkante und schob den Stoff beiseite. Meine Körperseite war völlig heil. Nicht einmal Narben waren zurückgeblieben.

»Unglaublich«, murmelte ich, während ich meine Krallen vorsichtig über die weiche Haut streichen ließ.

Mir war bereits eine Lichtgeborene begegnet – damals war ich noch ein kleiner Junge gewesen. Sie hatte furchterregend und so unmenschlich gewirkt. Ich hätte nie vermutet, einmal von einem dieser Wesen gesegnet zu werden. Die Geschwister waren offenbar mit dieser hier befreundet. Ganz sicher wäre ich ohne ihre Hilfe an den Folgen des Lichtsturms gestorben.

Plötzlich klickte es an der Tür.

Ich hörte, wie der Schlüssel im Schloss gedreht wurde. Vor der Tür wurde heftig diskutiert. Entweder kehrte die Heilerin zurück, oder jemand Fremdes schaute nach dem Rechten.

Ich musste hier sofort weg!

Eilig riss ich mir die restlichen Stoffbahnen herunter. Ich trug noch immer meine Rüstung, wenn auch ohne Stiefel. Die rechte Seite sah aus wie abgefressen – der Lichtsturm hatte das Material komplett aufgelöst – und dementsprechend schief hing das Leder an meinem Leib. Schnell sprang ich zu dem kleinen Fenster und kletterte nach draußen. Ich schob meine Krallen an Händen und Füßen zwischen die Steine, um Halt zu finden. Unter mir ging es tief hinab und ich hoffte, niemand auf der Straße schaute hier herauf.

Die Tür öffnete sich und ich vernahm zwei Frauenstimmen. Die eine war die der Heilerin, die andere klang fest und herrisch – sie war es offenbar gewohnt, Anweisungen zu geben.

»Du solltest wissen, dass du mich nicht betrügen kannst, Zeemira«, sprach die Frau kühl. »Was ist das hier für ein Durcheinander?«

»Ähm … ich wollte mit neuen Stoffen experimentieren?«, versuchte es die Heilerin Zeemira erneut.

Eine verdammt miese Lügnerin, dachte ich amüsiert.

»Bist du bald fertig mit den Ausflüchten?«, entgegnete die andere mit frostiger Stimme. »Dafür brauche ich nicht einmal meine Fertigkeiten.«

»Mutter … bitte geh einfach«, bettelte Zeemira.

»Für dich heißt es ebenfalls Hohepriesterin Maheen«, erhielt sie als Antwort. »Du hast mir also nichts zu sagen?«

Schweigen.

Ich wollte durch das Fenster spähen, um diese andere Frau genauer in Augenschein zu nehmen, doch ein Wort ließ mich innehalten.

Hohepriesterin.

Wenn diese fremde Frau tatsächlich eine derart hohe Lichtgeborene war, würde sie mich sofort dabei bemerken. Meine Erinnerungen an die Begegnung mit einem dieser Wesen waren alt, dennoch so klar wie ein Gebirgsbach. Die Menschen hielten die Lichtgeborenen für tugendhafte Heilerinnen, doch sie hatten auch eine andere Seite – und die war gefährlich.

»Eine weise Wahl«, hörte ich sie plötzlich die Stille durchbrechen. »Schweigen verhindert, dass du mich weiter anlügst, Zeemira.«

Stoff raschelte. Sie schaute sich vermutlich in dem Raum um. Ein abfälliges Zischen entwich ihr.

»So so«, ergriff sie erneut das Wort. »Meine Tochter versucht, den Besuch eines Mannes zu verbergen.«

»Was?!«, fuhr Zeemira auf. »Ich bin gerade erst volljährig geworden, wie kannst du…«

»Ich kann seinen Schweiß riechen«, fiel ihr die Hohepriesterin ins Wort. »Wie konntest du auch nur einen Moment annehmen, dass du so etwas vor meinen Sinnen zu verbergen vermagst?«

Zeemira schnappte hörbar nach Luft, antwortete jedoch nicht.

Ich hingegen erstarrte. Ich saugte so flach den Atem in meine Lungen, dass mir schwindelte. Wenn diese Hohepriesterin magische Sinne hatte, würde sie mich hören. Ich presste die Lider zusammen, konzentrierte mich nur auf meinen Atem und meine Krallen, die mich in der Steinwand verankerten. Meine Muskeln waren glücklicherweise stark genug, um mein Gewicht zu halten.

Bloß keine Bewegungen! Kein verräterisches Geräusch verursachen!, mahnte ich mich.

»Wenigstens hast du nicht den törichten Versuch unternommen, ihn hier zu verstecken.« Ich vernahm ihre Schritte, als sie das Zimmer abschritt. Sie kamen mir bedrohlich nahe.

Plötzlich hielten sie inne.

Ein entnervtes Seufzen entwich der Hohepriesterin. »Könntest du nicht ein wenig mehr Selbstbeherrschung zeigen? Dein panisches Herzrasen und das unstete Getrippel deiner Füße sind wie Donnerschläge in meinen feinen Sinnen.«

»Wir … haben nichts weiter gemacht«, flüsterte Zeemira hörbar frustriert. »Er war bei mir, wir haben uns berührt, sind jedoch nicht intim geworden.«

Stille.

Außer ihren Sohlen auf dem Steinboden.

Ich hörte das Blut in meinen Ohren rauschen.

Vermutlich war mein Gesicht soeben knallrot angelaufen.

»Diesmal keine Lüge, selbst angesichts meiner Fähigkeiten«, erwiderte ihre Mutter. »Scheint, als hättest du genug Verstand, um einem Mann nicht gleich alles für etwas Nähe zu erlauben.«

Keine Lüge? Wie kann das sein?, fragte ich mich gedanklich, doch dann verstand ich.

Ich war ein Mann.

Sie hatte mich berührt.

Wir waren nicht intim geworden.

Zeemira hatte die Wahrheit gesprochen und doch alles verborgen. Daher war nichts Falsches erkennbar – selbst für eine Hohepriesterin. Durch ihre ständigen Fußbewegungen übertönte sie auch meine Atmung.

War das Absicht?

Ein anerkennendes Schmunzeln umspielte meine Lippen. Sie war zwar eine schlechte Lügnerin, besaß jedoch ein helles Köpfchen. Und natürlich wusste nur eine Lichtgeborene, wie man eine andere täuschen konnte.

»Da das nun geklärt wäre …«, sprach ihre Mutter mit frostigem Unterton, »… widme ich mich nun wieder wichtigeren Unterfangen. Beispielsweise herauszufinden, wie es dein Liebhaber in dein Zimmer geschafft hat, ohne bemerkt worden zu sein.«

Verdammt!

Ich biss fest meine Zähne zusammen. Diese Frau war nicht weniger scharfsinnig als ihre Tochter. Jabeehra und Geel mussten das unbedingt erfahren! Ihr Kontakt an diesem Ort durfte nicht so einfach enthüllt werden, sonst würde ihnen Gefahr drohen.

Das Donnern, als die Tür ins Schloss fiel, ließ mich zusammenzucken und riss mich aus meinen Gedanken. Ich hörte Zeemira laut die Luft ausstoßen. Ihre Schritte näherten sich dem Fenster. Filigrane Finger legten sich auf das raue Gestein der Fensterbank. Fassungslos starrte ich sie an.

Hat sie die ganze Zeit gewusst, dass ich hier bin?, schoss es mir durch den Kopf.

»Ich habe dein Herz gefühlt, als wäre es mein eigenes«, flüsterte sie – ihre sanfte Stimme ging mir durch Mark und Bein. »Die Verbindung zu einem Patienten ist zu eng, wenn man so unerfahren ist wie ich. Distanz zu wahren, will lange geübt sein. Doch nur durch diese Nähe konnte ich dir helfen.«

Mein Atem rasselte, der Stein unter meinen Krallen knirschte, als ich sie unwillkürlich fester hineintrieb.

»Dadurch habe ich deinen Puls gefühlt, während du hier an der Mauer gehangen hast wie eine Spinne.« Sie kicherte leise, stützte sich auf ihre Ellbogen und beugte den Oberkörper vor.

Ich schaute sie von der Seite an, Zeemira blickte jedoch weiterhin geradeaus. Wind zupfte an ihrem kupfernen Haar. Der Schwung ihrer Nase und das wissende Lächeln auf ihren Lippen wurde von dem Schein der Sonne umrahmt. Ihre weißen Iriden wirkten beinahe durchsichtig, wie Diamanten.

»Ich werde dich nicht anschauen. Meine Freunde haben versucht, das zu verhindern, um uns beide zu schützen. Ich respektiere das. Dennoch muss ich dich um etwas bitten«, fuhr sie fort.

Ich brummte leise zur Bestätigung.

Sie hatte sich jegliches Recht verdient, etwas von mir zu fordern. Zeemira schob sich das widerspenstige Haar mit einer Hand aus der Stirn und nickte.

»Geh zu Geel und Jabeehra. Berichte, dass ihr Mittelsmann hier in der Kathedrale in Gefahr ist. Sag ihnen, Hohepriesterin Maheen untersucht die Sache. Die Person muss alle Gerüche unterdrücken, die eventuell mit dir und ihnen in Verbindung gebracht werden«, erklärte sie mir.

»Ich weiß«, raunte ich.

Zeemira lächelte verschmitzt und nickte erneut. »Noch etwas. Bitte … pass auf die beiden auf, ja? Sie sind meine engsten Freunde. Sie sind gute Menschen, du weißt das sicher auch selbst. Beschütze sie.«

»Immer«, antwortete ich, ohne zu zögern.

Zeemira zog sich wieder in ihr Zimmer zurück.

»Danke«, hauchte ich – nicht wissend, ob sie dieses Wort noch vernehmen konnte.

Du hast mir geholfen, egal wer oder was ich bin, dachte ich und fasste einen Entschluss. *Irgendwann werde ich dir das vergelten. Mein Leben gehört dir – ich werde dir irgendwann deines bewahren.*

Mit diesem Gedanken kletterte ich energisch nach oben. Ich schlug meine Krallen zwischen den Stein und zog mich kräftig mit den Armen hoch, stützte mich mit den Füßen ab, so gut ich konnte.

Auf dem Dach angekommen überblickte ich das Areal. Ich befand mich auf einer gigantischen Kathedrale aus hellem Stein. Ihre Türme ragten in den Himmel wie Nadelspitzen, und die Arkadengänge durchzogen einen atemberaubenden Garten. Überall sah ich Menschen umherlaufen, vor allem Frauen in langen, weißen Gewändern. Wenn unter ihnen weitere Lichtgeborenen waren, würde ich hier niemals unbemerkt herauskommen.

Ich konnte nur eines tun: Ich musste warten, bis die Nacht hereinbrach und es dann im Schutze der Dunkelheit wagen. Ich hoffte, dass Hohepriesterin Maheen bis dahin noch nichts herausgefunden hatte.

Taverne

Najim tippte unruhig mit seinen Krallen auf den Rüstungsplatten seiner Oberschenkel herum.

»*Madina*«, hauchst du ehrfürchtig. »Die Stadt des Schicksals. Dort geschahen der Umbruch, das Ende vorheriger Zeiten und die Geburt der unseren.«

Das Nicken des Kriegers war schnell und knapp. Seine dunklen Augenbrauen zogen sich zusammen. Er starrte in das flackernde Feuer des Kamins. Seine Lippen blieben geschlossen, mehr würdest du ohne Weiteres nicht von ihm darüber erfahren.

»Aber dann … Wie alt seid Ihr?«, fährst du aufgeregt fort. »Wie war die Welt vor unserer Zeit? Habt Ihr das heilige Artefakt gesehen? Seid Ihr den anderen Hohepriesterinnen begegnet? Habt Ihr … habt Ihr womöglich sogar selbst an der großen Schlacht teilgenommen?«

Die Fragen sprudeln aus deinem Mund und du legst aufgeregt die Hand auf seinen gepanzerten Unterarm. Najim schüttelt sie unwirsch ab und knurrt leise.

Ein stummes Nicken.

»Unglaublich! Fantastisch!«, fährst du auf.

Dein Puls rast vor Aufregung. Die Geschichten, die sich um Madina ranken, sind voller berauschender Mythen und atemberaubender Magie. Die Fähigkeiten der Lichtgeborenen, die Rohheit der *Masakh* und die Tücke der Menschen verbanden sich zum Stoff einer Legende.

»Bitte, ehrwürdiger Krieger«, du versuchst es mit höflicher Unterwürfigkeit. »Berichtet mir mehr!«

Najim schüttelt langsam den Kopf. Er greift sich an die Stirn und reibt sie mürrisch.

»Die Schatten der Vergangenheit sollte man ruhen lassen«, flüstert er mit rauchiger Stimme und wendet dir seinen Blick zu, ein Glühen flammt in seinen Iriden auf.

»Ich …«, erschrocken starrst du ihn an, verlierst dich in dem magischen Glanz dieses Lichtes und der Wildheit, von der seine schlitzförmigen Pupillen zeugen.

»Doch noch viel wichtiger ist es, die Lichter der Vergangenheit niemals wieder zu erwecken«, raunt er.

Ein Prickeln rast über deine Haut.

»Folianten«, flüsterst du zu dir. »Ich brauche die alten Überlieferungen.«

Denn du bist dir sicher, dass irgendwo in der Legende um die Lichtgeborenen ein Krieger auftaucht – ein Mann mit scharfen Krallen, glühenden Iriden und flammender Magie im Blut. Der nur sehr langsam altert.

»Ihr tragt Magie in Euch. Eure Augen … Das Feuer im Kamin schien Euch zu lauschen«, wisperst du ehrfürchtig.

Die Augen des Fremden verengen sich zu Schlitzen. Seine Haltung verändert sich, sein Oberkörper beugt sich ein wenig mehr, seine Finger formen Fäuste und du kannst erkennen, wie sich die Muskeln an seinem Hals anspannen.

»Ihr habt eine gute Beobachtungsgabe«, flüstert er bedrohlich leise. »Manche Fragen sollte man jedoch nicht stellen.«

»Ich …«, die Worte bleiben dir in der Kehle stecken und du schluckst hart, denn mit dieser plötzlichen Feindseligkeit hast du nicht gerechnet.

»Magie ist das Wort, das Menschen einem Umstand geben, den sie nicht verstehen«, zischte er zwischen seinen Zähnen hervor. »Entweder das … oder ihr nennt es *böse*.«

»Es ist die Kraft der Schöpfung«, widersprichst du.

Daraufhin beginnt er zuerst leise, dann immer lauter zu lachen, bis die anderen Tavernengäste verwundert zu euch schauen.

»Die Kraft der Schöpfung? Diese beherrschten nur die Menschen im ›Langen Vorher‹ und schenkten sie ihren perfekten Spielzeugen … ihren bevorzugten Kindern, den Lichtgeborenen«, spricht er amüsiert. »Was die neuen Völker jetzt nutzen, sind lediglich geborgte Kräfte der Elemente.«

Du hast nur wenig Kenntnis über die Lichtgeborenen und deren Ahnen. Dieser Mann scheint mehr zu wissen, als er zugibt – und das macht ihn noch viel gefährlicher als sein starkes Äußeres.

»Feuer ist auch ein Element«, stellst du fest. »Also benutzt Ihr die gleiche Art Kraft wie die neuen Völker.«

»Vielleicht«, murmelte er und blickte nun nachdenklich zu den Flammen im Kamin. »Vielleicht gehöre ich nicht ausschließlich in die Vergangenheit. Ich habe Jahre mit keinem über meine Vergangenheit gesprochen.« Seine Stimme klingt rau und zeugt von einer Erinnerung, die schmerzhaft, aber vehement erzählt werden möchte. »Ich überlasse Euch das Urteil – vielleicht kann ich von Eurer Einschätzung etwas lernen.«

Er legt seinen Kopf schräg und überlegt, dann beginnt er …

Najim

Ich war allein.

Nein, mehr als das – ich war einsam.

Alle hatten mich verlassen.

Seit Monaten irrte ich nun schon im Nebelwald umher. Meine Kleidung war längst nur noch Lumpen, die in Fetzen von meinem Leib hingen. Ich war ständig in Bewegung. Nur wenn meine nackten Füße so sehr schmerzten, dass ich keinen Schritt mehr gehen konnte, setze ich mich. Dann fiel ich in einen tiefen Schlaf, geplagt von Albträumen, angefüllt mit Blut, Schreien und Hilflosigkeit.

Nach dem Erwachen waren meine Glieder stets steif gefroren. Glücklicherweise gab es in dieser Gegend keinen wirklichen Winter, aber die nächtlichen Temperaturen sanken empfindlich, wenn der Nebel den Wald eroberte und ich kaum meine ausgestreckte Hand erkennen konnte. Die Schwaden krochen wie Geister um die knorrigen Bäume und schienen alle Sinne ersticken zu wollen.

Irgendwann brach ich zusammen. Der Hunger hatte mich ausgezehrt – den Magen mit etwas zu füllen, hieß nicht unbedingt, den Körper zu nähren. Dieser Ort war von den Ahnen vergiftet worden, nur wenig war genießbar und zum Jagen war ich zu schwach. Damals war ich noch beinahe ein Kind. Mein ausgemergelter Körper hielt nicht mehr durch. Bäuchlings fiel ich in den Dreck. Alte Wurzeln stachen mir in das Fleisch, doch ich nahm es kaum wahr.

Schon seit dem Vortag bedeckten schwarze Wolken den Himmel. Nun öffneten sich dessen Schleusen. Vielleicht waren es ein paar Tränen der Natur für ein sterbendes Kind. Der Boden verwandelte sich in Schlamm und lief in meinen Mund. Ich hustete und spuckte, wollte noch einmal versuchen, aufzustehen – ohne Erfolg.

Dann … ein ohrenbetäubendes Krachen.

Meine Finger zuckten. Mit dem Erschlaffen meiner Muskeln und der Schwere jedes müden Atemzuges kehrten plötzlich meine Gedanken zurück. Im Angesicht des nahenden Hungertodes meldete sich mein Verstand und schrie mich an.

Beweg dich!

Gib nicht auf!

Deine Eltern haben sich für dich geopfert – soll das deine Wertschätzung sein?

Doch so sehr mein Geist auch auf mich einschlug, mein Fleisch konnte nicht mehr. Ich öffnete meine Lippen und wollte frustriert aufschreien, doch nur ein klägliches Krächzen entwich ihnen. Wut stieg in mir auf. Sie war so gewaltig, dass mein Herz in der Brust raste. Heiß schoss das Blut durch meine Adern. Unfähig, diesem Gefühl Raum zu geben, presste ich meine Zähne so fest zusammen, dass es schmerzte.

Plötzlich ertönte ein Zischen.

Es schien von überall gleichzeitig zu kommen. Aus dem Augenwinkel sah ich Bewegungen im Zwielicht des Gestrüpps. Seltsame Kreaturen schälten sich aus den Schatten. Manche erinnerten an Pferde, waren jedoch nur so groß wie Hunde. Andere waren vogelartig, konnten jedoch nicht fliegen und bewegten sich auf vier Pfoten fort. Dazwischen stampfte ein zweibeiniges Ungetüm mit schuppiger Haut, langen Krallen und breitem Maul. Sie umringten mich und sahen aus ihren dunklen Augen auf mich herab.

Sie blickten gemeinsam nach vorne, verharrten einen Augenblick, schauten erneut zu mir, dann wieder dorthin. Ich versuchte, meinen Kopf zu drehen. Es war schwer, so unendlich schwer, dennoch schaffte ich es, ihn langsam zu bewegen.

Ich sah ein warmes Schimmern zwischen den im Regen glänzenden Baumstämmen. Es war fremd, gehörte nicht an diesen kalten Ort. Erneut dieses Zischen.

… GEHÖRRRSSST ZZZU UNSSSS …

Worte? Waren das diese Kreaturen? War ich dem Wahnsinn nahe? War dieses Licht das Tor zu den Ahnen und mein Leben verlosch?

Nur eine Illusion kurz vor dem Tod. Eine letzte Tortur der Hoffnung, dachte ich und schloss die Augen, bereit, loszulassen.

Plötzlich vernahm ich das hektische Trampeln der Tiere um mich herum. Sie stürmten davon, als wäre eine riesige Raubkatze hinter ihnen her. Dann herrschte nur noch Stille … und ein beständiges Knacken. Wärme strich über meine nasse Haut. Lichtpunkte tanzten in der Dunkelheit meiner geschlossenen Augen.

Langsam hob ich meine bleiernen Lider.

Der Wald war verschwunden. Stattdessen bewegte sich die Welt. Überall waren Flammen. Nur vage konnte ich noch die Umrisse der knorrigen Bäume erkennen. Der Wald zerfiel zu Asche und der Regen konnte nichts daran ändern.

Ist das der Übergang in die Welt meiner Ahnen?, fragte ich mich. *Ein Inferno des Schmerzes?*

Der Kreis um mich zog sich enger und der Gestank versenkter Haare kroch in meine Nase. Die Hitze brannte auf meiner Haut – doch Angst verspürte ich keine.

GIBSSST DU AUF, LEERRRESSS KIND? Unzählige Stimmen hallten in meinem Inneren. Seltsame Fühler schienen mein Herz abzutasten und suchten nach etwas. ISSST DASSS DEINE WAAAHL?

Ich möchte Frieden, antwortete ich stumm in Gedanken. *Ich will frei von Leid sein.*

AAAH, FRRRIEDEN UND FRRREIHEIT KANN ANDERRRSSS GEFUNDEN WERRRDEN, antworteten sie amüsiert. DASSS LOSSSLASSSSSEN DESSS SSSELBSSSSST MUSSSSS NICHT IM TOD MÜNDEN.

Wärme durchflutete mich, das Brennen auf meiner Haut wich einer sanften Kühle. Eine seltsame Kraft strömte durch meine Venen. Ich streckte meinen Arm aus, wie in Trance schob ich meine Hand in die Flammen vor mir. Meine Haut blieb unversehrt und doch war ich mir sicher, dass dieses Feuer wirklich hier war.

Etwas in mir erwachte. Nein, noch nicht. Etwas *wollte* erwachen, begehrte Einlass in mein Herz. Ich müsste ihm nur alle Aufmerksamkeit widmen und etwas von mir geben.

Ich starrte meine Hand an. Die Flammen umzüngelten meine Finger, schienen sie beinahe zu liebkosen. Die Helligkeit und Wärme des Lichtes blendeten mich, dennoch vermochte ich nicht, meine Lider zu schließen.

SSSCHÖN, LEBENDIG, TÖDLCH, zischelte es. SSSO WIE DUUU.

Ein abfälliges Lachen stieg in mir auf, doch es ertönte nur ein heiseres Röcheln. Keines dieser Worte traf auf mich zu. Mein entstelltes Äußeres stieß weder bei Menschen noch bei *Masakh* auf Gefallen. Tödlich war ich ebenfalls nicht – ich hatte mich gerade so am Leben erhalten und den Peinigern meiner Familie in keiner Weise die Stirn bieten können. Mein Leben war alles, was mir geblieben war – und selbst das hauchte ich gerade aus.

DU ZZZWEIFELSSST, erkannten die Stimmen.

Ich rappelte mich auf, kämpfte mich auf meine Knie, um nicht völlig hilflos zu wirken. Doch mein Körper schwankte. Bald würde ich ganz zusammenbrechen.

WILLSSST DU LEBEN?, fragte es mich neugierig.

Mit zu Fäusten geballten Pranken schüttelte ich meinen Kopf.

INTERRRESSSSSANT. Ein Rauschen fuhr durch die Flammen und ließ sie wie Lebewesen tanzen. WASSS ISSST DEIN BEGEHRRR?

»Nicht nur leben«, krächzte ich und fletschte die Zähne. »Will sie vernichten!«

JAAAAA, hauchten die Stimmen voller Liebreiz. Das Inferno wiegte sich hin und her. Es schien sich an meinen Worten zu ergötzen. LASSSSS SSSIE ALLE BRRRENNEEEN! GIB UNSSS DEINEN PFAAAND.

Meine Gedanken rasten. Was sollte ich dem Feuer nur anbieten? Ich besaß nichts – außer mir selbst.

»Nehmt mich … Nehmt meinen Körper und formt ihn neu«, flüsterte ich, während mein erbärmlicher Leib bebte.

Plötzlich ertönte ein hohes Zischen. Es schwoll an, kam näher und dröhnte dann so laut in meinen Ohren, dass ich meine Pranken darauf schlug. Meine Organe fühlten sich an, als würden sie glühen.

Mit einem Mal stand ich in Flammen!

Meine Haut wurde schwarz und platzte auf wie überreife Tomaten. Der Schmerz ließ mich gellend aufschreien. Ich wirbelte um meine Achse, versuchte, das Feuer auszuschlagen.

ZERRRBRRRECHLICH, säuselten die Stimmen erbarmungslos desinteressiert. LEBENDESSS ISSST NICHT GEMACHT, UM SSSICH MIT UNSSS ZZZU VERRREINEN.

Die Flammen auf meinem Körper erstarben und meine Organe brannten nicht mehr, als würde man heißes Eisen auf sie pressen. Dennoch war mein Leib völlig entstellt. Meine Haare waren verbrannt, blutige Kopfhaut glänzte im Schein des Infernos. Meine Arme waren schwarz wie verkohlte Äste. Ich zitterte und schluchzte gepeinigt auf.

WERRRTLOSSS, urteilten die Stimme verächtlich.

Dieses Wort war wie ein Speer in mein Herz. Es hämmerte heftig in meiner Brust. Die Wut darüber überrollte mich. Nie hatte ich für jemanden einen Wert gehabt, außer für meine Eltern. Selbst die Schwester meiner Mutter sah in mir nur ein interessantes Objekt, das es zu beobachten galt.

»Nein!«, brüllte ich, ignorierte den Schmerz, als meine Mundwinkel aufrissen. Ich fletschte die Zähne und knurrte kehlig. Wenn ihnen mein Körper zu vergänglich war, dann würde ich ihnen mehr geben. »Ich habe etwas, das nicht einfach verbrennen kann: meine Seele«, rief ich.

Was wollte ich schon mit einer Seele, wenn sie mich nicht durch diese Welt führen konnte?

WASSS WOLLEN WIRRR MIT EINEM FUNKEN IN UNSSSERRREM MEEEEEER AUSSS FLAMMEN? Die Stimmen lachten in einem verzerrten Choral. WASSS BLEIBT ÜBRRRIG, fragten sie dann. EINE LEERRRE MARRRIONETTE. AUSSSTAUSSSCHBARRR. WERRRTLOSSS.

Die Hitze um meinen Körper wurde unerträglich. Meine noch unverkohlte Haut warf Blasen, und als ich meine seltsam tauben Arme schützend über meinen Schädel legte, rieselte Asche von meinem Kopf herab,

Meine Zeit war beinahe abgelaufen.

Nicht einmal mein Selbst genügte – hatte es nie. Mir blieben nur meine Wut und der Hass auf die Wesen dieser schrecklichen Welt. Sie alle waren selbstsüchtig und verdorben. Nur wenn etwas benutzbar war, hatte es Wert.

Benutzbar. Ich dachte über dieses Wort nach. *Das Einzige von Wert,* wiederholte ich im Geiste.

»Ich werde sie alle verbrennen«, zischte ich zwischen meinen Reißzähnen hervor. Ich ballte meine Pranken zu Fäusten und verabscheute Menschen, *Masakh* und Lichtgeborene mit allem, was mein kleines Kinderherz aufbringen konnte. »Flammen können nur brennen, wenn etwas sie entfacht. Ein Funken, ein Blitz … willige Hände.«

DU WILLSSST UNSSS FÜTTERRRN WIE VIEH? Ein mehrstimmiges Gelächter ertönte. Es zeugte jedoch nicht von Verärgerung, sondern klang … gutmütig.

»Nehmt meinen Lebensweg ... Ich vernichte alles.« Nur leise kamen diese Worte über meine aufgerissenen Lippen. Ich schlug die Augen auf und starrte in die Flammen.

AAAAHHHH, tönte es laut. DIE FRRREIHEIT, ALLESSS ZZZU TUN, IN NIEMANDESSS SSSSSCHULD ZZZU SSSTEHEN.

»Ja!«, brüllte ich, streckte meine Arme zur Seite und ballte meine Hände zu Fäusten.

Die verkohlte Haut der Knöchel riss. Blut tropfte von meinen Fingern zu Boden. Es verdampfte in der Hitze des Infernos.

DU WIRSSST DIE WELT FORRRMEN! Ein heftiger Wind kam auf, peitschte das Feuer noch höher, sodass der Himmel über mir scheinbar vollkommen verschluckt wurde. SSSIE WIRRRD BRRRENNEN, DIE VERRRGANGENHEIT WIRRRD ENDLICH AUSGEMERRRZZZT WERRRDEN. DIE EWIGKEIT WIRRRD WIEDERRR UNSSS GEHÖRRREN!

Plötzlich stand ich völlig in Flammen. Vor meinen Augen war nichts als Helligkeit. Reißender Schmerz überflutete mich, nahm mein ganzes Sein ein. Ich fiel hintenüber, krachte mit dem Rücken auf den Boden und brüllte auf. Das Feuer umarmte mich völlig und fuhr dann in meinen geöffneten Mund. Meine Lunge schien zu zerplatzen und jede meiner Adern aus glühender Lava zu bestehen.

Etwas drang in mein Herz und packte es. Auf einmal hatte ich das Gefühl, neben mir zu liegen und meinen sterbenden

Körper zu beobachten. Eine fremde Macht verband sich mit mir – wild, ungestüm und gierig.

Schlagartig war ich wieder in meiner fleischigen Hülle, blickte aus deren Augäpfeln hinauf zu dem Sternenhimmel. Das Feuer um mich herum war vollkommen verschwunden und die verkohlten Stümpfe der Bäume glänzten Nass im Regen. Doch das war nur eine Täuschung. Die Flammen waren noch immer da, so mächtig wie die Sonne.

Allerdings brannte es nicht mehr in der Welt – es loderte tief in mir!

Heiße Kraft strömte durch meine Adern, nährte meine Muskeln und ließ meinen Geist vibrieren. Meine Wut und Enttäuschung über die Welt tanzte mit dessen Macht, spielte eine Musik, deren süßer Klang mir fortan Trost spenden würde.

Ich rappelte mich auf und stellte wenig verwundert fest, dass alle meine Verbrennungen verheilt waren. Lediglich mein Kopfhaar blieb unverändert verkohlt, aber das würde sicher nachwachsen. Die seltsamen Kreaturen des Waldes kamen zu mir und umringten mich. Ihre dunklen Augen erkannten, was mich berührt hatte. Furcht und Respekt ließ sie die Häupter senken. Noch nie hatte mich jemand so angeschaut.

Ein grimmiges Lächeln stahl sich auf meine Lippen, während ich den ersten Schritt in meinem neuen Sein machte.

Taverne

Der dunkle Krieger starrt dich an. Seine Iriden sind zu zwei Sonnen geworden, die sich bis tief in deine Seele zu brennen scheinen.

Die neuen Völker haben die Kontrolle über eine Vielzahl von Magie errungen. Du hast so manchen Zaubertrick selbst erlebt.

Einige der Magier beherrschen die Elemente, doch das setzt Jahres des Studiums voraus. Wenn sie ihr geballtes Wissen in Schlachten entfesseln, kostet dies viele Soldaten ihr Leben. Doch etwas in dir ist sich sicher, dass dies alles nur klägliche Funken waren. Im Vergleich zu diesem Krieger sind sie nur das, was ein Seelenstern für das Inferno gewesen war: wertlos.

Die Fähigkeiten aus den alten Zeiten waren atemberaubend. Lichtgeborene trotzten dem Tod. Alchemistische Substanzen ermöglichten Assassinen übermenschliche Reflexe. Doch selbst das waren nur Kinkerlitzchen im Angesicht der Geschichten aus dem *Sabiqaan* – dem langen Vorher. Die Ahnen schwebten damals mit Städten am Himmel, formten Mechanismen, die das Antlitz der Welt verändern konnten. Sie haben neues Leben geschaffen – und es wieder genommen.

Dieser Mann hier schien jenseits all dessen zu sein. Etwas hatte ihn berührt, das seit jeher auf das Leben herabgeblickt hatte.

Du hättest niemals diese Frage stellen sollen.

Niemals an diesen Ort kommen sollen.

Vielleicht niemals geboren werden sollen, um diesem Moment zu entgehen.

»Ich bin ein Relikt.« Najims rauchige Stimme lässt dich erzittern. »Und doch immerdar.«

Er senkt seine Lider. Ein Bogen aus Licht glüht noch immer unter seinen schwarzen Wimpern. Dennoch kannst du dich endlich losreißen. Die schaust in das wärmende Feuer des Kamins.

»Flammen sind eine Triebkraft der Schöpfung«, spricht er weiter neben dir. »Sie äschern ein und vermögen es, zu wärmen. Sie kennen kein Gut oder Böse. Vor ihnen sind alle gleich: Menschen, Tiere, Pflanzen, Monster … Lichtgeborene.« Das letzte Wort hauchte er nur leise, du hast es jedoch klar verstehen können.

»Und deswegen ist es in Ordnung, sie alle zu verbrennen?«, flüsterst du. Unwillkürlich springst du auf deine Füße und schiebst trotzig dein Kinn vor. »Habt Ihr also deswegen das Recht, sie abzuurteilen? Nur weil ihr stark seid und Euch das Leben übel mitgespielt hat?«

»Ich hätte mehr Recht dazu als jeder Einzelne von euch.« Najims Stimme ist ruhig, doch ein leises Knurren mischt sich hinein. »Als ob eure Richter oder selbst ernannten Herrscher solche Entscheidungen fällen dürften.«

»Das Feuer in Eurem Herzen hat nichts verändert«, antwortest du – zitternd vor Wut und Furcht. »Ihr seid noch immer das verletzte Kind, das sein Selbst an die Flammen verkauft hat. Ein Dämon, ein Teufel – nichts weiter.«

Du wirbelst herum und willst den Schankraum verlassen. Du hast keine Ahnung, warum du es gewagt hast, aufzubegehren. Aber dein Temperament ist bei Ungerechtigkeiten so hitzig und unkontrollierbar wie deine Neugier.

Plötzlich packt dich Najim am Handgelenk. Du stemmst dich dagegen, kannst dich jedoch seinem eisernen Griff nicht entziehen.

»Loslassen!«, schreist du ihn an, doch sein Gesicht bleibt regungslos.

»Hey!«, brüllt der Wirt. »Keine Raufereien in meinem Gasthaus! Prügelt euch gefälligst draußen!«

Der Griff um deinen Arm wird noch fester und die wimmerst auf vor Schmerz, als sich spitze Krallen in dein Fleisch bohren, sodass Blut zu Boden tropft – dein Blut.

»Wie konnte ich nur einen Augenblick lang glauben, dass ihr Menschen jemals anders sein würdet«, hörst du Najim leise sprechen. »Nur *ihr* Wort hat euch all die Jahre beschützt.«

Auf einmal wird dir schrecklich heiß. Dein Blut scheint zu kochen, deine Haut dampft. Du schreist auf und windest dich, um dich von seinem Griff loszureißen. Rot glühende Linien erscheinen auf seinen Armen. Die Augen des Kriegers leuchten erneut wie zwei Sonnen in der Dämmerung.

»Werdet … Ihr mich nun töten?«, fragst du mit bebender Stimme. »Wie all die anderen, die ihr als wertlos erachtet. Genauso wie Eure Peiniger?«

Najim starrt dich weiter an. Das Licht in seinen Iriden flackert kaum merklich. Schließlich lässt er dich los, blinzelt ein paarmal und das Licht verblasst. Seine Pranke hinterlässt eine tiefrote Verbrennung auf deinem Arm. Du trittst einen Schritt zurück und legst die Hand oberhalb davon auf deinen Unterarm. Der Schmerz ist noch gering, aber du weißt, später wird er unerträglich sein.

»Ich bin nicht so … Nicht mehr«, murmelt er rau und schluckt schwer. Najim ringt sichtlich mit sich – mit dem Brennen, das sein Herz verzehren will. »Ich gab jemandem das Versprechen, mich nicht zu verlieren. Ich gedenke, es zu ehren.« Mit diesen Worten wendet sich der Krieger ab, rafft seine mittlerweile trockenen Tücher zusammen und verlässt eilig den Schankraum.

Du lauschst dem Knarzen der Holztreppe, als er sich nach oben zu den Schlafräumen begibt.

Nach ein paar Momenten schleichst du dich in dein Zimmer und packst hastig deine wenigen Habseligkeiten zusammen. Verschnürt zu einem Paket, klemmst du die Sachen unter deine Arme und trittst aus dem Gasthaus. Der Regen schlägt in dein Gesicht wie tausend Nadelstiche. Du eilst in die kühle Nacht hinaus, fort von dem Dämon des Feuers und den Wunden, die er in den Teppich des Schicksals schlägt.

Die Hoffnung, dass sich dessen Sein nicht bereits in deines eingebrannt hat, treibt dich unnachgiebig vorwärts. Du bemerkst nicht, dass deine feuervernarbte Haut, in Form einer Pranke, noch immer nicht schmerzt – und Wut einen Funken entzündet.

Erfahre mehr aus der vergangenen Welt Najims in der Fantasy-Trilogie »Die Legende der Lichtgeborenen« unter www.hainwald.de.

Melina Coniglio

DER LETZTE DRACHE

Es war einmal in einem weit entfernten Land, das nur zwischen zwei Buchdeckeln existierte und doch realer nicht hätte sein können. Dieser Ort war bekannt als der Märchenwald, einst erschaffen von Wilhelm und Jacob Grimm. Dort wohnten all die Wesen im Einklang miteinander, die sie mit der Magie ihrer Worte zum Leben erweckten.

Es gab jedoch eine Spezies, die bei allen verhasst war: die Drachen. Sie waren zerstörungswütig und unberechenbar; von den Autoren erschaffen, um dem Leben im Märchenwald eine gewisse Würze zu verleihen. Denn was war eine gute Geschichte ohne ein bisschen Gefahr?

Aus der Not heraus, den feuerspeienden Monstern Einhalt zu gebieten, erwuchsen die Drachenritter – eine elitäre Gruppe, die es sich zur Aufgabe machte, alle Drachen zu vernichten. Über Jahrzehnte hinweg bekämpften sich die Ritter und die schuppigen Ungetüme. Auf beiden Seiten waren Verluste zu beklagen, doch die Feuerwesen unterlagen letztendlich den Menschen. Heute existiert nur noch einer von ihnen.

Der letzte Drache.

Es war ein sonniger Tag im Frühling, als Prinz Phillip das Schloss der Rosendorns erreichte. Seine kurzen goldblonden Haare schimmerten im Sonnenlicht, und der leichte Dreitagebart um seine kantigen Züge ließ ihn verwegen wirken. Seine stattliche Rüstung lag eng an und umspielte seinen athletischen Körper vorteilhaft, während der Blick seiner eisblauen Augen auf den Weg vor sich gerichtet war.

Phillip stammte aus einem kleinen Reich ganz im Norden des Märchenwaldes, doch er hatte die lange und beschwerliche Reise gern auf sich genommen. Die Aussicht darauf, den letzten Drachen zu töten, war einfach zu verlockend.

Von Kindesbeinen an war er zum Drachentöter erzogen worden, und doch hatte bisher kein einziger Bekanntschaft mit seinem Schwert gemacht – in Ermangelung schuppiger Bestien. Viele Drachentöter waren bereits in das Land der Rosendorns gereist, um den Letzen von ihnen zu erledigen, aber bisher hatten alle bei dem Versuch ihr Leben gelassen. Philipp war sich des Risikos bewusst, doch lieber starb er Auge in Auge mit dem letzten Ungetüm, als mit der Schmach weiterzuleben, dem Titel eines Drachentöters nicht würdig zu sein.

Der Prinz stieg von seinem weißen Ross, das sofort von einem Knappen in Empfang genommen und versorgt wurde. Auch eilte ein Diener zu ihm herbei, der ihn in das imposante Schloss und geradewegs in den Thronsaal führte. Dort saß König Siegfried mit seiner Gemahlin Rosalinde. Sein ernstes Gesicht erhellte sich, als er den jungen Prinzen sah.

»Prinz Phillip!«, begrüßte er ihn. »Was für eine Freude, Euch zu sehen.«

Vor dem Königspaar angekommen, verbeugte sich Phillip. »Die Freude ist ganz meinerseits, Eure Majestät.«

»Was führt Euch hierher?«, fragte der König neugierig.

»Die Kunde von dem Drachen, der in den Bergen Eurer Lande haust«, erklärte der Prinz. »Ich möchte die Herausforderung annehmen und ihn töten.«

Der König legte seine Stirn in Falten. »Seid Ihr Euch sicher? Es haben bereits viele Männer ihr Glück versucht, doch niemand ist zurückgekehrt. Und wie ich hörte, habt Ihr-«

»Noch keinen Drachen getötet, das ist richtig«, unterbrach Phillip ihn mit einem Lächeln. »Nichtsdestotrotz möchte ich mein Glück versuchen. Wenn ich diese Chance nicht ergreife, werde ich für immer als der Drachentöter in die Geschichte eingehen, der nie einen Drachen erlegt hat.«

Der König rieb sich über sein bärtiges Kinn und nickte nachdenklich. »Nun denn, wenn Ihr Euch sicher seid, möchte ich Euch nicht von Eurem Vorhaben abbringen. Mein Volk leidet bereits viel zu lange unter der bloßen Präsenz dieses Ungeheuers. Solltet Ihr tatsächlich erfolgreich sein, winkt Euch eine Belohnung.«

»Ach wirklich?«, fragte Phillip verwundert. Davon hatte er gar nichts gewusst.

Sein einziges Bestreben war es, sich endlich seines Titels als würdig zu erweisen. Sein Bonus wäre es gewesen, auch noch den Letzten dieser Art vernichtet zu haben.

Der König nickte. »Bringt mir seinen Atem, und ich erfülle Euch einen Wunsch.«

»Einen Wunsch …«, murmelte Phillip nachdenklich. »Aber was sollte ich erbitten? Ich habe doch alles, was mein Herz begehrt.«

Der König lächelte wissend. »Das könnt Ihr Euch überlegen, nachdem Ihr lebend zu mir zurückgekehrt seid.«

Er machte eine auffordernde Handbewegung, woraufhin ein Diener mit einem Tablett herbeigeeilt kam. Darauf befand sich ein Glas mit Deckel, das er dem Prinzen überreichte. Phillip nahm es entgegen und betrachtete es skeptisch.

»Was ist das?«

»Darin werdet Ihr den Atem des Drachen einfangen. Es ist ein magisches Glas, das sogar den Temperaturen von Drachenfeuer standhält«, erklärte der König.

Phillip verstaute das Glas in seinem Beutel. »In Ordnung. Auf ein baldiges Wiedersehen.«

Der König nickte zum Abschied. »Das hoffe ich.«

Voller Mut und Tatendrang ritt der Prinz in Richtung des Berges, in dem der Drache hauste. Er erreichte ihn binnen kurzer Zeit. Am Fuße des Berges ließ er sein Ross stehen, band es an den nächsten Baum und begann den Aufstieg zu Fuß. Lediglich mit seinem Schwert und der Tasche, in der das magische Glas ruhte.

Der Weg war beschwerlich und anstrengend, doch schließlich erreichte Phillip die berüchtigte Höhle. Vor deren Eingang blieb er stehen und lauschte, konnte jedoch kein auffälliges Geräusch hören. Lediglich die vielen menschlichen Schädel, die den Höhleneingang säumten, zeugten von den schrecklichen Dingen, die hier passiert sein mussten. Der Prinz zog sein Schwert aus der Scheide und wagte sich mit vorsichtigen Schritten vorwärts.

Warum er nicht zuerst das Glas zur Hand nahm, um den Feueratem einzusammeln, fragst du dich? Nun, weil dies nicht Phillips oberstes Bestreben war. Wenn sich die Gelegenheit ergab, würde er mit Freude den Drachenatem einfangen und dem König bringen, doch in erster Linie war er hier, um die Bestie zu

Fall zu bringen. Und das würde ihm auch gelingen, da war er sich sicher.

Obwohl er möglichst leise auftrat, hallte das Geräusch von seinen Stiefelabsätzen, die auf den steinernen Boden trafen, von den Wänden wider. Überall brannten kleine Feuerchen, die ihm den Weg erhellten. Je tiefer er in die Höhle vordrang, desto mehr menschliche Überreste fand er. Schwerter und Rüstungen lagen herum. Der Drache schien sie wie einen Schatz zu hüten. Oder er behielt sie einfach nur zur Abschreckung hier. Wer wusste das schon.

Als der Prinz das Ende der Höhle erreichte, lag ihm die Enttäuschung wie ein schwerer Stein im Magen. Hier war nichts außer Dunkelheit. Nicht eine Fackel brannte an diesem Ort. Nur wage Schatten warfen diejenigen, die den Gang hinter ihm erleuchteten. War der Drache ausgeflogen? Hatte er den schlechtesten Zeitpunkt für sein Ansinnen erwischt?

»Schon wieder ein Mensch, der sich in mein Heim verirrt«, ertönte eine Stimme in Phillips Kopf, der erschrocken zusammenfuhr. Sein Blick glitt suchend durch die Höhle, doch er konnte nichts erkennen. *»Was ist dein Begehr?«*

»Ich bin hier, um den letzten Drachen zu töten!«, antwortete er mutig, woraufhin ein dunkles Lachen in seinen Ohren widerhallte.

»In der Tat?«, erwiderte die Stimme amüsiert. *»Nun, wenn dem so ist, möchte ich mich dir vernünftig vorstellen.«*

Ein Beben ging durch die Höhle. Phillip strauchelte, doch er schaffte es, sich auf den Beinen zu halten. Unweigerlich glitt sein Blick zu dem tiefen Schatten, der nicht mit Feuern ausgeleuchtet war. Er hatte angenommen, dies wäre das Ende der Höhle, doch falsch gedacht. Wie sich nun herausstellte, handelte es sich um den Schlafplatz des Drachen.

Das Ungeheuer, riesig und komplett schwarz geschuppt, trat in das Licht der Fackeln, die sich nun zu allen Seiten entzündeten, und geradewegs auf den Prinzen zu. Dieser hob sein Schwert zur Abwehr, taumelte jedoch ein paar Schritte zurück. Zu groß war die Angst – nun, da er sich diesem Biest gegenübersah.

»Mein Name ist Dragohn, auch bekannt als der Letzte meiner Art«, sagte das Untier höflich. Keine Abneigung lag in seinen gelben Augen, nur pure Aufrichtigkeit. *»Wer bist du?«*

»Ich bin Phillip. Prinz und Drachentöter«, antwortete Phillip so entschlossen, wie es ihm möglich war. Dennoch konnte er das Zittern in seiner Stimme nicht verstecken.

Der Drache schnaubte, woraufhin Rauchwölkchen aus seinen Nüstern stoben. *»So ist das also. Und, wie viele meiner Brüder und Schwestern hast du schon auf dem Gewissen?«*

Der Prinz sah betreten zur Seite. »Keinen.«

»Oh.« Dragohn wirkte überrascht. *»Das ist neu. Warum wagst du dich trotzdem hierher? Obwohl so viele deinesgleichen in meiner Höhle ihr Leben ließen?«*

»Weil ich nicht länger mit der Schmach leben möchte, meinen Titel zu tragen, ohne je tatsächlich einen Drachen erlegt zu haben«, gestand er.

Dragohn wiegte nachdenklich den Kopf hin und her. *»Und warum ist es erstrebenswert, einen Drachen zu töten?«*

Diese Frage überraschte den Prinzen. Er hatte sie sich nie gestellt, geschweige denn sonst jemand im Märchenwald. Warum auch?

»Weil ihr böse seid, natürlich!«, brach es aus Phillip heraus. »Ihr tötet Menschen, vernichtet ganze Dörfer. Und das nur zur Freude!«

Wieder schnaubte der Drache. *»Diese dreiste Lüge habt ihr Menschen euch ausgedacht. Die wenigen Ausreißer unserer Art habt ihr als Ausrede benutzt, um Jagd auf uns zu machen. Für unsere*

Schuppen, für unseren Atem – für alles. Die Gier der Menschen ist endlos.«

Philipp runzelte die Stirn. »Und wieso sollte ich dir das glauben?«

Die Lefzen des Drachen zogen sich nach oben. Es sah fast so aus, als würde er lächeln. *»Du musst mir nicht glauben. Ich kann es dir zeigen.«*

Im nächsten Moment leuchteten die gelben Iriden des Ungetüms auf und tauchten die Höhle in ein gleißendes Licht. Geblendet kniff der Prinz die Lider zusammen, doch statt Dunkelheit tauchten vor seinem geistigen Auge Bilder auf. Szenen von tollkühnen Männern, die Dragohn grundlos angriffen. In jeder Erinnerung waren die Menschen die Aggressoren, der Drache verteidigte sich lediglich – wenn auch auf höchst brutale Weise. Die Schreie der brennenden Männer und der Anblick der verkohlten Leiber würde Philipp noch eine ganze Weile verfolgen. Angestrengt schnappte er nach Luft, als Dragohn ihn endlich aus diesem Albtraum erlöste.

»Wie du siehst, bin ich keine Gefahr, für niemanden, dennoch ist mir kein Frieden vergönnt. Ständig kommen übermütige Jünglinge wie du hierher, um sich einen Namen zu machen. Dabei haben sie die wichtigste Lektion des Lebens noch nicht gelernt.«

»Und die wäre?«, fragte Phillip, noch immer mitgenommen von dem, was er soeben gesehen hatte.

Dragohn sah ihn durchdringend an. *»Man sollte keinen Kampf suchen, wo es keinen auszufechten gibt.«*

Die Worte des Drachen brachten Phillip zum Nachdenken. Was er sagte, ergab Sinn für ihn. Dennoch schockierten ihn diese neuen Erkenntnisse. Er hatte stets in dem Glauben gelebt, dass Drachen das fleischgewordene Böse wären. Dass es in ihrer Natur lag, Tod und Verderben zu bringen. Dass sie gar nicht anders konnten. Sollte alles eine Lüge gewesen sein? Nur damit die Menschen ihren Vorteil daraus schlagen konnten? Wenn er an die vielen Händler dachte, die Ressourcen toter Drachen für viel Gold verkauften … Zum ersten Mal war er froh darüber, bisher noch kein einziges dieser Wesen getötet zu haben.

»Ich fühle die Veränderung in dir, junger Prinz«, durchbrach Dragohn die Stille zwischen ihnen. *»Du unterscheidest dich von den anderen, die hier ihr Ende fanden. Ich möchte dir einen Handel vorschlagen.«*

»Was könnten wir uns gegenseitig schon bieten?«, erwiderte Phillip niedergeschlagen.

Sein ganzes Weltbild war mit einem Mal zerstört worden, und er wusste nicht, ob er die Scherben je wieder würde zusammensetzen können.

»Nun, ich weiß um die Belohnung von König Siegfried, die meinem Bezwinger winkt«, erklärte Dragohn. *»Ich gebe dir einen Hauch meines Drachenatems, im Gegenzug lässt du mir mein Leben. Niemand wird je erfahren, dass ich noch existiere. Dafür wirst du als der Töter des letzten Drachens in die Geschichte eingehen. So gewinnen wird beide.«*

Der Prinz sah ihn verblüfft an. Was der Drache ihm da vorschlug, war äußerst findig! Zeitgleich schämte er sich schrecklich dafür, dass er mit der Intention hierher geritten war, dieses weise Geschöpf umzubringen.

»Ich willige ein«, versprach Phillip. »Und schwöre mit meinem Leben, unser Geheimnis zu bewahren und mit ins Grab zu nehmen.«

Dragohn nickte zufrieden. *»So sei es denn.«*

Im nächsten Moment sammelte sich Wärme in seinem Bauch. Phillip konnte es an dem orangefarbenen Glimmen sehen, das plötzlich durch die schwarzen Schuppen drang. Als der Drache den Mund öffnete, wollte sich Phillip schon in Sicherheit begeben, doch als er die kleine Flamme sah, die aus Dragohns Maul schwebte, erkannte er, dass keine Gefahr von dem Feuer des Drachen ausging. Stattdessen fischte er das Glas aus seiner Tasche, öffnete es und fing den Drachenatem auf – bewahrte ihn für die Ewigkeit.

»Ich danke dir, Dragohn«, sagte der Prinz aufrichtig, nachdem er das magische Gefäß wieder in seiner Tasche verstaut hatte, und verbeugte sich.

Auch der Drache neigte kurz sein Haupt. *»Ich danke dir, junger Prinz. Mögest du ein langes und glückliches Leben haben. Und deinen Wunsch beim König weise nutzen.«*

»Das werde ich«, versprach er. »Aber wie geht es jetzt mit dir weiter? Was ist, wenn sich noch einmal jemand hierher verirrt und feststellt, dass du noch lebst?«

Der Drache lächelte, was mit seinen monströsen Zähnen ziemlich angsteinflößend und absonderlich aussah.

»Sobald du draußen bist, werde ich den Eingang der Höhle zum Einsturz bringen. Als unsterbliches Wesen brauche ich weder Nahrung noch Flüssigkeit. So werde ich die Ewigkeit hier überdauern. Bis ich vielleicht irgendwann noch einmal von Nutzen sein kann und schließlich mein Ende finde. Zu meinen Bedingungen.«

Phillip nickte. »Wenn das dein Wunsch ist, soll es so sein.«

»Was soll das bedeuten, die Höhle ist verschüttet?«, rief der König entrüstet aus.

»Nachdem ich den Drachen erschlagen hatte, ist sein massiger Körper gegen einer der Wände geprallt. Das hat sie zum Einsturz gebracht. Ich konnte mich nur mit Mühe und Not hinaus retten«, erklärte Phillip neutral.

Die Lüge glitt ihm leicht von den Lippen. Er wusste, dass er das Richtige tat.

»Und der Drachenatem?«, hakte der König hoffnungsvoll nach.

Als Antwort nahm Phillip das verzauberte Glas hervor, trat vor den Mann auf dem Thorn und überreichte es ihm. »Den konnte ich bei einem seiner Angriffe einfangen.«

Mit glänzenden Augen nahm der König das Geschenk entgegen. »Er ist wunderschön. Damit werden wir mehr Waffen herstellen können jetzt, da die der toten Drachentöter für immer begraben sind.«

»Auch wenn uns diese nichts mehr nutzen werden, da nun der letzte Drache nicht mehr ist«, erinnerte Phillip und brachte den König damit ein wenig aus dem Konzept.

»Wohl war«, murmelte der, während er das Glas in seiner Hand drehte. »Aber genug davon. Wie lautet Euer Wunsch, Prinz Phillip?«

Er musste nicht einmal darüber nachdenken. Die Antwort war ihm wie ein Geistesblitz gekommen, nachdem er den Handel mit Dragohn abgeschlossen hatte.

»Ich möchte Eure Tochter kennenlernen.«

Der König hob den Blick und sah Phillip verwundert an. »Was? Ihr wollt sie nicht zur Frau?«

Der Prinz verneinte. »Sollten wir uns ineinander verlieben, nehme ich ihre Hand gern. Doch wenn sie mich ehelicht, soll es aus freien Stücken geschehen. Ich möchte nicht, dass sie wie ein Preis an mich übergeht.«

Der König nickte zufrieden. »So wird es geschehen.«

Er entließ Phillip aus seiner Anwesenheit und rief einen Diener herbei, der den Prinzen durch das Schloss hinaus in den

Garten führte. Dort warteten riesige Bete voller Historischer Rosen auf ihn, wie es sie nur im Lande der Rosendorns gab. Zentifolien. Der Diener geleitete ihn tief in den Garten hinein, in dessen Herzen sie auf zwei Frauen trafen, die mit dem Rücken zu ihnen standen. Phillip nickte dem Diener zu, um sich bei ihm zu bedanken, der daraufhin zurück in das Schloss verschwand.

Er tat ein paar Schritte näher und räusperte sich. »Entschuldigt, die Damen.«

Ihr Gespräch verstummte sofort, und sie drehten sich zu dem Prinzen um. Die Linke hatte schwarze Haare, hohe Wangenknochen und stechend grüne Augen. Ihr makelloses Gesicht war im ganzen Märchenwald bekannt – Maleficent. Die blonde junge Dame mit den unschuldigen blauen Augen, dem pinkfarbenen Kleid und der zierlichen Krone auf dem Kopf war ohne Zweifel Dornröschen. Und sie war sogar noch schöner, als man sich unter den Adeligen erzählte.

»Was wünscht Ihr, werter Herr?«, begrüßte Dornröschen ihn mit lieblicher Stimme. Ein Lächeln umspielte ihre vollen Lippen.

Der Prinz konnte nicht leugnen, dass sein Herz bei ihrem Anblick augenblicklich schneller schlug.

»Mein Name ist Prinz Phillip. Ich habe den letzten Drachen getötet, wie Euer Vater es verlangt hat, woraufhin er mir einen Wunsch erfüllt hat«, erklärte er.

»Und der wäre?«, fragte Dornröschen neugierig.

Phillip erwiderte ihr Lächeln. »Euch persönlich kennenlernen zu dürfen.«

»Was für ein edler Wunsch.« Dornröschen hielt ihm entzückt ihre Hand hin. »Es ist mir eine Freude, Euch kennenzulernen, Prinz Phillip.«

Phillip verstand die stumme Einladung, überbrückte die Distanz zwischen ihnen und verneigte sich vor der Prinzessin. Er nahm ihre Hand und hauchte ihr einen Kuss auf den Handrücken, was Dornröschen ein Kichern entlockte. Ihre Blicke trafen sich, und etwas rückte in die rechte Position.

Ein Teil der Geschichte, wie sie von den Gebrüder Grimm niedergeschrieben worden war. Wie es bei Auserwählten der Autoren üblich war, spürten sie sofort dieses Knistern, das nur wahren Liebenden vorbehalten war. Und von da an war ihr Schicksal besiegelt.

Während Dornröschen und Phillip nur noch einander wahrnahmen, stand Dornröschens Tante – die Hexe Maleficent – neben ihnen und beobachtete das Geschehen argwöhnisch. In ihren grünen Augen lag ein Funkeln, das nichts Gutes verheißen konnte – und nur ein Vorbote der schrecklichen Dinge war, die das junge Paar in der Zukunft erwarten sollte.

Das Ende eines Beginns

Erin Lenaris

DIE SCHICKSALS-THEORIE

Antrag auf Genehmigung einer Zeitreise

Antragsteller:
Dr. Nero Cremer
Fakultät für Chronohumanistik
Freie Universität Berlin

Zieldatum/-Ort:
05.10.48 v. Chr.,
05:00 Uhr OEZ
Bibliotheca
Alexandrina
31°12'31.72"N /
29°54'30.29"E

Forschungsziel:
Vor dem Aufstieg Roms war Alexandria die größte Metropole der antiken Welt. Das den Musen gewidmete Museion wurde zu einem Magneten für die berühmtesten Gelehrten der damaligen Zeit. In der angeschlossenen Bibliothek sammelten die ptolemäischen Herrscher Texte aller Völker und Kulturen. Zu ihrem Höhepunkt beherbergte sie bis zu 500.000 Schriftrollen.
Im Alexandrinischen Krieg legten Soldaten Gaius Julius Caesars jedoch Feuer an die Bibliothek, die daraufhin bis auf die Grundmauern niederbrannte. In diesem Brand gingen Werke von unschätzbarem Wert für Toleranz und Völkerverständigung verloren. Die beantragte Zeitreise soll die wichtigsten Schriften digitalisieren und damit der Altertumsforschung zugänglich machen.

»Sie können die Vergangenheit nicht ändern. Das ist Ihnen hoffentlich bewusst?«

Nero zuckte zusammen. Während Professor Brockmann seinen Antrag las, hatte er angespannt jede Regung seines alten Mentors beobachtet und sich Antworten auf alle erdenklichen Kritikpunkte zurechtgelegt, doch nun war sein Mund wie ausgetrocknet.

»Selbstverständlich«, sagte er schnell. »Hulls Schicksalsthese. Lernt man doch im ersten Semester.«

Brockmann legte das Tablet beiseite, nahm die Lesebrille ab und musterte seinen Schüler aus grauen Augen. »Und dennoch wollen Sie in die Geschichte eingreifen. Auf schwerwiegende Weise!«

Nero fühlte, wie ihm das Blut in den Kopf schoss. »Wie … wie kommen Sie darauf?«

Brockmann deutete auf das Tablet. »Oktober 48. Damals war der Alexandrinische Krieg bereits in vollem Gange.«

»Ja, äh, den Zeitpunkt habe ich bewusst gewählt.« Nero wich dem stechenden Blick des Professors aus. »Ich möchte den letzten Stand vor dem großen Brand sichten.«

»Halten Sie mich nicht zum Narren!« Brockmanns Stimme klang nun deutlich schärfer. »Ihr neuestes Forschungsprojekt hat ergeben, dass Caesars Truppen schon früher als bislang angenommen in Alexandria einfielen.« Nero holte Luft, doch der Professor wischte seinen Einwand mit einer unwirschen Geste weg. »Und zwar am 5. Oktober 48. Sie bräuchten Wochen, um auch nur die Sektion Philosophie zu sichten! Ihr Antrag lässt nur eine Schlussfolgerung zu: Sie wollen den Brand abwenden.«

Nero hörte das Blut in seinen Ohren rauschen.

»Äh … ich …« So flüssig er sonst auch vor seinen Studenten vortrug, nun war ihm, als hätte er das Sprechen nie gelernt.

Brockmann ließ sich in seinen Ledersessel zurücksinken.

»Ihr Vorhaben widerspricht dem Grundprinzip der Zeitreiseforschung. Nebenbei wollen Sie noch ganze Legionen von der Bibliothek abwenden.« Der Professor zog eine Augenbraue hoch. »Wie, bitteschön, stellen Sie sich das vor?« Nero öffnete den Mund, doch Brockmann sprach einfach weiter. »Mal angenommen, Ihnen würde diese Herkulestat tatsächlich gelingen. Sie würden dafür keinerlei Anerkennung bekommen! Sie würden in eine Gegenwart zurückkehren, in der die Bibliothek nie gebrannt hat. Niemand wüsste, was Sie getan haben, denn Sie hätten die Welt verändert.«

»Genau das hoffe ich«, platzte Nero heraus. Der Gedanke entzündete einen Funken in ihm, dessen Wärme die Nervosität vertrieb und ihn mutig werden ließ. »Alexandria war der erste Ort, an dem sich die damaligen Weltreligionen trafen und friedlich nebeneinander lebten – na ja, zumindest für eine Weile. Hätte man das Wissen dieser Zeit nur bewahrt, würden wir in einer weitaus toleranteren Welt leben!«

Brockmann seufzte und strich sich durch das schüttere weiße Haar. »Sie waren schon immer ein Idealist, Nero. Ich wünschte, ich hätte Ihren Glauben an das Unmögliche. Aber ich kann Ihren Antrag nicht vor dem Zeitreisekomitee unterstützen. Würden Ihre wahren Absichten publik, wäre auch meine Reputation am Ende.«

Neros Hoffnung schwand. Auch sein Doktorvater war hinter seinem Mahagonischreibtisch zusammengesunken. Die Jahre hatten feine Linien des Kummers in sein Gesicht gegraben. Einen Moment lang rang Nero mit sich, dann zog er seine letzte Karte.

»Auch Sie haben Ihre Karriere schon aufs Spiel gesetzt«, sagte er leise. »Ich werde meine erste Zeitreise mit Ihnen nie vergessen. Angeblich diente diese nur zum Test der neuen Portaltechnologie. In Wahrheit wollten Sie Ihre Frau vor ihrem tödlichen Unfall bewahren.«

Die Furchen in Brockmanns Gesicht wurden noch tiefer. Drei Atemzüge lang starrte er auf den dünnen Goldring an seiner Rechten.

Schließlich sah er zu Nero auf. »Diese Reise bestätigte doch nur die Schicksalsthese. Sofia stieg an diesem Tag zwar nicht ins Auto, doch am nächsten sprang sie von einer Brücke.«

Nero biss sich auf die Lippen. Der Moment, als er mit Brockmann von der Zeitreise in dessen Haus zurückgekehrt war, hatte sich für immer in sein Gedächtnis gebrannt. Kein Licht hatte gebrannt, keine Musik durch das Haus geschallt und im Wohnzimmer noch immer Sofias gerahmtes Sterbebild gestanden. Damals hatte Nero das Herz seines Mentors brechen sehen.

Nun fing er dessen Blick auf. »Es war nicht das Schicksal, das Sofia getötet hat«, sagte er sanft. »Es war ihre Depression, deren Ausmaß wir damals nicht erkannt haben. In Alexandria hingegen kennt man die Schuldigen.« Brockmann wandte den Blick ab, doch Nero setzte nach, seine Stimme nur noch ein eindringliches Flüstern: »Bitte lassen Sie mich beweisen, dass die Vergangenheit nicht in Stein gemeißelt ist. Wenn ich nur eine einzige Schriftrolle aus Alexandria retten kann, können Sie auch Sofia zurückholen.«

Brockmann schüttelte den Kopf, doch Nero wusste um die Kraft der Hoffnung. Stille senkte sich über das Büro, während der Professor nachdenklich das leuchtende Tablet auf seinem Schreibtisch betrachtete. Schließlich hob er resigniert die Hände.

»Sie sind ein Narr«, sagte er. »Sie beabsichtigen ernsthaft, sich Caesars Legionen entgegenzustellen? Wollen Sie etwa ebenso ins Verderben rennen wie Sofia?« Der Professor sah seinem Schüler direkt in die Augen, doch dieser hielt seinem Blick stand. Schließlich presste sein Mentor die Lippen zusammen und atmete geräuschvoll aus. »Dann kann Sie wohl niemand davon abhalten. Ich unterstützte Ihren Antrag. Aber bitte, Nero: Kommen Sie zurück!«

Drei Wochen später stand Nero auf dem Vorplatz der großen Bibliothek. Mit seinem riesigen zum Meer hin geneigten Glasdach und seiner gekrümmten Rückwand, auf der im Laufe des Tages Schriftzeichen aus aller Welt von der Sonne angestrahlt wurden, war das moderne Gebäude ein imposantes Denkmal. Dennoch war sich Nero sicher, dass dieser ägyptische Prestigebau im Vergleich zu seinem antiken Vorgänger verblassen würde.

Wo sich nun aufgeregte Fernsehteams und Schaulustige hinter einer Absperrung drängten, genervte Polizisten in ihre Headsets sprachen und schwitzende Techniker den metallenen Rahmen des Zeitportals verkabelten, waren damals die begabtesten Gelehrten der antiken Welt gewandelt. Anstelle der schlichten Steinplatten unter Neros Füßen mussten damals aufwendige Marmormosaike gelegen haben. Wo sich heute eine Kuppel aus Glas und Stahl erhob, hatte zu Kleopatras Zeit ein mehrstöckiger steinerner Wissenstempel aufgeragt.

Neros Magen flatterte aufgeregt. In wenigen Minuten würde er dieses Heiligtum der Antike betreten!

»… Glauben Sie nicht?«, Dr. Shaiks Stimme riss Nero aus seinen Gedanken.

Die Wangen des beleibten Bibliotheksdirektors glühten – nicht nur aufgrund des heißen Wüstenwindes und seines dunklen Anzugs, sondern auch wegen der vielen Kameras, die auf die Honoratioren und Techniker gerichtet waren.

Wenn der wüsste, in welche Liga ich seinen Job katapultieren werde, würde er Kammerflimmern bekommen, dachte Nero.

Genau wie die Damen und Herren des Zeitreisekomitees glaubte er, es ginge lediglich um die Digitalisierung verlorener Schriften. Niemand außer Brockmann hatte Neros wahre Absichten durchschaut – hoffte er zumindest.

Nero hatte nicht zugehört, nickte Shaik jedoch freundlich zu und lächelte in die Kameras. Auch er schwitzte. Der Vollbart, den er sich hatte wachsen lassen, juckte, die ungewohnten Kontaktlinsen brannten in seinen Augen und die eigens angefertigte Toga rutschte. Zudem lastete ein schwerer Beutel auf seiner linken Schulter. Nervös drückte Nero das Gepäck an sich, damit niemand sein Gewicht bemerkte. Der Inhalt des Beutels war nicht mit den Technikern abgesprochen und floss daher auch nicht in die Berechnungen für das Zeitportal ein, war jedoch zentral für Neros Plan. Der Magen des jungen Wissenschaftlers zog sich fast schmerzhaft zusammen.

Ob es mir gelingt, das Portal mit so viel Ballast zu durchschreiten? Ich werde doch nicht zwischen den Epochen stecken bleiben? Nein, etwas Derartiges habe ich noch nie gehört.

Dennoch waren seine Knie so weich, als wären sie in der Sonne geschmolzen. Wenn das nur mal gut gehen würde!

»Wir werden Dr. Cremer direkt auf den Vorplatz der antiken Bibliothek transportieren …«

Wir.

Nero unterdrückte ein Augenrollen.

Shaik erklärte den Reportern die Portaltechnik mit so großer Geste, als hätte er diese selbst erfunden. Es musste den herausgeputzten Würdenträger mit dem lila Einstecktuch im Jackett kräftig wurmen, dass ein deutsches Team eine Zeitexpedition an seiner Bibliothek durchführen durfte. Die Ergebnisse wären jedoch auch für ihn beste Publicity, also drängte er sich auch dann vor die Kameras, als die Techniker die Zielzeit einstellten.

Währenddessen spürte Nero ein Klopfen auf seiner Schulter. Brockmann hatte es sich nicht nehmen lassen, ihn nach al-Iskandariyya zu begleiten.

Nun schüttelte er seine Hand. »Machen Sie es gut, Nero. Niemand wünscht Ihnen den Erfolg mehr als ich.«

Nero erwiderte Brockmanns festen Händedruck. »Meine Rückkehr ist für 10.05 Uhr programmiert, fünf Minuten nach meiner Abreise«, sagte er und bemühte sich um einen zuversichtlichen Tonfall. »Ich werde Sie also nicht lange auf die Folter spannen.«

Er konnte so lange in der Vergangenheit bleiben, wie er wollte, doch per Knopfdruck an dem sorgfältig unter einer Ledermanschette verborgenen Armband war er in der Lage, von seinem Ankunftsort aus jederzeit in die Gegenwart zurückkehren. Doch was würde ihn hier erwarten, sollte sein Plan aufgehen und er die Geschichte tatsächlich verändern können?

In seinem Kopf meldete sich eine herablassende Stimme: *Die Professur, für die du dir seit Jahren den Arsch aufreißt, kriegst du deshalb nicht. Wenn dein Vorhaben gelingt, hast du Großes für die Menschheitsgeschichte geleistet. Aber kein Schwein wird dir das glauben. Wenn du zurückkommst, hat es hier schließlich niemals gebrannt.*

»Und wenn schon«, trotzte Nero seinen eigenen Gedanken. »Es geht mir nicht um Ruhm und Ehre. Ich will nur all dieses Wissen bewahren.«

Ja, rede es dir ruhig ein. Wer sagt denn, dass diese sensationsgierige Meute überhaupt noch da ist, wenn du den eigentlichen Grund deiner Zeitreise beseitigt hast? Schriften, die erhalten geblieben sind, muss man nicht digitalisieren. Man braucht hier kein Zeitreiseportal.

Die Erkenntnis ließ heißes Blut in Neros Kopf schießen. Er erstarrte. Und dann begann der Countdown. Nero hatte noch 10, 9, 8 Sekunden, um das Vorhaben abzublasen. Er biss die Zähne zusammen. Das kam nicht infrage!

Mit gezwungenem Lächeln winkte er in die Runde und stellte sich vor dem metallenen Tor in Position. Zunächst glänzte nur der Rahmen des Portals in der Morgensonne, doch allmählich begann die Luft, in seinem Inneren zu flimmern. Ein leuchtender Punkt erschien vor Neros Augen und breitete sich unter einem sanften Surren zu einem schwebenden Ring aus. Mit großen Augen und offenen Mündern beobachtete die Menge, wie der strahlende Ring langsam wuchs. In der atemlosen Stille schien selbst der Verkehrslärm der nahe gelegenen Uferstraße für einen Moment gedämpft. Als sich das verschwommene Dunkel im Kreisinneren endlich formte, brachen die Umstehenden in aufgeregte Rufe aus.

Durch das Zeitfenster blickte Nero auf eine Säulenhalle und eine imposante Treppe, die zu einer Galerie hinaufführte. Hocker und Lesetische füllten den Raum, der rechts und links von dunklen Holzregalen gesäumt wurden. Regale über Regale, ihre Fächer bis oben gefüllt mit Papyrusrollen. Das Portal führte mitten in die antike Bibliothek!

Nero fluchte leise.

Die Techniker hätten ihn *vor* dem Gebäude absetzen sollen, nicht mittendrin! Hatten sie sich etwa verrechnet? Oder war das antike Gebäude doch größer als bislang angenommen?

»Das geht ja gut los.« Er brummte in seinen neuen Bart.

Die Zeitenschwelle musste in beiden Epochen frei schweben, um den Reisenden ungehindert durchzulassen. Was, wenn sie in der Antike einen Tisch durchschnitt, eine Säule, ein Regal? Dieses Knistern hörte sich jedenfalls gar nicht gut an. Nun gab es jedoch kein Zurück mehr.

Nero atmete noch einmal tief durch und ballte die Fäuste. Er presste seinen Beutel an sich, nahm drei Schritte Anlauf und sprang mit einem großen Satz durch das Portal.

Ein lauter Knall ertönte, als wäre bei einem Kurzschluss eine Sicherung rausgeflogen. Nero spürte einen mächtigen Sog, der vor allen Seiten an ihm zerrte. Ein dumpfes Brummen drückte auf sein Trommelfell und grelle Lichtblitze tanzten vor seinen Augen. Sekunden später stolperte er über einen Hocker und schlug hart gegen eine Tischkante. Als er sich umsah, schrumpfte das Portal gerade in sich zusammen. Mit einem letzten Zischen schloss es sich und war verschwunden.

Schwer atmend hielt Nero inne. Ein dumpfer Schmerz pochte in seiner Hüfte und seine Augen gewöhnten sich erst allmählich an das Dunkel der Lesehalle. Durch das mit Holzgittern verkleidete Fenster am oberen Ende der Treppe drang das erste Morgenlicht in das riesige Tonnengewölbe und ließ kunstvolle Bodenmosaike und steinerne Musenstatuen erahnen. Würziger Papyrusgeruch gemischt mit muffigem Bibliotheksstaub lag in der Luft. Langsam beruhigte sich Neros Herzschlag.

Er war hier, in einem Stück. An dem Ort, um den seit zehn Jahren fast all seine Gedanken kreisten. In der *Sammlung aller Bücher der Welt*, wie Ptolemaios II. diese gigantische Bibliothek genannt hatte.

Nero tastete nach seinem Beutel. Hoffentlich war auch seine Ausrüstung heil geblieben!

Er schrak auf, als er hinter sich ein Schlurfen hörte. Ein bärtiger Gelehrter mit spärlichem Haarkranz und verwirrtem Blick kam auf ihn zu. Neros Herz schlug schneller. Eigentlich sollte seine Ankunftszeit einen unbemerkten Eintritt in die Antike sicherstellen. Was in aller Welt tat der alte Mann um diese Zeit schon hier? Und was hatte er gesehen?

»Verzeihung Bruder«, sagte dieser. »Welche Stunde haben wir?«

Nero hob die Hand zum Gruß. Die antiken Dialekte waren nicht überliefert, sodass er das Altgriechisch des Gelehrten mehr schlecht als recht verstanden hatte.

»Die erste Stunde vor Sonnenaufgang«, antwortete er und hoffte inständig, dass seine fremdartige Aussprache in dem multikulturellen Museion nicht allzu sehr auffallen würde.

Offenbar hatte er Glück, denn der Alte kratzte sich nur verlegen an seiner Hakennase. »Oh. Ich muss mal wieder über meinen Schriften eingeschlafen sein.«

»Das passiert mir auch regelmäßig«, erwiderte Nero und schenkte dem Alten sein freundlichstes Lächeln. Dieser nickte dankbar.

»Aber sagt … Mir war, als hätte ich es hier donnern gehört«, murmelte er und sah sich suchend um.

Sein Blick blieb an dem Hocker hängen, den Nero bei seinem stürmischen Eingang umgestoßen hatte.

Dieser stellte das Möbelstück schnell wieder auf. »Entschuldigt, ich war unachtsam …«

Dem Gelehrten entfuhr ein heiseres Lachen.

»Und ich träumte schon vom Zorn des Zeus«, sagte er und wandte sich kopfschüttelnd ab.

Nero sah ihm hinterher, während er von dannen schlurfte.

Damit habt Ihr nicht einmal so unrecht.

In den nächsten Stunden wandelte Nero wie in Trance durch die große Bibliothek. Nach Jahren endlich an dem Ort seiner Träume angekommen zu sein, erfüllte ihn mit einem seltsamen

Gefühl der Leichtigkeit. Ehrfürchtig ließ er seine Finger an den Regalen entlang gleiten und entzifferte die Titel ihrer Abteilungen. Immer wieder nahm er einzelne Schriftrollen aus den Regalen, deren Abteile durch schräge Holzeinsätze in viele kleine Dreiecksfächer unterteilt waren, entrollte den Papyrus mit unendlicher Vorsicht, aktivierte seinen Blickspeicher und fotografierte die Seiten durch doppeltes Blinzeln. Er stieß auf Schriften von Gelehrten aus Indien bis Nordafrika, entdeckte unbekannte Versionen von Sophokles' Tragödien und Aufsätze der berühmten Bibliothekare Apollonios und Aristarchos, nach denen in der Neuzeit Mondkrater benannt wurden.

Dabei übermannte ihn ein berauschendes Hochgefühl. Er hatte beantragt, große Mengen dieser Dokumente in seinem Speicher zu digitalisieren, doch das war nun nicht mehr nötig. Er würde sie alle vor den Flammen bewahren.

Abteilung für Abteilung arbeitete sich Nero in die oberen Ränge der Bibliothek vor. Erst als sich die Lesetische mit so vielen Gelehrten gefüllt hatten, dass er nicht mehr unbemerkt arbeiten konnte, löste er sich von dem magnetischen Sog der Schriften. Er trat an ein Fenster und sah auf den Hafen Alexandrias hinaus.

Hinter der von Wachtürmen gesäumten Hafenmauer lagen wuchtige Handelsschiffe neben Fischerbooten und Kriegstrieren an den Anlegestellen vertäut. Neros Blick schweifte über die Palastinsel Antirhodos hinweg zu dem gewaltigen Leuchtturm Pharos. Sein Innerstes kribbelte vor Glück darüber, als bisher einziger Neuzeitmensch dieses antike Weltwunder vor sich sehen zu dürfen.

Doch im selben Moment bemerkte er den dunklen Streifen am Horizont dahinter. Er kniff die Augen zusammen und erschrak, als er erkannte, was sich aus dem Dunst heraus näherte. Galeeren mit rhythmisch schlagenden Rudern, mindestens einhundert davon, die Rammsporne direkt auf den Hafen ausgerichtet.

Caesars Flotte!

Die plötzliche Angst, die Nero wie eine Faust in den Magen traf, erfasste auch die Stadt und verbreitete sich wie ein Lauffeuer. Schnell wandelten sich die fernen Rufe der Marktschreier in panisches Geschrei.

Soldaten bezogen rund um den Leuchtturm Stellung und feuerten brennende Geschosse aus Katapulten auf die herannahenden Galeeren. Einige davon fingen Feuer, doch der Großteil näherte sich unaufhaltsam der Stadt. Bald flogen die ersten Brandpfeile in Richtung Hafen, steckten Schiffe, Verkaufsstände und Lagerhallen in Brand. Menschen rannten schreiend durcheinander, während sie ihre Habe und sich selbst zu retten versuchten. Selbst aus der Entfernung hörte Nero das Prasseln der Flammen und das Krachen einstürzender Schiffsmasten.

Er spürte, wie sich die Haare in seinem Nacken aufstellten. Würde der Wüstenwind Funken dieser Brände zur Bibliothek herüberwehen und das Feuer auf diese übergreifen? Vor seinem geistigen Auge sah Nero bereits, wie die erste Schriftrolle Feuer fing, knisternd andere entfachte und rasend schnell zu fauchenden Flammen anwuchs. Er hörte die alten Regale fast schon bersten und spürte den sengenden Atem der Feuerbestie, die sich mit unstillbarem Hunger durch die Schriftrollen fraß, dabei zu einem Hölleninferno anschwoll und sich an dem Gedächtnis der Menschheit nährte, bis auch der letzte Papyrus vernichtet wäre. Immerhin trennte eine breite Prachtstraße die Bibliothek von der Uferbebauung, der Wind wehte landabwärts, was Caesars Ruderern alle Kraft abverlangte.

Auch die Gelehrten, die soeben noch in völliger Ruhe über ihrer Lektüre gesessen hatten, liefen inzwischen kopflos umher. Einige flüchteten sich in den der Bibliothek angeschlossenen Musentempel, um den Schutz der Götter zu erflehen, andere blockierten die Türen des Gebäudes mit Tischen und Stühlen. Nero rührte keinen Finger. Diese wackeligen Möbelstücke würden gegen die Rammböcke und Fackeln der Römer ebenso wenig ausrichten wie Feigenblätter gegen die Nacktheit der steinernen Musen.

Nero hörte das Blut in seinen Ohren rauschen. Worauf hatte er sich hier bloß eingelassen? Abgesehen von dem Abstecher mit Brockmann ins Berlin des Jahres 2030 war er bisher nur in die Renaissance gereist, in ein blühendes Rom ohne jede Bedrohung. All seine Taten hatte er ausschließlich am Schreibtisch vollbracht. Und jetzt wollte er plötzlich den Helden spielen? Nein, er war weder ein Odysseus noch ein Achilles – aber er verfügte hier als einziger über die Technik des 21. Jahrhunderts.

Mühsam brachte Nero seinen Atem unter Kontrolle, um seinen rasenden Puls zu bremsen. All seine Hoffnung hing nun an Clarkes drittem Gesetz: ›Jede hinreichend fortschrittliche Technologie ist von Magie nicht zu unterscheiden.‹

Oder von dem Wirken der alten Götter, die sich nur allzu gern bei den Menschen eingemischt haben, fügte Nero für sich hinzu.

Mit fahrigen Fingern holte er vier Lautsprecher von der Größe dicker Bücher aus seinem Beutel. Ihre kühlen Kunststoffgehäuse lagen beruhigend in seinen Händen.

Zeit, ein wenig Gott zu spielen!

Während sich die verbliebenen Gelehrten in den rückwärtigen Flügeln der Bibliothek versteckten, stellte Nero die schwarzen Boxen ungesehen hinter die Fenstergitter des Obergeschosses, durch die man auf den Bibliotheksvorplatz hinausblicken konnte. Eine brachte er am Fenster ganz links an, eine ganz rechts und eine direkt über dem Haupteingang. Für die vierte stieg er in die kleine Galerie unter dem Dach hinauf und stellte sie hinter das Rundfenster direkt unter dem Giebel. Danach klemmte er sich das dazugehörige Mikrofon an seine Toga und hängte sich die Fernbedienung um.

»Der Zweck heiligt die Mittel«, murmelte er, um das mulmige Gefühl in seinem Magen zu unterdrücken.

Der Zeitreisekodex befahl, keine Technik zu zeigen, welche die Errungenschaften der jeweiligen Epoche überstieg. Nero wollte sich nicht ausmalen, was geschehen würde, sollte jemand seine Lautsprecher entdecken. Bestimmt würde es zu großem Aufruhr kommen und seinen Plan könnte er abschreiben. Im schlimmsten Fall könnte er unberechenbare Zeitverwerfungen auslösen.

Jetzt mach dich nicht verrückt, ermahnte Nero sich selbst. *Du hast das oft genug im Kopf durchgespielt!*

Damit holte er sein letztes Mitbringsel heraus: eine Elektroschockpistole. Die glänzende Waffe wie Jupiters Zepter umklammert trat er auf die Galerie hinaus. Hinter einer dicken Säule verborgen erwartete er die römische Invasion.

Rüstungen klirrten, Sandalen stampften, Menschen schrien – Nero hörte die Legionäre schon, bevor sie wie eine Flutwelle auf den Bibliotheksvorplatz strömten. Sie trugen glänzende Helme, Brustpanzer, Speere und Schwerter. Ihre mit Flügeln und Blitzen bemalten Schilde waren so rot wie das Feuer ihrer Fackeln. In geordneten Reihen marschierten sie auf die Bibliothek zu.

Nero wischte sich die schweißnassen Hände an seiner Toga ab. Dann fischte er mit der Linken in den Falten seines Gewandes nach der Fernbedienung, während er mit der Rechten die Pistole festhielt. Eigentlich war es nur ein billiges Schauspiel, das er sich hier zurechtgelegt hatte. Würde er all diese Soldaten damit wirklich aufhalten können? Er allein?

Ihr Anführer, dem roten Helmbusch zufolge ein Zenturio, schrie etwas und streckte das Schwert in Richtung der Bibliothek. In den hinteren Reihen schoben Soldaten einen hölzernen Karren mit Rammbock heran.

Das war Neros Startschuss.

Er drückte die Fernbedienung und ein ohrenbetäubender Donnerschlag krachte. Das Echo hallte von den Wänden der gegenüberliegenden Bauten wider. Wie angewurzelt blieben die Legionäre stehen. Sie starrten in den Himmel, doch es lag nur gelblicher Wüstenstaub in der Luft. Keine Gewitterwolken. Nervöses Gemurmel erhob sich.

Nero nahm einen tiefen Atemzug. »RECEDITE, LEGIONES – weicht zurück, ihr Legionen!«, rief er auf Lateinisch in sein Mikrofon. »Dieses Heiligtum steht unter meinem Schutz, dem Schutz des Iuppiter Optimus Maximus!« Aus den Lautsprechern hallte seine Stimme mit Macht über den Platz. Sicherheitshalber ließ er seinen Worten ein leiseres Donnergrollen folgen.

Neros Brust weitete sich, als er sah, welche Wirkung sein Schauspiel unter den Soldaten auslöste. Einige starrten mit offenen Mündern, andere schrien wild durcheinander, manche wandten sich sogar zur Flucht. Der Zenturio sah sich gehetzt um, doch dann fasste er sich und brüllte seine Gefolgschaft an, wieder Formation anzunehmen.

Nero biss die Zähne zusammen.

»Komm bloß näher«, zischte er durch die Zähne. »Noch näher, näher …«

Seine Taserpistole hatte nur eine Reichweite von zwölf Metern. Aber der Römer wusste das nicht. Er stürmte voran. Nero entfuhr ein grimmiges Lachen. Er ließ einen weiteren Donnerschlag ertönen, lauter noch als den ersten, und schob seine Pistole hinter der Säule hervor. Mit dem eingebauten Laserpointer zielte auf die Brustplatte des Zenturios. Er kontrollierte das Zittern in seinen Fingern, bis die Zielleuchte auf Grün sprang.

Dann löste er aus. Ein feiner Draht schoss auf den Zenturio zu, hakte sich mit seinen Spannungsspitzen in dessen Tunika und jagte elektrische Stöße in seinen Körper. Mit einem rauen Aufschrei ging der Mann zu Boden. Seine Gliedmaßen zuckten unkontrolliert, bis Nero den Auslöser losließ und der Draht mit einem scharfen Surren wieder zu ihm zurückschnellte.

»Tut noch einen einzigen Schritt und euch trifft der Blitz des Himmelsvaters!«, rief er ehrfurchtgebietend.

Nun brach in der Legion das Chaos aus. Viele Soldaten waren vor dem gefällten Anführer zurückgewichen, doch schließlich traten zwei nach vorne und halfen ihm, sich stöhnend aufzurappeln. Ein bulliger Dekurio sprach nach vorne, brüllte etwas und fuchtelte wild mit dem Schwert. Bogenschützen gingen in Stellung und legten Pfeile an. Brandpfeile!

Neros Herz setzten einen Schlag aus. »WENN AUCH NUR EIN PFEIL DIESEN TEMPEL TRIFFT, WERDEN ALLE LEGIONEN ROMS UNTERGEHEN!«, schrie er.

Im selben Moment legte er auf den Dekurio an und schoss. Dieser knickte sofort ein. Die Pistole vibrierte in Neros Händen. Er biss die Zähne zusammen und ließ den Auslöser gedrückt, bis am Zielkreuz eine Warnleuchte blinkte. Natürlich wollte er niemanden töten, aber an den Händen dieser Legionäre klebte Blut. Mit Samthandschuhen waren sie nicht zurückzuschlagen! Da fielen die ersten Männer auf die Knie und hoben die Hände flehend zum Himmel.

»Iuppiter Optimus Maximus, parce nobis – verschone uns, Jupiter!« Immer mehr folgten ihnen, bis schließlich alle Römer auf dem Vorplatz um Gnade winselten.

Nero atmete auf. Ein plötzliches Schwindelgefühl übermannte ihn. Ein nie gekanntes Gefühl der Macht schwappte durch seinen Körper und ließ ihn erschauern. Doch er durfte im Siegestaumel nicht leichtsinnig werden.

»Umstellt das gesamte Heiligtum und schützt es vor euren Waffenbrüdern, dann soll euch nichts geschehen!«, donnerte er.

Er wartete nicht ab, bis sich die Menschenkette um den Bau komplett formiert hatte, sondern eilte von Fenster zu Fenster, um seine Lautsprecher wieder einzusammeln. Zeit für Jupiter, auf den Olymp zurückzukehren, bevor man noch seine allzu menschliche Gestalt entdecken würde!

Schnellen Schrittes kehrte Nero ins Erdgeschoss der Bibliothek zurück, wo sich das Portal zum ersten Mal geöffnet hatte. Erleichtert stellte er fest, dass die Lesehalle menschenleer war. Überall auf den Tischen lagen Schriftrollen verstreut, welche die Gelehrten in ihrer Panik hatten liegen lassen, doch kein einziger Toga- und Bartträger ließ sich sehen. Nero drehte sich noch ein letztes Mal in der imposanten Halle. Ein warmes Gefühl strömte durch seine Adern und ihm war, als könne er davonschweben. All dies würde der Menschheit nun erhalten bleiben. Er hatte es tatsächlich geschafft!

Doch um die Früchte seiner Tat zu sehen, musste er in seine eigene Zeit zurückkehren. Der Gedanken an den reißenden Knall seines ersten Zeitsprungs jagte eine Hitzewelle über seine Stirn. Würde sich überhaupt noch ein Portal für ihn öffnen? Er hatte den Ablauf der Geschichte entscheidend verändert und seine Zeitreise unnötig gemacht.

Ich habe es dir doch gesagt!, stichelte seine innere Stimme. *Richte dich auf ein Leben vor Christus ein! Immerhin hatte Kleopatra eine schöne Nase.*

Nero schüttelte sich, um diese Gedanken zu vertreiben. Klopfenden Herzens tastete er nach der Armmanschette und schob sie beiseite. Seine schweißnassen Finger zitterten so sehr, dass der Aktivierungsknopf erst beim dritten Versuch reagierte.

Eine Welle der Erleichterung durchspülte ihn, als die Luft vor ihm zu leuchten begann und sich das Portal öffnete. Jenseits der Zeitenschwelle erkannte er bereits Shaiks hochroten Kopf. Nero trat drei Schritte zurück, holte Schwung und sprang mit dem Donnerschlag Jupiters zurück in die Neuzeit. Rauschender Beifall begrüßte ihn. Vor Erleichterung sank ihm das Blut vom Kopf in die Beine. Er beugte sich hinunter und hielt seine zitternden Knie fest.

Von unten warf er einen letzten Blick durch das schrumpfende Portal.

Die leuchtende Zeitschwelle flackerte auf und begann zu knattern. Bevor sie sich schloss sah Nero den Funken, der auf einer geöffneten Schriftrolle landete.

Der Papyrus glomm auf.

Kathrin Wandres

FLAMMENDE ZUKUNFT

Mein Plan zu fliegen, erwies sich als Reinfall. Es sollte mein großer Tag werden, mein Durchbruch nach einer langen Zeit der Vorbereitung. Alles hing von dem Jungfernflug mit meinem selbst gebauten Drachengleiter ab. Einem eigens konstruierten Fluggeschoss, an dem ich bereits seit Jahren feilte – und mit dem ich eines Tages von der Klippe aus über unser Dorf segeln wollte.

Dieser Tag war heute gekommen. Doch anstatt in die Freiheit der Lüfte abzuheben, landete ich an einem Ort, der sämtliche Träume in Flammen aufgehen ließ. Dabei begann jener Tag mit einem äußerst vielversprechenden Lächeln.

»Heute ist dein großer Tag, Ben«, waren die Worte, die es begleitet hatten. »Lange hast du darauf hingearbeitet, und jetzt wirst du dafür belohnt werden. Ich bin unglaublich stolz auf dich!«

Wenn man so etwas zu hören bekam, ganz gleich, wer es aussprach, dann bildete sich, ob man das wollte oder nicht, ein Lächeln auf den eigenen Lippen. Mein Herz fing an, schneller zu schlagen, während sich ein tiefer Friede und eine große Zuversicht meiner Seele bemächtigten - und das, obwohl es kein Mädchen war, das zu mir sprach, so wie es sich jeder sechzehnjährige Junge wünschen würde.

Jeder außer mir.

Denn statt eines Mädchens stand vor mir Maxim, mein bester Freund, und formulierte ebenjene Ermutigung, die ich so nötig hatte. Und auch wenn mich Maxim ansah, als würde er genau dasselbe empfinden, so würde ich doch niemals den Mut dazu aufbringen, das vor den Menschen und vor allem vor mir selbst einzugestehen. Nicht in diesem Leben.

Seine kinnlangen blonden Haare hatte sich Maxim sorgsam hinter die Ohren gestrichen, sodass seine leicht geröteten Wangen sichtbar wurden. Seine stahlblauen Augen funkelten wie zwei Sterne in einer wolkenlosen Nacht. Ich benötigte zwei, drei Atemzüge – dann hatte ich mich wieder gefasst.

»Danke, Mann!«, raunte ich ihm zu, klopfte ihm auf die Schulter, ignorierte meine Gefühle und ging an ihm vorbei nach draußen.

Dort warteten bereits alle auf mich, schließlich wollte es jeder sehen: Ob ich scheitern oder den Triumph davontragen würde, der mein Leben verändern sollte. Und Triumph bedeutete in meinem Fall, zu fliegen.

Schwer atmend ging ich zwischen meinen fünf Kumpels hindurch, die mich mit leuchtenden Augen und erwartungsvollen Blicken beobachteten, und blieb direkt vor *Red Flame* stehen. Mein Drachengleiter, dessen Flügel ich mit knallrotem Segeltuch bespannt hatte. So wirkte er, wenn er vom Flugwind in Bewegung gesetzt wurde, als würde er in Flammen stehen.

Red war ein imposantes Geschoss, das allein in seiner Größe einschüchternd wirkte und hier am Rand der Klippe nahezu bedrohlich aussah. Als würde er jeden Augenblick zum Leben erwachen und seine Flügel ausbreiten.

Gequält schluckte ich, während mir der Wind die schwarzen Haare zerzauste, der hier oben so erbarmungslos um die Felsen schoss. Der zähe Kloß, an dem ich schluckte, ließ sich nicht vertreiben, während mir Maxim half, meinen Drachen umzuschnallen und die Gurte um Arme, Bauch und Oberkörper zu befestigen, bis alles da saß, wo es meiner Planung nach hingehörte.

In die erwartungsvollen Blicke meiner Freunde mischten sich eine Form von Sensationsgier und ein Hauch von Furcht, die ihnen keiner übel nehmen konnte, denn die Sicht von der Klippe hinab ins Tal ließ auch solche ohne Höhenangst schwindeln.

Mein Puls raste, als ich an den Rand des Felsens trat, den ich mir eigens für meinen Plan auserkoren hatte. Vielmehr noch, mit dieser Klippe hatte einst alles begonnen. War es doch seit jeher mein Traum, einmal von hier loszufliegen, um die Welt von oben zu sehen. Mit ihr war mein Traum vom Fliegen geboren worden. Heute sollte es so weit sein, und auch wenn ich *Red* bereits unzählige Male von weniger hohen Bäumen, Hügeln und Häusern ausgetestet hatte, bekam ich es nun mit der Angst zu tun. Nie hatte die Klippe so hoch gewirkt wie heute, nie war der Wind so zügellos gewesen wie an diesem Tag. Doch wenn man sechzehn war und mit seinem großangekündigten Plan vor seinen aufgeregten Freunden stand, war ein Rückzug keine Alternative. Also nickte ich ihnen zu, warf einen letzten Blick auf Maxim, ignorierte die Sorgenfalte auf seiner Stirn – und sprang.

Der Wind peitschte mir augenblicklich mit einer Macht ins Gesicht, dass mir die Luft wegblieb. Er fühlte sich wie kleinste Nadelstiche auf meiner Haut an. Mein Herz stolperte und raste etliche Male, bis es seinen Rhythmus wiederfand. Das euphorische Johlen meiner Freude wurde mir sogleich wieder entrissen, während ich in die Tiefe raste.

Die ersten Sekunden waren äußerst erfolgversprechend. Die Gurte hielten mein Gewicht, das Gestell erwies sich als stabil und die Planen meiner Flügel spannten sich wie berechnet, um mich auf adlergleiche Weise durch die Lüfte zu tragen.

Doch dazu kam es nicht.

Ich spürte das Knacken mehr, als es zu hören; und auch wenn es nur eine minimale Erschütterung war, so ging sie mir doch durch Mark und Bein. Es fühlte sich an, als würde mein Herz stehen bleiben, und wenn ich mich nicht in einem derartigen Schockzustand befunden hätte, so hätte ich geschrien. Denn es war eine unvermeidliche Gewissheit, dass dieses Knacken meinen Untergang ankündigte. Ich kannte meinen Drachen gut genug, um zu wissen, dass die entscheidende Verbindung zwischen Flügel und Brustgestell soeben das Zeitliche gesegnet hatte.

Wie zur Hölle das möglich gewesen sein konnte, stand in den Sternen. Die Frage war im Augenblick des Flugs auch absolut zweitrangig. Oder sollte ich besser sagen: des Falls? Schließlich war es das, was der Bruch meines rechten Flügels zur Folge hatte. Dem Knacken schloss sich von rechts ein besorgniserregendes Ratschen an. Ohne hinzuschauen, wusste ich, was das bedeutete: Der gesamte rechte Flügel hatte sich in seine Bestandteile zerlegt.

Und dann ging alles ganz schnell.

Der ungebremste Sturz ließ sich nicht mehr aufhalten und würde in wenigen Sekundenbruchteilen enden. Zeit, meinen Frieden zu schließen – mit wem auch immer –, hatte ich nicht mehr.

Mein letzter Gedanke galt Maxim: *Sorry, Mann, ich habe dich enttäuscht.*

Als der Boden in Sichtweite kam, schloss ich die Augen, presste die Lippen aufeinander und wartete auf den Aufprall, den Schmerz und darauf, dass die Welt aufhörte, zu existieren. Doch anstatt aufzuschlagen und mir alle Knochen inklusive dem in meinem Schädel zu brechen, stürzte ich direkt durch den Boden hindurch.

Ob es die Geschwindigkeit meines Falls war oder die Tatsache, dass die Form meines Fluggestells einem Feuer speienden Drachen nachempfunden war, ließ sich für mich nicht feststellen. Doch ich wurde nicht vom Felsboden zu Brei zermatscht, sondern raste durch ihn hindurch, als würde ich lediglich die Wasseroberfläche eines Sees durchstoßen.

In der Dunkelheit der Erde fiel ich weiter und es vergingen Ewigkeiten, ehe ich tief unter mir ein Glühen ausmachen konnte, das rasch größer und heller wurde. Noch während ich darüber nachgrübelte, was das sein könnte, umfing mich eine unbeschreibliche Hitze, die mir den Atem raubte. Als ich schon glaubte, ich würde endlos weiterfallen, tauchte ich in dichte Wolken, prall gefüllt mit dunklem Rauch, die meinen Fall stetig abbremsten, bis ich schließlich mit harmloser Geschwindigkeit auf allen vieren auf dem Boden aufkam.

Völlig benommen von meinem Fall, der sich nicht erklären ließ, verharrte ich im Vierfüßlerstand, darum bemüht, normal zu atmen, ohne bei jedem Herzschlag »Verdammt, verdammt!« zu murmeln. Es gelang mir nicht.

Obwohl ich meine Augen krampfhaft geschlossen hielt, nahm ich bereits genug von meiner Umgebung wahr. Die Hitze, die mich umgab, fühlte sich an, als würde sie die Härchen auf meinen Armen verschmoren, während mir die Luft vorkam, als würde ich gasförmige Lava einatmen. Das alles war natürlich völlig unmöglich, wie die Tatsache, dass ich überhaupt erst hier gelandet war, statt zerschellt auf dem Boden vor der Klippe zu liegen.

»Ich bin tot«, wurde mir schlagartig klar, und diese Erkenntnis traf mich wie ein Blitzschlag.

»Na, so drastisch würde ich es nicht ausdrücken«, krächzte eine brüchige Stimme vor mir, die nach tausend Toden klang.

Ich riss meine Augen auf, auch wenn ich fürchtete, die heiße Luft könnte mir augenblicklich die Augäpfel verkohlen. Aber nichts dergleichen geschah. Stattdessen watschelte eine kleine Gestalt in mein Blickfeld und schälte sich aus dem Rauch, der in einem glühenden Orangerot leuchtete.

Weit konnte ich nicht sehen, und erst nachdem das kleine Männchen bis auf Armeslänge herangekommen war, erkannte ich alle Einzelheiten an seinem ungewöhnlichen Äußeren. Der runde Kopf war völlig haarlos, selbst die Augenbrauen fehlten ihm, und seine Haut war übersät mit roten Flecken, die wie Feuermale aussahen. Die rissigen Lippen waren zu einem breiten Grinsen verzogen, das sich beinahe von Ohr zu Ohr erstreckte. Überdies blickte es mich mit zwei beängstigenden Augen an, deren Pupillen von einem erschreckend glühenden Rot waren. Der schmale Körper des Mannes war in einen schmutzig dunkelgrauen Anzug gekleidet, der den Eindruck erweckte, als wäre er einst von reinem Weiß gewesen und nur aufgrund des stetigen Verkohlens zu seiner aktuellen Färbung gelangt. Insgesamt erinnerte seine äußere Form an einen Zehnjährigen, doch die Gesichtszüge ließen mich glauben, er wäre tausend Jahre alt.

Mein wie bei einem Kleinkind offenstehender Mund entzog sich meiner Kontrolle.

»Ich bin also nicht tot?«, wiederholte ich meinen Gedanken mit anderen Worten und konnte nicht verhindern, dass sich ein Hauch von Hoffnung hineinschlich.

Das seltsame Männchen stieß einen zischenden Laut aus, der klang, als hätte er sich soeben ein Stück Haut verbrannt. »Ganz lebendig bist du jedenfalls auch nicht mehr.«

Seine nichtssagenden Worte trieben mich in den Wahnsinn. Zu allem Übel konnte ich von meiner Umgebung außer des glühenden Rauchs nichts erkennen.

»Wo bin ich hier?«, fragte ich also, ohne den alten Jungen aus den Augen zu lassen, denn ich misstraute ihm. »Bin ich etwa …«, eine wilde Ahnung überkam mich, »in der Hölle?«

Der kleine Mann brach in schallendes Gelächter aus, von dem er sich kaum mehr beruhigen konnte.

»Der war gut«, japste er schließlich, während er sich die Tränen aus den Augenwinkeln wischte. »Komm mit!«

Ohne abzuwarten, ob ich mich dafür oder dagegen entscheiden würde, ihm zu folgen – oder vielleicht eher meiner Idee einer Flucht die Chance gab –, marschierte er an mir vorbei in den dichten Rauch, der ihn sogleich verschluckte, als wäre er nie da gewesen.

»Was zur Hölle …?«, entfuhr es mir, ehe ich ihm eilends nachfolgte.

Der Rauch verzog sich nach wenigen Schritten, bis wir ihn schließlich komplett hinter uns zurückließen und einen Schauplatz betraten, der mir den feurig heißen Atem stocken ließ. Vor uns tat sich eine schier endlose unterirdische Felsengrotte auf, deren Ausmaße bis ans Ende der Welt reichten – das wusste ich augenblicklich. Das Tosen, das die Grotte ausfüllte, als käme es von zahlreichen Wasserfällen, stammte von ebenso vielen Brandherden, deren unerträgliche Hitze mich sekündlich aufs Neue sterben ließ, ohne mir etwas anhaben zu können. Verstört und außer mir vor Entsetzen ob dieses Anblicks übergab ich mich in die nächstbeste Lavapfütze zu meiner Seite.

Der kleine Mann sah mir mit einem äußerst belustigten Gesichtsausdruck dabei zu.

»Willkommen im Dom der ewigen Flammen, Ben«, säuselte er an meinem Ohr, während ich die letzten Reste meines mickrigen Frühstücks in der Lavapfütze versenkte.

Da ich nicht sofort verbrannte oder an der Luft erstickte, war ich vermutlich bereits tot, auch wenn die Antworten des Unbekannten nicht wirklich eindeutig gewesen waren. Doch warum empfand ich dann noch Todesangst? Zitternd vor Furcht, natürlich nicht vor Kälte, raffte ich mich wieder auf und bemühte mich um einen klaren Gedanken.

»Wenn das hier die Hölle ist, bist du dann der Teufel?«

Das mit roten Flecken übersäte Gesicht des Männleins verzog sich zu einem wütenden Ausdruck, sodass ihn die Zornesfalten noch älter wirken ließen. Dann ging er bis auf Tuchfühlung an mich heran, packte mich am Kragen und zog mich zu sich hinunter. Verblüfft von der ihm innewohnenden Kraft war ich zu überrascht, um mich dagegen zu wehren. Die zweite Hand hatte er zur Faust geballt, mit der er mir nun in einem stürmischen Rhythmus gegen die Stirn klopfte.

»Hallo? Jemand zu Hause? Was habt ihr Hornochsen nur immer mit der Hölle?« Als er wieder von mir abließ, stemmte er gereizt die Hände in die Seiten und funkelte mich mit seinen unheimlichen Augen an.

Beinahe meinte ich, aus ihnen würden rote Blitze schießen, um mich an Ort und Stelle zu grillen, aber vielleicht sah ich auch nur Sternchen, weil er meine Stirn derart malträtiert hatte. Vor mich hin grummelnd rieb ich sie mir, während er mich skeptisch musterte.

»Bei dir muss ich wohl ganz von vorne anfangen«, sprach er seufzend und schüttelte dabei unablässig seinen runden Kopf. »Dies ist das Reich, in dem alle Flammen entstehen. Hier befinden sich die Flammen der Vergangenheit, der Gegenwart und vor allem die der Zukunft.«

»Aha, verstehe!« Ich verstand kein einziges Wort. »Zukunft?«

Wieder schüttelte er den Kopf, aber dieses Mal bildete sich ein zaghaftes Schmunzeln auf seinen spröden Lippen. »Ich bin der Flammenwächter. Du kannst mich Lucius nennen.«

»Freut mich, dich kennenzulernen, Lucius«, entgegnete ich ihm, weil ich das für höflich hielt. »Glaube ich …«

Jetzt grinste er tatsächlich, vielleicht weil er mich durchschaut hatte. Vielleicht aber auch nur, weil er mal etwas anderes tun konnte, außer Flammen zu bewachen.

»Und wieso …?«, setzte ich an, ohne zu wissen, welche Frage sinnvoll wäre.

Wieso war es nötig, die Flammen zu bewachen? Was hatten sie mit der Zukunft zu tun? Oder warum, zur Hölle, hatte mich mein Absturz an diesen Ort gebracht?

Mit einem entschlossenen Nicken griff Lucius nach meiner Hand. »Komm mit!«

Er führte mich tiefer in die riesige Feuerhalle hinein. Die Flammen züngelten zu allen Seiten. Es wirkte wie ein tödliches Labyrinth. Ich sah Klippen, von denen Sturzbäche mit glühender Lava in endlose Tiefen stürzten, und entdeckte Wälder, deren Bäume eine Krone aus leuchtender Glut trugen. Ich bemerkte Vulkane und feurige Geysire, ganze Säulen aus Flammen und endlose Wiesen, auf die Asche hinab regnete. So kam ich aus dem Staunen nicht mehr heraus, bis unser Weg abrupt vor einem Abgrund endete und steil in die Tiefe abfiel, ähnlich meiner Klippe. Ebenjener Klippe, von der ich vor wenigen Minuten gesprungen war.

Vor Entsetzen und Bewunderung riss ich Mund und Augen auf, konnte den Anblick nicht erfassen, der sich vor mir auftat.

Unterhalb der Klippe erstreckte sich bis zum Horizont ein feuriger See eines solch beeindruckenden Ausmaßes, dass einzig ehrfürchtiges Schweigen die angemessene Reaktion darauf zu sein schien. Doch mehr noch als dessen Größe war das Bemerkenswerte an ihm, dass seine Oberfläche in völliger Bewegungslosigkeit erstarrt war. Als wäre sie eingefroren – was bei einem Flammenmeer wie diesem die wohl denkbar unwahrscheinlichste Möglichkeit war. Es war magisch, ein anderes Wort ließ sich dafür nicht finden.

»Dies, mein neuer Freund«, erklärte Lucius, und aus seiner Stimme klangen Stolz und Erhabenheit heraus, »ist der Feuersee der Zukunft.«

Es dauerte einige heiße Atemzüge, bis das letzte Wort in mein Bewusstsein vordrang. »Zukunft? So sieht die Zukunft aus?«

Trotz der allgegenwärtigen Hitze ergriff mich ein Schaudern.

»Unsinn!« Lucius machte eine wegwerfende Handbewegung. »Du musst wirklich noch viel lernen, mein fliegender Freund.«

Kopfschüttelnd trat er an mich heran, stellte sich auf die Zehenspitzen und entriss mir einige meiner schwarzen Haarsträhnen, die mir bis zu den Augenbrauen reichten.

»Autsch!«, rief ich entgeistert und warf ihm einen vorwurfsvollen Blick zu.

Davon ließ er sich allerdings nicht aus dem Konzept bringen, was mich zu dem Schluss führte, dass er dies nicht zum ersten Mal getan hatte.

»Sieh hin und lerne!«, sprach er.

Dann warf er mit einer fließend eleganten Handbewegung, die ich ihm keineswegs zugetraut hatte, das schwarze Büschel meiner Haare auf den spiegelglatten Feuersee. Sie wurden weit hinaus getrieben, während sie immer tiefer sanken und ich wie gebannt hinterherblickte, um den Moment nicht zu verpassen, in dem sie auf der Oberfläche ankommen würden.

Doch noch ehe es so weit war, kam Bewegung in das bisher wie starr daliegende feurige Gewässer. Ein Zischen und Brodeln wurde hörbar, während zunehmend stärkere Wellen über den See dahinrollten. Und schließlich, kurz bevor meine Haare die Oberfläche berührten, schoss eine Feuerfontäne weit in die Höhe und verschlang das Haarbüschel, als wäre es das langersehnte Futter. Dann geschah mehrere Sekunden lang gar nichts und ich fragte mich allmählich, wozu dieses kleine Schauspiel hatte dienen sollen – bis das Feuer des gesamten Sees zu lodern begann. Züngelnde Flammen schossen daraus hervor, willkürlich, mächtig und mit der Eleganz einer Tänzerin.

Staunend beobachtete ich das Spektakel, als mich Lucius mit der Hand an der Schulter berührte und sie dort beließ. »Sieh genauer hin!«

Noch während er sprach, wandelten sich die entstandenen Brandherde und emporschießenden Flammen. Es entstanden Konturen, bis sich Wesen und Figuren erkennen ließen. Als ich schließlich die daraus gebildete Gestalt identifizieren konnte, blieb mir mein überhitztes Herz stehen.

»Maxim …«, flüsterte ich.

Lucius an meiner Seite nickte. »Er spielt eine entscheidende Rolle. Willst du sehen, was passiert, wenn deine Flugversuche von Erfolg gekrönt sein werden? Merke es dir gut!«

Die Feuerzungen aus dem See vereinten und trennten sich, formten Figuren, Landschaften, Häuser, bis ich das Gefühl hatte, meine Freunde auf der Klippe stehen zu sehen, von der ich soeben in die Tiefe gestürzt war. Sie reckten siegreich die Hände in die Luft, manche hüpften und sprangen. Ich löste meinen

Blick von ihnen und erkannte in diesem Feuerkino mich selbst, wie ich mit meinem Drachengleiter durch die Luft segelte.

»Es funktioniert!«, hauchte ich, doch Lucius' Hand lag nach wie vor schwer auf meiner Schulter.

»Manche Dinge sollten nicht funktionieren«, flüsterte er und deutete mit seiner freien Hand in die Flammenschau, die sich schon wieder neu gestaltete.

In einer schnellen Abfolge von Bildern, als hätte jemand einen Trailer von meinem Leben erstellt, sah ich die Zukunft. Und dass es meine Zukunft war, wusste ich instinktiv. Vielleicht war es auch weniger Instinkt als viel mehr das, was der Name des Sees nahelegte.

Lucius kommentierte es mit leisen, emotionslosen Worten: »Wenn du nach deinem Sturz wieder erwachst, wirst du deinen Drachengleiter neu zusammenbauen«, flüsterte er, während wir dabei zusahen, wie der Flammen-Ben genau das tat. »Du wirst auf Fehlersuche gehen, ihn finden und beheben. Du wirst einen neuen Versuch starten und es wird dir gelingen. Alle werden dich dafür in den Himmel loben, die Erzählungen von dem Jungen mit dem Drachengleiter werden bis über die Landesgrenzen hinaus weitergetragen werden. Städte werden dich zu Vorführungen einladen, die Menschen werden dich bejubeln und dich sogar um Autogramme bitten. Anfangs wirst du den neugewonnenen Ruhm kaum fassen können, doch du wirst dich daran gewöhnen. Mehr noch, du wirst süchtig danach werden. Du wirst deine Herkunft vergessen, wirst Maxim vergessen und deine Freunde. Bis zu dem Tag, an dem dich ein Junge herausfordern wird, Mann gegen Mann, Drachengleiter gegen Adlerschwingen. Intuitiv wirst du wissen, dass er dich besiegen wird, dass er dir deinen Ruhm nehmen wird, den du zu deinem Lebensinhalt erklärt hast. Und dann wirst du das unbeschreibliche Tun.«

Schlagartig veränderte sich die Szenerie vor meinen Augen. Ich sah den Zukunft-Ben, der sich heimlich am Fluggeschoss seines Gegners zu schaffen machte, sah, wie er es manipulierte, wie sein Gegner beim entscheidenden Aufeinandertreffen abstürzte.

»Du«, hauchte Lucius unheilvoll, »wirst ihn töten.«

Schlagartig verblassten die Bilder, die durch die Flammen vor meinen Augen entstanden waren, der See beruhigte sich wieder, bis die Oberfläche regungslos da lag, als hätte sie nicht gerade meinen Untergang prophezeit.

»Das könnte ich nie«, erwiderte ich mit erstickter Stimme und spürte im selben Augenblick, dass es eine Lüge war.

»Jetzt noch nicht.« Lucius nahm seine Hand von meiner Schulter. »Aber der Tag wird kommen.«

Der Kloß in meiner Kehle bestätigte mir diese Wahrheit, und ich konnte nicht anders, als zu nicken. Hastig fuhr ich mir mit dem Handrücken über die Augen, obwohl jegliche Tränen ohnehin bereits verdampft wären, ehe sie über die Wangen rollen könnten.

»Aber«, begann ich zögernd, »was soll ich nun mit diesem Wissen anfangen? Bin ich etwa nicht tot?«

»Denkst du noch immer, so könnte die Hölle aussehen?« Lucius kicherte leise, doch zum ersten Mal, seit ich ihn getroffen hatte, klang er nicht genervt, sondern zuversichtlich. »Dies ist der Ort der zweiten Chancen. Und diese ist die deine: Suche dein Glück nicht im Fliegen, nicht im Ruhm, nicht im Ansehen. Oft liegt das Glück direkt vor der Nase. Man muss es nur ergreifen.«

Ratlos schüttelte ich den Kopf. »Was meinst du damit?«

Jetzt lächelte Lucius tatsächlich – und das Lächeln war erfüllt von Abschied und Hoffnung. »Das wirst du schon herausfinden. Und bedenke dabei: Manchmal bieten zweite Chancen eine bessere Zukunft. Nutze sie weise.«

Dann nickte er und ehe ich begriff, was das Nicken bedeutete, gab er mir einen solch heftigen Stoß, dass ich das Gleichgewicht verlor. Einen Moment lang glaubte ich noch, mich abfangen zu können, doch dann stürzte ich über den Klippenrand in den Feuersee. Schreiend fiel ich und als ich aufschlug, riss ich meine Augen auf vor Schmerz, japste nach Luft wie ein Ertrinkender und griff mit den Händen nach dem, was sich mir am nächsten befand.

Es war Maxim.

»Ben!«, stieß Maxim aus und packte mich an den Schultern. »Mein Gott, Ben, du lebst!«

Rasch wischte er sich mit dem Ärmel über das Gesicht, und auch wenn es den Eindruck erwecken sollte, er würde sich den Schweiß von der Stirn wischen, so sah ich doch, dass es Tränen waren.

»Wo bin ich?«, ächzte ich mit heiserer Stimme, als hätte ich zu viel Rauch eingeatmet. »Was ist geschehen?«

Ahnungslos starrte ich ihn an, fühlte mich, als wäre ich soeben aus einem tausend Jahre dauernden Schlaf erwacht, ohne mich entsinnen zu können, wie ich hierhin gekommen war.

»Du bist mit deinem Drachengleiter von der Klippe gesprungen und dein rechter Flügel hat sich gelöst.« Maxims Stimme zitterte vor Angst. »Du bist auf dem Boden aufgeschlagen wie ein Stein. Wir dachten, du wärst tot. Es ist ein Wunder, dass du überlebt hast!«

Langsam setzte ich mich auf und sah alle meine Freunde um mich geschart. Der Schock stand ihnen ins Gesicht geschrieben. Die Haut an meinem ganzen Körper brannte, als wäre ich soeben einem Feuerofen entstiegen. Doch wahrscheinlich waren meine Glieder lediglich damit überfordert, einen Sturz zu verkraften, den man eigentlich nicht überleben sollte.

»Autsch!«, machte ich, während ich mir die Stirn rieb und das Gefühl eines Déjà-vus zu verdrängen versuchte.

»Außer dieser Platzwunde scheinst du unversehrt zu sein!«, sagte Maxim, man hörte die Erleichterung in seiner Stimme. »Was hast du nur für ein Glück gehabt! Da hast du wohl eine zweite Chance geschenkt bekommen!«

Und mit einem Schlag wurden mir die Augen geöffnet.

Ich sah nicht mehr Maxim, meinen besten Freund, nicht mehr Maxim, den treuen Helfer und Assistenten beim Bau meines Flugobjekts. Plötzlich sah ich einen Jungen mit den schönsten blauen Augen zwischen Himmel und Hölle, und erkannte in ihm den einen Menschen, der sich stets mit ganzer Hingabe um mich gesorgt und bemüht hatte.

Also tat ich das, was mir in diesem Moment in den Sinn kam, was man mit zweiten Chancen tun sollte. Ich nutzte sie und folgte meinem Herzen.

Darum erhob ich mich, legte meine Hand in Maxims Nacken und küsste ihn. Ich küsste ihn mit der Macht aller zweiten Chancen, ignorierte die verstörten Blicke meiner Freunde, denn ich nutzte meinen Neuanfang. Und dass ich nichts Besseres hätte tun können, zeigte mir Maxims Reaktion: Er erwiderte meinen Kuss.

Obwohl er in messbarer Zeit womöglich lediglich Sekundenbruchteile andauerte, so veränderte er doch mein Leben. Und weil ich das spürte, stand ich auf, betrachtete den wilden Haufen, der einmal mein Drachengleiter *Red Flame* gewesen war, und zertrümmerte noch den letzten Rest von ihm.

Eine Ahnung sagte mir, dass mich das Fliegen sonst noch in die Hölle bringen würde.

Als ich fertig war, nickte ich zufrieden, schaute in Maxims lächelndes Gesicht, während mich die Jungen einer nach dem anderen abklatschten und den Schauplatz verließen. Sie waren zufrieden, denn sie hatten ihre Sensation für diesen Nachmittag erhalten.

Schließlich ergriff ich Maxims Hand und wir folgten unseren Freunden. Als ich mich ein letztes Mal zu meinem zerstörten Drachen umwandte, meinte ich noch, eine kleine Rauchsäule von ihm aufsteigen zu sehen, aus der mir glühend rote Augen zwinkernd hinterherblickten.

Aber das war sicherlich nur Einbildung.

Wichtig war allein, dass ich meine zweite Chance nutzte – und nie wieder versuchen würde, zu fliegen.

Jessica Wismar

FEUER-GEISTER

Müde hielt ich meinen Teller in die Ausgabe, auf den mir eine mürrisch dreinblickende Frau lieblos einen Löffel Kartoffelbrei klatschte. Dazu bekam ich ein winziges Stück Fleisch und lächerliche drei Brokkoliröschen. Dabei liebte ich Brokkoli.

»Könnte ich bitte noch etwas mehr Gemüse haben?«, versuchte ich mein Glück.

»Keine Extrawünsche für Blindgänger«, ätzte die Frau und knallte den Teller auf die Anrichte, sodass eines der Röschen herunterpurzelte.

Kurz war ich versucht, es aufzuheben, doch einen winzigen Funken Restwürde hatte ich mir noch erhalten. Ich fragte mich gerade, ob ich es nicht trotzdem aufheben sollte, da wurde ein Tablett neben meines geknallt und riss mich aus meinem Starren. Ich blickte hoch und in die grüngelblichen Augen der angesehensten Tochter meines Vaters – des Gottes Agnis. Neben uns zweien gab es noch einige weitere Kinder von ihm hier am *College of Divine*, doch keines von ihnen hatte im Lostopf des Lebens so viele Nieten abbekommen wie ich.

Schnell schnappte ich mir meinen Teller, stellte ihn auf das Tablett und sah zu, dass ich der beliebten Phönixbändigerin Platz machte. Natürlich war diese Ziege hinter der Bedientheke ausnehmend freundlich zu ihr und lud Candela zwei gehäufte Kellen voller Brokkoliröschen auf den Teller. Neidisch senkte ich meinen Blick und stellte mich in die Reihe für die Getränke. Es dauerte drei Schüler, die sich ihre Gläser befüllten, bis die Königin des Schulhofs hinter mich in die Reihe trat. Nun war ich dran, daher stellte ich mein Tablett neben dem Getränkespender ab, griff mir ein Glas und stellte es unter den Hahn für Cola.

»Das sieht widerlich aus. Und Grün passt auch überhaupt nicht zu meinem Outfit«, erklärte Candela niemand Bestimmtem. »Für dich allerdings ist es gut genug«, höhnte sie mit nasaler Stimme und schaufelte den Großteil ihrer Gemüseportion auf meinen Teller.

Ich hatte alle Mühe, nicht breit zu grinsen, als Candela mit erhobenem Kinn an mir vorbeirauschte und sich an den Tisch zu Uriel setzte, ihrem Freund. Ich dagegen trug mein Tablett in die hinterste Ecke der Mensa an einen kleinen, unbeachteten Tisch neben den Tablettwagen und Mülleimern. Wie üblich musste ich erst einige leere Trinkbecher zur Seite schieben, dann setzte ich mich an den schmuddeligen Tisch und schob mir genüsslich ein Röschen Brokkoli nach dem anderen in den Mund. Bei jedem Bissen ließ ich mir Zeit, gab mich dem Geschmack hin und blendete die Kommentare aus, die mir großzügig geschenkt wurden, wann immer jemand sein Tablett wegräumte.

Die verletzenden Worte prallten an mir ab, zerschellten an der schützenden Hülle, die ich seit einem schicksalhaften Moment vor einigen Monaten aufgebaut hatte. Freundschaft. Ich hegte sie lediglich zu einer Person und auch lediglich im Verborgenen, doch es reichte. Es reichte vollkommen.

»He, Missgeburt, ich rede mit dir!«

Desinteressiert schob ich mir schnell den letzten Bissen Brokkoli in den Mund. Wann immer sich Uriel auf mich einschoss, endete es unschön, und meinen Brokkoli wollte ich definitiv nicht hergeben.

»Hallo!«, rief er und wedelte mit der Hand vor meinem Gesicht, als wäre ich eine Schwachsinnige.

Nun, ich rede aber nicht mit dir, du arroganter Emporkömmling.

Wie gern ich ihm das einmal ins Gesicht schleudern würde, doch ich hütete mich. Er und Candela waren *das* Pärchen.

Er packte mein Glas Cola und kippte es kurzerhand über mir aus. Entsetzt zuckte ich zusammen, behielt aber die Ruhe. Das grölende Gelächter schwappte wie eine Welle durch die gesamte Mensa. Automatisch fand mein Blick ihren, und ich sah, wie viel es Candela kostete, nichts zu sagen, sogar mit den anderen zu lachen.

Um sie zu unterstützen, griff ich nach meinem Messer, als wäre nichts, und portionierte ein wenig Kartoffelbrei auf meine Gabel. Seelenruhig schob ich sie mir in den Mund, ignorierte das eiskalte und zugleich klebrige Gefühl auf meinem gesamten Oberkörper und schaute erst dann zu Uriel auf.

»War was?«

»Du bist dreckig. Geh dich duschen. Schlimm genug, dass du Schande über Candelas Vater bringst. Wenigstens sauber solltest du sein als Tochter eines Gottes, Missgeburt hin oder her.«

»Natürlich. Gleich nachdem ich aufgegessen habe«, säuselte ich.

Uriel packte meinen Teller und warf ihn samt dem Essen darauf in den Mülleimer.

»Jetzt!«

Nun überkam mich doch die Wut. So heftig, dass ich Mühe hatte, meine Tränen zurückzuhalten. Scheiß Schwäche. Immer musste ich losflennen, wenn ich doch eigentlich brüllen und zetern wollte. Ungerechtigkeit war der gnadenloseste Antrieb dieser verräterischen Salzbäche.

Möglichst beherrscht stand ich auf, bemühte mich, nicht gedanklich in Worte zu fassen, was Uriel gerade getan hatte, sonst wäre ein Verdrängen nicht länger machbar, griff nach meiner Tasche und legte mir den Riemen über die Schulter. Begleitet von weiteren Kommentaren und herzlosen Lachern durchschritt ich die Mensa und verließ diesen unsäglichen Ort.

Kaum war ich außerhalb ihrer Sichtweite, lehnte ich mich an die Wand im Gang, ballte meine Hände zu Fäusten und brüllte voller Zorn auf. Mit bereits kullernden Tränen eilte ich zu den Mädchenumkleiden, riss meinen Spind auf und versuchte, die abgewetzte Ledertasche von der klebrigen Brühe zu befreien, bevor ich mich mitsamt meiner Kleidung unter die Dusche stellte.

»Kiana?«

Ich drehte das Wasser ab, trat aus der Dusche und sah in die mir so vertrauten grüngelben Augen.

»Was tust du hier? Wenn dich jemand sieht!«

»Es tut mir so leid. Ich mache Schluss mit diesem Arschloch!«

Sofort packte ich mein Handtuch, trocknete meine Hände und trat dann zu ihr. »Nein, tu das nicht. Wir hatten das schon.«

Candela senkte ihren Blick, damit ich die Tränen in ihren Augen nicht sehen konnte. Aber ich kannte sie inzwischen gut genug.

»Ich kann nicht mehr so tun, als fände ich es gut, was sie alle da draußen mit dir tun.«

Lässig zuckte ich mit den Schultern. »Ach, du meinst in der Hölle vom edlen *College of Divine*?«

Das war die Mensa für mich, meine ganz persönliche Hölle.

Ein Lächeln zuckte um ihre Mundwinkel. »Ja, genau da.«

Ich nahm ihr Gesicht in meine Hände und lächelte sie an. »Wir sind Freundinnen, Can. Das ist alles, was ich je gebraucht habe. Wenn du das offen zugibst, ist der Preis dafür unendlich hoch. Das würde mich nicht schützen oder retten, es würde dich nur mit hinunterziehen. Glaub mir, ich habe es erlebt. So, wie es ist, ist es gut. *Mir* geht es gut.«

»Ach ja?« Demonstrativ sah sie auf meinen tropfenden Pocahontas-Pulli.

»Ach, das meinst du?« Ich tat überrascht und hielt den Pulli von mir, als würde ich erst jetzt seinen Zustand bemerken. »Wetlook ist total in. Wusstest du das noch nicht?«

Candela lachte auf. »Du weißt gar nicht, wie stark und wundervoll du bist, Kia.«

Ich grinste verlegen. »Ja klar. Ich brauche ja irgendwelche Qualitäten als Versagerin des Jahrhunderts.«

»Sag das nicht!«, wies sie mich zurecht.

»Verleugnen bringt nichts, Can. Ich habe als einzige Tochter Agnis' keinen Feuergeist, den ich bändigen kann. Es ist nicht schön, aber auch nicht zu ändern. Dank dir weiß ich inzwischen, dass mich das nicht ausmacht. Also ja, es ist alles gut. Versprochen.«

Candela holte tief Luft.

»Ich würde dich gern umarmen«, entfuhr es mir.

Die Demütigung steckte mir noch in den Knochen. Etwas Wärme würde mir gerade sehr guttun. Sofort öffnete sie ihre Arme und grinste mich an.

Ich lachte auf. »Warte. Ich muss mich erst aus diesen nassen Klamotten schälen.«

Ein erheitertes Funkeln trat in ihren Blick. »Ich warte.«

Sie ließ ihre Arme nicht sinken, sondern musterte mich nur auffordernd. Sofort ging ich zu meinem Spind und begann, mich aus der klatschnassen Kleidung zu pellen. Da knackte auf einmal die Lautsprecherbox an der Decke.

»Götterkinder des *College of Divine*, Agnis, Gott des Feuers, erwartet seine Erben in der Arena. Kinder des Feuers, sammelt euch im Sand. Alle anderen nehmen auf den Tribünen Platz.«

Nur noch in Unterwäsche fuhr ich zu Candela herum. Wir beide schluckten schwer. Es war nie gut, wenn ein Gott das College besuchte. Dass es ausgerechnet unser Vater war, machte die Sache nur schlimmer.

Ich stand ganz hinten, noch hinter der letzten Reihe. Zwischen all den Köpfen hindurch entdeckte ich die blonden Wellen meiner besten Freundin, die natürlich ganz vorn stand. Der rötliche Sand unter meinen Füßen war heiß, nicht unangenehm, aber deutlich wahrnehmbar.

Mein Vater, unser aller Vater, schritt in der Mitte der Arena auf und ab. Sein prüfender Blick glitt über die Masse seiner Nachkommen.

Im Gegensatz zu meinen Halbgeschwistern reckte ich nicht den Kopf, um einen Blick zu erhaschen. Ich wollte nicht, dass er mich entdeckte. Er war ein Gott, er musste von mir wissen und noch mehr Demütigung konnte ich wirklich nicht gebrauchen.

»Kinder, es ist an der Zeit, euch zu prüfen«, sagte er plötzlich in die angespannte Stille hinein. Seine warme, tiefe Stimme war so klar und angenehm, dass sie mich magisch anzog.

Aufgeregtes Lufteinziehen und leises Scharren unter unruhigen Stiefeln im Sand war die Antwort. Die Spannung erfasste unsere gesamte Gruppe. Zwischen zwei Köpfen hindurch tauchte sein Gesicht auf, eine perfekte Maske mit einem atemberaubenden Lächeln. Es wunderte mich nicht, dass er so viele Halbgötter gezeugt hatte.

»Wir halten Spiele ab, in denen ihr euch und eure Bändigerfähigkeiten unter Beweis stellt.«

Unruhig traten einige von einem Bein auf das andere. Ich dagegen hoffte inständig, dass das ein freiwilliges Spektakel war.

»Jeder von euch wird mir zeigen, was in ihm steckt.«

So viel dazu. Ich sank in mir zusammen.

Unendliche Demütigung, schon wieder.

»Strengt euch an. Die fünf Besten von euch dürfen mich in den Palast der Naturgötter begleiten und dort unser Geschlecht vertreten.«

Nun hielt meine Geschwister nichts mehr. Aufgeregtes Geschnatter erhob sich. Freudige Erwartung, sehnsüchtige Wünsche, ein Abschätzen der Konkurrenz. Sie alle konnten nicht glauben, was für eine Chance sie bekamen. *Sie,* nicht ich.

Die eisige Kälte bitteren Neids krallte sich in meine Eingeweide, vergiftete meinen Verstand, noch ehe ich einen vernünftigen Gedanken fassen konnte. Warum passierte mir all das? Warum durften diese fünf Auserwählten den Traum leben, der seit meiner Kindheit in mir schlummerte? Das war einfach nicht fair!

Einige Köpfe drehten sich in Candelas Richtung, und mein Herz, das mir bereits vor Enttäuschung schwer war, setzte aus. *Sie* war die Beste. Sie hatte ihren Platz längst sicher. Meine Schultern sanken in purer Verzweiflung herab. Ich würde sie verlieren, an meinen Traum. Warum musste das Leben so grausam sein? Warum nur?

Ungewollt stieg Galle in mir auf. Der bittere Geschmack der Missgunst legte sich auf meine Zunge, und hilfloser Zorn färbte jeden Gedanken, der sich darum bemühte, meine Situation zu relativieren. Doch da gab es nichts zu relativieren. Ich würde meine beste Freundin verlieren.

»Die Spiele beginnen morgen bei Tagesanbruch. Ein Sonnenlauf des Sichmessens. Gebt euer Bestes und verdient euch euren Platz an meiner Seite!«, verkündete er laut, und Jubel brandete auf.

Er wandte sich ab und trat auf unsere Direktorin zu. Die Masse löste sich auf, und ich sah zu, dass ich davonkam. Ich ertrug jetzt keinen Spott, und Candela wollte ich gerade auch nicht sehen. So schnell ich konnte, lief ich den Massen voraus. Fort von allen, fort von ihr. Noch im Gang unter den Tribünen hindurch bog ich ab, quetschte mich durch den schmalen Spalt zwischen Außenwand und Tribünengerüst, bückte mich unter den Querstreben hindurch und entfernte mich mit jedem Schritt weiter von ihnen.

Ausnahmsweise achtete niemand auf mich. Es gab Wichtigeres, Interessanteres. Mit jeder Querstrebe, unter der ich hindurchging, wurde das Geschnatter leiser, die zahllosen Schritte verstummten und schon bald wurde es selig ruhig. Erst als ich am gegenüberliegenden Tribünenende angekommen war, sah ich mich nach einem bequemen Plätzchen um.

»Bist du dann damit fertig, vor mir wegzulaufen?« Candela schnaubte hinter mir, als ich mich an die Außenwand gelehnt auf den staubigen Boden sinken ließ.

Ertappt sah ich zu ihr auf. Wie die wunderschöne Phönixbändigerin, die sie war, stand sie vor mir und strahlte ihre Macht aus. Ihre stolze Haltung strotzte vor Selbstsicherheit, doch ihre Züge … War sie verletzt?

»Ich will allein sein.«

»Das ist nicht zu übersehen.«

Mürrisch presste ich die Lippen zusammen. »Wieso bist du dann hier?«

»Weil Freundinnen das so machen. Man lässt die andere nicht im Stich, wenn es ihr schlecht geht.«

Ohne eine Antwort abzuwarten, trat Candela neben mich und sank ebenfalls an der Außenwand herab.

»Hör zu, Can, du kannst mir gerade nicht helfen.«

Wortlos zog sie ihre Beine an, legte ihre Unterarme auf den Knien ab und faltete die Hände. »Meinetwegen. Dann heule ich mich eben zuerst bei dir aus.«

»Du?«, fragte ich überrascht.

Sie lachte humorlos auf. »Na klar. Ich bin die einzige Phönixbändigerin in der gesamten Schule. Ich gelte mit Abstand als stärkste Tochter Agnis' und werde nicht verhindern können, dass er mich mitnimmt.« Mit jedem Wort wurde ihre Stimme belegter, zitterte sogar. Ihre Schultern kippten vor, und ihr Kopf schien ihr unendlich schwer zu werden.

Ich begriff kein bisschen, was sie so unglücklich machte.

»Ja, ganz genau!«

Candela hob ihren Kopf und musterte mich überrascht. »Das ist nichts Tolles!«

Wie ich es gewohnt war, biss ich mir auf die Lippe und hielt meine Meinung zurück.

Doch sie begriff es.

»Okay, was soll daran toll sein?«, forderte sie mich auf, mit der Sprache herauszurücken.

Sie war meine Freundin, oder nicht? Unter Freunden sollte man sich immer die Wahrheit sagen können. Dennoch war da ein leises Stimmchen in mir, das mich warnte, meine einzige Freundin vor den Kopf zu stoßen. Ohne sie hatte ich niemanden mehr. Allerdings würde sie sowieso bald fort sein, was hatte ich also zu verlieren?

»Soll ich chronologisch und in Reihenfolge der Wichtigkeit antworten?«

Candela richtete sich auf, zog ihr Kinn zurück und die Augenbrauen hoch. »Wie bitte?«

»Es ist der Palast der Naturgötter, Can. Mächtige Götter, Essen und Trinken im Überfluss, ohne beschissene Mensa. Die Steine der Wände kanalisieren Naturmagie und machen dich noch stärker, jeder sieht zu dir auf.«

»Ja, und jeder trachtet nach noch mehr Macht. Intrigen, Hinterlist, Arroganz, Ignoranz. An so einem Ort wollte ich niemals sein.«

Ich stockte und bemühte mich, ihr ernsthaft zuzuhören, ihre Worte wirklich zu verstehen. Es dauerte einen Moment, bis sie durch meine Sehnsucht und die rosarote Brille durchdrangen.

Dann holte ich tief Luft. »Ich glaube, ich verstehe dich. Aber ich sehe es anders. Agnis würde dich beschützen, gerade du wärst sein Star und jeder würde dich beneiden. Vor allem aber sind da nur Erwachsene oder zumindest reife Personen. Keiner, der es nötig hat, andere kleinzumachen, um sich größer zu fühlen.«

»Und ich glaube, genau da irrst du dich.«

Ich zuckte mit den Schultern. »Das spielt sowieso keine Rolle. Ich werde nie dort sein, du dagegen …«

»Ich muss dorthin, obwohl ich es nicht will, und wir werden getrennt.«

Candela ergriff meine Hand und drückte sie fest. Kurz wollte ich noch weitere Argumente vortragen, sie von ihrem Glück überzeugen. Doch stattdessen lehnte ich meinen Kopf auf ihre Schulter und akzeptierte, dass wir unterschiedlicher Meinung waren.

Ein Tag.

Nur noch ein Tag und dann würde ich meine beste Freundin auf unbestimmte Zeit verlieren. Tränen kullerten meine Wangen hinab. Stumm saßen wir im Sand, lehnten aneinander und flohen so lange vor dieser Zukunft, wie es ging.

Die Luft in der Arena flirrte von all der Hitze. Feuergeist um Feuergeist jagte durch den Parkour. Meine Demütigung lag bereits hinter mir. Wenigstens hatten sie mich gleich zu Anfang aufgerufen, und ich hatte es hinter mich bringen können.

Gerade betrat Candela die Arena. Sie schritt erhaben über den roten Sand, blieb neben dem Bassin der Elemente stehen und legte eine Hand an die Wand der rauen Schale. Schon manifestierte sich der Phönix aus wallenden, orange glühenden Flammen. Er stieß einen freudigen Schrei aus, der durch die Arena hallte. Dann spannte er die Flügel und rauschte durch die Ringe, über die Hürden hinweg, die Steilwand hinauf und wieder hinunter und zuletzt durch die Slalomstangen. Er konnte keine Minute gebraucht haben, als er sich elegant auf Candelas Schulter niedergleiten ließ und seine Flügel entspannt anlegte.

Beifall brandete auf. Ich fixierte unseren Vater und zum ersten Mal heute sah ich keinen Funken Missfallen in seinen gemeißelten Zügen. Da war Zufriedenheit und Stolz. Doch keine Zuneigung, kein Wohlwollen. Vielleicht hatte Can recht. Aber selbst wenn, jede von uns sah es einseitig. Sie nur die negativen und ich möglicherweise nur die positiven Punkte. Die Realität würde vermutlich dazwischen liegen, aber sie wäre in jedem Fall besser als dieses demütigende Drecksloch. Alles war besser als mein Leben hier.

Die restlichen Töchter und Söhne Agnis' rauschten an mir vorbei, während ich immer tiefer in meinen Gedanken versank, in dem Zorn darüber, niemals auch nur eine Chance zu haben. Erst die weittragende Stimme unseres Vaters riss mich aus meiner Tagträumerei.

»Tretet vor!«

Diesmal sammelten wir uns in einer langen Reihe, die Agnis entlanglief. Mit hinter dem Rücken verschränkten Händen marschierte er von links nach rechts, bedachte jeden von uns mit einem prüfenden Blick.

Als er bei mir ankam, blieb er plötzlich stehen. Angewidert krauste er die Nase. »Du, was ist mit dir?«

Ich schluckte schwer.

»Rede, oder bist du schwachsinnig?«

Rechts und links von mir ertönte hämisches Gekicher. Entsetzt wurde mir klar, dass er es bemerkte, es aber nicht unterband.

»Ich habe keinen Feuergeist.«

»Du bist unfähig zu bändigen?«, stieß er fassungslos hervor. Dann wandte er sich von mir ab und unserer Direktorin zu, die im Hintergrund stand. »Ist es sicher, dass diese meine Tochter ist?«

»Ich fürchte ja, Herr.« Demütig senkte sie den Kopf, als wäre es ihre Schuld.

Scham, Wut, Verzweiflung – alles mischte sich in mir zu einem schwelenden Sumpf, der mich beinahe explodieren ließ. Ich konnte doch verdammt noch mal nichts dafür!

Agnis lief nach einem schicksalsergebenen Seufzen die Reihe weiter entlang.

»Ah, die Phönixbändigerin«, säuselte er einige Meter weiter. »Wie heißt du, mein Kind?« Liebevoll gesprochene Worte, voller Zuneigung und Zärtlichkeit.

Mein Sumpf brodelte. Neid wurde zu Missgunst, Missgunst zu Hass, zu Verachtung. Ein winziger Rest Vernunft sagte mir, dass Candela genauso wenig für ihre Macht konnte wie ich für den Mangel an derselben. Aber dieses leise Stimmchen ertrank in dem zähen Sud meines verzweifelten Zorns.

Agnis sprach noch mit weiteren Kindern des Feuers, ehe sich die Reihe auflöste und wir zum Mittagessen entlassen waren, bevor die nächste Runde beginnen würde. Ich konnte mich nicht rühren. Vor Wut war ich wie festgewachsen.

»Er war so grausam«, meinte Candela, als sie neben mich trat. Vor den Augen aller.

Ich schnaubte nur – unfähig, etwas zu erwidern.

»Tut mir leid, dass ich recht behalten habe.«

»Was meinst du?«, presste ich hervor.

»Er ist gemein. Unfair.«

»Sei still!«, schrie ich sie plötzlich an, und alle um uns herum verstummten.

Sie drehten sich zu uns um, musterten interessiert, was die Missgeburt mit der Phönixbändigerin zu tun hatte.

»Kiana«, flüsterte Candela überrascht.

»Tu nicht so scheinheilig. Du weißt genau, was für eine Hölle das hier für mich ist. Alles wäre besser. Aber nein, du bekommst auch das. Die tolle Candela bekommt immer alles. Sie ist so überragend, dass sie es nicht einmal nötig hat, ihren Platz an der Seite eines Gottes anzunehmen!«, platzte es aus mir heraus.

Candela riss die Augen auf. Ihr entsetzter Blick huschte zu Agnis, der uns wachsam beobachtete. Sie presste ihre Lippen zusammen, sah mich mit einem offenen Blick des Schmerzes und der Enttäuschung an, dann rannte sie einfach weg.

Ich kochte noch immer vor Zorn. Nur langsam, ganz langsam begriff ich, was ich gesagt hatte. Was ich offenbart hatte und wie sehr meine Worte sie getroffen haben mussten.

Entsetzt sah ich ihr nach, die bohrenden Blicke ignorierend.

Was habe ich getan?

»Kommen wir nun zur letzten Aufgabe«, verkündete unser Vater.

Ich saß am Rand der Arena im heißen Sand. Er hatte mich nicht noch einmal aufgerufen, um an einem der Spiele teilzunehmen; immerhin. Nur verschaffte mir das genug Zeit, meinen Ausraster von vorhin bitter zu bereuen. Bald würde er verkünden, wer ihn begleitete. Nur noch wenige Stunden, dann würde ich sie für immer verlieren – und das Beste, was mir einfiel, war, sie zu verletzen. Noch immer schwelte Wut in mir, Verachtung gesellte sich dazu. Gefühle, die inzwischen mir selbst galten.

»Zeigt mir die Einzigartigkeit eures gebändigten Feuergeistes und gewinnt Punkte für Originalität und Finesse. Dann wird sich entscheiden, welche fünf von euch mich begleiten.«

Nacheinander durften sich alle Kinder Agnis' unter Beweis stellen. Manche nutzten diese Chance, zeigten unerwartete Kunststücke oder Fertigkeiten ihrer Feuergeister. Einer konnte die Thermik der Flammen nutzen, um seinen Feuergeist in Katzenform fliegen zu lassen. Ein anderer hingegen ließ seinen Feuersalamander mit Flammen in den Sand schreiben. Das Wort ›Agnis‹. So ein Schleimer.

»Zum Schluss nun du, meine Tochter«, säuselte Agnis Candela zu.

Die groß gewachsene Bändigerin mit der blonden Mähne schwebte in die Arena, das Kinn erhoben, die Haltung entspannt und zugleich aufgerichtet. Es hatte etwas Erhabenes. Genau in der Mitte hielt sie an, drehte sich einmal um ihre eigene

Achse, schien jeden in der Arena anzublicken, dann hielt sie plötzlich an und fixierte mich.

Sofort legte ich all mein Bedauern in meinen Blick. Meine Finger prickelten, weil ich hingehen und sie in den Arm nehmen wollte. Ich hatte so einen Mist gebaut.

Candela schüttelte ihre Hände aus, schloss die Augen, begann, leise vor sich hinzumurmeln und dann zu … *glühen*? Ihr Phönix erschien, brach aus ihrer Brust hervor, schraubte sich kerzengerade über ihr in den Himmel und explodierte in genau dem Moment, als Candela ihre gespreizten Finger zu Fäusten ballte. Feine Asche segelte gemächlich dem Boden entgegen.

Ich hatte davon gelesen, davon gehört. Aber es zu sehen, war etwas ganz anderes.

»Ahs!« und »Ohs!« ertönten aus dem Publikum.

Fasziniert betrachtete ich die Ascheflocken, die herabsanken, um Candela zu bedecken. Dann würde ihr Feuergeist neu in ihr erwachen. Ich sah meiner besten Freundin beeindruckt in die Augen, legte meine Zuneigung in meinen Blick und war unendlich froh, als sie mich anlächelte. Das Raunen des Publikums zerstörte diesen Moment für mich. Candelas Lächeln wandelte sich von warm zu verwegen. Mit einem triumphierenden Funkeln in den Augen schob sie ihre Hände in meine Richtung.

Die Ascheflocken schossen pfeilschnell vorwärts, genau auf mich zu. Erstaunte Ausrufe erklangen, aber schon schlugen die Aschefetzen bei mir ein, drangen in meine Haut ein, bis es so viele waren, dass sie meine Haut an Brust, Schultern, Hals und Oberarmen komplett überzogen.

In mir war plötzlich eine unglaubliche Hitze. Dann stolperte mein Herz, kurz erfasste mich Schwindel. Im nächsten Moment vernahm ich ein leises Krächzen, eine warme Präsenz und dann die Akzeptanz des Phönixes, die mein Bewusstsein erreichte. Er war in mir und er blieb dort. Der Feuergeist … ließ er sich denn auch von mir bändigen?

Sofort streckte ich meine Hände vor mir aus, Handflächen nach oben, und rief ihn. Ein sehr kleiner Vogel mit noch stockend wallenden Flammen erschien in meiner Handfläche, krächzte leise und legte den Kopf schief. Er war gerade erst frisch wiedergeboren, natürlich sah er noch winzig aus. Aber er war hier, blieb bei mir und gehorchte, als ich ihn im nächsten Moment wieder in meinem Körper einschloss. Fassungslos sah ich auf meine nun leeren Handflächen.

Ich war eine Bändigerin.

Das änderte alles.

Mein Blick ruckte hoch, fand den von Candela, und diesmal trübten Tränen grenzenloser Freude meine Sicht. Meine beste Freundin lächelte milde. Sie neigte einmal ihren Kopf, und ich konnte kaum fassen, was sie getan hatte. Nur langsam sickerte das Wissen in mein Bewusstsein. Sie hatte unsere Rollen einmal umgedreht. Jetzt war sie die Tochter ohne Feuergeist und ich diejenige mit einem Phönix. Das bedeutete, ich würde in den Palast einziehen und sie hierbleiben.

Trauer trübte meine Freude, als mir klar wurde, dass wir noch immer getrennt sein würden. Aber diesmal konnte jeder dorthin, wo er sehnlichst sein wollte.

Agnis trat plötzlich neben Candela, sah voller Zorn auf sie herab. Dann schaute er zu mir herüber, streckte seine Hand nach mir aus und zitierte mich zu sich. Gehorsam kam ich näher.

»Das ist ja ein ganz netter Trick, den ihr hier abzieht, aber das werde ich nicht dulden. So etwas Lächerliches gibt es bei mir nicht!«, verkündete er mit zornklirrender Stimme.

Er legte jeder von uns eine Hand auf die Schulter. Ein schmerzhafter Griff, auf den Leere folgte. Eine kalte Leere, die gerade eben noch von der freundlichen Präsenz des Feuergeistes gefüllt gewesen war. Die bittere Enttäuschung, die daraufhin über mir zusammenschlug, war erschütternd. Ich glaubte, keine Luft mehr zu bekommen. Es war so viel schlimmer, die Hoffnung geraubt zu bekommen, als nie eine gehabt zu haben.

»Wie gewonnen, so zerronnen«, meinte Agnis auf meinen stumpfen Blick hin.

»Wieso? Was kümmert es dich, wer den Phönix bändigen kann?«

Er schnaubte zornig auf. »So naiv kannst du nicht sein. Sie ist bisher unfähig gewesen, auch nur einen ganz schwachen Feuergeist zu bändigen, da glaubst du allen Ernstes, sie hätte die nötige Stärke, einen Phönix dauerhaft an sich zu binden?«

»Es hat doch funktioniert«, beharrte Candela.

Agnis lachte humorlos auf. »Natürlich. Aber wenn er erst in ihr entdeckt, was offensichtlich alle anderen Feuergeister bereits entdeckt haben, wird auch er sie verlassen. Und dann habe ich keinen Phönixbändiger mehr. Ich gebe doch nicht meinen besten Spieler aus der Hand wegen irgendwelcher Wehwehchen von zwei Gören.«

»Phönixbändiger*in*!«, wies ich ihn zurecht.

Ich war so dermaßen enttäuscht von diesem gnadenlosen Egozentriker. So wütend, dass mir egal war, wem ich da gerade die Stirn bot.

Agnis winkte desinteressiert ab. »Bändiger, Bändigerin. So oder so, ich nehme sie mit.«

»Das wirst du nicht«, entschied ich seelenruhig. »Es sei denn, sie will.«

Entnervt wedelte er mit der Hand.

»Lass diese Kindereien. Dein Moment der Aufmerksamkeit ist vorbei. Jetzt verzieh dich in das dunkle Loch, aus dem du gekrochen bist.« Er schob mich unsanft beiseite und zog Candela mit sich, die er fest um den Oberarm gegriffen hatte.

Meine Freundin warf mir über die Schulter einen hilfesuchenden Blick zu.

»Agnis!«, brüllte ich vernehmlich.

»Schweig!«, knurrte er, doch ich ignorierte es, rannte an ihnen vorbei und stelle mich den beiden in den Weg.

»Du wirst sie nicht mitnehmen.«

Er lachte schallend auf. »Und du willst mich davon abhalten, ja?«

»Ja!«

Sein Gesicht verzog sich vor Zorn. Ich hatte eine Grenze überschritten, das wusste ich sofort, als das dunkle Funkeln in seinen Augen seine schönen Züge entstellte.

»Tritt beiseite oder du wirst es bereuen«, zischte er.

Plötzlich war ich mir der lastenden Stille in der Arena sehr bewusst. Seltsam, wie leise knapp fünfhundert Halbgötter sein konnten.

»Das werde ich nicht«, entgegnete ich ruhig. »Das kann ich nicht. Sie ist meine beste–«

Zu mehr kam ich nicht, denn im nächsten Moment explodierten lodernde Flammen zu meinen Füßen, schlängelten sich meinen Körper hinauf und schlugen in verzehrender Hitze in meinen Körper.

Candela schrie entsetzt auf, wand sich in Agnis' Griff. Andere keuchende Schreie ertönten, und ich erkannte das blanke Grauen selbst in den Gesichtern derer, die mich jahrelang gemobbt hatten. Das hier war vermutlich mein letzter Moment, und ich beschäftigte mich damit, wie naiv und ignorant Wesen sein konnten. Ihre Taten hatten mich jahrelang mürbegemacht, mich innerlich zerstört, Stück für Stück. Und jetzt machte es ihnen auf einmal etwas aus?

Das Feuer umschloss mich inzwischen, ließ meine Sicht flirren und … *wärmte* meinen Körper? Da war kein Schmerz. War das normal, wenn man verbrannte? Ich schnupperte, erwartete den beißenden Gestank verbrannten Fleisches, doch auch der blieb aus. Erstaunt sah ich an mir herab. Jetzt hätte ich beinahe selbst aufgeschrien. Mein Körper *bestand* aus Flammen. Wie der Körper von Candelas Phönix. Benommen sah ich auf. Candela stand mit offenem Mund vor mir. Agnis' Blick dagegen war fassungslos, beinahe vorwurfsvoll.

»Was passiert hier?«, brachte ich zitternd hervor.

»Du bist ein Inkarni«, stieß Agnis widerwillig hervor.

Moment, was? Ungläubig sah ich an mir herab, betrachtete meinen Körper aus Feuer, bewegte meine Arme, meine Beine, betrachtete fasziniert die lodernden Flammen. Ich war ein Inkarni, die Reinkarnation eines Feuergeistes.

»Deshalb konnte ich nie einen Feuergeist bändigen. Ich bin gar keine Bändigerin.«

»Nein!«, stieß er gepresst hervor.

Erst jetzt erinnerte ich mich daran, was mein Vater gerade versucht hatte.

»Du wolltest mich verbrennen!«, rief ich vorwurfsvoll aus.

Mürrisch presste er seine Zähne aufeinander. »Du hast dich einem Gott in den Weg gestellt, was erwartest du?«

»Wir sind deine Kinder. Ich hätte Verständnis und Gnade erwartet.«

Er schnaubte. »Diese Naivität hast du von deiner menschlichen Mutter. Ich bin ein Gott. Solche schwachen Empfindungen haben wir nicht!«

»Mag sein. Solltest du aber vielleicht. Denn jetzt bin ich plötzlich deine stärkste Tochter, und ich sage dir eins: Du hast einiges wiedergutzumachen.«

»So?« Er zog erheitert eine Augenbraue hoch. »Jeder weiß, dass du unbedingt in den Palast der Naturgötter willst. Du hast es schließlich laut in der Arena verkündet.«

Probehalber bewegte ich meine lodernden Finger, wandelte mit einem gezielten Gedanken meinen Körper wieder und ließ nur meine Hände weiterhin im Feuer glühen.

Mit diebischer Freude bemerkte ich seinen Blick. »Das stimmt, nur gibt es etwas, was ich noch mehr will. Und ich sage mal so, wenn du mir das nicht gibst, werde ich nicht mit dir kommen.«

Mein Leben lang träumte ich schon von diesem Ort. Und doch würde ich ihn jederzeit hergeben, wie mir gerade klar geworden war. Für meine beste Freundin.

Endlich war meine unstillbare, wenn auch vollkommen hoffnungslose Sehnsucht zu etwas zu gebrauchen. Ich wusste alles über den Palast, die Regeln, Sitten und Machtgefüge. Das Ansehen eines Gottes hing maßgeblich davon ab, wie stark die Nachkommen waren, die er zeugte. Und ein Inkarni war das Mächtigste, was es gab. Er brauchte mich weit mehr als ich ihn, zumindest jetzt, da ich meine Prioritäten endlich auf die Kette bekommen hatte.

»Und was soll das sein?«

Ich grinste. »Candela. Sie darf frei wählen, ob sie mitkommt.«

Agnis sah von ihr zu mir und dann wieder zurück. Widerwillig ließ er ihren Arm los, ehe er mich zornfunkelnd ins Visier nahm. »Das wirst du noch bereuen. Ich lasse mich nicht gern erpressen.«

Ich zuckte mit den Schultern. »Du wolltest mich gerade umbringen. Ein großer Unterschied dazu wird das kaum werden.«

Er reckte sein Kinn. Dann sah er zu Candela: »Wähle, Tochter!«

Meine Freundin sah zu mir. Tränen schwammen in ihren Augen. Sie brauchte keine Worte zu sagen, ich begriff ihren inneren Aufruhr auch so. Schnell überbrückte ich den Abstand zwischen uns, ließ meine Hände erlöschen, umfassten ihre und drückte sanft zu.

»Du bist frei.«

»Und das wäre okay für dich?«, horchte sie wachsam nach.

Widerwillig presste ich meine Lippen zusammen. Dann suchte ich ihren Blick und hielt ihn. »Du bist meine beste Freundin. Ich bin glücklich, wenn du es bist. Und ich wäre sicher nicht für immer in diesem Palast. Also …« Hilflos zuckte ich mit den Schultern. Ich wollte sie nicht verlieren. Wirklich nicht. Aber ich wollte auch nicht, dass sie nur aus Pflichtgefühl mitging.

Plötzlich grinste Candela verwegen. »Du hast dich mit einem Gott angelegt, meinetwegen.«

»Sieht so aus«, erwiderte ich.

»Du bist vollkommen lebensmüde.«

»Gar nicht. Ich habe erkannt, wofür es sich zu kämpfen lohnt.«

Candela lächelte warm. »Wenn das so ist, komme ich lieber mit. Wer weiß, mit wie vielen Göttern du dich noch anlegst, wenn ich nicht da bin, um auf dich aufzupassen. Außerdem, wer soll dir sonst den Brokkoli organisieren?«

Ich lachte auf.

»Dann ist es entschieden. Ihr begleitet mich beide.«

Candela umfasste meine Hand. »Ja, gemeinsam.«

Das Ende eines Zeitalters und der Beginn eines neuen.
Das neue Fantasy-Epos von Bestseller-Autorin Mira Valentin über die keltische Sagenwelt.

Die Welt der Druiden ist dem Untergang geweiht. Das Christentum ist auf dem Vormarsch, und in Schottland weichen die Anhänger der alten Religion immer weiter auf die nördlichen Inseln zurück. Auch die mythischen Geschöpfe aus Licht und Schatten – Brownies, Banshees, Selkies oder Redcaps – verlieren an Boden, verstecken sich in Refugien tief in den Wäldern.

Auf den Orkneys kümmert sich der junge Druidenanwärter Mylo um diese Wesen. Doch als er durch ein Missgeschick von einer Banshee verflucht wird, wendet er sich an das dunkelste Geschöpf von allen – und stolpert in ein Abenteuer, das die keltische Welt in ihren Grundfesten erschüttern wird.

Druidendämmerung ist ein großes Fantasy-Abenteuer um mystische Druiden, magische Tierwesen – und die verborgene Magie Avalons. Für Leserinnen von Christina Henry, Naomi Novik, Katherine Arden, Marion Zimmer-Bradley und Fans der Artus-Epik.

Die junge Mia hat schon lange genug davon, in einer Welt zu leben, um die sich völlig verrückte Legenden ranken. Als würde es Dämonen und Geister geben, oder eine Auserwählte, die ebendiese Wesen zu sich rufen kann – so ein Blödsinn!

Doch als sie eines Tages versehentlich das Oberhaupt der Dämonen beschwört, kann sie nicht länger leugnen, dass die Legenden wahr sind. Und sie selbst ist ein Teil davon. Sie ist das Mädchen aus der Legende, verantwortlich für die Wesen, an die sie nie glauben wollte. Als wäre das nicht schlimm genug, bedroht auch noch eine Verbrecherorganisation sowohl die Menschen als auch die magischen Wesen in Mias Heimat.

Um die Dämonen und Geister zu schützen, gibt es nur eine Möglichkeit: Sie muss sich den Rangern anschließen. Aber dafür braucht sie einen guten Plan, denn dummerweise ist das nur Männern erlaubt …

Sie ist jung.
Sie ist stark.
Sie gibt niemals auf.

Trotz ihrer Jugend gehört die 19-jährige Eowyn zu den Besten im angesehenen Orden der Jägerinnen. Als sie den Auftrag übernimmt, zwei Männer aus der Universitätsstadt Xinda sicher ins Nachbarreich zu geleiten, ahnt sie nicht, dass sie damit plötzlich selbst zur Gejagten wird. Ein Gegner, gegen den nicht einmal Eowyn zu bestehen vermag, heftet sich unaufhaltsam an ihre Fersen.

Doch welche Ziele verfolgt er und wie hängen die Ereignisse mit dem gnadenlosen Überfall zusammen, der sie vor Jahren aus ihrer eigenen Heimat vertrieb?

Mitreißende Fantasy voll unerwarteter Wendungen, Action, Gefühl und Magie!

Frankfurt am Main, 2042

Nach dem Tod ihrer Eltern findet die 19-jährige Clare nur mithilfe von V-Sights Halt im Leben – Kontaktlinsen, die ihr eine erweiterte und bessere Realität vorspielen.

Wie zerbrechlich diese vermeintliche Sicherheit ist, merkt sie erst, als sie einer Unbekannten das Leben rettet.

Clare fühlt sich schon bald von der schwerverletzten Lynn angezogen, ahnt allerdings nicht, dass es sich bei ihr um eine ausgebildete Killerin und V-Sights-Hasserin handelt.

Denn Lynn ist auf der Flucht – und auf einmal erwächst aus bloßem Gefühlschaos ein Kampf um Leben und Tod.

Dies ist die Heimat von Evva und Toto, zweier Diebe der tödlichsten Stadt von ganz Ereos.

In den Geschichten und Büchern, die ihr kennt, gibt es immer einen Helden, oder manchmal sogar eine Heldin – beide werdet ihr hier nicht finden. Genauso oft, wie es Helden gibt, findet man jemanden, der gerettet wird. Doch auch das, wird hier nicht geschehen.

Evva ist keine Heldin und niemand wird sie retten. Kein verdammtes weißes Ross, und kein verdammter Prinz in glänzender Rüstung, der im Sonnenuntergang ihre verdammte Ehre rettet. Nichts von alledem. Aber Evva hat flinke Finger und lebt in Tul – Heimat zweier Diebe und die tödlichste Stadt von ganz Ereos.

In den verfallenen Häusern leben die wahren Herrscher der Stadt: Ein wahnsinniger Priester, die mordende Meute, gierige Händler und fette Ratten. Tief in den dunklen Gassen der Stadt verbirgt sich ein Geheimnis, das tödlicher nicht sein könnte.

»Auserwählte finden sich immer wieder. Wie viele Leben auch verstreichen mögen.«

Fenris ist ein Jäger ohne Herz, der Letzte seiner Art. Um seine Familie zu rächen, ermordet er die verantwortlichen Hexen, doch ihr Tod bringt ihm nicht die erhoffte Ruhe. Daher beschließt er, den Jägerfluch zu brechen und sein herzloses Dasein zu beenden.

Um seiner Unsterblichkeit zu entfliehen, muss er in den Märchenwald reisen und die böse Hexe töten. Seine Pläne ändern sich jedoch, als Fenris auf seiner Reise der wunderschönen Amara begegnet. Sie lässt den Hexenjäger schnell erkennen, dass nichts ist, wie es scheint – auch sie nicht.

Wer ist Amara, und was ist damals, im Jahre 1864, wirklich passiert?

Wie schmerzhaft sind Lügen? Was, wenn du sie fühlen könntest? Von ihnen umringt wärst?

Die 16-jährige Emony verfügt über eine Gabe: Sie kann Lügen erkennen. Doch diese Fähigkeit bringt sie in Gefahr, als sie ihre Heimat, die lebensfeindliche Rauring-Wüste, verlässt.

Denn es gibt nur eine Möglichkeit, der mörderischen Hitze und dem quälenden Durst zu entkommen – Emony muss eine Ausbildung bei dem Unternehmen beginnen, das die weltweite Wasserversorgung kontrolliert.

Rasch kommt sie dahinter, dass ihr Arbeitgeber die Wüstenbewohner betrügt. Der einzig ehrliche Mensch scheint ihr Ausbilder Kohen zu sein, für den sie bald mehr empfindet. Kann sie ihm im Kampf gegen den übermächtigen Gegner vertrauen? Und sind die Lügen noch viel größer als vermutet?

Nur die skrupellosesten Verbrecher kommen nach Alcatraz.
Doch die wahre Gefahr der Insel sitzt nicht hinter Gittern.

Alcatraz 1951:
Der wegen Mordes verurteilte Ray wird auf die berüchtigte Gefängnisinsel Alcatraz verlegt. Sie gilt als Endstation für jeden Häftling – eine Sackgasse auf dem Weg ins Verderben. Bereits an seinem ersten Tag begeht Ray einen folgenschweren Fehler und bringt den von allen gefürchteten Insassen »Deepcut« gegen sich auf, der ihm von nun an das Leben zur Hölle macht. Durch einen Zufall lernt Ray die eigensinnige Wärtertochter Jillian kennen, die den ominösen Machenschaften ihres Onkels auf der Spur ist. Als die Lage für Ray immer bedrohlicher wird, ist es allein Jillian, die ihn noch retten kann. Doch es gibt einen Gegner, mit dem niemand gerechnet hat, und dieser lauert in den finsteren Tiefen von Alcatraz.

In einer Welt, die von Prophezeiungen bestimmt wird, bist du bereit dein Schicksal zu erfüllen?

Entführt, gepeinigt und zur Mörderin ausgebildet, gelingt Lin nach Jahren die Flucht aus ihrer Gefangenschaft. Zurück in ihrer Heimat wird sie an den königlichen Hof gebracht, wo man ihr jedoch mit Misstrauen begegnet. Lin weiß nicht, wem sie vertrauen kann, denn jeder verfolgt seine eigenen Pläne, zu denen die junge Frau der Schlüssel zu sein scheint.

Schon bald entdeckt Lin Geheimnisse über sich selbst, die ihre Welt vollkommen erschüttern. Nur die Absichten des gutaussehenden Prinzen wirken aufrichtig. Und obwohl sich Lin nur nach Frieden sehnt, scheint dieser Wunsch in weite Ferne zu rücken, als eine verborgene Macht in ihr erwacht, die über das Schicksal der ganzen Welt entscheiden wird.